LETTRES LATINO-AMÉRICAINES

BÉTIBOU

DU MÊME AUTEUR

LES VEUVES DU JEUDI, Actes Sud, 2009.
ÉLÉNA ET LE ROI DÉTRÔNÉ, Actes Sud, 2011.

Ouvrage traduit dans le cadre du Programme d'Aide à la Traduction "Sur" du Ministère des Affaires Étrangères et du Culte de la République d'Argentine.
Obra editada en el marco del Programa "sur" de Apoyo a la Traducciones del Ministerio de Relaciones Exteriores y Culto de la República Argentina.

Titre original :
Betibú
Éditeur original :
Aguilar, Altea, Taurus, Alfaguara, Buenos Aires

ISBN 978-2-330-01418-6

CLAUDIA PIÑEIRO

Bétibou

roman traduit de l'espagnol (Argentine)
par Romain Magras

ACTES SUD

À mes amies, à elles toutes, parce que…

À Silvina Frydman et Laura Novoa,
elles et moi savons pourquoi.

[...] Dans les récits policiers qu'il écrit pour le journal, il rend compte aux lecteurs des choses qui se sont produites, et comment, mais il arrive toujours après le choc, après le crime, qu'il doit reconstituer dans son imagination à partir de témoignages et d'indices. Jusqu'à maintenant, jamais il n'a vu le fait divers se dérouler sous ses yeux et jamais ses oreilles de chroniqueur n'ont entendu résonner le hurlement de la victime.

ANTONIO DI BENEDETTO, "Manque de vocation",
Contes clairs.

Les particules microscopiques dont sont couverts nos corps et nos vêtements sont autant de témoins muets, sûrs et fidèles de nos faits et gestes et de nos rencontres.

EDMOND LOCARD, *Traité de criminalistique.*

L'histoire continue, elle peut continuer, il y a plusieurs hypothèses possibles, elle reste ouverte, elle ne fait que s'interrompre. L'enquête, elle, n'a pas de fin, elle ne peut se terminer. Il faudrait inventer un nouveau genre littéraire : la fiction paranoïaque. Tous les personnages sont suspects, ils se sentent tous poursuivis.

RICARDO PIGLIA, *Cible nocturne.*

1

C'est le lundi que l'on met le plus de temps à entrer au *Country Club La Maravillosa*. La file des employées de maison, des jardiniers, maçons, plombiers, charpentiers, électriciens, chauffagistes et autres ouvriers du bâtiment semble ne jamais devoir finir. Gladys Varela en sait quelque chose. Voilà pourquoi elle peste, debout devant le portique auquel est accroché le panonceau "Personnel et fournisseurs", et précédée d'au moins quinze ou vingt personnes qui essaient comme elle d'entrer. Elle peste de ne pas avoir fait réactiver la carte à puce électronique avec laquelle elle aurait pu entrer directement. Il faut dire que cette carte n'est valable que deux mois, et les horaires auxquels elle pourrait la faire réactiver ne coïncident pas avec ses horaires de travail chez M. Chazarreta. Et M. Chazarreta n'a pas bon caractère. Il a l'air peu aimable, du moins, et cet air qu'il a intimide Gladys. Bien qu'elle ne sache pas dire si c'est parce qu'il est bourru, hargneux ou peu bavard qu'il la regarde avec une telle expression. Mais, quelle qu'en soit la raison, c'est pour cela qu'elle n'a pour l'instant jamais osé lui demander de repartir plus tôt ou de prendre un moment pour se rendre au poste de garde pour y faire renouveler sa carte d'accès. À cause de l'air avec lequel il la regarde. Ou qu'il ne la regarde pas, car en fait, il est rare que M. Chazarreta fasse cela. La regarder. La regarder, elle. Il regarde tout en même temps, il regarde à l'entour, il regarde vers le jardin, ou il regarde un mur, sans y faire attention. Toujours avec une mine maussade, sérieuse, comme qui dirait fâchée. Il faut reconnaître que cela se comprend, avec tout ce qu'il a enduré. Après tout, elle a quand même la chance de disposer d'une autorisation d'entrer signée. C'est vrai qu'elle va devoir faire la queue, ce qu'elle est d'ailleurs déjà en train de faire, mais personne ne va appeler M. Chazarreta pour lui demander l'autorisation de la laisser entrer dans le quartier. M. Chazarreta n'aime pas être réveillé et il lui arrive de dormir tard. Il lui arrive de se coucher à n'importe quelle heure. Et de boire. Beaucoup. C'est ce que Gladys croit, ou qu'elle soupçonne. Car il n'est pas rare qu'elle retrouve un verre et une bouteille de whisky à l'endroit de la maison où M. Chazarreta s'est endormi la veille. Parfois, dans la chambre. D'autres fois, dans le living, dans la galerie ou dans la salle télé qu'ils ont à l'étage. Qu'ils ont, non, plutôt qu'il a, lui, car M. Chazarreta vit seul depuis la mort de sa femme. Mais là-dessus, sur la mort de sa femme, Gladys ne pose pas de questions, elle ne sait rien et elle ne veut rien savoir. Ce qu'elle a vu aux informations lui suffit. Et elle n'a que faire de ce que disent certaines personnes. Cela fait deux ans qu'elle travaille dans cette maison, et la mort de madame remonte à deux ans et demi ou trois ans. Trois. Il lui semble que c'est trois, c'est ce qu'on lui a dit, elle ne se souvient pas de la date exacte. Elle fait ce que M. Chazarreta lui demande. Et il la paie bien, il est ponctuel dans ses paiements, et il ne fait pas d'histoire quand elle lui casse un verre, quand elle lui tache un vêtement avec de l'eau de javel ou quand elle laisse un peu trop brûler une tarte. Sauf une fois, et il avait fait toute une histoire, parce que quelque chose avait disparu, une photo, mais après, monsieur s'était rendu compte que ce n'était pas elle, et il avait même dû reconnaître son erreur. Il ne s'était pas excusé, mais il avait reconnu que ce n'était pas elle. Alors, bien qu'il ne le lui ait pas demandé, Gladys Varela lui a pardonné. Et elle s'efforce même de ne plus s'en souvenir. Car, à son avis, ça ne sert à rien de pardonner si l'on ne se sort pas l'incident de la tête. C'est vrai qu'il fait grise mine, Chazarreta, mais qui pourrait attendre de lui qu'il en soit autrement ? Il y a trop de malheur autour de lui pour qu'il ne l'ait pas, cette mine.

La file avance. Une femme se plaint parce que sa patronne lui a interdit l'accès au quartier. Et pourquoi ? demande-t-elle, poussant les hauts cris. Pour qui, putain, se prend-elle, faire toute une histoire pour un fromage de merde ! Mais Gladys ne parvient pas à entendre ce que le gardien en faction, depuis son guichet, répond aux questions de la femme qui crie. La voilà qui passe maintenant, telle une furie, à côté de Gladys. Gladys se rend compte qu'elle la connaît, du bus du quartier, ou d'avoir traversé avec elle les premiers pâtés de maisons, elle ne sait pas exactement, mais elle la connaît, elle l'a déjà vue. Il reste encore trois hommes devant elle ; ils semblent être amis, ou se connaître, ou travailler ensemble. Les formalités sont plus longues pour l'un d'entre eux, car il n'est pas enregistré, alors les gardiens lui demandent ses papiers, ils le prennent en photo, et ils apposent sur sa bicyclette un sceau avec un numéro de série pour s'assurer qu'il ressorte bien avec le même vélo. Ensuite, ils appellent le propriétaire pour savoir s'il l'autorise à entrer. Avant de le laisser passer, ils notent la couleur, la marque et l'état des pneus du vélo, alors Gladys se demande pourquoi ils lui mettent aussi un numéro. Peut-être au cas où celui qui entre en trouverait un pareil, mais plus neuf, en meilleur état, et sortirait avec l'autre ? Il lui en faudrait, de la chance, se dit-elle, trop de chance. Plus que pour tomber sur un billet de loterie au numéro palindrome, ou pour faire carton plein au bingo. Mais les hommes ne trouvent rien à redire. Ils ne posent même pas de questions. C'est ainsi, cela fait partie des règles du jeu. Et ils les acceptent. Et puis, se dit Gladys, si l'on prend les choses du bon côté, cela permet de montrer que l'on n'emporte rien qui ne nous appartienne pas quand on sort, que l'on est honnête. Il vaut mieux qu'ils notent tout pour qu'ensuite ils ne viennent pas nous accuser pour un oui ou pour un non. C'est ce que Gladys est en train de se dire, qu'ils ne viennent pas nous accuser pour un oui ou pour un non, lorsque s'approche d'elle la femme qui criait dans la queue, quelques minutes plus tôt. Si tu entends parler d'un travail, tu peux me prévenir ? lui dit-elle. Et elle lui répond que oui, qu'elle la préviendra. L'autre femme lui montre son portable et lui demande de noter. Gladys sort le sien de la poche de son haut de survêtement, et elle enregistre le numéro que l'autre femme lui donne. Cette dernière lui demande de composer son numéro et de raccrocher, comme ça, elle aura aussi le sien en mémoire. Et elle lui demande comment elle s'appelle. Gladys, répond-elle. Anabella, dit l'autre, note-le : Anabella.

Et elle sauvegarde le prénom et le numéro. La femme ne crie plus, sa fureur a laissé place à autre chose. À un mélange de rancœur et de résignation. Avec d'autres femmes qui font la queue, elles s'échangent leurs numéros de portable, puis elle s'en va, apaisée.

Vient alors le tour de Gladys Varela, qui remet son autorisation. Le gardien entre ses coordonnées dans son ordinateur, et elle voit immédiatement apparaître son visage à l'écran. L'image la surprend ; sur cette photo, elle a l'air plus jeune, plus mince et plus blonde. Elle avait fait sa couleur la veille de son embauche, elle s'en souvient. Mais ce n'est pas si vieux. Le gardien regarde l'écran, puis il la regarde ; il fait cela deux fois, puis il lui dit d'entrer. Quelques mètres plus loin, un autre gardien attend qu'elle ouvre son sac à main. Ce n'est même pas la peine qu'il le lui demande ; Gladys et tous les gens qui font la queue connaissent la marche à suivre. Elle essaie de l'ouvrir, la fermeture a du mal à glisser et elle se coince ; elle force un peu jusqu'à ce que cèdent les dents du zip. Le gardien remue ce qui se trouve à l'intérieur du sac pour en vérifier le contenu. Elle lui demande de mentionner, dans le formulaire d'entrée, sur la liste de ses effets personnels, le téléphone portable qu'elle a dans sa poche de survêtement, ainsi que le chargeur de son téléphone et la paire de sandales qu'elle a dans son sac. Elle les lui montre. Le gardien en prend note. Le reste est sans importance : des mouchoirs en papier ; des bonbons à moitié ramollis ; le portefeuille où elle range sa carte d'identité, un billet de cinq pesos et des pièces de monnaie pour payer l'autobus pour rentrer chez elle ; ses clés de maison ; deux serviettes hygiéniques. Tout cela, il n'est pas nécessaire qu'il le note, contrairement au portable, au chargeur et aux sandales. Elle lui dit qu'elle ne veut pas avoir de problèmes en sortant. Le gardien lui remet le formulaire dûment complété. Gladys range le papier dans son portefeuille, avec sa carte d'identité, elle force la fermeture éclair dans l'autre sens et se met en marche.

Devant elle se trouvent les trois hommes qui faisaient aussi la queue. Ils s'envoient des bourrades, pour plaisanter, ils rient. Le nouveau tient son vélo à la main, pour pouvoir participer à la conversation. Elle presse le pas ; ce lundi, elle a perdu plus de temps à faire la queue que d'ordinaire. Elle les dépasse. L'un d'eux lui dit : Salut, tu vas bien ? Gladys ne le connaît pas, il le sait bien, mais elle lui retourne quand même son salut. Elle se dit qu'il n'est pas laid et que, s'il est entré dans le quartier, c'est qu'il a du travail. Elle ne dit pas cela pour elle, car elle est déjà mariée, elle le dit sans arrière-pensée. À plus, lui dit l'homme, qui se trouve maintenant en arrière. À plus, répète Gladys. Elle presse encore le pas et les distance un peu plus.

En arrivant au terrain de golf, elle tourne à droite, puis reprend encore à droite quelques mètres plus loin. La maison de Chazarreta est la villa du fond, sur la gauche, après le saule: Elle connaît le chemin par cœur. Et elle sait aussi quelle porte Chazarreta laisse ouverte pour qu'elle puisse entrer sans avoir à sonner : c'est celle qui donne dans la cuisine depuis la galerie intérieure. Avant d'entrer, elle ramasse les journaux qui se trouvent dans le hall d'entrée, *La Nación* et *Ámbito Financiero.* Ce qui signifie que Chazarreta, effectivement, dort encore. S'il était réveillé, il aurait lui-même ramassé les journaux pour les lire en prenant son petit-déjeuner. Gladys regarde la première page de *La Nación* ; elle passe la une, qui parle de la dernière déclaration sur l'honneur de la situation patrimoniale du président, et s'arrête sur une grande photo en couleurs sous laquelle on peut lire : À Boedo, collision entre deux autobus à un croisement ; trois morts et quatre blessés graves. Elle se signe, sans trop savoir pourquoi, à cause des morts, suppose-t-elle. Ou à cause des blessés graves, pour qu'ils ne meurent pas, eux aussi. Ensuite, elle dépose les deux journaux sur la table de la cuisine. Elle entre ensuite dans la salle de repassage, accroche ses affaires dans le placard et enfile son uniforme. Il va falloir qu'elle dise à M. Chazarreta de lui en acheter un autre ; maintenant qu'elle a grossi, les boutons la serrent au niveau de la poitrine, et l'entournure lui coupe la circulation dans les bras lorsqu'elle les lève pour étendre le linge sur le fil. S'il tient à ce qu'elle porte toujours un uniforme, comme il le lui a fait savoir le jour où il l'a engagée, il va falloir qu'il fasse le nécessaire. Gladys regarde dans le panier à linge et remarque qu'il n'y a pas grand-chose à repasser. Chazarreta est quelqu'un de soigneux et, le week-end, il a l'habitude de rentrer tout le linge qui sèche sur le fil, mais elle va quand même aller dans le patio, derrière, pour vérifier qu'il ne reste rien à décrocher, au cas où. Ensuite, elle lavera la vaisselle sale qu'elle vient d'apercevoir, en regardant sur le côté, dans l'évier de la cuisine. Elle enchaînera avec ce qu'elle aime le moins, les toilettes ; ce sera une bonne chose de faite.

Comme elle le supposait, Chazarreta a rentré tout le linge. Dans l'évier, il n'y a pas beaucoup de vaisselle sale ; soit il en a lavé une partie pendant le week-end, soit il a mangé à l'extérieur. Elle pose les assiettes, le verre et les couverts sur un torchon pour qu'ils s'égouttent sans glisser sur le plan de travail de marbre noir. Elle va dans la buanderie et revient avec la raclette et le seau contenant les produits d'entretien, le chiffon et les gants en caoutchouc. En parcourant le couloir qui longe le living, elle se rend compte que Chazarreta est assis dans son fauteuil en velours vert, un fauteuil d'un seul tenant, à haut dossier, dont elle suppose que c'est celui qu'il préfère. Un fauteuil tourné vers la baie vitrée qui donne sur le parc. Mais, ce matin, les rideaux sont encore fermés. Donc, ce n'est pas pour regarder le parc que Chazarreta s'y est assis, et il y est vautré depuis la nuit dernière. Bien que le dossier et la pénombre qui règne dans la pièce ne lui permettent pas de le voir, Gladys sait que M. Chazarreta se trouve là, car sa main gauche pend sur le côté du fauteuil et, sous elle, sur le parquet à chevrons, il y a le verre de whisky couché et son contenu étalé par terre.

Bonjour, dit Gladys en passant derrière lui pour monter à l'étage. Elle dit cela à voix basse, suffisamment fort pour qu'il l'entende, s'il est réveillé, mais pas trop pour qu'il ne se réveille pas s'il dort encore. Chazarreta ne répond pas. Il cuve son vin, se dit Gladys, et elle continue son travail. Mais, avant de monter l'escalier, elle a des regrets. Il vaut mieux essuyer le whisky car, si ce liquide imbibe trop longtemps le parquet ciré, il va apparaître une de ces taches blanches tellement difficiles à faire partir et dont on ne vient à bout qu'à l'aide de plusieurs couches de cire. Et Gladys n'a pas envie de commencer sa semaine en cirant le parquet. Elle revient sur ses pas, sort le chiffon du seau, s'accroupit, ramasse le verre, essuie le whisky à côté du fauteuil en velours, et avance un peu à tâtons, le chiffon en avant. Mais le chiffon trempe soudain dans une autre tache, dans une flaque sombre. Elle ne sait pas ce que c'est ; elle lâche immédiatement le chiffon pour que l'humidité qui l'imprègne n'arrive pas jusqu'à sa main ; par contre, elle touche le liquide, à peine, du bout de l'index : ça colle. Du sang?, se demande-t-elle sans vraiment y croire. Alors, elle lève les yeux et regarde Chazarreta. Il est là, devant elle, il lui fait face, la gorge ouverte. Une entaille lui sillonne le cou de part en part, et s'entrouvre, formant presque deux lèvres quasiment parfaites. Gladys ne sait pas ce qu'elle voit à l'intérieur de cette entaille, car la vue de la chair rouge, du sang et de cet enchevêtrement de tissus et de tuyaux lui inspire un geste de dégoût qui lui fait fermer les yeux et porter les mains à son visage, comme s'il ne suffisait pas de les fermer pour ne plus voir, tandis que sa bouche s'ouvre pour laisser échapper un gémissement étouffé.

Cependant, son dégoût est de courte durée, il est vaincu par la peur. Une peur qui, au lieu de la tétaniser, la pousse à l'action. C'est pour cela que Gladys Varela décolle maintenant les mains de son visage et ouvre les yeux ; elle s'oblige à le faire, elle relève encore la tête, regarde le cou lacéré, les habits de Chazarreta tachés de sang, le couteau dans sa main droite reposant sur son giron, et la bouteille de whisky vide à côté de son cadavre, tout près de l'accoudoir. Puis, sans y penser à deux fois, elle se lève, elle sort en courant dans la rue et elle crie. Elle crie sans s'arrêter, décidée à le faire jusqu'à ce que quelqu'un veuille bien l'entendre.

2

Tandis que Gladys Varela est en train de crier dans une impasse du Country Club La Maravillosa, Nurit Iscar essaie, quant à elle, de mettre de l'ordre dans sa maison. Pour être plus précis, dans son trois-pièces, situé dans la partie la plus pauvre, disons la plus déclassée du Barrio Norte*, entre les rues French et Larrea. Elle ne sait pas encore que Pedro Chazarreta est mort. La nouvelle se propagera rapidement, mais quand même pas si vite. Si elle était au courant, elle serait suspendue aux nouvelles de dernière minute et son téléviseur et sa radio seraient allumés. Ou alors elle se connecterait à Internet pour consulter les journaux en ligne et obtenir des détails sur les circonstances de sa mort. Mais Nurit Iscar ne sait pas. Pas encore. Elle saura dans quelques heures.

La maison est sens dessus dessous. Plusieurs verres avec un fond de vin, les journaux de la veille, tout éparpillés, quelques miettes par terre, des mégots. Nurit Iscar ne fume pas, elle n'a jamais fumé, elle déteste l'odeur de la fumée de cigarette, et elle espère que le fait qu'elle permette à d'autres personnes de

* Le Barrio Norte, littéralement "le quartier nord", est le quartier le plus chic de Buenos Aires. *(Toutes les notes sont du traducteur.)*

fumer chez elle soit perçu comme un geste d'amour et pas de soumission. Même si parfois elle se pose la question, sans parvenir à une conclusion définitive : Est-ce de l'amour ou de la soumission ? Et elle ne se pose pas cette question que pour la cigarette. La veille, ses amies Paula Sibona et Carmen Terrada étaient là – elles fument toutes les deux –, pour leur rencontre du troisième dimanche de chaque mois, devenue un rituel incontournable depuis plusieurs années. Ce n'est pas qu'elles ne se voient pas à d'autres moments pour prendre un café, aller au cinéma, manger ensemble, ou pour tous ces autres rituels dont le but inavoué est de passer le temps, et de le passer en bonne compagnie, même s'il passe, irrémédiablement. Pour le troisième dimanche du mois, en revanche, c'est tout autre chose. Viviana Mansini se joint parfois à elles, mais pas toujours ; elles lui en savent gré car, bien que Viviana Mansini croie dur comme fer être de leurs amies, les trois autres ne voient pas les choses de cet œil-là. Quand Viviana se joint à leur groupe, c'est d'elle que l'on parle, avant toute chose, et elle a toujours une petite pique, bien qu'elle la dise d'un air naïf, à décocher à l'une de ses amies présentes. Comme la fois où, alors que Carmen se plaignait d'une légère grosseur à un sein qui lui en avait fait voir de toutes les couleurs, jusqu'à ce que son médecin diagnostique qu'elle ne souffrait que de dysplasie, Viviana Mansini, avec une voix de fausset, lui avait dit : Je te comprends, je me suis sentie comme toi, il y a quelques mois, quand on m'a fait cette biopsie, je ne sais pas si tu te souviens, non, tu ne dois pas te souvenir, car tu es la seule à ne pas m'avoir appelée pour connaître les résultats. Et, au milieu du silence qui s'était ensuivi,

Carmen l'avait regardée d'un air qui disait "Tu me l'as encore faite, salope!", mais elle n'avait rien dit. En revanche, c'est Paula Sibona qui avait pris sa défense ; s'efforçant d'imiter le ton angélique de l'autre, elle avait dit : C'est évident qu'ils étaient bons, tes résultats, Vivi, ça se voit que ton nichon est intact. Et, pour donner plus de poids à ses mots, elle avait porté les mains à sa poitrine, comme deux serres crochues, et les avait remuées légèrement, vers le haut et vers le bas, en restant à une bonne distance pour souligner l'exubérance de la poitrine de Viviana Mansini. Pour revenir à "Vivi", son absence, outre qu'elle leur épargne ses sarcasmes, leur permet surtout de la critiquer. Car, comme dit si bien Paula Sibona : À mon âge, critiquer Mansini, ça fait presque autant monter mon adrénaline que quand je baise. Et ce dimanche-là, la veille du lundi où Pedro Chazarreta fut trouvé égorgé, la réunion mensuelle fut réservée au cercle des intimes, sans Viviana Mansini, et elle se déroula chez Nurit Iscar. Elles se réunissent chaque mois dans une maison différente, mais le rituel reste le même. Elles se retrouvent avant midi, la maîtresse de maison achète tous les quotidiens – et tous les quotidiens, cela veut bien dire tous les quotidiens – ; puis, pendant qu'elle prépare sa spécialité culinaire – ce qui, pour Nurit Iscar, ne va jamais beaucoup plus loin qu'un bifteck salade, ou du vermicelle à la crème –, les autres passent au crible les journaux et lisent les nouvelles afin de sélectionner celles qu'elles feront partager aux autres. Cet échange accompagne le café, à la fin du repas. Mais elles ne s'intéressent pas à n'importe quelles nouvelles. Comme pour la cuisine, elles ont chacune leur spécialité. À Nurit Iscar, les faits divers ; ce n'est pas pour rien qu'elle était considérée, encore quelques années plus tôt, comme "la dame noire de la littérature argentine". Et bien que cela renvoie pour elle à un passé qu'elle préfère oublier, quand ses amies lui réclament "du sang, des morts" – tant qu'on ne lui demande pas d'écrire de la fiction –, elle ne se fait pas prier. S'il y a aussi du sexe, c'est encore mieux, lui réclame souvent Paula Sibona. La spécialité de Carmen, c'est l'actualité nationale, et son plus grand plaisir, c'est de trouver des incohérences, des fautes de syntaxe et, encore mieux, des horreurs dans les déclarations des politiciens. C'est avec le maire qu'elle s'amuse le plus. Elle répète inlassablement qu'une personne qui ne sait pas parler n'a pas à diriger une ville. Un commentaire qui, loin d'être élitiste, est motivé par le mépris manifeste d'une certaine classe sociale aisée – dont le maire fait partie – pour le langage (mots, signifiés, syntaxe, conjugaison, emploi des prépositions, barbarismes), et qu'elle se refuse à cautionner, en tant que professeur de langue et de littérature du secondaire depuis plus de trente ans. Chez Paula Sibona, contrairement à ses amies, et bien que celles-ci ne s'en doutent pas, le choix des nouvelles tient plus d'un acte d'amour envers Nurit Iscar qu'il ne reflète ses propres centres d'intérêt : critiques de pièces de théâtre, de films et d'autres productions du monde du spectacle. Il est vrai que Paula est actrice – peut-on encore se dire actrice quand personne ne vous appelle plus depuis deux ans pour vous proposer un rôle ? –, une actrice de renom qui, avec le temps, après avoir joué les têtes d'affiche dans des séries télévisées, en est venue à incarner "la mère de", avant d'être injustement plongée dans l'oubli. S'il y a bien quelque chose qui n'intéresse pas du tout Paula Sibona, c'est la lecture des journaux. Ils se foutent bien de moi, dit-elle. Mais elle participe tout de même à la réunion avec enthousiasme, portée par le secret espoir que la lecture de cette sélection de nouvelles aidera son amie Nurit Iscar à refermer une blessure. Une douleur. Et, bien qu'elle ne sache pas si elle y parviendra un jour, elle ne baisse pas les bras. Car cinq ans plus tôt, alors qu'elle était encore mariée et que ses deux fils terminaient le secondaire et s'apprêtaient à entrer à l'université, Nurit Iscar, la dame noire de la littérature argentine, était tombée amoureuse d'un autre homme ; puis, non contente de divorcer, elle avait écrit son premier roman d'amour. Et qui, pour comble, finit mal. Il finit mal, tant par son intrigue que par les critiques qu'il reçut ou l'accueil que lui réservèrent les lecteurs attendant habituellement avec un enthousiasme fervent ses nouveaux romans. Il finit aussi mal que sa propre histoire d'amour, qu'elle préfère également oublier. Si certains de ses nombreux lecteurs lui restèrent fidèles, d'autres furent déçus par un ouvrage si différent des précédents, dans lequel ils n'avaient pas trouvé ce qu'ils étaient venus chercher : un cadavre. C'est ce moment que la critique spécialisée, qui l'avait jusque-là plus ignorée qu'attaquée, choisit pour la détruire. "Elle essaie d'être littéraire, et c'est ce qui lui réussit le moins." "Iscar aurait dû continuer de miser sur la trame, qu'elle est supposée maîtriser, et laisser les métaphores, les prétentions poétiques et le langage expérimental à ceux qui s'y connaissent parce qu'ils y ont été formés, à ceux qui ont de l'intuition ou du talent, car, si elle en est pourvue, cela ne saute pas aux yeux." "Un roman dont il est souhaitable qu'il passe inaperçu ; un roman à oublier." "Nous ne nous expliquons pas pourquoi Iscar, qui avait trouvé la formule magique du best-seller, se lance dans ce qu'elle ne sait pas faire : s'essayer à la vraie littérature." Les exemples de ce type ne manquent pas. Nurit a une boîte pleine de coupures de presse consacrées à son dernier roman : *Seulement si tu m'aimes*. Une boîte blanche – une boîte très grande, pas comme celles qui servent, ou qui servaient, à ranger les lettres d'amour –, ceinte d'un ruban de satin bleu, avec un nœud qu'elle n'a plus jamais défait. Et qu'elle ne pense d'ailleurs pas défaire. Cette boîte, elle la conserve presque comme la preuve d'un délit. Bien qu'elle ne sache pas quel délit elle a bien pu commettre : Est-ce d'avoir écrit ce qu'elle a écrit, d'avoir lu les critiques, ou de s'être tellement laissé influencer par elles ? Ces critiques, ajoutées à l'échec de la relation amoureuse qui l'avait amenée à écrire ce roman, et à l'assassinat de Gloria Echagüe, la femme de Chazarreta – que Nurit ne voulut pas couvrir pour le quotidien *El Tribuno*, absorbée qu'elle était par *Seulement si tu m'aimes* –, l'avaient conduite à jouer à la grande Salinger, dans une version plus *light*, féminine et policière, et à se claquemurer pour toujours, loin du monde qui avait été le sien jusque-là. Cependant, à la différence de Salinger, elle n'avait pas la notoriété, les économies et la rente de droits d'auteur qui lui auraient permis cette retraite. Elle dut donc chercher un travail pour pouvoir payer l'électricité, le gaz, ses courses au supermarché, et acheter toutes ces choses pour lesquelles il est nécessaire d'avoir un salaire ou de l'argent à la banque. Ou dans le portefeuille. Et comme la seule chose qu'elle sache faire, c'est écrire – bien qu'après toutes ces critiques, elle sente que l'aisance de sa plume s'en est également ressentie –, c'est ce qu'elle fait. Mais au nom des autres, comme une sorte de nègre. Ou de *ghost writer*. Nurit préfère l'expression en français, ce à quoi applaudit son amie Carmen Terrada, qui continue de défendre l'usage de notre langue maternelle face à l'invasion linguistique anglo-saxonne, une lutte qu'elle sait perdue d'avance, mais qui n'est pas dénuée de romantisme. Alors, comme Paula Sibona ne se résout pas à ce que son amie ne fasse plus ce qu'elle aime – écrire ses propres romans –, elle essaie, de temps en temps, de la convaincre de la mesquinerie de certains critiques, qui cherchent surtout dans leurs comptes rendus à se faire mousser et à assurer leur propre notoriété. Ils se font une réputation un peu à la façon de Lee Harvey Oswald ou Mark David Chapman. Carmen Terrada a aussi recours à une autre comparaison plus érudite : le fait que Jean Genêt ait cessé d'écrire pendant cinq ans parce que son ami Sartre l'avait, pour reprendre ses mots, "mis à nu" dans son livre-préface, "en ce cas, ça peut se comprendre, mais ils ne sont pas Jean-Paul, pas plus que tu n'es Genêt, ma chérie".

Après avoir vidé les cendriers et aéré un peu pour faire partir l'odeur de tabac froid, Nurit Iscar est maintenant en train de balayer. Ensuite, elle lave quelques assiettes qui traînent de la nuit dernière, elle dépose la nappe dans le lave-linge, qu'elle mettra en route plus tard, quand elle aura un peu plus de linge à laver ; les pages des journaux du dimanche qu'elle ramasse, elle les fourre dans un sac noir qu'elle sortira dans le couloir, avec la poubelle, d'ici quelques minutes. Les tâches ménagères qu'elle exécute sont identiques à celles que Gladys Varela faisait aussi pour son patron, Pedro Chazarreta, il y a tout juste un instant. Mais à ce moment, alors que Nurit Iscar est en train de nouer le sac en plastique noir qui contient les journaux, Gladys Varela ne fait rien du tout. Si, en fait, elle pleure, assise sur la voiturette électrique qu'un des gardiens de La Maravillosa a conduite jusqu'ici, cinq minutes après qu'un voisin a appelé pour signaler qu'une femme – une domestique, a-t-il dit – criait comme une folle au beau milieu de la rue. On lui a proposé de monter dans le pick-up qui est arrivé peu de temps après, avec le responsable de la Sécurité et trois autres gardiens, pour se faire conduire à l'infirmerie. Mais elle ne compte pas bouger de là tant que la vraie police, celle de Buenos Aires, ne sera pas arrivée. Elle dit qu'elle ne bougera pas d'un demi-millimètre. Et, cette fois-ci, on dirait que les gardiens eux aussi prennent davantage de précautions. Chat échaudé craint l'eau froide, répond le responsable de la sécurité à un voisin qui vient de lui demander pourquoi il n'y a personne à l'intérieur avec le cadavre. S'ils ont une bonne mémoire, aucun d'eux n'ira commettre les mêmes erreurs que les gardiens qui s'étaient occupés de cette maison le jour de la mort de Gloria Echagüe, trois ans plus tôt. Ils ne s'approcheront pas du lieu du crime et ne laisseront personne s'en approcher, ils ne toucheront pas un cheveu, plusieurs mètres à la ronde autour de l'endroit où se trouve l'homme égorgé ; ils laisseront encore moins quiconque nettoyer le sang, installer le cadavre sur un lit, pas plus qu'ils n'écouteront ceux qui leur demanderont de ne pas prévenir la police sous prétexte que ce n'était "rien d'autre qu'un accident". Si nécessaire, ils ne laisseront respirer personne avant l'arrivée de la patrouille de police. Cette erreur, ils l'ont déjà commise autrefois. Et, même si personne ne le dit, même si des gardiens, des voisins, des jardiniers, l'employée de la maison d'en face et Gladys Varela se regardent à peine, en silence, en attendant l'arrivée de la police de Buenos Aires et du procureur, ils ont tous l'étrange sensation que, cette fois-ci, quelqu'un leur donne l'occasion de faire les choses convenablement.

3

Quelques heures plus tard, un peu après midi, au moment où elle sort sur le palier le sac-poubelle contenant les journaux du dimanche pour que le concierge l'emporte avec les ordures, Nurit Iscar ignore encore que Pedro Chazarreta est mort. Égorgé. Cependant, elle ne va pas tarder à le savoir. Dans quelques heures. Quand elle fera une pause pour prendre une collation. Car, à cette heure, la nouvelle commence à circuler. Un moment après que Nurit juge terminé le nettoyage de son appartement, alors qu'elle s'apprête à mettre un peu d'eau dans les pots de fleurs qui agrémentent son balcon – elle n'a jamais eu ce que l'on appelle "la main verte", mais elle sait que ces plantes sont, avec elle, les seuls êtres vivants de la maison, et elle n'est pas prête à les laisser mourir de soif –, le téléphone du poste 3232 de la rédaction du journal *El Tribuno* commence à sonner. C'est celui qui se trouve sur le bureau de Jaime Brena. Ou Brena, tout court, comme l'appellent ses connaissances dans le milieu du journalisme d'investigation, bien qu'il ne travaille plus pour cette rubrique. Il a été transféré à la rubrique Société. Je n'ai pas été muté, j'ai été dégradé, aime rectifier Brena. Ce à quoi, en une occasion,

Lorenzo Rinaldi, son chef, le chef de tout le monde, lui avait répondu : De quoi te plains-tu ? Si tu travaillais pour un autre journal, tu serais aussi dans la rubrique Société. Tu ne t'es toujours pas rendu compte que presque aucun journal de premier ordre n'a de section dédiée aux affaires policières ? Les nouvelles policières, c'est dans les rubriques Société ou Information générale qu'ils les mettent. C'est pour cela, parce qu'on l'a changé de section, qu'au moment où son poste a commencé à sonner, il y a tout juste un instant, Brena n'était pas en train d'écrire une chronique policière, mais de réviser une enquête d'après laquelle 65 % des femmes de race blanche dorment sur le dos, alors que 60 % des hommes de cette même race dorment sur le ventre. Ce qui, au-delà de toute autre considération, a pour premier effet de lui poser problème d'un point de vue mathématique : pourquoi ne pas avoir dit que 65 % des femmes dorment sur le dos et que seulement 40 % des hommes adoptent la même position pour dormir ? Ou que 60 % des hommes dorment sur le ventre alors que seulement 35 % des femmes dorment dans cette position ? C'est la question qu'il se pose chaque fois qu'il lit que la météo prévoit un risque de pluie de l'ordre de 30 %. S'il n'est que de 30 %, est-ce qu'il ne conviendrait pas plutôt de dire qu'il y a 70 % de chances pour qu'il ne pleuve pas ? Dans tous ces cas, sur quoi cherche-t-on à insister ? Sur la différence, sur la coïncidence, la majorité, la minorité, ce que l'on souhaite, ce que l'on ne souhaite pas ? Mais, selon Jaime Brena, le pire, dans tout cela, du moins en ce qui concerne cette enquête sur la façon dont dorment les hommes et les femmes de race blanche, c'est que personne ne se soit posé ces questions avant de rédiger la dépêche. Il est convaincu que la personne qui l'a envoyée l'a tournée ainsi tout simplement parce l'information qui lui est parvenue était formulée en ces termes. Au sein des agences de presse et des rédactions, c'est tout juste s'ils ont encore le temps de penser à la syntaxe, au vocabulaire, voire même à l'orthographe. Tout juste. La dépêche de l'agence présentant les conclusions de cette enquête comporte des déclarations de chercheurs de l'université du Massachusetts leur trouvant de possibles explications sociologiques, culturelles, ou même psychologiques. Peut-on appeler ça une info ? Qui cela peut-il intéresser, de savoir quel pourcentage des gens dorment dans telle ou telle position ? se demande Jaime Brena. Si l'auteur n'a pas intégré les autres races à son enquête, est-ce faute d'avoir pu, d'avoir voulu le faire, ou parce qu'il s'en fiche ? Savoir pourquoi on se focalise sur certaines races, ou sur une race, la race blanche, et pourquoi on en ignore d'autres, voilà ce qui pourrait faire une bonne info ! À moins que, si l'on n'a pas intégré d'autres races, ce soit parce qu'il n'y a eu personne qui ne soit pas de race blanche pour se prêter à une enquête aussi stupide, conclut-il en décrochant le téléphone qui sonnait encore il y a tout juste un instant, et en disant allô. Mais il n'y a plus personne à l'autre bout du fil, juste la tonalité occupée. Brena profite de cette interruption pour s'étirer les bras au-dessus de la tête, croiser les doigts, tourner les paumes de ses mains vers le haut, comme s'il voulait toucher le plafond, faire craquer ses phalanges, et relâcher ainsi sa ceinture abdominale qui, à ses soixante ans passés, ne supporte plus toutes ces heures sur une chaise. Écoute, sais-tu pourquoi 65 %

des femmes dorment sur le dos, et 60 % des hommes, sur le ventre ? demande-t-il à Karina Vives, la journaliste de la rubrique Culture, alors qu'elle s'assied devant le bureau qui se trouve à sa gauche, à côté de l'une des rares fenêtres que compte la rédaction, celle qui donne sur le boulevard. Et Karina, qui le connaît depuis qu'elle est arrivée au journal, il y a huit ans, et qui sait ce que représente pour Jaime Brena le fait d'avoir dû quitter la rubrique des faits divers pour se consacrer à des articles comme celui-ci, le regarde avec un air bête et propose : Parce que ça fait plus mal de s'écraser les nichons que de s'écraser le zizi ? Et elle soutient son regard, dans l'attente d'une réponse. La bite, ma chérie, la bite, lui dit Brena et il se met à pianoter sans entrain sur son clavier, et à taper le titre et le chapeau de l'article : "Les femmes sur le dos, les hommes sur le ventre". Jaime Brena sait que ce titre va intriguer les lecteurs ; il s'amuse au moins avec ça, avec les fantasmes que pourra éveiller le malentendu. Combien de temps cela fait-il qu'on l'a fait passer dans la rubrique Société ? Trois semaines ? Deux ? se demande-t-il en se grattant la tête avec un crayon à papier alors que ça ne le démange pas. Il ne se souvient plus. Cela fait déjà trop longtemps. Et tout cela parce qu'il a dit, dans une émission qui passe sur le câble et qui n'a pour seul décor que deux fauteuils et une lampe : Je travaille à *El Tribuno*, mais je lis nos concurrents parce que je leur fais plus confiance. Il s'en mord encore les doigts. Jaime Brena le reconnaît, ce n'est pas bien, d'avoir dit cela. Mais il venait de manger avec un collègue, il avait bu du vin, pas mal de vin. Beaucoup de vin. Et puis, après tout, il disait la vérité. Personne ne viendra dire le contraire. Au cours des derniers mois, plusieurs de ses amis avaient changé de journal. Quelques collègues de travail, également. Mais, il faut bien le dire, il n'y a que lui qui soit assez idiot pour le dire tout haut. Surtout devant une caméra de télévision, peu importe qu'il s'agisse d'une chaîne du câble ou d'une chaîne hertzienne. Il avait fini par se lasser de tous ces sujets sur les biens du président, les sorties intempestives du président, les dents du président, les magouilles du président ou les chaussures du président. Il n'en a rien à faire, des dents et des chaussures du président ; quant au reste, la première fois qu'on en parle, ce sont des nouvelles, la seconde, des redites, et la troisième – si cela se trouve en une du journal, alors que la mort, le même jour, du président d'un pays de l'Union européenne et de tout son gouvernement en est absente ou n'y occupe qu'un entrefilet –, ce reste, il préfère s'abstenir de le nommer. Mais en tout cas, ce ne sont pas des nouvelles. Voilà du moins son avis. Ou plutôt sa conviction. Il appréciait quand les grands titres de *El Tribuno* concernaient l'actualité internationale. Ou l'actualité sportive. Ou l'actualité judiciaire, évidemment, car à l'époque, lui, Jaime Brena, avait son mot à dire sur le choix des titres. Cependant, il le sait bien, ce temps-là est révolu, et le pire, c'est qu'il se doute qu'il sera difficile de le faire revenir un jour. Pour l'instant, en tout cas. Et, s'il revient, Brena ne sera plus là pour le voir.

Il ouvre son tiroir et en sort son dossier de demande de départ volontaire à la retraite. C'est peut-être le bon moment. C'est peut-être ce qu'il devrait faire une bonne fois pour toutes : prendre le fric et se tirer. Si j'étais intelligent, je le ferais, se dit-il, mais j'ai toujours été la moitié d'un nul. Ou même un gros nul. Brena travaille à *El Tribuno* depuis qu'il a dix-huit ans. C'est là qu'il a appris le métier. Même s'il conçoit de lire un autre journal chaque matin – c'est d'ailleurs ce qu'il fait –, il ne se voit pas travailler dans une autre rédaction. Bien que ce soit une souffrance de se retrouver en face de Lorenzo Rinaldi tous les jours. Une sacrée souffrance. Il ne sait pas combien de temps il va encore tenir avant de l'envoyer chier. Mais ça, pour le faire, il va le faire. Il faut juste qu'il trouve le bon moment. Et le bon endroit. Car on ne peut pas envoyer chier n'importe qui n'importe où. Dans un ascenseur complètement bondé, par exemple, ça ne se fait pas. Brena, j'aimerais que tu ailles à Puerto Madryn pour couvrir la fête nationale de l'agneau de Patagonie. Tu pars deux ou trois jours. Tu sors de la ville ; es-tu déjà allé observer les baleines ? Vas-y, tu vas adorer. Et Jaime Brena, qui déteste les déplacements – Rinaldi le sait bien –, qui n'en a pas grand-chose à faire, des baleines, et encore moins du mouton de Patagonie, lui aurait bien répondu “Bien sûr, avec plaisir, tu n'irais pas te faire foutre, Rinaldi ?”. Mais il n'y avait pas assez de place, à l'intérieur. Car, après ce genre de réponse, il faut s'attendre à devoir en venir aux mains. Et puis, ç'aurait été sa fin, ç'aurait été pareil que de vider ses tiroirs et de partir. Et lui, s'il part, il ne se contentera pas de partir avec le peu de choses qui reste au fond de ses tiroirs. Gustavo Queiroz, de la rubrique internationale, a touché un beau magot en partant, et Ana Horozki, qui s'occupait de la section Voyages, en a fait autant. Même Chela Guerti, qui croupissait en dernière page depuis trois ans, il paraît qu'elle est partie avec un pactole. Ils se débarrassent d'employés dont les salaires ont augmenté au fil des ans, et ils les remplacent par des journalistes frais émoulus qu'ils embauchent pour la moitié de leur salaire. C'est pour cette raison qu'ils paient, c'est pour qu'ils s'en aillent. Peu importe que les nouveaux ne sachent pas bien conjuguer les verbes, ni quand écrire différent ou différend, ou qu'ils confondent Tracy Austin et Jane Austen. Il y aura bien quelqu'un pour les corriger. Sinon, ce n'est pas grave. Ce qui compte, c'est que les vieux qui coûtent cher s'en aillent, sans qu'on leur force la main, mais que les choses aillent bon train. Même si Brena est sûr que, pour lui, Rinaldi ne mettra pas autant d'argent sur la table, il ne lui versera même pas l'ombre de ce qu'il a accepté de verser aux autres. Il va lui payer son indemnité de départ en retraite, oui, mais juste le minimum, ou même moins que le minimum, le minimum légal. Jaime Brena décroche le combiné et appelle la DRH. Dis, ma belle, jusque quand peut-on déposer ces papiers, tu sais, de départ volontaire à la retraite ? Si tu veux être assujetti à ce régime, Brena, tu as jusqu'à la fin de l'année pour en faire la demande, lui répond la femme. Non, moi, je ne veux pas me faire assujettir, ma religion me l'interdit ; par contre, ce que je peux peut-être faire, c'est me retirer volontairement, ça oui, lui dit-il, et elle, à l'autre bout du fil salue le jeu de mots : Toi, Brena, tu es incorrigible, tu ne changeras jamais. Espérons, lui répond-il. Et il dit cela sérieusement. Il espère ne jamais changer mais, depuis un moment, il s'est rendu compte qu'il a pris un coup de vieux. Ou qu'il ne peut plus faire l'idiot comme il y a quelques années et feindre d'avoir dix ans de moins que son âge. Mieux encore, feindre de ne pas avoir d'âge. Il n'a jamais eu d'âge. Donc, bizarrement, il a commencé à se sentir vieux.

Vieux pour tout : pour bosser, pour voyager, et même pour les gonzesses. Et ce n'est pas qu'une impression ; au cours de cette année, son corps a vieilli. Il le remarque à son abdomen, qui pointe juste sous sa poitrine et qui vient mourir dans son bas-ventre. Comment cela se fait-il, alors qu'il n'a jamais été gros ? Il le remarque aussi à ses cheveux, qui ne tombent plus par poignées mais qui sont plus clairsemés aux endroits où, un jour, irrémédiablement, il finira par être chauve. Aussi à ses fesses qui, bien qu'il s'efforce de ne pas trop les regarder dans le miroir, pendent comme deux poires. Ou comme deux larmes. Qu'est-ce que tu y peux, tu as plus de soixante ans, mon vieux, se dit-il pour se consoler, mais il se rend compte aussi vite que cette phrase a sur lui l'effet inverse : il n'accepte pas d'avoir plus de soixante ans. Il remet les formulaires dans le tiroir et regarde, par-dessus la cloison séparant son bureau de celui d'à côté, le nouveau qu'ils ont mis à sa place pour traiter les nouvelles dont il s'est toujours occupé : les crimes et agressions avec violence. Un bon gars, mais très inexpérimenté, pense-t-il. Encore trop tendre. De la génération Google : aucun contact avec le terrain, tout par l'écran et le clavier, tout par Internet. Du genre de ceux qui n'utilisent même pas de stylo. Le gamin fait ce qu'il peut, il faut le lui reconnaître, il est le premier arrivé, le dernier parti, et Rinaldi lui laisse le champ libre pour démontrer que la rubrique des faits divers n'a pas besoin de lui, de Jaime Brena, pour bien fonctionner. Ce sont des choses qui arrivent parfois, on se retrouve quelque part à occuper une fonction qui dépasse le simple cadre du travail pour lequel on a été engagé, une fonction dont on ne connaît pas l'objectif ultime.

On se retrouve à servir de pantin à quelqu'un d'autre, et Brena est convaincu que c'est ce qui est en train d'arriver au gamin des faits divers : Lorenzo Rinaldi est en train de l'utiliser pour l'écraser lui. Mais, bien que le gamin dispose de l'aval de celui qui tire les ficelles, bien qu'il ne se doute même pas des manœuvres que cachent sa nomination et la tâche qui lui a été confiée, il a l'air complètement affolé, presque étourdi, il laisse passer des choses importantes et, même s'il ne commet pas les grossières erreurs d'autres débutants, les articles qu'il rédige trahissent comme un manque de confiance et une titubation qui ne passent pas inaperçus aux yeux de Brena. C'est la première fois que *El Tribuno* se fait doubler et que la concurrence a la primeur d'affaires criminelles ou d'agressions avec violence particulièrement graves. Il paraît que le gamin dit qu'il a préféré ne pas publier l'info, parce qu'il jugeait que la source n'était pas sûre. Ou qu'elle n'a pas retenu son attention, ou qu'il n'avait pas beaucoup de place et trop de faits divers à traiter, et qu'il lui a fallu faire un choix. Mais Jaime Brena n'y croit pas, et il subodore que le problème, c'est que le gamin n'a pas de bons contacts. Et un bon spécialiste des faits divers, c'est là-dessus qu'il s'appuie, sur les contacts qui lui passent les tuyaux qui, tôt ou tard, deviendront des infos. Et si le tuyau est un scoop, tant mieux. Parce que si tu dois attendre que soit levé le secret de l'instruction, tu es cuit. Peu importe que tes contacts soient des policiers, des procureurs, des escrocs, des juges ou des détenus ; ce qui compte, c'est qu'ils te donnent le bon tuyau. Par moments, il a le sentiment qu'il devrait l'aider, le gamin. Mais aussitôt il se demande pourquoi il le ferait ; après tout, on ne lui a pas demandé de s'en occuper. Rinaldi n'a qu'à le former car, en sous-main, bien qu'il n'apparaisse pas dans l'ours comme l'éditeur de la rubrique des faits divers, il reste la tête pensante de cette rubrique acéphale. Même si Brena sait bien qu'un beau jour, au lieu de le former, Rinaldi lui donnera un bon coup de pied au cul. Le jour où il n'aura plus besoin de lui. Un coup de pied qui fera mal. Le pire, c'est que, même si Jaime Brena ne veut pas se l'avouer, le gamin éveille en lui des sentiments très contradictoires. Il n'arrive pas à le trouver complètement antipathique. Il lui rappelle ses premiers pas à la rédaction, il y a plus de quarante ans. Quarante-quatre ans. Une éternité. Qui justifie qu'il leur coûte cher. Et qu'ils ne puissent pas se permettre de refuser sa demande de départ volontaire à la retraite. Mais, la grande différence entre eux, c'est que lui, à l'époque, à la rédaction et dans la rue, il avait ses mentors et, comme il s'est arrêté au bac, il n'avait pas l'angélisme pétulant qu'on peut maintenant trouver chez certains journalistes tout juste sortis de l'université. Le gamin, Brena pense qu'il est intoxiqué par Google et par l'université, et il n'a pas d'expérience du terrain. Il a travaillé aux faits divers dans un autre journal, avec Zippo, collègue et ami-ennemi intime de Jaime Brena. Brena sait bien que travailler pour Zippo, cela revient tout au plus à lui servir de secrétaire, car il ne ferait même pas confiance à sa propre mère. Au moment précis où Brena se dit "il ne ferait même pas confiance à sa propre mère", le gamin lève les yeux et s'aperçoit qu'il est en train de le regarder ; il le salue de loin d'un hochement de tête, et il lui retourne son salut imitant, bien qu'il n'ait rien sur la tête, le geste de quelqu'un tirant son chapeau. De son bureau, Brena lui dit : Tu as quelque chose pour demain ? Rien de bien lourd, lui répond le gamin. Rien de bien lourd, reprend-il. Essaie de savoir ce qu'ont les autres à la rédaction, lui conseille-t-il. Sais-tu ce qui est important, pour déterminer si un fait divers policier peut être publié ou pas ? Le gamin est surpris par la question et, bien que ce soit comme si Brena lui demandait de quelle couleur est le cheval blanc de San Martín, il se démonte et ne sait quoi répondre. Et, même si le gamin des faits divers préférerait ne rien dire, craignant d'être blâmé, comme un élève interrogé par surprise, au moment où il s'apprête à lui répondre, Brena le met en garde : Ne viens pas me réciter "l'endroit où le crime a été commis, les personnes impliquées, ou la gravité des faits" ; allez, tu n'es plus à l'université. Jaime Brena attend. Le gamin réfléchit. Disons plutôt qu'il essaie de réfléchir. Brena ne le dit pas, mais il sait que si, malgré cette mise en garde, il se démonte et, pour faire celui qui sait, il finit par lui réciter "les cinq W, *who, what, when, where and how*" – mot dont le W n'est pas strictement au début mais à la fin –, il faudra qu'il se retienne de le gifler pour s'être trompé, et pour l'avoir dit en anglais. Pourquoi certaines personnes ajoutent-elles un sixième W, *why*, et pourquoi d'autres ne le font-elles pas ? Peut-être parce que c'est la question la plus difficile à résoudre, la plus subjective, celle qui implique que l'on se mette dans la tête de celui qui commet un crime : pourquoi ? Allez, allez, insiste Brena. Non, je ne sais pas, je ne vois rien d'autre, dit le gamin, qui donne sa langue au chat. Brena sourit, avant d'affirmer : Ce sont les autres infos qui font le tour de la rédaction, le même jour. N'oublie jamais cela : dans les moments de disette, un malade peut se pointer à la dernière minute pour te demander n'importe quoi pour remplir la première page, et il faudra que tu trouves quelque chose à lui donner. Il me semble, lui dit le gamin, que la première page de demain porte sur les déclarations sous serment et la croissance du patrimoine d'un haut fonctionnaire du département financier du ministère de l'Économie. Brena l'interrompt. Ah, tu parles d'une nouvelle, dit-il sans cacher son ironie ; celle-là, ils ne l'ont pas déjà publiée la semaine dernière ? Si, mais d'autres informations supplémentaires viennent d'être confirmées. Ah oui, et dis-moi, c'est avec ça qu'ils espèrent ne plus se faire planter par leurs lecteurs ? Après, ils viendront incriminer Internet et les journaux en ligne. Quand on pense que, dans ce pays, que ce soit ou non par l'intermédiaire de Banelco*, tout le monde a détourné de l'argent, en quel honneur l'augmentation du patrimoine d'un haut fonctionnaire serait-elle une nouvelle de premier ordre ? Surtout si on la met au cœur de l'actualité deux semaines d'affilée. Jaime Brena remue la tête et se tait, le sujet le fatigue, l'exaspère, il ne sait pas pourquoi il finit toujours par s'emporter et déblatérer contre le journalisme d'aujourd'hui. Bien qu'il n'ait pas de réponse claire là-dessus, il se demande s'il n'a pas, lui aussi, une part de responsabilité, par action et par omission. Il essaie de changer de sujet, mais il n'arrive pas à penser à autre chose. Il reste là encore un instant, à regarder

* En 2000, un groupe de sénateurs péronistes a été impliqué dans une affaire de pots-de-vin baptisée "affaire Banelco", du nom du principal réseau national de distributeurs automatiques de billets.

le gamin des faits divers, comme s'il voulait lui dire quelque chose, le guider. Mais l'accès de bonhomie de Jaime Brena prend fin et il revient à son enquête sur la façon dont dorment les hommes et les femmes de race blanche.

Le téléphone se remet à sonner et, cette fois-ci, Brena répond à temps. Ici Jaime Brena, qui est à l'appareil ? dit-il. Commissaire Venturini, lui répond-on à l'autre bout du fil. Commissaire, répète Brena. Comment ça va, mon cher ? Moi, ça va, mais toujours aussi pauvre, cher commissaire, et vous ? J'en suis au même point. Jaime Brena est content d'entendre cette voix. Il réagit à une sorte de réflexe de Pavlov et son corps se met en éveil, il se crispe, mais d'excitation, presque de bonheur ; il y a une substance – de l'adrénaline ? – qui l'inonde de l'intérieur. J'ai quelque chose pour toi, Brena, dit le commissaire. Une chose qui va me coûter un barbecue arrosé d'un excellent rouge ? C'est un barbecue arrosé de champagne que ça va te coûter. J'écoute, dit Brena, qui s'y intéresse par goût personnel, car il sait bien qu'il ne pourra placer dans la rubrique Société aucune des informations qu'il obtiendra aujourd'hui de Venturini, ni d'aucun de ses contacts. Il ne les a pas encore prévenus, il n'ose pas encore les désactiver, ce sont des contacts de toujours. Les articles qu'il publie dans cette rubrique ne sont pas signés, donc, à part pour les gens de la rédaction, il reste encore pour les autres le rédacteur de faits divers le plus réputé du journal. Je vous écoute, commissaire, dit-il, et il prend une feuille rose de son bloc pour noter ce que Venturini s'apprête à lui dire. Quelqu'un que tu connais très bien vient d'être retrouvé mort ; ne t'en fais pas, tu ne l'aimes pas du tout, Brena. Qui ça? Chazarreta. Chazarreta? Égorgé. Tu parles d'une coïncidence. Comme tu dis. L'information est sûre? Je suis debout devant le cadavre, en train d'observer l'entaille, en attendant l'arrivée de la police scientifique. Où? Chez lui, à La Maravillosa. Et que faites-vous si loin de votre juridiction? C'est un de ces hasards de la vie que je te raconterai tout à l'heure ; tu connais la maison, non? C'est là que tu l'avais interviewé la dernière fois. Oui, je connais la maison. C'est la bonne qui l'a trouvé, elle a parlé vingt minutes d'affilée sans dire grand-chose d'intéressant, et maintenant, elle est en état de choc. Des hypothèses? Pas mal, mais rien qui tienne la route, des pétards mouillés. J'attendais que tu me donnes ton sentiment, Brena. C'est que vous me prenez de court, commissaire, laissez-moi digérer la nouvelle et je vous rappelle dans un moment. OK, très cher, je vais encore rester un peu sur les lieux du crime, n'hésite pas à m'appeler, je ne te dis pas de venir, car le procureur va bientôt se pointer et ici, ils ne laissent plus passer personne depuis ce qui est arrivé la dernière fois... Je comprends. Tu vois, je viens de te donner un scoop. Je vous remercie. Appelle-moi. Je vous rappelle, commissaire ; autre chose? Oui, Dom Pérignon, Brena, *T-bone*, poitrine de porc, ris de veau, et Dom Pérignon. Je n'y manquerai pas.

Jaime Brena raccroche et reste les yeux fixés sur son papier. Il se demande ce qu'il doit faire. Il sait que ce qu'il a là, entre les mains, est une vraie bombe. Dans quelques heures, l'information aura fait le tour de toutes les rédactions mais, dans ces affaires, c'est celui qui frappe le premier qui frappe le plus fort. Même si certaines personnes disent – comme l'a fait Rinaldi lors d'une des dernières réunions de couverture auxquelles Brena a participé – que, depuis l'explosion des buzz sur Internet, le concept de "primeur" est plus éphémère que le temps qu'il faut pour faire un copier-coller et le *forwarder*. Ceux de la vieille école, dont lui, Jaime Brena, fait partie, continuent d'attacher de l'importance à cette idée de primeur. La mort de la femme de Chazarreta, trois ans plus tôt, avait tenu tout le pays en haleine. Et, bien que l'on n'ait pas trouvé de preuves suffisantes pour inculper le veuf, 99,99 % des gens pensent que c'est Pedro Chazarreta qui l'a assassinée. Et, dans ces 99,99 % se trouve Jaime Brena. Il avait été chargé de l'enquête journalistique pour *El Tribuno* ; il était également devenu une véritable référence sur cette affaire pour d'autres médias, de l'assassinat jusqu'au classement du dossier. Demain, quand la nouvelle paraîtra dans les journaux, Brena sait que les gens diront que justice a été rendue, bien qu'il ne puisse pas avoir de véritable certitude là-dessus ni sur rien. Bien que la vraie justice, pour quelqu'un qui n'aurait pas dû mourir, ce soit de ressusciter et non de voir mourir son assassin. Mais Brena doute que quiconque, pas même Jésus-Christ, ait pu en bénéficier. Il s'approche du bureau du gamin, son petit papier rose à la main. Dis, tu as une minute? lui demande-t-il. Il se rend compte à ce moment-là que le gamin est en train de réduire la taille à l'écran du document qu'il écrit pour l'empêcher de voir sur quoi il travaille. Alors, bien que ce dernier lui dise : Oui, je t'écoute, Brena se dit : C'est compris, petit, et il met en boule son papier rose, le jette dans la corbeille qui se trouve aux pieds de l'apprenti rédacteur de faits divers, et lui dit : Non, rien, laisse tomber. Puis, il se tourne vers le bureau de Karina, lui montre le paquet de Marlboro qu'il vient de sortir de la poche de sa chemise, et lui demande : Tu m'accompagnes ? Et la femme se lève et l'accompagne.

Quand ils arrivent dans la rue, ils y trouvent au moins trois autres collègues, occupés à fumer. L'interdiction de fumer dans les lieux fermés à Buenos Aires est à l'origine d'une routine de trottoir qui ne déplaît pas vraiment à Jaime Brena. Ils s'assoient sur la bordure. Comment vas-tu ? lui demande Karina et, après avoir hésité, la femme prend la cigarette que Brena lui propose. Bien, dit-il tout en allumant la sienne. Qu'est-ce que tu comptes faire avec ton dossier de retraite ? Je ne sais pas encore ; par moments, je suis décidé, et par moments, je ne me vois pas arrêter de venir ici tous les jours. Brena prend une profonde bouffée, puis il recrache la fumée, lentement. Et puis, je suis sûr que Rinaldi ne voudra pas me donner le fric qu'il a donné aux autres. Et si quelqu'un le mérite, c'est bien toi. Qu'est-ce que ça a à voir ? Est-ce que le fait de le mériter garantit quoi que ce soit ? Tu as raison, dit la fille, et elle porte la cigarette à sa bouche pour que Brena la lui allume. Et tes amours ? À ce niveau-là, oui, j'ai déjà pris ma retraite volontaire, dit-il, ce qui fait rire la fille. Il fait claquer la molette du briquet jusqu'à ce que la flamme sorte, et alors, elle s'approche. À d'autres, Brena. Non, sérieusement, j'ai envie de vivre tranquille. C'est terminé pour de bon avec Irina ? Oui, Dieu m'en garde. Pendant un moment, ils fument tous deux en silence, en regardant le boulevard. Tu sais quoi ? lui dit Brena, l'autre soir, je suis descendu m'acheter quelque chose à manger, et je suis tombé sur un type qui promenait un chien, beau et grand, ce devait être un labrador. Et le type, c'était qui ?

Le type, c'est sans importance, c'est le chien qui est important ; j'ai senti que moi aussi, je me verrais bien avec un chien comme celui-là. Je vais peut-être m'en acheter un. Oh, Brena, tu n'y penses pas, tu n'as pas de patience pour les chiens, toi. Qu'est-ce que tu en sais ? Je te connais, au bout de deux mois, tu vas vouloir le rapporter. Bon, un chien ce n'est pas comme un mariage, ce n'est pas pour toute la vie ; s'il ne convient pas, il ne convient pas. En ce qui me concerne, j'aurais moins de mal à rompre un mariage qu'à rapporter un chien, dit-elle. Un chien, à qui est-ce qu'on le rapporte ? Tu ne sais pas ce que c'est que de rompre un mariage, dit-il. Je ne veux même pas le savoir. Brena prend sa dernière bouffée et éteint son mégot dans un filet d'eau qui passe dans le caniveau, sous ses jambes et celles de la fille. Elle, qui ne fume presque pas aujourd'hui, a encore sa cigarette allumée, et elle joue avec la cendre. Il la regarde, puis il lui dit : Chazarreta vient d'être retrouvé mort, égorgé. Pedro Chazarreta ? Oui. Je ne te crois pas. On vient de m'appeler pour m'avertir. C'est la une de demain, dit Karina. La une de *El Tribuno* ? Si le gamin se bouge à temps, doute Brena, et rien n'est moins sûr. Oui, si le gamin se bouge. Maintenant, c'est la fille qui éteint sa cigarette à moitié fumée dans l'eau qui coule. Tu n'as presque rien fumé, lui dit-il. Si, deux ou trois bouffées, tout au plus, j'ai un peu mal à la gorge ; on y va ? Tu sais pourquoi, à mon avis, les femmes dorment sur le dos ? lui demande Brena. Pourquoi ? Il la regarde, respire profondément, sourit, puis il dit : Non, rien, laisse, rien. Il se lève et lui donne la main pour qu'elle fasse comme lui. Tu rentres ? Oui, pas toi ? Je vais faire un tour du pâté de maisons et je reviens ; tu veux bien me rendre un service ? lui demande Brena. Oui, bien sûr. Quand tu passeras dans le bureau du gamin, dis-lui que dans sa corbeille il y a un petit papier rose chiffonné ; dis-lui de le lire, de ma part. Oui, je lui passe le message. Karina lui saisit la main et reste immobile un instant, comme si elle allait ajouter quelque chose. Mais elle finit simplement par dire : D'accord, je lui passe le message. Et elle s'en va.

Brena pourrait marcher dans n'importe quelle direction car – il en est lui-même conscient – il ne va nulle part. Alors, il décide de partir vers l'est, pour que le soleil ne lui tape pas dans les yeux mais dans le dos. Il ne fait pas trop chaud mais, le reflet de la lumière du soleil sur ces dalles claires, cela fait quarante-quatre ans qu'il lui fait plisser les yeux. Et il n'a pas envie de les plisser. Il tourne la tête d'un côté et de l'autre pour se relâcher les cervicales, il emplit d'air ses poumons, rajuste son pantalon à la taille. Puis il regarde en arrière, par-dessus son épaule, et s'assure qu'il est seul, que personne ne marche près de lui. Alors il écarte sa main droite un peu vers l'avant, il tend le bras et ferme le poing, et il marche en conservant cette position, comme s'il le tenait en laisse. Comme si le chien le tenait en laisse.

4

Cet après-midi, Nurit Iscar travaille sur *Défais les nœuds*, un livre de commande. Elle le déteste. Il lui a été demandé par l'ex-femme du propriétaire d'une entreprise de transport qui a été confrontée, pendant et après son divorce, à des situations qu'elle considère "uniques" et qu'elle a surmontées en trouvant des "solutions du cœur" qu'elle veut faire partager aux autres. Tu ne te figures pas le roman que tu vas écrire quand je t'aurai raconté ma vie, avait-elle dit à Nurit le jour où elle l'avait rencontrée, n'imaginant pas le nombre de fois que son *ghost writer* – comme tant d'autres écrivains – avait déjà pu entendre cette phrase, ou d'autres similaires, de la bouche d'autres personnes. Si je te raconte ma vie, tu l'écris et tu remportes le prix *Clarín*, Quand je raconte cela à mes amis, ils me demandent tous pourquoi je n'en fais pas un roman, Je vais te raconter quelque chose ; toi, tu notes, et tu tiens ton prochain livre, que dis-je, trois tomes au bas mot! Nurit Iscar s'était alors demandé – question qu'elle se pose encore de temps en temps : Pourquoi tellement de gens croient-ils que leur vie a quelque chose d'exceptionnel, alors que moi, je crois que la mienne est pareille à celle de tout le monde? Au moins, elle en a fini avec l'étape des entretiens avec “l’auteur” ; maintenant, il ne lui reste plus qu’à en copier le script et à écrire. Écrire. Le bonheur d’écrire. Ça, oui, c’en est un. Jouer avec les mots, agencer des phrases, conjuguer des verbes. Écrire. Et l’ex-femme du transporteur paie bien. Et même très bien. Alors Nurit Iscar s’efforce de ne pas trop penser au “message” que cette femme veut faire passer, aux nœuds, au sens des mots qu’elle choisit, mais plutôt à la façon dont ils sonnent, dont ils chantent, dont chacun rebondit devant l’autre pour former une mélodie dont *Défais les nœuds* n’est pas digne. C’est pour les mots qu’elle continue d’écrire. Pas pour ce que l’ex-femme du transporteur “veut faire passer”. Plus tôt elle lui remettra son manuscrit terminé, plus vite elle touchera l’argent. Le problème qui couve, c’est qu’après *Défais les nœuds*, elle n’a pas d’autre travail sous le coude. Mais elle ne veut va s’inquiéter d’avance.

En milieu d’après-midi, Nurit est prise d’un accès de paresse, de flemme, ou d’autre chose, qui l’amène à se chercher une excuse pour faire une pause dans son travail. La collation, se dit-elle. Elle regarde l’horloge et se rend compte que l’heure est idéale, cinq heures dix. À ce moment précis, le gamin des faits divers de *El Tribuno* qui, quelques minutes plus tôt, a fini de défroisser le papier rose que Jaime Brena avait jeté dans sa corbeille, tape sur Google plusieurs combinaisons de mots clés pris sur ce même papier. Mais rien d’intéressant n’apparaît, rien que du vieux, des choses en rapport avec la mort de la femme de Chazarreta et pas avec sa mort à lui. Il consulte son compte Twitter, aucune des personnes qu’il suit n’a rien écrit sur le sujet. Un moment, il envisage de lancer lui-même le *tweet* : “Quelqu’un a-t-il entendu dire que Pedro Chazarreta a été assassiné ?", mais il écarte cette idée, il se rend compte que cela reviendrait à alerter les autres sur une nouvelle qu'il semble pour l'instant être le seul à détenir. Avec Jaime Brena. Il demande à Karina son numéro de portable, celui de Jaime Brena, et elle est gênée qu'il le lui demande d'un ton si péremptoire, si assuré, comme si elle n'avait d'autre solution que de le lui donner. Mais, de toute façon, elle le lui donne. Il le garde toujours éteint, lui dit-elle, mais si tu veux, essaie de l'appeler, on ne sait jamais. Oui, éteint, peste le gamin. Il laisse un message sur le répondeur de Jaime Brena et réessaie avec Google. Et avec Twitter. À peu près au moment où Nurit Iscar finit de griller ses tartines et les pose sur la table, avec la confiture allégée et le fromage fondu, le gamin a déjà réalisé que Jaime Brena ne pense pas le rappeler, pas plus qu'il ne compte sans doute retourner à la rédaction du reste de la journée. Et que, sans son aide, il ne sera guère plus avancé qu'avec ce qui est écrit sur ce bout de papier froissé. Il s'est également avisé, et c'est le pire, qu'il a perdu un temps extrêmement précieux à tenter de le trouver. C'est pourquoi, alors que Nurit ajoute un peu de lait à son thé – elle n'a pas arrêté le café à cause d'insomnies ou d'aigreurs mais dès qu'on lui a dit que ça donnait de la cellulite, ce qu'elle ne pourra jamais vérifier –, le gamin des faits divers traverse le couloir qui mène au bureau de Rinaldi : C'est mieux qu'il soit au courant, se dit-il, et qu'il voie quel contact il convient d'appeler. Avant d'entrer dans le bureau, il consulte encore son compte Twitter avec son Blackberry, et maintenant, il y a quelque chose, un *tweet* d'un jeune journaliste qui travaille à la radio et à la télévision, un *tweet* qui est d'ailleurs *retwitté* à plusieurs reprises par d'autres personnes. Une simple phrase : Chazarreta, le veuf de Gloria Echagüe, a été égorgé. Et rien d'autre. Le gamin frappe à la porte de Rinaldi, il attend que, de l'autre côté, on lui dise d'entrer, ce qu'il s'empresse de faire, remerciant le ciel que son chef ne soit pas féru de nouvelles technologies.

À l'insu de tous les deux – de Nurit Iscar et du gamin des faits divers –, le procureur vient d'arriver chez Chazarreta, et il commence par se plaindre de voir autant de gens sur les lieux du crime. Autour du cadavre égorgé de Chazarreta s'affairent : un groupe de policiers du commissariat qui a juridiction sur la zone, accompagnés du commissaire divisionnaire ; le commissaire Venturini qui explique au procureur, tandis qu'ils se font l'accolade, qu'il participait à une réunion de travail lorsqu'un de ses collègues a été averti des faits par téléphone, et qu'il n'a pas voulu rater une occasion pareille ; deux commissaires venus des commissariats voisins ayant été mis au courant de l'affaire, sans que l'on sache précisément comment ; l'équipe de l'ambulance du service médical d'urgence contacté par la sécurité de La Maravillosa, conformément au règlement du *country*, qui oblige à le prévenir d'urgence dès qu'un accident est constaté – le même service qu'ils avaient contacté à la mort de Gloria Echagüe ; la police criminelle, déjà occupée à dresser le dossier d'instruction ; les experts en criminalistique, arrivés quelques minutes à peine avant le procureur ; un expert en planimétrie ; des médecins, un biochimiste, des dactylotechniciens ; un expert en balistique qui, bien que sa présence ne soit pas nécessaire s'agissant d'une personne égorgée, a été intégré à l'équipe dans l'éventualité où l'on trouverait aussi des balles perdues ; un résident du *country* devant faire office de témoin et signer l'acte. Bien que le Code de procédure de la province de Buenos Aires n'exige pas de témoin, mieux vaut prévenir que guérir, a dit l'un des commissaires, approuvé par les autres, cette affaire va faire encore plus de bruit que celle de sa femme et nous ne pouvons pas nous permettre encore une fois de ne pas être à la hauteur. Dites, les gars, vous êtes sûrs qu'il ne manque personne? demande le procureur sur le ton de la plaisanterie tout en se frayant un passage pour s'approcher du cadavre. Il tourne autour du fauteuil, regarde sous divers angles le corps sans vie de Chazarreta, s'approche du commissaire en charge de l'affaire – après avoir demandé auquel de tous ces commissaires elle a été confiée –, et il l'interroge sur certains détails tout en observant la façon dont le voisin convoqué en qualité de témoin, nerveux, et qui évite de regarder vers l'endroit où se trouve le cadavre, laisse tomber par terre le papier du bonbon qu'il s'apprête à manger. Le procureur montre ce papier à l'un des dactylotechniciens et lui dit : Ramasse cette pièce à conviction, elle va peut-être nous conduire jusqu'à l'assassin. Le voisin se baisse instantanément pour ramasser le papier et, dans la précipitation, manque de s'étrangler avec son bonbon.

Nurit Iscar étale du fromage et de la confiture allégée sur un autre toast qu'elle laisse dans l'assiette, elle prend la télécommande du téléviseur et cherche une chaîne d'informations. Elle zappe jusqu'à ce qu'elle trouve quelque chose qui l'intéresse. Les numéros gagnants du tirage de la Loterie Nationale : ça ne l'intéresse pas ; le braquage d'une boutique d'articles de sport : guère plus ; la régate Buenos

Aires-Montevideo : pas du tout. Mais, sur Crónica TV, un encadré rouge occupant tout l'écran lui glace les sangs : Dernière minute, Pedro Chazarreta retrouvé égorgé. Nurit doit s'y reprendre à deux fois pour lire. Pedro Chazarreta retrouvé égorgé. Égorgé. Et la voix du présentateur qui dit : Le veuf de Gloria Echagüe meurt de la même façon que sa femme, la gorge tranchée de part en part. Nurit appelle Paula Sibona pour avoir quelqu'un avec qui partager la nouvelle, mais ça ne répond pas, et elle ne laisse pas de message. Elle n'arrive pas non plus à joindre Carmen Terrada. Elle attend plus d'informations, change de chaîne, revient à la première, les balaie toutes, mais rien d'autre. Quelques minutes plus tard, alors qu'il est dans son bureau et qu'il tourne le dos au gamin des faits divers, encore occupé à consulter son Blackberry, Rinaldi fait la même chose que Nurit, mais avec un tout autre résultat : à peine passées ces quelques minutes, la nouvelle est déjà sur toutes les chaînes. Alors que personne ne réussit à entrer dans le quartier où habite Chazarreta. La seule équipe de télévision mobile déjà sur place reste à l'extérieur de La Maravillosa et retransmet les maigres informations qu'elle obtient à la barrière de l'entrée. Ce sont les règles du quartier, voilà la seule réponse que le responsable de la sécurité oppose au journaliste mobile qui demande avec insistance l'autorisation d'entrer. Rinaldi se met sur la chaîne d'informations qui appartient au même groupe que *El Tribuno* et dit au gamin : Demande que l'on me passe de toute urgence le responsable en chef du service Information de la chaîne. À l'écran, le présentateur du journal télévisé demande : Sommes-nous en mesure d'assurer que Pedro Chazarreta est mort égorgé ? Oui, parfaitement, répond le spécialiste des affaires criminelles, alors que l'on voit à l'écran l'image du panneau de La Maravillosa sur lequel il est écrit "Accès réservé aux résidents", il n'y a aucune information officielle, mais des sources fiables nous ont assuré que Pedro Chazarreta, le veuf encore récemment mis en cause dans l'assassinat de sa femme, Gloria Echagüe, a été retrouvé mort ce matin, la gorge tranchée, dans un fauteuil de la maison qu'il occupait avec elle il y a encore trois ans, et à quelques mètres de l'endroit où avait été retrouvé le corps de sa femme. Ensuite, la chaîne d'informations que regarde Rinaldi, et que Nurit Iscar vient de mettre aussi, passe un reportage sur la mort de Gloria Echagüe, à défaut de disposer d'images sur la mort de Chazarreta. Ils n'ont encore rien, se dit Rinaldi à lui-même, tandis que le gamin des faits divers essaie d'établir la communication qu'il lui a demandée. Pour les téléspectateurs qui ne se souviennent pas de ce crime qui nous a tellement tenus en haleine, au cours de l'année 2007, dit le présentateur qui, avec un sourire forcé, attend que les images d'archives apparaissent à l'écran.

Gloria Echagüe a été retrouvée morte il y a trois ans, la gorge tranchée, c'est aujourd'hui le cas de son mari. C'est Carla Donatto, sa cousine, elle aussi résidente du *country* La Maravillosa, qui l'a trouvée ; elle avait convenu de passer prendre le café chez elle en fin de journée. Gloria, qui allait à la salle de gym tous les dimanches à trois heures de l'après-midi, et qui se faisait un sauna d'une demi-heure après son programme de cinquante minutes, lui aurait dit de passer à six heures. Sa cousine, mariée à Lucio Berraiz, ex-associé et ami de Pedro Chazarreta, l'avait trouvée allongée sur le ventre, entourée d'éclats de verre brisé de tailles et de formes diverses, une partie du corps à l'extérieur et l'autre à l'intérieur de la maison, en travers de la porte-fenêtre qui sépare la galerie extérieure du living des Chazarreta. Elle portait le survêtement qu'elle avait sur elle en sortant de la salle de gym, des chaussures de sport et un bonnet noir à visière de la marque Nike qui était encore sur sa tête.

Ce dimanche-là, pourquoi Gloria Echagüe avait-elle voulu rentrer par la porte-fenêtre du living alors qu'elle empruntait toujours la porte latérale qui donne dans la cuisine ? Pourquoi n'y avait-il pas sous elle la flaque de sang caractéristique des personnes qui ont été égorgées ? Que faisait, dans le living de la maison, un galet identique à ceux qui ornent le parterre de l'entrée ? Comment Gloria Echagüe qui, selon le témoignage de plusieurs de ses amies, prenait tant soin de ce parquet à chevrons, avait-elle pu supposer que la porte-fenêtre vitrée était ouverte un jour où il n'avait pas cessé de crachiner et où le taux d'humidité était de 90 % ? Avec quelle partie de son corps Gloria avait-elle brisé la vitre ? Le genou, le front ? Dans ce cas, pourquoi n'avait-on pas trouvé d'entailles sur d'autres parties de son corps ? Qu'étaient donc ces petites coupures qu'elle avait sur la paume des mains ? Des éclats de verre qui entouraient la défunte, quel était celui qui lui avait causé l'entaille qu'elle avait au cou, une entaille si rectiligne, si propre, si parallèle à la ligne hypothétique décrite par ses épaules ? Pourquoi la galerie était-elle trempée, mais sans la moindre tache de boue ou trace de pas, un jour où tout était boueux ?

Ce dimanche-là, personne ne s'est posé ces questions. Il semble, du moins, que personne ne se les soit posées. Carla Donatto avait tout de suite appelé Chazarreta sur son portable ; il était en train d'acheter du vin au magasin du *country*. Rentre vite, Pedro... chez toi, rentre, c'est Gloria, lui avait-elle dit, en criant, selon ce qu'indique sa déclaration, qui devait être versée au dossier quelque temps plus tard. Et Chazarreta avait mis sept minutes à arriver. Lorsqu'il avait reçu l'appel, il était à la caisse du magasin, sur le point de payer, ce qu'il avait fait, par carte – son ticket de caisse marquait 18 h 15 –, il était monté dans sa voiture puis était parti directement chez lui. Exactement sept minutes, selon ce qui est consigné dans le dossier. Deux minutes pour payer à la caisse, une minute pour marcher jusqu'à la voiture qu'il avait garée à l'autre bout du parking, une minute pour mettre le vin dans son coffre, une minute pour passer devant le club-house à une heure où il faut céder le passage aux enfants qui quittent leurs activités, et deux minutes pour parcourir les cinq pâtés de maisons qui séparent le magasin de son domicile, à une vitesse maximale autorisée de vingt kilomètres à l'heure. Sept minutes.

Le mari de Carla Donatto s'était occupé de l'enterrement, et même d'obtenir un faux certificat de décès indiquant que Gloria Echagüe était décédée de mort naturelle. Tout s'était passé à une vitesse folle, et la femme de Chazarreta avait été enterrée dans les quarante-huit heures. Mais, une semaine plus tard, sa mère, qui vivait à l'étranger, et avec laquelle Echagüe ne gardait plus qu'une relation distante depuis son mariage avec Chazarreta, s'était permis d'émettre certains doutes. Elle était revenue au pays, s'était rendue sur la tombe de sa fille, avait posé des questions. Les réponses ne la convainquaient pas. Elle avait encore plus de doutes. Le procureur avait fait procéder à l'exhumation du corps et, après des expertises et d'autres démarches judiciaires, la vérité avait éclaté au grand jour : Gloria Echagüe avait été égorgée en dehors de sa maison et traînée jusqu'à l'endroit où on l'avait découverte ; après quoi, quelqu'un avait brisé la vitre de la porte-fenêtre avec un galet. L'assassin et ses éventuels complices avaient soigneusement essuyé le sang qui avait souillé la galerie, ils avaient effacé leurs traces, mis en scène le lieu du crime et, juste après, étaient partis sans être vus de personne. L'arme du crime n'avait jamais été retrouvée.

Des photos de Gloria Echagüe, des photos de Pedro Chazarreta, des photos d'eux ensemble. Des photos de quand ils étaient jeunes, des photos récentes. Des photos de Gloria Echagüe avec des amies. Des photos de Chazarreta avec des amis. Des photos du couple, le jour de leur mariage. Des photos de voyages. Des photos de Chazarreta le jour de l'enterrement de sa femme. Des photos de Chazarreta le jour du début de son procès. Des photos de Chazarreta le jour où il a été incarcéré pour purger sa peine de prison préventive. Des photos de Chazarreta après sa libération. Un bref commentaire de ce moment, livré par Jaime Brena, seul journaliste ayant pu interviewer Chazarreta. Mais, évidemment, personne n'a encore de photo du cadavre de Chazarreta. Fin du reportage.

Alors, Lorenzo Rinaldi dit au gamin des faits divers : Nous ne serons pas les premiers, mais nous devons être les meilleurs, et il lui prend le téléphone des mains.

Nurit Iscar s'assied devant son ordinateur et elle tape, à la suite, les adresses internet des sites des premiers journaux en ligne et agences de presse qui lui viennent à l'esprit : *La Nación, Clarín, El Tribuno, Página/12, Telam, Tiempo Argentino, Perfil, Crónica, La Gaceta, La Voz del Interior, La Primera de la Mañana.* Ce faisant, elle pense à tous les gens qui, les uns après les autres, en apprenant la nouvelle, diront : Ce n'est que justice. Conclusion identique à celle à laquelle arrivait Jaime Brena, quelques heures plus tôt, tout en notant les infos que lui passait le commissaire Venturini sur le petit papier rose qu'il avait ensuite jeté dans la corbeille à papier du gamin des faits divers, et qui se trouve maintenant sur le bureau de Rinaldi. Car, bien que la justice au sens propre, celle des juges et des tribunaux, ait laissé Chazarreta en liberté par manque de preuves, la grande majorité des habitants du pays, à tort ou à raison, croient encore aujourd'hui que c'est Chazarreta qui a égorgé sa femme. Ou qu'il l'a fait égorger. Ce qui n'empêche pas que Nurit Iscar se permette d'avoir des doutes, pour la bonne et simple raison que les preuves manquent. Bien qu'elle comprenne l'argument des autres : Pourquoi faire passer pour un accident une chose dont le plus grand de tous les sots sait bien qu'elle n'en était pas un ? Pourquoi ne pas avoir laissé la police intervenir immédiatement ? Pourquoi avoir fait rédiger un faux certificat de décès ? Des gens ayant été éduqués dans les meilleurs collèges et universités peuvent-ils être aussi crédules ? Toujours est-il qu'elle reste introuvable, la preuve irréfutable, l'arme du crime portant des traces, un témoin, l'ADN récupéré dans un cheveu, dans de la sueur, dans un autre sang, n'importe quoi qui le condamnerait imparablement ; alors, même s'il est probable qu'elle se trompe, elle préfère en douter. Elle se doit d'en douter. Peu importent son sentiment, ses intuitions. Il n'y a pas de preuves. Peu importe ce qu'elle pense de Chazarreta au fond d'elle-même. Toute personne est innocente jusqu'à preuve du contraire. Et elle, elle ne sait pas si Pedro Chazarreta est innocent, mais elle sait que l'on n'a pas réussi à démontrer qu'il ne l'était pas. Comme 99,99 % de la population, Jaime Brena ne voit pas les choses sous cet angle : il ne fait pour eux aucun doute que cet homme est bien l'assassin de sa femme. Ou qu'il l'a fait assassiner. Ou qu'il sait qui l'a fait, et pourquoi, et qu'il le garde pour lui. Cela ne change rien : il est coupable. Cependant, la justice ne fonctionne pas de façon démocratique, on ne décide pas de la culpabilité ou de l'innocence de quelqu'un comme on élit un président ou un gouverneur. S'il en était ainsi, si la justice était rendue sur la base du vote de l'opinion publique, des erreurs seraient sans doute commises. Il n'empêche qu'il s'en commet tout de même. Tout en parcourant les nouvelles de dernière minute à la recherche d'informations supplémentaires sur la mort de Chazarreta, Nurit énumère dans sa tête toutes les expressions que pourra inspirer cette nouvelle aux gens, au fur et à mesure qu'ils en prendront connaissance. Ce n'est que justice, Au bout du compte, celui qui doit payer finit toujours par payer, Dieu est juste, Qui mal agit, mal finit. Tous ceux qui l'ont apprise en même temps qu'elle, ou en regardant le journal télévisé du soir, ou le journal de demain matin, les gens qui vivent dans l'appartement qui se trouve en face du sien, dans celui d'en dessous, dans celui du pâté de maisons d'à côté, au café du coin. Elle double-clique sur l'entrée renvoyant au journal *La Primera* et elle s'aperçoit qu'il y a un petit reportage de Zippo. Mais à peine commence-t-elle à le lire qu'elle est distraite par la sonnerie du téléphone et, bien qu'elle ne décroche pas – elle ne décroche jamais avant que le répondeur ne se déclenche et avant d'avoir identifié la voix, afin de pouvoir décider si elle prend ou non l'appel –, elle s'arrête quand même de lire, attendant de ne plus être déconcentrée dans sa lecture par la sonnerie, et sûre de ne pas prendre l'appel, une fois la voix identifiée. Mais la voix, cette voix, et la façon qu'elle a de la nommer, la pétrifient autant qu'elle l'avait été, un instant plus tôt, à la lecture du communiqué lui apprenant que Pedro Chazarreta avait été égorgé. Voire même plus encore. À l'autre bout du fil, elle entend Allô, Bétibou, puis, Appelle-moi, Chazarreta s'est fait assassiner et j'aimerais que tu prennes l'affaire cette fois-ci. Puis on raccroche. Ou plutôt il raccroche. Tonalité occupée. Le répondeur s'arrête. Celui qui a appelé a oublié de dire qui il est ; en fait, il n'a pas oublié car il a la certitude que Nurit Iscar saura de qui vient cet appel. Et c'est le cas, elle sait de qui il vient. Cela va sans dire. Il n'y a qu'un homme sur la terre capable d'appeler encore Nurit par ce nom-là, Bétibou ; un homme dont le simple son de la voix suffit à ressusciter au plus profond d'elle-même des souvenirs que Nurit croyait presque oubliés : Lorenzo Rinaldi. Et c'est à lui – et dans une moindre mesure à Chazarreta lui-même, ou au crime dont la majorité de la population croit qu'il a été commis par Chazarreta – que Nurit Iscar, Bétibou, doit le fait qu'après une carrière littéraire réussie – si l'on en croit les paramètres servant, selon les cas, à mesurer le succès des uns ou l'échec des autres –, elle n'ait plus jamais écrit un seul roman et décidé de gagner sa vie comme *ghost writer* pour des gens désireux de raconter des choses aussi inintéressantes pour Nurit que *Défais les nœuds*. Allô, Bétibou, Nurit rembobine et écoute la bande au moins cinq fois, Allô, Bétibou, comme pour avoir confirmation et dissiper tout doute sur l'identité de celui qui l'appelle.

Elle ne le rappelle pas, elle sait que Lorenzo Rinaldi rappellera, dans un moment, dans quelques heures. Elle sait que Rinaldi n'est pas du genre à se résigner facilement s'il n'obtient pas ce qu'il veut. Et elle sait aussi qu'elle, Nurit Iscar ou Bétibou, n'aura pas d'autre choix que de lui répondre.

5

Nurit et Lorenzo Rinaldi se sont connus en 2005 lors d'une émission de télévision à laquelle ils étaient tous les deux invités. Elle venait de publier *Mourir à petit feu*, son troisième roman qui, comme les précédents, dès sa sortie en librairie, faisait partie des meilleures ventes. Lui venait d'être primé en Espagne pour sa trajectoire journalistique et c'est aux alentours de cette date que paraissait son essai *Qui commande ? Le réel pouvoir des médias dans l'Argentine du XXIe siècle*. Leur première rencontre n'eut pas lieu sur le plateau, mais dans la loge de maquillage. Au moment où Nurit entra, il était déjà là, assis dans un haut fauteuil – semblable à ceux qu'utilisent les coiffeurs pour hommes –, une cape en plastique posée sur les épaules pour que les produits cosmétiques ne tachent pas son costume. On installa Nurit dans le fauteuil d'à côté. À peine assise, elle avertit le maquilleur qu'elle aimait les choses simples, naturelles. Les rides, ça oui, tu les caches, mais il ne faut pas que ça se voie, lui demanda-t-elle. Cela fit sourire Rinaldi à côté d'elle. Quelles rides ? demanda-t-il, et elle, qui se sentit rougir, plusieurs secondes avant même que cette couleur ne lui empourpre le visage, s'excusa en montrant ses joues : J'ai de la couperose. Ah bon, dit-il, et il se remit à sourire. Puis ils restèrent silencieux tous les deux tandis que les maquilleurs s'affairaient mais, par deux ou trois fois, ils échangèrent des regards dans le miroir. Avant de sortir, Rinaldi s'approcha, cette fois-ci en la dévisageant, mais ce n'est pas à elle mais au maquilleur qu'il s'adressa : Elles sont jolies, ces bouclettes, pas vrai ? Elles sont magnifiques, répondit l'autre, qui secoua les cheveux noirs de Nurit pour bien remettre en place ces jolies bouclettes. Elle se sentit mal à l'aise. Elle se demanda si elle ressentait cette gêne parce qu'elle se savait observée, parce qu'elle avait reçu un compliment, ou à cause du maquillage ou de la couperose. Chaque fois qu'on l'interviewait, c'est comme quand elle prenait l'avion, au lieu d'être plus sereine, le risque du crash lui semblait toujours plus élevé. Et immanquablement, avant et pendant l'interview – comme quand elle bouclait sa ceinture au moment du décollage –, elle se demandait : Mais qu'est-ce que je fais là ? Mais elle était bel et bien là, encore une fois. Pour penser à autre chose, elle se mit à compter les pinceaux de différentes tailles que le maquilleur avait étalés sur son plan de travail : quatorze. Ensuite, elle compta les couleurs de la palette d'ombres à paupières : soixante-quatre. Allez, appuie la tête sur le dossier et regarde vers le bas, ma belle, lui dit le maquilleur, car Nurit ne pouvait s'empêcher de cligner des yeux pendant qu'il essayait de lui mettre le rimmel. Tu as vu comme ton camarade qui, lui, est déjà prêt, s'est bien tenu ? lui fit remarquer l'homme tandis que Lorenzo Rinaldi enlevait sa cape. Nous nous voyons au studio, dit Rinaldi à Nurit, et il sortit. Elle fut quelque part un peu soulagée qu'il n'y eût plus de témoins, et le maquilleur put finir son travail dans de bonnes conditions. Qui est-ce, lui demanda-t-elle, tandis que l'homme donnait une touche finale à son maquillage en lui étalant un peu de poudre légère sur les pommettes. Lorenzo Rinaldi, le directeur du journal *El Tribuno* ; tu ne le connais pas ? Si, bien sûr, de nom ; je l'ai aussi déjà lu, mais je n'avais jamais vu sa tête, répondit Nurit. C'est un des hommes les plus intelligents du pays, poursuivit le maquilleur, et aussi un des plus pourris, conclut-il. À partir de ce jour-là, Nurit se demanda souvent pourquoi elle avait accordé tant d'attention à l'intelligence de Lorenzo Rinaldi, et pourquoi elle avait fait la sourde oreille à la seconde partie de la phrase du maquilleur, qui lui aurait épargné toutes ces nuits sans sommeil, aux sanglots incontrôlables. L'émission se déroula comme la plupart des émissions culturelles : de bonnes intentions dans un décor bon marché composé de deux fauteuils et un bureau, chaque séquence étant consacrée à un invité différent. La première s'était focalisée sur un dramaturge qui revenait d'un festival de théâtre à Berlin, où il avait monté une version de l'*Eva Perón* de Copi, qui avait reçu de grands éloges de la critique. C'est à la fin de cette séquence que Nurit entra sur le plateau et, quand elle ouvrit la porte, le regard des techniciens et des assistants se fixa sur elle comme pour lui dire "Si tu fais du bruit, tu es morte". Absorbé par son téléphone, qu'il avait mis en mode silencieux, Rinaldi ne regarda même pas, et elle s'assit sur une chaise qui se trouvait juste derrière la sienne, comme s'ils avaient pris l'autobus. Rinaldi sentait le parfum, ou la lotion après-rasage, un produit de qualité, cher, sans doute français, se dit Nurit. Après la première coupure son tour à lui arriva. Sa présence accaparait tout l'espace, son assurance avait l'air si naturelle que l'on aurait pu confondre l'invité et le présentateur. Nurit l'observait depuis sa chaise, dans l'ombre du studio, entourée de câbles et de choses diverses – des poteaux, des cloisons, un jeu de couverts, un œuf sur le plat et un beefsteak factices – faisant partie de décors non retenus d'émissions qui ne passaient sans doute plus à la télévision. Rinaldi parla du prix qu'il avait reçu, de journalisme, de son nouveau livre, et de politique, mais, à l'époque, il n'était pas encore aussi en délicatesse avec le président qu'il ne le serait quelques années plus tard ; l'entretien resta donc cordial et dépourvu de l'exaltation que l'on observe maintenant chez Rinaldi lorsqu'il parle de "monsieur le président" et le nomme avec la voix éraillée par la colère qu'elle lui connaît si bien. Nurit se sentit attirée par ses mains, qu'il avait larges, robustes, qu'il agitait lorsqu'il s'enflammait au cours de son récit. Et par les cheveux blancs qui commençaient à lui couvrir les oreilles. Et par sa voix, grosse, ferme mais posée. Malgré la voix de Rinaldi, ses mains et les relents de son parfum, elle pensa à son mari, elle ne se souvient pas de ce qu'elle pensa, mais son mari lui apparut. Un assistant lui demanda la permission de lui passer le fil du micro sous les vêtements, ce qui la sortit de ses pensées. Au moment où Nurit se remit à regarder devant elle, l'interview prenait fin, et Lorenzo Rinaldi disait au revoir à la présentatrice, serrant ses mains dans les siennes et la regardant droit dans les yeux. Si cette femme n'avait pas eu presque dix ans de plus que lui, Nurit aurait cru qu'il tentait de la séduire. En le connaissant davantage, elle se rendit compte qu'il lui arrivait fréquemment de regarder les gens de cette façon, que Lorenzo Rinaldi est quelqu'un qui aime séduire tous les gens qui se retrouvent devant lui, qu'il s'agisse d'hommes, de femmes, et qu'ils soient jeunes, vieux, grands, petits, gros ou maigres. Quand Rinaldi passa à côté de Nurit, elle se décontenança, se prit dans un fil qui traversait le couloir et dut s'agripper à son bras pour ne pas tomber. Attention, Betty Boop, lui dit Lorenzo Rinaldi avec un sourire. Comment ? demanda-t-elle. On ne t'a jamais dit que tu ressembles à Betty Boop ? lui demanda-t-il. Et, au lieu de répondre, Nurit Iscar se demanda si ce qu'elle venait d'entendre était réellement un compliment. Je ne sais pas si tu mets des porte-jarretelles, c'est à cause de tes bouclettes noires et de ta silhouette que je dis ça, surtout tes bouclettes, précisa-t-il en la regardant dans les yeux et, presque machinalement, elle les toucha comme pour s'assurer qu'elles étaient bien là. La prochaine fois, demande-leur de te mettre un rouge à lèvres plus rouge, et tu seras comme la vraie Betty Boop, dit-il, dessinant dans l'espace le contour de ses lèvres, puis il sortit de la poche intérieure de sa veste une carte de visite qu'il lui tendit. Si tu as besoin de quoi que ce soit, lui dit-il. Nurit lui demanda une minute, le temps de sortir la sienne de son sac à main, mais son mouvement ne fut pas aussi simple que celui qu'avait fait Rinaldi. S'il y avait un endroit au monde où régnait le désordre, dans la vie de Nurit, c'était bien dans son sac à main : des tickets de caisse du supermarché, trois paquets de mouchoirs en papier entamés, sans compter quelques mouchoirs volants, des tampons – car, bien que son cycle fût devenu irrégulier depuis ses quarante-huit ans, il ne se décidait pas à l'abandonner –, deux tubes de rouge à lèvres, trois stylos dont un seul écrivait, les clés de l'appartement, une brosse à dents, une pince à épiler, un coupe-ongles, la facture d'électricité à payer pour la semaine prochaine, un livre, son agenda, son téléphone portable, une paire de bas de soie de rechange au cas où elle filerait ceux qu'elle portait. Un instant, elle crut que Rinaldi pouvait avoir vu les tampons ou les bas de soie, et elle se remit à rougir mais, à ce moment-là, elle savait qu'elle n'avait plus besoin de s'excuser : à cet endroit du studio, et avec la base qu'on lui avait mise, personne ne pouvait le remarquer. Par les haut-parleurs, le directeur lança, d'un ton agacé : Putain, les gars, qu'est-ce que vous attendez pour faire monter Nurit Iscar sur le plateau ? Nurit leva les yeux en entendant son nom et elle se rendit compte qu'alors qu'elle était encore en train de retourner son sac, Lorenzo Rinaldi, qui attendait sa carte, n'était plus seul devant elle, il y avait aussi deux assistants, un producteur, et même la présentatrice, qui s'était approchée pour voir ce qui se passait. Ce n'est pas grave, dit Lorenzo, au journal, nous avons tes coordonnées. Rinaldi la salua et s'en alla ; le technicien la mena jusqu'au fauteuil qui l'attendait et elle s'assit. La présentatrice la salua avec le même sourire qu'elle avait adressé à Rinaldi pour lui dire au revoir. Que tu es belle, lui dit-elle ; tu as perdu du poids, non ? Je ne sais pas, dit Nurit, ça se peut. Si, si, tu es belle, lui dit la femme, et elle plaça des livres qui se trouvaient sur le bureau de sorte qu'ils soient dans le champ de la caméra. Les choses semblaient sur le point de commencer, mais la présentatrice fit un signe au caméraman, et elle fixa Nurit comme s'il y avait un problème. Le rouge à lèvres, tu sais, ils t'en ont trop mis, ta bouche brille trop, et ce n'est pas beau à l'écran, lui dit-elle. Une serviette en papier, s'il vous plaît, cria-t-elle, comme si elle parlait à une personne accrochée au plafond, puis elle demanda à Nurit : Tu permets que je t'en enlève un petit peu ? Oui, bien sûr, si ça te semble mieux, dit-elle, et elle serra entre ses lèvres la serviette qu'elle approchait de sa bouche. Là, maintenant, ça va, dit la présentatrice. Puis, la femme tira sur le bas de sa veste pour la réajuster, elle passa ses doigts dans ses cheveux pour leur donner un peu de volume, regarda son image dans un moniteur pour s'assurer que tout était parfait, et elle ajouta enfin : Passez-moi une seconde mon rouge et un miroir, vous voulez bien ? L'assistant s'exécuta sur-le-champ, il tendit à sa chef ce qu'elle lui demandait, puis cette dernière se remit du rouge sur les lèvres jusqu'à ce qu'elle en eût autant que Nurit avant qu'elle ne lui fît serrer la serviette en papier. Tu es prête ? lui demanda la présentatrice dès qu'elle en eut fini avec ses retouches. Et, sans attendre que Nurit lui répondît, elle démarra : Pour la dernière partie de notre émission, nous sommes avec l'écrivain Nurit Iscar, qui vient de publier son dernier roman : *Mourir à petit feu*, un roman que j'ai dévoré et que vous dévorerez également. Nurit bloqua sur le verbe "dévorer", qu'est-ce que cela peut bien signifier, que quelqu'un dévore un livre ? Qu'il le mâche ? Qu'il l'avale ? Qu'il le digère avant de l'expulser ? Elle se souvint du conte de Fontanarrosa, *Une veillée littéraire*, dont les protagonistes, des exégètes de littérature, font cuire au four avec des pommes de terre différents livres classiques, qu'ils mangent ensuite. Elle s'imagina la présentatrice aux lèvres brillantes, *Mourir à petit feu* entre les dents, croquant d'une seule bouchée la couverture et les premières pages, et elle n'entendit rien de la brève biographie qu'on fit d'elle à l'écran. La présentatrice lança sa première question et Nurit n'eut plus le loisir de l'imaginer en train de dévorer son livre. Est-ce que cela te dérange d'être un auteur best-seller? dit-elle. Elle n'eut pas besoin de réfléchir à la réponse ; une fois de plus, et presque de façon machinale, elle amorça la série de phrases convenues auxquelles elle a habituellement recours pour répondre à cette question – convenue, elle aussi – qui lui a trop souvent été posée : que l'on ne peut pas encore dire qu'elle soit un auteur best-seller, bien que certains des livres qu'elle a écrits en soient ; que non, que ça ne la dérange pas car Saramago, Cortázar, Murakami et Bolaño ont eux aussi publié des livres qui se sont avérés des best-sellers, et qui représentent des littératures et des lectorats très différents ; que c'est toujours flatteur d'avoir les faveurs du lecteur ; que dans le monde de l'écriture, personne ne raisonne en ces termes, du moins pas elle, qu'il s'agit là de concepts de marketing étrangers à l'écriture en tant que telle ; et cetera, et cetera. Mais, vers la fin de sa réponse, elle cherchait des excuses au fait qu'elle en fût une, et parce que ses livres se lisent très vite, et parce que des gens qui n'ont pas l'habitude de lire lisent ses romans. Et, à la demande de la présentatrice, elle dut prendre un moment pour réfléchir avant de dire si, à son avis, un livre qui se lit vite est ou non meilleur que celui qui demande beaucoup d'heures d'effort, comme si tous les livres qui se lisent vite pouvaient être comparés à tous ceux dont la lecture demande du temps. Question à laquelle elle finit par répondre en ces termes : À vrai dire, je ne sais pas. Elle ne mentit que pour la question : Est-ce que tu es gênée par ce que dit de toi une partie de la critique spécialisée ? Non, ça ne me dérange pas. Ce n'est que plus tard, vers la fin de l'interview, en levant la main droite pour accompagner par le geste une phrase qu'elle n'arrivait pas à tourner, que Nurit Iscar se rendit compte qu'elle tenait encore dans sa main la carte de visite de Lorenzo Rinaldi. Ce qui la fit repenser à son mari.

Ensuite, ce soir-là, alors qu'elle dînait chez elle, avec lui et les enfants, elle se sentit bizarre, coupable, comme si elle percevait que les gestes maladroits qu'elle avait eus cet après-midi cachaient quelque chose de déplacé, étant donné sa situation personnelle. Ta vie sentimentale n'est pas une forteresse à toute épreuve, lui avait dit Lorenzo Rinaldi quelque temps plus tard, avant de l'embrasser. C'est vrai qu'il avait eu raison là-dessus. Peu de temps après ce premier baiser, Nurit Iscar avait dit à son mari qu'elle voulait qu'ils se séparent. Cela prit du temps, il n'y était pas préparé. Pas plus qu'il n'était encore amoureux après ces années de mariage. D'ailleurs, d'après Nurit, il doit lui en être reconnaissant aujourd'hui. L'irruption de Rinaldi dans la vie de Nurit l'avait simplement rendue à l'évidence que son mariage était fini depuis plus longtemps qu'elle ne le pensait. Juan, son fils aîné, vivait déjà avec un ami depuis qu'il avait commencé la faculté, et Rodrigo, le dernier, qui entrait cette année en premier cycle, accéléra les choses pour s'installer avec eux, ce qui lui permit de ne pas avoir à choisir avec lequel de ses parents il voulait vivre. Les deux garçons gardèrent de bonnes relations avec Nurit, mais leurs rencontres se firent bien moins fréquentes qu'elle ne l'aurait voulu, entretenues par les coups de fil de Nurit et parce qu'elle les invitait à venir manger le week-end, et ces repas, en raison de la vie toujours plus indépendante de ses enfants, s'espacèrent avec le temps, leurs absences de dernière minute trouvant toujours de bonnes excuses.

Sa relation avec Lorenzo Rinaldi dura deux ans. La première année reposa sur le désir de Nurit et sur sa promesse à lui – qu'il se séparerait de sa femme dès que possible. La seconde année représenta le temps qu'il fallut à Nurit pour se décider à le quitter alors qu'elle s'était rendu compte qu'il ne quitterait jamais sa femme. Et la fin de leur relation coïncida avec la mort de Gloria Echagüe. Et avec la sortie de *Seulement si tu m'aimes.* Juste après la mort d'Echagüe, Rinaldi lui demanda d'écrire une série d'articles pour le journal. Mais, quelle sorte d'articles ?, je ne suis pas journaliste. *Non-fiction*, lui répondit-elle, comme Truman Capote. Truman Capote avait interviewé des personnes condamnées pour assassinat mais, dans cette affaire, non seulement personne n'a été condamné, mais en plus, on ne sait rien du tout, tout est très confus, argumenta Nurit. C'est pour cela, Bétibou, que c'est à un écrivain de s'en charger, c'est ce qui arrive tout le temps, au tout début des enquêtes policières, il n'y a aucun élément concret, ou rien de bien transcendant, et on n'a pas d'autre solution que d'inventer, d'imaginer, de fictionnaliser. Je ne trouve pas cela bien sérieux, dit-elle. Ce ne serait pas bien sérieux si c'était un journaliste qui inventait, mais toi tu n'en es pas une. Soit, mais quoi qu'il en soit, je ne trouve pas bien sérieux de publier dans un journal un texte de mon invention au sujet d'une affaire bien réelle ;

les gens peuvent finir par ne plus s'y retrouver. Les gens ne s'y retrouvent jamais. Je ne veux pas avoir ça sur la conscience. Bétibou, ne défends pas la morale là où la question ne se pose pas. Ce n'est pas de la morale, c'est de l'éthique. Et alors, ce n'est pas la même chose ? Non, moi, je suis agnostique. Ne cherche pas à tout compliquer ! Moi, la seule chose que j'attends de toi, c'est que tu t'assoies au club-house de La Maravillosa et que tu écoutes ce que disent les résidents, que tu ailles faire tes courses au magasin où ils vont tous, que tu fasses ton jogging aux mêmes endroits qu'eux, que tu joues au tennis. Je ne sais pas jouer au tennis ! Prends des cours. Ça suffit, Lorenzo, c'est non ; je suis occupée par la sortie de mon nouveau roman, c'est ma priorité en ce moment, je me suis engagée à participer à des présentations, à des salons, à accorder des interviews, je n'ai pas le temps, demande ça à un écrivain que ça pourra intéresser, tu en trouveras bien un. Mais, moi, ce que je veux, c'est que ce soit "la dame noire de la littérature argentine" qui le fasse. Non. Je veux que ce soit ma Bétibou, dit-il, en s'approchant d'elle puis en l'embrassant. Baiser dont elle sentit que c'était celui de Judas. Quelques jours après, Nurit Iscar rompit définitivement avec Lorenzo Rinaldi. Le jour même où *El Tribuno* publiait un long reportage de Jaime Brena sur l'affaire de la mort de Gloria Echagüe à La Maravillosa, agrémenté de l'édito d'un jeune romancier qui imaginait le fin mot de l'histoire sur cette mort qui restait encore une énigme. Et qui le resterait à jamais.

Un mois plus tard, la première critique du roman d'Iscar, *Seulement si tu m'aimes*, sortit dans le supplément culturel du quotidien *El Tribuno.* La première et la pire de toutes ses critiques, qui ouvrit le chemin à toutes les suivantes. Bien qu'ils ne fussent plus ensemble, Lorenzo Rinaldi l'appela pour l'en avertir : Bétibou, j'ai l'impression que ton roman n'a pas plu au chroniqueur mais, tu sais, si je m'en mêle, ce sera pire. Ne t'en mêle pas, lui dit-elle, et elle attendit avec inquiétude le dimanche suivant, jour de sortie du supplément culturel de *El Tribuno*. La critique s'intitulait : "*Seulement si tu m'aimes*, le dernier roman de Nurit Iscar, un roman raté". Elle était signée d'une dénommée Karina Vives, dont elle n'avait jamais entendu parler. Un nom que Nurit ne pourrait certainement jamais oublier. Celui de la journaliste qui est maintenant chargée de la page Culture de *El Tribuno*, celle qui est assise à la droite de Jaime Brena. Celle qui a coutume de l'accompagner pour fumer sur le trottoir.

6

Pendant les deux ans que dura sa liaison avec Lorenzo Rinaldi, Nurit Iscar, Bétibou, passa son temps à faire des recherches, à réfléchir et à tirer des conclusions sur le personnage de Betty Boop et sur ce que son image pouvait représenter. Et, même si elle ne se posa pas toujours les mêmes questions que ses amies, quelques-unes de leurs réunions s'achevèrent sur des discussions animées au sujet de cette figure. Au-delà de la valeur affective que pouvait avoir le surnom que lui avait donné son fiancé – elle n'avait jamais aimé le mot "amant" –, marié à une autre, Nurit voulait se faire une idée définitive, savoir pour de bon si elle aimait se faire appeler ainsi. Évidemment, elle connaissait l'image du personnage, statique sur les dessins, et animée dans le *cartoon*, et elle reconnaissait qu'elle avait une certaine ressemblance avec elle, cette femme représentée avec un visage arrondi, des bouclettes brunes et de grands yeux. Mais ça l'intéressait aussi de savoir ce que Betty Boop représentait ou avait pu représenter au fil du temps, à chaque époque. Et de savoir aussi si cela la représentait vraiment ; sachant que tout signe représente quelque chose, aucune représentation n'est fortuite. Ne sois pas si compliquée, lui disait Rinaldi, tu ressembles au dessin, c'est tout. Mais Nurit Iscar était compliquée, et elle l'est encore, elle n'a aucun mal à le reconnaître. Si je n'étais pas compliquée, je ne continuerais pas à sortir avec toi, voilà la réponse qu'elle avait donnée à Lorenzo Rinaldi. Compliquée et acide, lui avait-il dit. Oui, aussi, avait-elle confirmé. Parmi ses proches, son surnom Bétibou avait ses partisans et ses détracteurs. Il plaisait à ses enfants mais, bien sûr, ils n'en connaissaient pas l'origine. Ses amis votaient pour ou contre, selon leurs propres critères, mais aussi selon la sympathie ou l'antipathie que pouvaient leur inspirer Lorenzo Rinaldi et le caractère sibyllin de sa vie amoureuse, qui avaient mis en suspens la vie, et pas seulement amoureuse, de leur amie. Nurit ne s'engageait jamais de façon précise, dans l'espoir que Rinaldi se libère *in extremis* de sa femme et qu'il puisse faire quelque chose avec elle, qu'il s'agisse de partir en vacances, même le temps d'un week-end, ou d'aller au cinéma. Carmen disait que ce type était une crapule et que rebaptiser Nurit était sa façon à lui de marquer son bétail tout en effaçant toute trace du véritable prénom d'une maîtresse susceptible d'être découverte par sa femme. C'est toi, ma vraie femme, répondait Rinaldi aux objections de Nurit, et elle aimait à le croire. Paula Sibona rejoignait les conclusions de Carmen, qu'elle formulait dans un vocabulaire différent : un sale enfoiré de fils de pute. Elle n'en avait que faire, du bétail et des traces, elle ne supportait pas de voir son amie dans un tel état, attendant toujours que Rinaldi prenne des décisions, sachant qu'à ce stade il était évident qu'il n'en prendrait pas. Pour autant, elle était d'accord pour qu'on l'appelât Bétibou, car c'est vrai que tu lui ressembles ; moi, j'aime ce genre de femme, sexy et qui va de l'avant ; en tout cas, ce qui ne fait aucun doute, c'est que c'est mieux de s'appeler Bétibou que Daisy, Minnie, Barbie ou La Chacha*. Et parce que, comme tous les sales enfoirés de fils de pute, il peut parfois arriver à Rinaldi d'avoir une idée valable qu'il serait dommage de ne pas exploiter, conclut la même Paula. En revanche, Viviana Mansini, ne se prononçait pas sur l'emploi de ce surnom ; elle se bornait à dire de temps en temps : Pauvre Nurit ! Pauvre femme, c'est pareil pour la femme de Rinaldi, pas vrai, il faut aussi penser à elle. À quoi Carmen Terrada rétorquait : C'est surtout Rinaldi qui devrait penser à elle.

Betty Boop suscita un tel intérêt qu'au cours d'une de leurs traditionnelles réunions du troisième dimanche du mois, consacrées à la lecture des journaux, les amies laissèrent tomber les nouvelles et passèrent tout leur temps à s'échanger les informations qu'elles avaient pu glaner sur le *cartoon*. Comme toujours, c'était Carmen qui y avait mis le plus de soin ; tous ses textes étaient classés, soulignés et, en plus, elle indiquait la source de tout ce qu'elle lisait : la plupart du temps, c'était Wikipédia. Mais, dis donc, les écoliers, on ne leur dit pas de faire des recherches, au lieu de tout prendre dans Wikipédia ? Pas moi, répondit Carmen ; si les gens font mauvaise presse à Wikipédia, c'est parce que c'est le site le plus démocratique qui soit : tout est rédigé par tout le monde, pour tout le monde, et sans ligne éditoriale. C'est

* Personnage de la célèbre bande dessinée argentine *Patoruzú*, très populaire à partir des années 1940, La Chacha est une femme au foyer d'un âge respectable au physique peu avenant. Infatigable et cuisinière hors pair, elle est également dotée d'un tempérament de feu.

ça, le véritable problème, voilà ce qui les dérange vraiment : qui maîtrise le savoir, l'information ? demanda-t-elle. Coupant court à cette discussion, elle commença à lire la documentation qu'elle avait rassemblée sur Betty Boop : Elle naquit – à moins qu'il n'y ait un autre mot pour parler de la naissance d'un personnage de dessin animé – en 1930. Elle fit sa toute première apparition en août de cette même année dans le dessin animé *Dizzy Dishes*, de la série *Talkartoon* produite par Max Fleischer. Elle fut créée par Grim Natwick, animateur réputé à l'époque, qui prit comme modèle la chanteuse Helen Kane, l'interprète du tube *I Wanna Be Loved by You*, qui mourut à soixante-deux ans d'un cancer du sein contre lequel elle lutta pendant plus de dix ans, soutenue jusqu'à son dernier souffle par son mari, âgé de vingt-sept ans. Regarde un peu Helen Kane, dit Paula Sibona. Elle travaillait à ce moment-là pour Paramount Pictures, le distributeur de la série, poursuivit Carmen. Natwick dessina d'abord un caniche français, qui prit petit à petit une forme humaine. Betty Boop – qui n'avait pas encore reçu de nom – était déjà sans équivoque une femme en 1932, lorsque ses longues oreilles laissèrent place à ses créoles si caractéristiques, et sa truffe noire à un petit nez retroussé. La même année, les producteurs se rendirent compte qu'elle était beaucoup plus populaire que son fiancé Bimbo, alors elle abandonna son rôle de faire-valoir dans *Talkcartoon* pour celui de protagoniste et reçut le nom de Betty Boop dont notre amie allait hériter, dans sa version phonétique : Bétibou.

Le dessin de Natwick fut la première femme *flapper* à apparaître dans un *cartoon*. Pendant les années 1920, on commença à donner le nom de "fille *flapper*" aux jeunes femmes qui bannissaient le corset traditionnel ou qui l'adaptaient pour d'autres usages, qui réduisaient la longueur de leur jupe et se coupaient les cheveux d'une façon peu conventionnelle. Des femmes qui aimaient écouter du jazz et le danser dans des clubs privés, un rythme que la plupart des gens n'écoutaient pas encore beaucoup, et qu'ils dansaient encore moins. La *flapper* défiait sans cesse le stéréotype féminin qui avait prévalu jusqu'à cette époque, et elle transgressait le comportement qu'on attendait d'une femme : elle fumait, conduisait des automobiles ou des motocyclettes à vive allure, buvait des boissons fortes et se maquillait peu. Ou alors, pour donner dans l'extrême opposé, elle se maquillait outrageusement comme seules le faisaient jusque-là les actrices et les prostituées. Pourquoi faut-il toujours qu'on soit cataloguées ? se plaignit Paula Sibona. De la poudre blanche sur le visage, et les cils et les sourcils bien noirs pour faire ressortir les lèvres, couvertes d'un rouge "à l'épreuve des baisers". Et beaucoup de bracelets et de colliers fantaisie. Les chaussures, à talons hauts pour sortir, et confortables pour travailler. En marge des discussions que peut susciter son origine, le mot *flapper* est apparu aux États-Unis en 1920 avec le film *The Flapper*, dont Olive Thomas tenait le premier rôle, et qui retraçait le mode de vie de ce genre de femmes. Thomas était considérée comme la *flapper* authentique, et ses rôles dans le cinéma muet laissèrent moins de souvenirs que sa mort tragique : à vingt-six ans, dans un hôtel parisien, après avoir écumé les bars de Montparnasse avec son mari Jack Pickford, Olive Thomas but une bouteille de bichlorure de mercure – substance que Pickford utilisait comme solution topique à usage externe pour soigner sa syphilis –, ce qui entraîna sa mort après qu'elle eut passé plusieurs jours à l'Hôpital américain de Neuilly, en banlieue parisienne. Elle mourut entourée de Pickford et de son beau-frère. À défaut d'autres preuves, la justice crut à la version de l'accident, bien qu'il y eût des soupçons sur le fait qu'il pût s'agir d'un suicide ou d'un assassinat.

Un bon bout de temps après ce dimanche consacré à Wikipédia, aux *cartoons*, aux *flappers* et aux femmes qui les avaient inspirées, Nurit Iscar allait remarquer les nombreuses coïncidences qu'il pouvait y avoir entre cette mort, celle d'Olive Thomas, et la mort de Gloria Echagüe. Et la mort de tant d'autres femmes. Est-il plus fréquent que ce soit le mari qui tue sa femme, ou la femme, son mari ? Quand une femme meurt de façon suspecte, le mari est-il toujours soupçonné ? Ces soupçons sont-ils toujours fondés ? N'y a-t-il jamais de preuves ? En va-t-il de même quand une femme tue son mari, ou a-t-elle plus de risques de se retrouver en prison ? Laquelle de ces deux morts – ou assassinats – était-elle, ou est-elle la mieux acceptée par la société ? Est-il déjà arrivé qu'une femme tue son mari dans un *country*, dans un quartier privé ? Après toutes ces années, pourquoi n'avons-nous pas oublié qui étaient Norma Mirta Penjerek, Oriel Briant, le docteur Giubileo, María Soledad Morales ou María Marta García Belsunce ? Combien d'affaires d'hommes assassinés qui n'ont pas été élucidées ou qui ne l'ont été qu'à moitié notre mémoire collective pourrait-elle inclure, dans une telle liste ?

L'apparition de ce nouveau genre de femmes, poursuivit Carmen après le dessert, coïncida historiquement avec la Première Guerre mondiale et ses diverses conséquences : le manque d'hommes – je suis bien placée pour en parler, fit remarquer Paula Sibona ; l'obligation pour la femme d'entrer dans le monde du travail ; la mode, dictée par les tenues des actrices, des danseuses et des chanteuses de l'époque. Pourquoi des écrivains comme Scott Fitzgerald ou Anita Loos ont-ils popularisé l'image de *flappers* attirantes, séductrices et indépendantes alors que, dans le même temps, Dorothy Parker leur a consacré un texte intitulé "Les *flappers* : hymne à la haine" ? Et, tandis que Carmen lisait ce texte, Nurit, qui aimait Dorothy Parker, se demandait dans sa tête si elle pouvait vraiment être Bétibou. Aimait-elle vraiment Dorothy Parker ? Dorothy Parker était morte à l'âge de soixante-treize ans, soit un peu plus vieille qu'Helen Kane, et à trente-neuf ans de plus qu'Olive Thomas. Mais, à la différence de la chanteuse qui avait inspiré l'image de Betty Boop et de l'actrice égérie des *flappers*, Parker était morte dans un hôtel newyorkais avec son chien et un verre de whisky pour seule compagnie. Puis, encore une fois, les questions de Nurit : Laquelle était la mieux entourée à sa mort ? Quelle est la compagnie la plus fidèle et la plus aimante : un mari plus jeune de presque quarante ans, un mari syphilitique soupçonné d'assassinat, ou un chien et un verre de whisky ? Et elle, Nurit Iscar, de quoi mourra-t-elle quand son heure aura sonné ? À quel âge ? Où cela ? En compagnie de qui ? Sera-t-elle en mesure de décider de quoi que ce soit ? Pourquoi se pose-t-elle tant de questions sur sa propre mort, alors qu'elle a à peine dépassé la cinquantaine ? Pour cette seule et bonne raison, parce que j'ai déjà plus de cinquante ans, répondit Nurit à la seule de ces questions dont elle avait la réponse.

Plus de la moitié de la vie est passée, c'est un âge auquel on bascule sur l'autre pente de la colline, la pente descendante qui nous mène vers l'autre vallée.

Le *petting*, c'est-à-dire la relation sexuelle sans coït, ou préalable au coït, est devenu une pratique habituelle pour les femmes *flappers*. Ah, c'est un peu comme les broute-minou d'aujourd'hui, dit Rodrigo, qui s'était retrouvé à la maison ce dimanche-là en même temps que les amies de sa mère. Qu'est-ce que c'est? lui demanda Nurit. Les broute-minou, maman, celles qui te broutent. Je ne comprends pas. Celles qui te broutent le minou. Dis donc, tiens un peu ton langage, mes copines sont là. C'est toi qui as posé la question, maman. Écoute, petit, intervint Paula Sibona, une fois sorti de cette maison, tu peux être ce que tu veux : de gauche, de droite, hétérosexuel ou homosexuel, bardé de diplômes ou analphabète, tu peux appartenir à la tribu urbaine que tu voudras, mais il y a juste une chose que ta mère et qu'aucune d'entre nous ne laisserons passer : c'est que tu sois macho. Et qu'est-ce que j'ai dit de mal, moi? Rien, rien, c'est juste au cas où, j'ai eu l'impression que, quand tu faisais allusion au sexe oral, tu t'étais montré un peu méprisant vis-à-vis des femmes. Ah non, moi aussi, j'aime qu'on me la broute. Ça suffit, maintenant, intervint Nurit. C'est vous qui avez mis l'histoire du *petting* sur le tapis, pas moi, se plaignit Rodrigo. C'est parce que nous faisons des recherches sur tout ce qui est en rapport avec les *flappers*. Avec les quoi? Les *flappers*, un genre de femmes qui est apparu dans les années 1920… OK, OK, laisse tomber, l'interrompit le garçon, et il se mit à regarder la télévision.

Les *flappers* étaient très en vogue mais, comme tant d'autres, une crise économique eut raison d'elles : le krach et la grande dépression de 1930. Cette décennie fut le théâtre d'une résurgence des idées conservatrices et des dogmes religieux, qui voyaient d'un mauvais œil la liberté des mœurs, sexuelles, mais pas exclusivement, de ces femmes. À cette époque, même la pauvre Betty Boop vit s'adoucir certains de ses traits dans le dessin animé : on commença par rallonger sa jupe ; ensuite, on lui ferma le décolleté et, enfin, on lui enleva ses jarretelles. Cependant, la vraie Betty Boop survécut à la censure, comme certains symboles *flappers* qui restèrent des signes de ralliement pour les générations suivantes. Du moins, pour celles du monde occidental, qui ne représente qu'une partie du monde.

Betty Boop a été, est, et restera toujours l'image de la femme sensuelle et de la bombe sexuelle. Et c'est ce qui compte. Elle porte une robe courte et des porte-jarretelles ; ses profonds décolletés laissent voir ses seins – Des seins de belle taille, mais pas énormes comme ceux de Viviana Mansini depuis qu'elle est ménopausée, précisa Carmen. Les autres personnages de la série essaient généralement de l'épier pour la regarder prendre son bain ; elle aime danser le hula-hoop en roulant des hanches, et tout en répétant sa phrase *Boop Boop be Doop*, phrase dont Helen Kane a essayé d'empêcher l'utilisation en intentant un procès contre la maison de production, procès finalement perdu par l'actrice. Betty Boop a été l'un des premiers personnages à apparaître en caméo, dans *Popeye le marin*. Pendant les années 1960, on lui a donné de la couleur à l'écran, et les années 1980 ont vu le boom de ses produits dérivés ; maintenant, on peut trouver des petites culottes, et même des cartes Visa de la Bank of America avec l'image de Betty Boop. En 1988, elle a fait un autre caméo dans un film qui a même réussi à gagner un Oscar, *Qui veut la peau de Roger Rabbit ?* En 1994, la Bibliothèque du Congrès des États-Unis a décidé d'intégrer l'un de ses films de 1933, *Snow White*, à sa vidéothèque et à la liste des films protégés dans les Archives cinématographiques nationales. Tu trouves que c'est bien, toi ? demanda Paula Sibona. Moi, je ne sais pas si j'aimerais que mon image soit protégée pour l'éternité dans des archives ; moi, ça m'inquiéterait que mon image puisse survivre aussi longtemps à mon corps qui, lui, change. Oui mais, tu sais, le corps d'un dessin animé, il ne vieillit pas comme le nôtre, répondit Carmen. Inutile de le rappeler ! lui fit remarquer Paula.

Avez-vous une idée du nombre de collégiennes qui se promènent avec une image de Betty Boop sur leur cartable, leur trousse, leur sac à dos ou leur tee-shirt ? Savez-vous qu'il a même fallu faire des appels au calme pendant les années 1930 ? Pourquoi cette femme de *cartoon* revient-elle avec tant de force au XXIe siècle ? Betty Boop est-elle un produit marketing, que nous consommons comme tant d'autres sans vraiment y penser ? Nurit Iscar en doute. Nurit Iscar, Bétibou, se refuse à croire que le fait que l'on voie Betty Boop partout ne soit rien d'autre que du business. Elle croit toujours à la force que peut insuffler cette icône, même si ce n'est qu'à l'inconscient de ceux qui la choisissent, quatre-vingts ans après.

7

À sept heures et demie, Lorenzo Rinaldi rappelle Nurit Iscar et, cette fois, elle décroche dès qu'elle entend le son de sa voix. Elle est nerveuse, mais préparée. Après son premier appel de l'après-midi, un peu après cinq heures, Nurit en a parlé deux fois avec Paula Sibona, une fois avec Carmen Terrada, et elle a reçu plusieurs mails de ses deux amies. "Ne me traitez pas comme si j'étais sur le point de faire la pire connerie de ma vie, on n'a plus vingt ans", avait-elle écrit dans un message qu'elle leur avait adressé à toutes les deux, après le cinquième mail de Carmen, et qui insistait sur le danger qu'elle courait en reprenant contact avec Rinaldi. "Commence au moins par lui demander s'il est séparé de sa femme ; tellement de temps a passé que, si ça se trouve, il est libre et nous ne le savons même pas", suggéra Paula, toujours la plus enthousiaste des trois. "C'est un appel professionnel, rien de plus", répondit-elle, puis elle éteignit l'ordinateur pour ne plus recevoir de conseils, de mises en garde ou de remontrances de ses amies avant l'appel de Lorenzo Rinaldi.

Allez, cette fois-ci, tu dois le faire, Bétibou, cela fait longtemps que personne n'entend plus parler de toi, que personne ne te lit. À quand remonte ta dernière publication ? À plus de trois ans, à peu près le temps que nous sommes restés sans nous voir, pense-t-elle, mais elle ne répond pas à sa question. Tu publies ce genre de chronique, dans un journal comme *El Tribuno,* et tu redescends dans l'arène. Oui, sauf que je ne suis pas tout à fait sûre de vouloir redescendre dans une arène mais, quitte à choisir, je préférerais peut-être toréer plutôt que me frotter encore à la littérature et au milieu littéraire de cette ville. Ça va te faire revenir vers tes lecteurs ; alors, dit comme ça, ce n'est pas plus tentant ? Nurit Iscar ne répond pas ; pendant un instant, elle reste pensive, absorbée par le son de sa voix, celle de Lorenzo Rinaldi, et pas par ce qu'il dit. Cette voix est restée la même, elle n'a pas changé en trois ans. La voix vieillit moins vite que le reste, pense-t-elle. Et ses mains ? A-t-il toujours, au-dessus des oreilles, ces cheveux blancs qu'elle aimait caresser ; et ses cheveux bruns, est-ce qu'ils ont blanchi ? Elle essaie à nouveau de se concentrer sur ce que la voix lui dit. Combien te faut-il ? Une colonne ? Une demi-page ? Elle ne répond toujours pas. Connais-tu seulement un écrivain qui dispose à l'heure actuelle d'une demi-page dans un quotidien lu par des millions d'Argentins ? Elle soupire et hasarde une question directe : Et pourquoi veux-tu que ce soit moi ? Tu as Jaime Brena sous la main, à la rédaction ; il n'y a pas mieux que lui, c'est sans doute le journaliste qui a le plus creusé et qui en sait le plus sur l'affaire de l'assassinat de la femme de Chazarreta. Jaime Brena est sur la touche. Qu'entends-tu par "sur la touche" ? Il a changé de rubrique au journal. Ah bon, je ne savais pas, dit-elle, et pourquoi ? Décision éditoriale, ajoute Rinaldi. Décision éditoriale, en voilà, une belle phrase pour ne rien dire ; j'insiste : pourquoi moi ? C'est pareil, décision éditoriale. Non, moi on ne me la fait pas, surtout avec une phrase convenue. C'est vrai que j'avais presque oublié à quel point tu es tenace. Écoute, Bétibou, il faut que ce soit toi car, dans ce type d'affaires, surtout au début, personne ne sait rien à cause du secret de l'enquête ; dans la situation actuelle, il ne s'agit pas d'enquêter et de répéter le peu de choses que tout le monde sait déjà, il faut réfléchir, faire preuve d'imagination et, surtout, bien écrire. Au tout début, ce n'est pas l'information mais la façon de l'écrire qui accroche le lecteur. Toi, tu es la dame noire de la littérature argentine, et la dame noire est capable de rédiger ce dont *El Tribuno* a précisément besoin en ce moment. Je connais tout ce qu'il faut connaître du monde de l'information, et je suis l'éditeur de ce journal, c'est pour cette raison que je sais qu'une fois encore, tu es la meilleure option, comme tu l'étais déjà il y a trois ans, même si tu n'avais pas accepté le travail. Voilà ce que j'entends par "décision éditoriale", ça te va, maintenant ? Un peu mieux. Tu acceptes, alors ? Si j'acceptais, ce que je ferais ne serait pas du journalisme. Je le sais bien, si je te veux toi, c'est parce que tu es romancière ; les jeunes journalistes, plus ça va, moins ils sont préparés au métier, on dirait qu'ils écrivent avec leurs pieds ; moi, je veux quelqu'un qui sache bien écrire, tout simplement. Il écrit bien, Brena, dit-elle. Oui, mais il a d'autres problèmes. Qui n'en a pas ? Écoute, Bétibou, je t'ai trouvé un endroit à La Maravillosa, le directeur d'un journal a acheté il y a quelque temps une maison dans l'idée de l'utiliser le week-end, mais il n'y va jamais. Tu t'y installes dès demain avec qui tu veux – essaie de ne pas me rendre jaloux, et tu écris. Tu écoutes, tu regardes, tu penses, tu inventes et tu écris. Ça ne m'intéresse pas que tu cherches la vérité ; ce qui m'intéresse, c'est que tu écrives quelque chose qui tienne les gens en haleine, que tu racontes comment ce monde vit, que tu décrives les personnages que tu vas voir passer, ce que tu sais si bien faire. Penses-y, je te rappelle dans deux heures pour que tu me dises si c'est oui ou non. Elle se tait un instant, puis dit : OK, rappelle-moi dans deux heures.

"Essaie de ne pas me rendre jaloux", qu'il t'a dit, l'enfoiré ? demande Paula Sibona sans arriver à croire ce que son amie vient de lui raconter. Oui, répond Nurit, qui a convoqué ses amies chez elles à une réunion d'urgence. Tu sais quoi ? Ça se voit, que tu as envie de le faire, et ça m'inquiète, lui dit Carmen Terrada. Mais je te jure que ce n'est pas pour Rinaldi. Oui, oui, c'est ça, ironise Paula. C'est pour moi, insiste Nurit, parce que c'est du travail, parce que d'ici deux semaines, j'aurai fini de défaire les nœuds de l'ex-femme de ce transporteur, et je me retrouverai sans un rond, et parce que ce serait l'occasion d'effacer ce qui s'est passé il y a trois ans. Rinaldi est toujours marié ? demande Carmen. Je ne sais pas, répond-elle. S'il est toujours marié, tu ne vas rien y changer, l'avertit Paula. Je ne parle pas de changer les relations que j'ai avec lui, je parle de revenir sur une décision au sujet de ma carrière qui était peut-être une erreur ; je crois que si j'avais accepté de faire ce travail, peut-être qu'à l'heure actuelle j'écrirais encore mes propres romans. Je préfère voir les choses sous cet angle, dit Carmen. Mais seulement sous cet angle. Est-ce que l'une de vous deux se sent capable de venir arroser mes plantes ? Oublie ça, tu vas te démerder toute seule, lâche Paula. Je ne sais pas, je sens que ce serait pour moi un travail beaucoup plus gratifiant que d'écrire des livres pour les autres. Mais, fais attention à Rinaldi, demande Carmen. Je vais faire attention. Pas seulement pour toi, aussi pour nous, parce si tu retombes entre les griffes de ce type, par quel moyen allons-nous t'en sortir ?

Comme convenu, deux heures après que Nurit a écouté sa première proposition, Lorenzo Rinaldi appelle pour la troisième fois. Ses amies sont encore là avec elle. Fais attention à toi, répète Carmen avant que Nurit ne décroche le combiné. Et demande-lui si la maison qu'ils te donnent au *country* a une piscine, dit Paula.

Une heure plus tard, Rinaldi règle avec son collègue, le directeur administratif de *El Tribuno*, les détails pour que Nurit Iscar puisse s'installer dès le lendemain dans sa maison de campagne de La Maravillosa. Elle prépare une petite valise, de la taille de celles qui pourraient faire office de bagage à main dans un avion ; cela semble un peu juste pour un mois, mais Nurit ne pense pas qu'elle supportera de rester aussi longtemps dans cette maison. En vertu de l'accord qu'elle a conclu avec Rinaldi, avant de s'installer dans le *country* des Chazarreta, Nurit Iscar doit passer par la rédaction du journal pour recevoir les clés, quelques instructions concernant l'utilisation de la maison, et pour discuter des détails de l'affaire avec Rinaldi et le journaliste responsable de la rubrique des faits divers. Quand ils en auront terminé, une voiture du journal va la déposer directement à La Maravillosa pour qu'elle puisse se mettre tout de suite au travail.

À l'instant même où Nurit boucle sa valise et la pose à côté de son lit, le gamin des faits divers, qui est chez lui, lance, une fois de plus aujourd'hui, le moteur de recherche Google, en associant différents mots clés dans l'espoir de trouver quelque information d'importance à ramener à Rinaldi le lendemain : Chazarreta + égorgement + La Maravillosa. Merde, rien d'intéressant. Il consulte la longue série de *tweets* qui se sont accumulés dans sa boîte, mais ceux qui ont trait à la mort de Chazarreta ne font que l'annoncer. Il essaie ensuite de passer deux ou trois coups de fil, qui s'avèrent aussi peu fructueux. Il appellerait bien son ancien patron, Zippo, qui a toujours de bons tuyaux, les meilleurs. Mais Zippo travaille maintenant pour la concurrence, alors le gamin n'est pas si sûr qu'il se montre aussi loquace qu'il pouvait l'être à la rédaction où, depuis son départ, on le considère non seulement comme un traître, mais aussi comme un idiot. Il appellerait bien Jaime Brena, mais il l'a déjà fait trois fois, et le type n'a répondu à aucun de ses appels. Et puis, sa petite amie l'attend, sous les draps, pour regarder un épisode inédit de *Grey's Anatomy*, alors il vaudrait mieux laisser tomber pour aujourd'hui, se dit-il tout en fermant les programmes de son ordinateur afin de pouvoir l'éteindre. Dans le taxi qu'elles ont pris ensemble pour rentrer chez elles, Paula Sibona et Carmen Terrada bavardent au sujet des soucis qu'elles ont à voir Nurit succomber à l'effet dévastateur de Rinaldi. Bien qu'elles ne soient pas en mesure d'assurer qu'elles ne feraient pas la même chose si elles étaient à la place de leur amie. Disons plutôt qu'elles sont sûres qu'elles feraient exactement la même chose. Et même des choses encore plus humiliantes. Les exemples ne manquent pas, il vaut mieux les oublier, dit Paula. Et Carmen Terrada renchérit : Moi, j'ai tout oublié, je te jure. Cependant, ce n'est pas d'elles qu'il s'agit, mais de Nurit Iscar et, en plus de la comprendre, leur devoir en tant qu'amies est de faire en sorte que Rinaldi n'anéantisse pas Nurit une nouvelle fois.

Pendant ce temps-là, depuis qu'elle est sortie de La Maravillosa, Gladys Varela ne cesse de raconter dans son quartier et en détail ce qu'elle y a vu. Il est minuit et ses voisins sont toujours chez elle, en train de parler de la mort de son patron. Maintenant, elle est une vraie *celebrity*. Si la mort de Chazarreta n'était pas arrivée dans un *country*, on m'aurait vue davantage à la télé, se lamente-t-elle. Mais, Gladys Varela le sait bien, les caméras n'entrent pas dans les *countries* sans autorisation ; c'est la même chose pour la police, à moins de disposer d'un mandat de perquisition, et ce sera comme ça tant que le gouverneur n'aura pas modifié la procédure, comme il l'a promis. Donc, si quelqu'un veut faire un reportage sur Gladys, il va devoir le faire chez elle ou dans la file d'attente devant l'entrée de La Maravillosa. Même si maintenant, et Gladys vient de s'en rendre compte, elle ne fera plus la queue devant la barrière, du moins, pendant quelque temps. Elle n'a plus de travail ni de patron à La Maravillosa. Elle devrait se mettre à en chercher un autre ; elle s'en occupera bientôt, mais pas pour l'instant. On lui a dit qu'à la porte du *country*, l'équipe d'un journal télévisé la demande pour l'emmener en studio, alors qu'ils ne sont pas encore venus chez elle. Ils lui ont dit que, pour ce type de participation, elle pouvait demander une jolie somme. Ils le lui ont dit, et ils sont en train de le lui répéter. Demain, elle va peut-être faire un crochet par l'entrée de La Maravillosa, histoire de voir si les caméras sont toujours là, et elle se présentera à l'envoyé spécial. Oui, c'est ce que Gladys Varela se dit qu'elle va faire, alors qu'au même moment, de son côté, Karina Vives écoute chez elle de la musique classique sur son ordinateur et s'apprête à prendre une douche. Elle se souvient de ce que Brena lui a raconté au sujet de la mort de Chazarreta, et elle se demande si la nouvelle est déjà parvenue jusqu'aux chaînes de télévision. Mais le sujet ne l'intéresse pas assez pour qu'elle aille briser la sérénité de son foyer en allumant l'appareil à la recherche d'une chaîne d'actualités. Oui, là-dessus, pas le moindre doute : en ce moment, elle n'en a que faire, de la mort de Chazarreta, et sa mort, elle en entendra parler plus qu'assez à la rédaction. Elle se demande également si le gamin des faits divers aura su quoi faire du papier rose qu'elle lui a fait retrouver dans sa corbeille, sur les indications de Brena. Et elle craint fort que non. En fait, ce n'est pas qu'elle le craigne, c'est qu'elle en est sûre ; et puis, après tout, elle s'en fiche, de ce qu'il aura décidé d'en faire ! Sous la douche, avec *Carmina Burana* de Carl Orff à fond, et l'eau chaude lui coulant sur le dos, Karina Vives ne pense plus à Chazarreta, ni au gamin des faits divers, ni à Jaime Brena, elle se demande si l'heure est venue de se décider à annoncer à la rédaction qu'elle est enceinte. Elle espère que personne ne lui demandera de qui. Car s'il y a bien quelque chose qu'elle n'aime pas, c'est d'avoir à donner des explications. Et qu'ils n'aillent surtout pas faire des plaisanteries stupides ou poser des questions idiotes, comme le prénom qu'elle pense donner au bébé. Karina Vives met la tête sous le jet et laisse l'eau chaude la délasser, tandis qu'à une bonne trentaine de pâtés de maisons de là, Jaime Brena rentre chez lui. Il est presque onze heures du soir, et il arrive avec un paquet de trois chaussons à la viande qu'il a achetés à la rôtisserie du coin de la rue. Avant cela, il a marché, il s'est assis dans une salle de cinéma pour voir un film mais il s'est assoupi, il a appelé Irina pour savoir quand il pouvait passer récupérer ses livres restés dans la maison qu'ils partageaient – des livres qu'il lui réclame depuis qu'ils se sont séparés, voilà presque deux ans –, mais Irina n'a pas répondu à son appel. Et ces livres, dont l'achat nous est dicté par nos goûts, nos préférences, notre cheminement personnel et nos erreurs, cette bibliothèque personnelle que nous constituons tout au long de notre vie, Irina l'assimilerait-elle à un bien marchand? Est-ce le cas, d'abord? Non, ce n'est pas le cas ; qu'Irina croie ce qu'elle voudra. Bien que le Code civil dise le contraire, il est convaincu de pouvoir soutenir devant n'importe quel juge que notre bibliothèque personnelle n'est pas un bien marchand. Absolument pas. Comment pourrait-elle en être un? Pour Jaime Brena, si son ex-femme, ou n'importe laquelle de celles qui ont partagé sa vie, refusait de lui rendre ses livres, ce serait comme refuser de lui rendre ses vêtements, ses chaussures, les cahiers où il a pris des notes pendant toutes ces années, ou les photos de sa mère. En fait, ce ne sont pas des cahiers, mais des blocs-notes Congreso, ces blocs de petites feuilles dont on tourne la couverture et les pages de bas en haut et non de droite à gauche. C'est ce qu'il utilise pour consigner, jour après jour, toutes ses conversations et le nom de ses interlocuteurs. Au cas où, si quelqu'un venait à se plaindre, si quelqu'un venait lui demander d'où il tient telle ou telle information. Pour se couvrir. Et, pour passer au jour suivant, il trace un long trait double. Ses chaussures et ses slips, il les a déjà emportés dans le sac avec lequel il a quitté la maison où ils vivaient ensemble. Des photos de sa mère, il n'en a jamais eu. Les blocs-notes Congreso, il les a, Irina les lui a envoyés dans une caisse le jour même où il s'est trouvé cet appartement et où il a quitté l'hôtel deux étoiles où il avait vécu ses deux premiers jours d'homme séparé. Mais pas ses livres. Il le sait bien, il arrive parfois que les femmes s'accaparent de façon singulière les choses dont elles nous estiment redevables. Il vient de passer devant cette maison où il a vécu pendant presque vingt ans avec Irina, mais il n'a pas osé sonner. Le concierge l'a reconnu et l'a salué d'un geste sec, en serrant les lèvres, comme pour faire claquer sa langue, tout en hochant plusieurs fois la tête, ce que Brena a interprété comme un geste d'agacement vis-à-vis des femmes et de solidarité masculine. Il a repensé au chien. Il s'est imaginé, lui, Jaime Brena, promenant un chien. L'idée lui plaît. Oui, vraiment, un de ces jours, il va se décider, il va s'acheter un chien. S'il avait pris sa décision plus tôt, s'il avait déjà son chien, à chaque fois qu'il rentrerait dans son appartement avec des chaussons à la viande, comme c'est le cas maintenant, le chien l'accueillerait en remuant la queue, il bondirait autour de lui en lui faisant fête, il viendrait renifler le paquet qu'il a dans les mains, et Brena sentirait ce chien content de voir son maître rentrer à la maison. Ce sont des animaux sincères. Ça ne ment pas, un chien. Ça ne sait pas faire semblant de remuer la queue. Et puis, un chien, ça ne s'accapare pas l'intégralité de la bibliothèque que vous avez constituée tout au long de votre vie, et ça ne laisse pas vos appels sans réponse quand vous demandez à la récupérer. Un chien ne ferait jamais une chose pareille, ni rien de comparable. Jaime Brena pose d'abord ses chaussons à la viande sur la table avant d'allumer la lumière. Au moment de déposer ses clés sur le guéridon de l'entrée, il se rend compte qu'il y a sur le côté de la porte une enveloppe de papier kraft qu'il n'avait pas remarquée quelques secondes plus tôt. Pour : Jaime Brena. De : Commissaire Venturini. Il l'ouvre, elle contient une grande feuille sur laquelle sont griffonnées des phrases et, au-dessus, accrochée avec un trombone, une feuille de bloc moins longue sur laquelle il est écrit : "Mon cher Brena, tu vas devoir remplir ma baignoire de Dom Pérignon. Je t'envoie le rapport *in situ* de la police scientifique. C'est pour toi que j'ai pris ces notes, et je te les fais remettre par un agent de la police de Buenos Aires qui passait dans le coin. Évidemment, ce n'est pas un rapport d'autopsie ; pour cela, il va falloir attendre un peu, mais tu as les éléments avec plusieurs jours d'avance et, d'après ce que m'ont dit les personnes les mieux renseignées, l'autopsie dira plus ou moins la même chose. Il y a déjà plein d'idiots qui racontent n'importe quoi. À plus. Commissaire Venturini." Jaime Brena ne sait pas s'il doit commencer par le contenu de l'enveloppe ou par ses chaussons à la viande mais, depuis plusieurs jours, le micro-ondes ne fonctionne pas très bien, alors il juge préférable de les manger avant qu'ils ne refroidissent. Il ne sait même plus comment réchauffer quelque chose au bain-marie. Et le four classique, il ne l'allume jamais et ne pense pas l'utiliser de toutes les années qu'il lui reste à vivre. Il se sert le fond d'une bouteille de cabernet sauvignon qu'il a ouverte avant-hier soir, et il allume le téléviseur. Il cherche les informations. Comme il se l'imaginait, la mort de Chazarreta fait les gros titres mais, de toute évidence, ils n'ont pas encore grand-chose à dire, car ils ne passent à l'écran que des vieux reportages sur l'assassinat de Gloria Echagüe. Sur une chaîne, il voit même des images de lui, en train de parler de l'affaire, avec un peu plus de cheveux et beaucoup moins de ventre. Rien de nouveau, rien d'important. Quand il a fini de regarder son propre reportage, il met dans l'évier le peu de vaisselle qu'il a salie et la lave. Il prend l'enveloppe que le commissaire Venturini lui a envoyée et va dans sa chambre. Il est fatigué et espère ne pas mettre trop longtemps à s'endormir. Il enlève ses chaussures et ses vêtements. Le boxer qu'il porte est en piteux état, il était noir autrefois, mais on ne peut même pas dire qu'il est gris. Il va falloir qu'il s'achète quelques caleçons neufs. Auparavant, c'est Irina qui les lui achetait. De toute façon, ça ne doit pas être bien difficile de s'acheter des caleçons. Il pose un coussin épais au pied du lit pour surélever ses jambes et améliorer sa circulation. Il prend le rapport du commissaire Venturini et il lit. Le corps se présente dans un fauteuil de velours vert ; dans la main droite, un couteau de gaucho et, à ses pieds, un verre de whisky. La bouteille de whisky, dans le fauteuil, entre le corps de Chazarreta et l'accoudoir droit, est pratiquement vide. La blessure qu'il a au cou mesure environ seize centimètres. L'entrée de la plaie se situe sur la mastoïde gauche et l'autre extrémité, dans la région latérocervicale droite. L'entaille est plus longue à la sortie qu'à l'entrée de la plaie. Et plus superficielle. La blessure est droite et parallèle au sol, sauf à la sortie, où elle remonte vers le haut. L'entaille sectionne la membrane cricothyroïdienne et fait apparaître le vestibule du larynx. Les bords de la plaie sont bien écartés et forment des angles droits. Les bords et les parois sont propres, sans pont de connexion entre les deux côtés. On ne remarque aucune coupure non franche ni de blessures permettant de supposer que Chazarreta se soit défendu. À l'heure à laquelle l'examen est effectué, la tache de sang qui se trouve au pied du fauteuil n'est pas d'un rouge éclatant, ce qui indique que l'égorgement de Chazarreta remonte à un certain temps. Mais pas à plusieurs heures, car le sang commence tout juste à coaguler. Il est probable que la mort ait été provoquée par une embolie gazeuse et pas seulement par une hémorragie étant donné que, vu la profondeur de l'entaille, du sang est vraisemblablement entré dans les voies respiratoires. Brena pose au pied du lit ces notes dont il vient d'achever la lecture. Il n'en tire pas de conclusions, il est trop fatigué. Il ne sait même pas si, demain matin, il se souviendra de ce qu'il vient de lire. Mais, qu'importe ; ce n'est pas à lui de s'en occuper. Lui, il doit informer demain la population que 65 % des femmes de race blanche dorment sur le dos, et 60 % des hommes, sur le ventre ; il a déjà envoyé aujourd'hui un article à la correction. Voilà en quoi consiste maintenant sa mission de journaliste, après plus de quarante ans de métier. Il en éprouve du dégoût. Il ne sait pas si c'est vis-à-vis de lui-même ou de Rinaldi, ou de cette chose bizarre que son métier est devenu. Son métier. Demain, il repensera à cette idée de départ volontaire à la retraite. "Être assujetti", tu parles d'une expression ! Il s'assied sur le bord de son lit et ouvre le tiroir de sa table de chevet. Avant d'aller dormir, il se dit qu'il devrait rappeler le gamin des faits divers pour savoir ce qu'il voulait et lui passer l'information qu'il vient de lire et dont il ne se souvient même plus. Il ne sait pas si le gamin le mérite vraiment mais, peut-on jamais savoir ce que les gens méritent? Et puis, le commissaire Venturini s'est donné tellement de mal qu'il ne serait pas juste que ses efforts n'aient servi à rien. Si, il faut qu'il appelle le gamin. Le tiroir de la table de chevet encore ouvert, Jaime Brena tâtonne avec ses mains et prend la boîte en fer où il conserve sa marijuana, une petite boîte qui contenait à une époque des pastilles au citron, et il remet son coup de fil à plus tard. Il ouvre la boîte ; de la marijuana, il n'y en a guère, juste assez pour deux ou trois joints, quatre avec un peu de chance. Il fouille le tiroir en bois pour voir s'il ne reste rien de la dernière boule de haschisch qu'il a achetée ; il tâtonne plusieurs fois, en vain. Il va devoir aller trouver son fournisseur avant vendredi s'il ne veut pas se retrouver sans rien à fumer de tout le week-end. Et cette fois, quand il l'appellera, il se plaindra de la qualité : trop de tige et de graines. Il attrape son paquet de cigarettes Virginia Super Slims, en prend une qu'il vide de son tabac dans le cendrier. Il aimerait savoir rouler lui-même ses cigarettes, mais il n'a jamais été très adroit de ses mains, et ce n'est pas maintenant qu'il va apprendre. Les Virginia Super Slims remplies d'herbe, ce n'est pas si mal. Il incline la cigarette vide et la maintient appuyée sur le fond de la boîte en fer, et il la déplace vers l'avant à la façon d'une pelle, en essayant d'y faire entrer la marijuana. Il tient la cigarette en l'air et la secoue légèrement, comme pour aider l'herbe à descendre et qu'il ait de la place pour en mettre un peu plus. Il répète ensuite ce mouvement plusieurs fois jusqu'à ce que le joint soit prêt. Il en referme l'extrémité, l'allume, tire une bouffée, retient la fumée et la recrache doucement. Il appelle le gamin des faits divers qui ne répond pas, pour la bonne raison qu'à ce moment précis il est en train de faire l'amour avec sa petite amie. Brena pose le téléphone sur le côté, sur le lit, et se remet à fumer. Il s'installe sous les draps. Il a l'intention de se relaxer. Il remarque que son corps a tendance à s'avachir, surtout à la taille. Ce qui le fait sourire. Il prend une dernière bouffée, puis il éteint le joint, soigneusement, afin de pouvoir fumer plus tard, à un autre moment, ce qu'il reste de cette fausse Virginia Super Slim. Les feuilles noircies par le commissaire Venturini tombent du lit et glissent sur le parquet. Le gamin des faits divers s'étend un instant à côté de sa petite amie, avant de lui donner un baiser sur le front et d'aller dans la salle de bains. Ce n'est qu'à son retour, en regardant l'écran de son portable, qu'il se rend compte de l'appel en absence de Brena. Tu n'as pas entendu sonner le téléphone ? dit-il à sa petite amie, sur un ton de reproche, comme si c'était elle qui était coupable de ne pas l'avoir entendu. Il appelle Jaime Brena. Entre les draps froissés de Brena, qui dort déjà, le téléphone se met à sonner. Le répondeur se déclenche. Le gamin raccroche sans laisser de message, et il rappelle ; ça sonne, et le répondeur se déclenche à nouveau. Il lâche un juron, tourne le dos à sa petite amie et se glisse sous les draps. Il ferme les yeux, mais il garde le combiné dans les mains, au cas où il se remettrait à sonner. Elle se tourne de l'autre côté. Jaime Brena dort, en toute quiétude, profondément ;

en ce moment, plus rien n'existe, ni Chazarreta, ni son départ volontaire à la retraite, ni les hommes et les femmes de race blanche. S'il rêve, ce n'est pas d'eux. S'il rêvait de l'un d'entre eux, son visage n'exhalerait pas cette sérénité. À côté de lui, l'écran de son téléphone s'illumine, lui indiquant les deux appels en absence du gamin des faits divers. Deux appels en absence, numéro inconnu.

8

Un pantalon noir et un chemisier vaporeux, pas transparent, mais quand même suggestif. Voilà la tenue que Paula Sibona avait suggérée à Nurit Iscar pour sa réunion du lendemain avec Rinaldi. Peu importe qu'il n'y ait plus rien entre eux. Peu importe que Nurit n'ait pris cet engagement que pour des raisons professionnelles. Et alimentaires. Et aussi pour récrire l'histoire. Son amie lui avait dit que personne ne se permettait d'affronter un vieil amour, des années après, et à un âge aussi ingrat pour une femme que la cinquantaine bien sonnée, sans se mettre un peu en valeur. Et Nurit sait que son amie a raison. Elle suppose que Lorenzo Rinaldi, en revanche, n'aura pas changé du tout. Elle a le sentiment absurde que ces trois années n'ont passé que pour elle. Sur la photo qui accompagne ses éditos, Rinaldi donne l'impression de rester toujours le même. Mais elle ne sait pas si elle doit vraiment y croire car, à partir d'un certain âge, les journalistes n'actualisent plus les petites photographies illustrant leurs articles. Pas plus que ne le font les écrivains avec les photos qui figurent sur la couverture de leurs livres. Quand ils en ont une qui est réussie, c'est celle-là qui est reproduite éternellement.

Cependant, bien qu'elle soit consciente que les photos sont trompeuses, Nurit ne peut s'empêcher d'éprouver ce sentiment absurde : il est sans doute resté le même. C'est probablement vrai pour Lorenzo Rinaldi. Ce n'est pas à cinquante ans que les hommes connaissent leur débâcle : soit la vie les use avant, soit elle le fait après. Si Nurit n'est plus ce qu'elle a été, elle doit le dissimuler. Ou l'atténuer. Ou chercher des vêtements appropriés pouvant rehausser ce qui doit l'être et cacher ce qui doit l'être aussi. Par exemple, elle a perdu en tour de taille. Elle n'a pas de ventre, ça, elle en est bien contente, mais elle n'a plus de taille. Ses fesses se sont affaissées, pas excessivement, mais suffisamment pour qu'un jean lui fasse deux ou trois plis sous les fesses. Ses cuisses se sont avachies davantage, elles se sont étalées sur les côtés et se sont flétries. La peau de ses jambes a commencé à devenir transparente, pas comme celle des bébés, mais d'une transparence qui évoque la vieillesse. De nouvelles varicosités lui sont sorties sur les mollets, en plus d'une varice qu'elle déteste et qu'elle traîne déjà depuis très longtemps – elle a voulu se faire opérer mais, lorsqu'on lui a expliqué qu'il allait falloir tirer dessus avec une sorte d'aiguille à tricoter, comme c'est une veine qui traverse toute la jambe et qui s'insère dans le tronc à travers le vagin, elle s'est sentie défaillir et elle a sur-le-champ renoncé à toute chirurgie. En revanche, il ne lui pousse presque plus de poils, c'est l'un des rares bienfaits de la vieillesse. Elle a déjà quelques taches sur le visage ; elle s'est promis qu'un jour, elle irait se les faire enlever, à la pointe de diamant ou à la lumière pulsée, comme Viviana Mansini l'a fait. Elle le fera l'année où elle arrivera à écrire plusieurs livres comme *Défais les nœuds*, des livres qui lui détruiront le cerveau mais qui lui permettront aussi d'épargner un peu. En revanche, elle n'a pas de taches sur les mains. Elle n'a pas non plus trop de rides sur le visage. Ni sur le cou, qui a perdu de sa tonicité, même si elle n'a pas encore de double menton. Dans sa famille, personne n'est très ridé, ni sa mère ni sa grand-mère, ce qui lui fait nourrir quelque espoir d'entretenir cette tradition familiale de femmes bien tendues. Tendues à maints égards. Ses seins ne sont pas tombés, ils se sont écartés de façon équidistante, vers les côtés, vers le haut, vers le bas. Elle sent qu'ils naissent plus près des clavicules et elle sait également que le sillon qui les sépare s'affirme davantage, chose qu'elle n'avait jamais remarquée jusque-là. Nurit se résigne en se disant qu'elle n'est vraiment pas mal pour ses cinquante-quatre ans. En cela, elle ne ressemble pas à Betty Boop, elle n'est pas un *cartoon* car, dans le dessin animé, ses bouclettes, sa bouche et ses jambes restent intactes, tandis que son corps à elle, celui de Nurit Iscar, de Bétibou, subit chaque année de nouvelles mutations. Elle se demande à quoi pourrait bien ressembler une Betty Boop de plus de cinquante ans. Lui donnerait-on l'image d'une femme préoccupée de savoir – comme c'est le cas aujourd'hui, quelques minutes avant de voir le dernier homme dont elle a été amoureuse – si son corps fait encore de l'effet ? Ces derniers temps, elle ne se souvient pas d'avoir pensé à ses taches, ni à son tour de taille qui s'est épaissi, ni à ses cuisses. En fait, elle n'a jamais été préoccupée par ces choses-là. Mais aujourd'hui, quand Lorenzo Rinaldi la verra, il faut bien le reconnaître, elle aimerait au moins avoir l'air digne. Un corps digne. Jusqu'à quel âge une femme peut-elle se sentir obligée de “faire de l’effet” ? Cinquante-quatre ans. Elle voudrait en avoir un peu moins. Elle n’en demande pas vingt, ni trente. Quarante-quatre ou quarante-cinq, tout juste une dizaine d’années de moins. Elle aurait dû se séparer quand elle avait cet âge-là, même si ses enfants étaient encore un peu jeunes, car elle est sûre que, de toute façon, elle les aurait bien élevés. Ç’a été son plus bel âge. Mais elle ne le savait pas à l’époque, et maintenant, cela n’a plus d’importance. On ne peut pas revenir en arrière. On ne peut que rehausser ce qui doit l’être et cacher ce qui doit l’être.

C’est pour cette raison qu’elle adhère à l’idée de son amie de lui faire porter un pantalon noir, bien que, si cela ne tenait qu’à elle, elle se mettrait un jean, car elle partira tout de suite après au *country*. Dans les *countries*, c’est en jean, en short ou en bermuda que l’on s’habille, et elle, des shorts et des bermudas, ça fait longtemps qu’elle n’en porte plus, à cause de cette satanée varice. Un pantalon noir, ce n’est pas mal. Mais le chemisier vaporeux suggéré par Sibona, elle le remplace par un top blanc, aux manches trois-quarts et au décolleté rond et généreux, qui met ses seins en valeur, la partie de son corps à laquelle Nurit Iscar prête la plus grande importance, malgré leur écartement.

Elle descend du taxi avec sa valise et se rend à la réception du journal. Elle entame une petite discussion avec la réceptionniste pour savoir si elle peut entrer dans la rédaction avec sa valise mais, finalement, la secrétaire de Rinaldi vient la chercher, ce qui lui ouvre la voie. Comment ça va, madame Iscar ? Cela faisait longtemps que je ne vous avais pas vue par ici, lui dit la femme tandis qu’elles se dirigent vers l'ascenseur, et Nurit ne parvient pas à définir si, dans le ton qu'elle prend en prononçant la phrase "Cela faisait longtemps que je ne vous avais pas vue par ici", il y a ou non une pointe d'ironie. Peut-être est-ce tout simplement elle qui se sent persécutée par le passé. Oui, cela fait longtemps que je n'étais pas venue, lui répond-elle. Cette secrétaire qui l'accompagne était déjà l'assistante de Rinaldi lorsqu'ils étaient ensemble et, plus d'une fois, elle a appelé Nurit de la part de son chef pour lui transmettre des messages, humiliants la plupart du temps, comme par exemple celui-ci : M. Rinaldi vous demande de ne pas l'attendre, car il ne pourra pas venir. Elle lui a aussi parfois envoyé des choses de sa part : des entrées pour un spectacle auquel ils devaient aller ensemble, mais Rinaldi s'était décommandé à la dernière minute, des billets, des fleurs, des chocolats. Nurit Iscar se rend compte que le secret dans lequel Lorenzo Rinaldi a tenu leur relation la met, encore aujourd'hui, mal à l'aise. Comme si les yeux de cette femme, en quelque sorte, la jugeaient. Ou comme si elle se jugeait elle-même, à nouveau, à travers les yeux de cette femme. Bien que Nurit se soit effectivement séparée de son mari, bien qu'elle n'ait trompé personne, pas plus qu'elle n'avait besoin d'une quelconque clandestinité, malgré tout, elle se sent gênée. À moins que ce qui la gêne vraiment, ce qui la préoccupe, qui l'humilie, ce soit tout simplement le fait que cette femme sache que Rinaldi ne l'a pas choisie, que, contrairement à Nurit, il a préféré rester marié et maintenir cette relation secrète tant qu'elle durerait, et rien d'autre. L'élue. Ce n'est pas facile d'accepter de ne pas être l'élue, pense-t-elle, on rêve toujours de l'être. La secrétaire la fait asseoir dans la salle d'attente qui se trouve devant le bureau de Rinaldi, et elle lui offre un café. Non merci, dit Nurit. Sachant qu'elle a déjà mal à l'estomac, le café réchauffé d'une cafetière de bureau qui fonctionne vingt-quatre heures sur vingt-quatre ne risque pas de lui faire du bien. Quelques minutes plus tard, un jeune homme fait irruption dans le couloir, qui dit : Je suis attendu par Rinaldi. Et il s'avance vers la porte de son bureau, sans attendre l'autorisation de la secrétaire, sans avoir l'air d'imaginer qu'une quelconque autorisation lui soit nécessaire. Mais la femme l'arrête tout net : Madame est également attendue par M. Rinaldi. Assieds-toi, il va vous faire entrer d'un moment à l'autre. Tous les deux? demande-t-il sans comprendre. Nurit ne pose pas de question. Tous les deux, répète la secrétaire, et elle se lève pour aller faire des photocopies. L'homme se tourne vers l'endroit où Nurit est assise ; il la regarde, lui adresse un hochement de tête qui ne semble pas être un salut, et il dit : Nous allons devoir attendre, alors. Elle sourit et répète la même chose : Nous allons devoir attendre. Mais le gamin des faits divers ne s'assied pas à côté d'elle pour qu'ils partagent ensemble cette attente, il s'installe devant la fenêtre et regarde vers l'extérieur, sans vraiment regarder.

Quelques minutes plus tard, le gamin des faits divers et Nurit Iscar se retrouvent tous les deux dans le bureau de Lorenzo Rinaldi. Vous avez sans doute déjà fait les présentations, dit-il, et, bien qu'ils ne les aient pas faites, Rinaldi poursuit, comme s'ils savaient à qui ils ont mutuellement affaire. Nurit Iscar va se charger de donner du style et une touche de *non-fiction* à cette affaire, dit Lorenzo Rinaldi.

De *non-fiction*, répète le gamin. Et toi, tu t'occuperas plutôt du travail d'investigation, d'enquête policière, du journalisme purement technique, tu me suis ? Plus ou moins. Elle va s'installer à La Maravillosa, je lui ai loué une maison, elle va se mêler aux gens, elle va écouter, observer et écrire. Moi, ce travail de terrain me conviendrait aussi très bien, dit le gamin d'un ton tranquille, en essayant de ne pas donner l'air de se plaindre. Bien que ce soit le cas. Tu compenses par de bons contacts et, évidemment, si Nurit apprend quelque chose d'important, elle t'avertira ; de ton côté, c'est pareil, si tu trouves la moindre information concrète et importante, tu l'appelles ou tu lui envoies un mail. Là-bas, un ordinateur est installé avec la wifi et tout le nécessaire pour que vous puissiez rester en contact permanent. Toi, tes articles, tu me les envoies directement, dit-il au gamin, sans passer par le secrétaire de rédaction, je vais les réviser moi-même. On va commencer à publier les reportages de Nurit à partir de demain, ou après-demain si elle n'envoie rien aujourd'hui avant le bouclage, dit Rinaldi, avant d'ajouter : Tu lui réserves une demi-page. Une demi-page ? répète le gamin. Oui ; pourquoi, tu trouves que ça fait beaucoup, ou trop peu ? lui demande Rinaldi en retour, bien que connaissant la réponse. Non, je ne dis pas que ce soit trop peu ou beaucoup par rapport à ce qu'elle pourra avoir à raconter mais, si nous laissons une demi-page à ses reportages, il ne va rien rester pour mettre d'autres articles, et cette fois-ci, le gamin se plaint vraiment. Ne t'en fais pas, si tu as tant de bonnes choses à publier et que tu manques d'espace, alors on lui donnera une page spéciale, rien que pour elle, en marge de ta rubrique, dit Rinaldi qui regarde fixement le gamin dans les yeux qui, lui, s'efforce de soutenir son regard. Nurit assiste embarrassée à cette sourde dispute, mais sans intervenir, car elle se dit qu'elle n'a pas à le faire. Elle ne voudrait pas commencer le travail en se mettant à dos le gamin des faits divers. D'autant plus qu'elle ne sait pas si ce sera lui ou Rinaldi en personne qui publiera ses articles, les coupera si nécessaire, les illustrera, en changera le chapeau ou même le titre. La chose qui comptera le plus pour nos lecteurs, ce sera de lire un reportage écrit de la main de Nurit Iscar, conclut Rinaldi, mettant sur ces mots un terme à leur discussion. Toi, Nurit, c'est à moi que tu envoies tout, tu lui en adresses aussi une copie, mais…, dit-il, et s'adressant maintenant au gamin : Ce qu'elle écrit n'est pas coupé et ne passe pas par le comité de rédaction. OK, répond le gamin, qui ne rêve que d'une chose à ce moment-là, de s'en aller. Lorenzo Rinaldi lui en donne d'ailleurs l'occasion avec sa question suivante : Tu as quelque chose de prêt pour le bouclage d'aujourd'hui ? C'est justement là-dessus que j'étais en train de travailler, ment le jeune homme avant d'ajouter : S'il n'y a rien d'autre, je m'en vais, comme ça je vais pouvoir me dépêcher de passer mes coups de fil.

Tu es toujours la même, Bétibou, lui dit Rinaldi dès qu'ils se retrouvent tout seuls dans son bureau. Et, bien qu'elle sache qu'il ment, Nurit sourit : Toi aussi, lui renvoie-t-elle. Non, ne crois pas ça ; notre président m'a fait prendre deux ou trois ans pour chaque année qu'il a passée au pouvoir. Le président est donc aussi responsable de tout cela ? De quoi ? De tes cheveux blancs et de tes rides ? Oui, tout à fait ; ces dernières années, personne ne m'a autant déçu et irrité que le président. J'imagine déjà, prochainement, parmi les grands titres : “Le directeur du quotidien *El Tribuno* confronté à des problèmes de vieillissement prématuré à cause du président de la Nation, qui refuse de le dédommager pour les séquelles occasionnées.” Arrête de déconner, ne me dis pas que tu crois encore à ses promesses. Ni aux siennes, ni à celles de personne ; même pas aux vôtres. Tu parles sérieusement ? Oui, le plus sérieusement du monde. Et comment fais-tu, alors, pour réfléchir sur ce qui se passe dans le pays où tu vis ? À moins que ça ne t'intéresse pas ? Bien sûr, que ça m'intéresse, énormément. Je lis tous les journaux, je les lis tous, même le tien, et ensuite j'essaie de trouver un juste milieu à partir de mon jugement personnel. Tu parles d'un travail ! Par les temps qui courent, on n'a pas trop le choix, et c'est vous qui nous y obligez. Tu as toujours été une fille méfiante, Bétibou. Pas suffisamment, dit-elle en se levant ; il vaut mieux que j'y aille, car la route est longue, jusqu'à ce sacré *country*. Tu crois que tu auras quelque chose pour aujourd'hui ? Ne me mets pas trop la pression, Rinaldi. À une certaine époque, tu aimais que je te mette la pression. Les temps étaient différents, dit-elle, ce n'est plus de notre âge, maintenant. Il ne s'est passé que trois ans. C'est que moi, je les mesure comme tu le fais pour le président, dit-elle, et elle sourit. Lui aussi. Lorenzo Rinaldi l'accompagne jusqu'à la porte de son bureau et, avant qu'elle ne s'en aille, il lui dit : Tu m'as manqué, Bétibou. Et, bien qu'elle, Nurit Iscar, sente que ces mots lui font l'effet d'un coup de poignard dans le dos, elle essaie de poursuivre son chemin en faisant mine de ne pas les avoir entendus. Dès que j'ai quelque chose qui vaut la peine, je te l'envoie, dit-elle, puis elle sort.

Nurit Iscar traverse le couloir qui longe la rédaction avec sa valise dont les roulettes font plus de bruit qu'elle ne le voudrait. Ça ne se fait pas, le réglage du train et l'équilibrage des roulettes des valises ? se demande-t-elle. Le gamin des faits divers, qui la voit venir, lui tourne volontairement le dos pour éviter d'avoir à la saluer une seconde fois. Karina Vives, qui se trouve devant la photocopieuse, la reconnaît, mais Nurit la regarde à peine, elle ne sait pas qu'elle sait qui elle est, elle ne connaît pas son visage. Pourtant, si quelqu'un prononçait son nom, si quelqu'un disait "Karina Vives", elle saurait immédiatement que c'est cette femme qui a signé la critique par laquelle *El Tribuno* l'avait détruite, à la sortie de son dernier roman, *Seulement si tu m'aimes*. Jaime Brena, qui vient de sortir de l'ascenseur, la croise également. Bonjour, dit-il. Bonjour, répond Nurit Iscar. Ils ne se connaissent pas ; disons plutôt que personne ne les a présentés avant, mais ils savent tous deux à qui ils ont affaire. Ils ont tous les deux la tête de l'emploi et, à un moment donné, ils se sont tous les deux intéressés, de près ou de loin, à leurs activités respectives. Jaime Brena se décale afin qu'elle ait la place pour passer avec sa valise. Elle l'en remercie. Mais les roulettes ne se laissent pas diriger comme elle le souhaiterait, et la valise finit par rouler sur le pied droit de Brena. Oh, excuse-moi, que je suis maladroite. Il n'y a pas de mal, lui dit-il, cela faisait longtemps que je devais aller voir un pédicure. Brena sourit, sourire qu'elle lui renvoie, bien qu'elle se sente encore un peu honteuse de sa maladresse. Bon voyage, lui lance-t-il alors qu'ils reprennent tous deux leur route, dos à dos et dans des directions opposées. Nurit Iscar répond merci et pénètre dans l'ascenseur. Brena s'installe à sa table de travail. Au même moment, le gamin des faits divers s'approche de lui. Tu m'as appelé hier soir, lui dit-il. Oui, personne ne répondait, alors j'ai fini par m'endormir. Qu'est-ce qu'elle faisait là, Bétibou ? Qui ça ? Nurit Iscar. Ah, c'est Rinaldi qui l'a engagée pour écrire de la *non-fiction* sur l'assassinat de Chazarreta, dit le gamin, et il prononce *non-fiction* avec une pointe d'ironie. Ce n'est pas une mauvaise idée, elle peut faire ça très bien, dit Brena. Pourquoi ? Qui est-elle ? Eh, petit, d'où tu sors, d'un tupperware ? Je ne la connais pas. Tu devrais, c'est l'un des rares auteurs de romans policiers que compte l'Argentine ; tu n'as pas lu *Mourir à petit feu* ? Non. Il faut que tu le lises, pour m'ouvrir un peu cette petite tête. Je n'ai pas le temps ; parfois, en vacances, il m'arrive de lire de la *non-fiction*. Prends-le, le temps, prends-le, et lis de la fiction. Si tu veux devenir un grand journaliste, tu dois lire de la fiction, petit, il n'y a jamais eu et il n'y a aujourd'hui aucun grand journaliste qui n'ait pas été un bon lecteur, crois-moi. Jaime Brena sort de sa sacoche l'enveloppe que le commissaire Venturini lui a fait parvenir la nuit précédente. Tiens, regarde un peu ces papiers, je les tiens d'une source sûre, il y a des informations qui peuvent t'être utiles, lui dit-il. Le gamin prend l'enveloppe et, devant lui, il jette un coup d'œil sur ce qu'elle contient. Malgré son inexpérience, il est bien conscient de l'immense valeur de ce que Brena vient de lui donner. Merci, lui dit-il. Fais-en bon usage, lui répond Brena avant de se mettre à travailler sur son prochain sujet : Les bébés garçons pleurent plus, plus tôt, et plus fort que les bébés filles. Pédés, marmonne-t-il, et il commence à écrire. Le gamin des faits divers revient sur ses pas et lui demande : Comment as-tu dit qu'elle s'appelait ? Qui ça ? La nana qui écrit des polars. Nurit Iscar. Oui, mais avant, tu as utilisé un autre nom. Ah, oui, Bétibou. À cause des bouclettes ? Oui, c'est vrai qu'elle a un petit air, confirme le gamin. Il y a quelques années, elle était exactement comme Betty Boop, et nous l'appelions comme ça : Bétibou. Toi, et qui d'autre ? Alors, ça, c'est un secret professionnel. Brena coupe court à sa discussion avec le gamin, il se tourne vers le bureau de Karina Vives et lui dit : Savais-tu que les bébés garçons pleuraient plus que les bébés filles ? Et elle : Non, je ne savais pas, et ses yeux s'emplissent de larmes. Tu as un problème ? lui demande-t-il. C'est l'allergie, lui dit-elle ; à cette époque de l'année, j'ai toujours les yeux qui pleurent. Jaime Brena ne la croit pas, mais il respecte le choix de sa collègue de ne pas lui dire pour l'instant ce qui la fait pleurer. Ils auront tout le temps qu'il faut pour en parler, tout à l'heure, quand ils sortiront sur le trottoir pour griller une cigarette.

Le taxi qui emmène Nurit Iscar, juste après sa sortie tapageuse de *El Tribuno*, s'apprête à entrer sur la Panaméricaine. C'est une journée fraîche, mais ensoleillée comme les plus beaux jours de l'automne. Cela fait un moment qu'elle n'a pas pris cette autoroute, des années. Nurit Iscar est du sud du Grand Buenos Aires, une conurbation très différente de celle où elle se rend à présent. La conurbation sud, il lui arrive d'y retourner pour aller voir ses amis du lycée d'enseignement professionnel n° 2. Mais ce qu'elle voit maintenant, de part et d'autre de la Panaméricaine, est bien différent de ce qu'elle voit lorsqu'elle prend le périphérique en direction du sud. Elle se souvient que, de chaque côté du périphérique, il y a des ateliers de vulcanisation, des garages automobiles, des piscines de centres sociaux, des locaux syndicaux, une université et, depuis quelques années, un hypermarché, et même un *practice* de golf. Elle se souvient aussi que, sur la Panaméricaine, il y avait beaucoup de motels. Il n'y en a plus autant qu'avant, à moins qu'elle ne les distingue pas parce qu'ils ont été noyés par la vague de progrès qui a inondé les deux côtés de la route. Les voitures qu'elle voit autour d'elle sont également différentes de celles qu'elle verrait si elle partait vers le sud de la conurbation. Plus elle s'éloigne vers le sud, plus le parc automobile vieillit, on voit apparaître des voitures déglinguées, dont certaines ont les phares qui ne fonctionnent pas, et dont les plaques d'immatriculation portent les toutes premières lettres de l'alphabet. En revanche, les voitures qui l'entourent maintenant, à mesure qu'elle s'éloigne de la capitale, sont de plus en plus luxueuses, plus récentes, avec des plaques commençant par un H ou un I. Des centres commerciaux, des cinémas, des restaurants, des usines, des banques, toutes sortes d'entreprises, des cliniques. Et, déjà sur le tronçon qui traverse Pilar, elle est surprise par la verdure sur le bas-côté, le gazon fraîchement tondu, la propreté, de chaque côté de la route. Sur la parallèle, sur de nombreux tronçons qui sont encore en terre battue, où l'asphalte n'est pas arrivé, il y a des boutiques de décoration, des magasins d'antiquités, des cimetières privés, des concessionnaires automobiles de toutes les marques, des *malls* – ce concept yankee de commerces de première nécessité, pharmacie, supérette, bureau de tabac, etc., pour satisfaire les besoins des gens vivant à l'écart de la ville –, un restaurant de sushis de la chaîne qui a un local à

Puerto Madero, près du bureau où travaille son ex-mari. Le fait qu'elle pense aux sushis la ramène à son ex-mari et à ses enfants et, alors, Nurit Iscar se rend compte que ni Rodrigo ni Juan n'ont répondu au message qu'elle leur avait laissé pour leur dire qu'elle s'absentait quelques jours et à quelle adresse ils pourraient la trouver. Ils sont déjà grands, pense-t-elle. Mais cela ne suffit pas à la consoler.

Un peu avant d'arriver au péage, elle aperçoit les premiers *countries*. Le *country* où vous vous rendez n'est pas visible de la route, lui dit le chauffeur, il faut s'éloigner. Il faut s'éloigner, répète-t-elle, plus pour elle-même que pour lui. À un point kilométrique donné du tronçon, la voiture prend une sortie sur la droite et laisse la route pour emprunter maintenant une rue latérale, perpendiculaire à la Panaméricaine. Elle traverse plusieurs pâtés de maisons, plus d'une dizaine, puis elle tourne sur la gauche ; elle prend une voie qui semble désaffectée, puis parcourt encore plusieurs autres pâtés de maisons avant d'arriver, enfin, devant l'entrée de La Maravillosa, où deux équipes mobiles de chaînes d'informations sont encore à l'affût. C'est à cet endroit que Nurit Iscar doit affronter son premier problème. Son "premier test de résistance", comme elle l'a appelé lorsqu'elle a tout raconté à Carmen Terrada. Il n'y a personne dans la maison qui vous autorise à entrer, lui dit le gardien. Non, évidemment qu'il n'y a personne à la maison, puisque c'est moi qui vais l'occuper, la maison, lui répond-elle. Oui, mais personne ne m'a donné l'autorisation de vous laisser entrer. Écoutez, voici les clés ; pensez-vous que j'aurais les clés si je n'avais pas d'autorisation ? Vous ne seriez pas la première, madame. Appelez le propriétaire, s'il vous plaît, lui demande Nurit. C'est ce que nous sommes déjà en train de faire, mais il n'y a personne à la maison. Évidemment qu'il n'y a personne, appelez-le ailleurs, sur son portable. Nous n'avons pas d'autres coordonnées que le téléphone fixe de la maison. OK, je vais vous le trouver tout de suite, dit-elle. Oui, bien sûr, dit le gardien, mais, s'il vous plaît, dégagez l'entrée en attendant de recevoir son autorisation. Je dégage, je dégage, dit Nurit Iscar et, tandis que le chauffeur de taxi se range sur le côté, elle appelle *El Tribuno*, explique son problème à la secrétaire de Rinaldi, et la femme lui assure qu'elle va tout arranger tout de suite et qu'elle n'a pas à s'inquiéter. Nurit Iscar baisse sa vitre et laisse le soleil inonder son visage. Elle soupire. Calmez-vous, madame, lui dit le chauffeur de taxi ; dans un petit instant, ils vont nous laisser passer, il faut être patient avec eux, c'est toujours comme ça dans ce type d'endroits. Mais elle, de la patience, elle n'en a pas beaucoup et, malgré ses efforts, elle trouve le temps long. Au bout de quelques minutes, un gardien s'approche de la voiture. Le chauffeur met le moteur en marche. Les voilà, ils viennent nous dire que c'est OK, dit-il. Mais il se trompe. Monsieur, vous ne pouvez pas stationner là. Ah bon, je bouge tout de suite, dit le chauffeur de taxi. Et pourquoi donc, demande Nurit qui, d'une tape sur l'épaule, intime à l'homme qui la conduit de ne pas bouger. Parce que l'on ne peut pas stationner devant l'entrée du *country*, répond le gardien. Je ne vois aucun panneau national ou provincial de sécurité routière disant qu'il est interdit de stationner. C'est une disposition du règlement du *country*, madame. Le chauffeur soupire. Le *country* ne peut pas prendre de disposition sur ce qui ne lui appartient pas ; la rue est publique, monsieur. Les ordres viennent d'en haut, insiste le gardien. D'en haut de quoi ? demande-t-elle. D'en haut, répète le gardien. Elle regarde vers le ciel. En haut, je ne vois que des nuages, lui dit-elle. Des autorités du *country*, lui précise l'homme. Allez donc expliquer à ces autorités que le *country* n'aura pas de juridiction sur la rue, ni sur ma vie, ni sur l'endroit où je décide de stationner tant que cette interdiction ne sera pas stipulée par des dispositions nationales ou provinciales de sécurité routière, insiste-t-elle. Je vous dis que c'est interdit, madame, vous ne voulez pas comprendre. Il me semble plutôt que c'est vous qui ne voulez pas comprendre. Ne vous énervez pas, dit le chauffeur, n'en parlons plus, je bouge la voiture. Non, l'arrête-t-elle, moi, je ne bougerai pas d'ici. Madame, vous rendez-vous compte qu'une voiture garée devant la porte d'un endroit comme celui-ci met en danger la sécurité de ses habitants ? Non, je ne m'en rends pas compte, et c'est moi qui suis en danger devant ces gens qui sont armés et dont je ne sais même pas s'ils en ont le droit. Au fait, avez-vous un permis de port d'armes ? L'homme ne répond pas. Un autre gardien s'approche. Le chauffeur insiste : Je bouge la voiture, n'en parlons plus, ne vous mettez pas dans un état pareil. La rue est à tout le monde, répète-t-elle. J'exécute les ordres, dit le gardien qui s'était approché le premier. Madame est autorisée à entrer, dit le gardien qui vient d'arriver. Le chauffeur soupire, soulagé, et il avance en première. Heureusement que vous ne comptiez pas sur eux pour vous préparer une fête dimanche, lui dit-il. Nurit ne comprend pas. S'ils vous préparaient une fête, ils ne vous louperaient pas. C'est important de savoir se défendre contre les abus de toute sorte, lui dit-elle. Il y a des causes perdues d'avance, lui dit le chauffeur de taxi. C'est vrai, reconnaît Nurit. Quand ils arrivent à la barrière, un autre gardien leur demande leurs papiers. Le chauffeur doit aussi fournir son permis de conduire, le certificat d'immatriculation et la carte verte du véhicule. Ils prennent une photo de Nurit avec un petit appareil. Comme ça, vous serez enregistrée une bonne fois et nous ne vous embêterons plus, lui dit l'homme qui effectue les contrôles à la barrière. Vous me permettez le coffre ? dit ce même gardien au chauffeur de taxi ; le chauffeur appuie sur un bouton et l'ouvre, sans bouger de son siège. Nurit se demande où est passé le reste de la phrase, où se trouvent les mots qui manquent, quelle est la syntaxe complète. Comment quelqu'un peut-il dire "Vous me permettez le coffre ?", en omettant le verbe ? De quel verbe s'agit-il, d'abord ? Voir, ouvrir, regarder ? Et l'autre, comment se fait-il qu'il comprenne et qu'il obtempère ? Il n'existe pas de verbes tacites. "Vous me permettez le coffre", cela pourrait vouloir dire "vous me permettez d'emporter le coffre", "de vous sortir le coffre", "de vous brûler le coffre", "de vous pisser dans le coffre". Qui a donc volé ces verbes au gardien, au chauffeur, à ceux qui se sont retrouvés sans verbes et qui ne le savent même pas ? Pourquoi ce vol n'intéresse-t-il personne ? N'est-ce donc pas un délit, de voler des mots ? Dans ce cas, ne vole-t-on que le mot, ou vole-t-on aussi ce qu'il désigne ? OK, dit finalement le gardien, et il passe dans un lecteur une carte magnétique qui fait se lever la barrière devant eux. En avant.

La voiture s'avance dans la rue principale. Une haute rangée d'arbres flanque, de chaque côté, un trottoir imaginaire. Quelques branches se rejoignent tout en haut, à la cime des arbres. Ça, tu vois, ça me plaît bien, se dit Nurit à elle-même. Mais son plaisir est de courte durée car, à mesure qu'elle s'y enfonce, cette couronne d'arbres se transforme petit à petit en un tunnel étroit et fermé dans lequel elle se sent entrer et dont elle n'est pas sûre de pouvoir sortir. Comme les petits qui, dans les contes pour enfants, ouvrent une porte et pénètrent dans un autre monde, tombent dans un puits qui les fait passer dans un autre royaume, ou entrent dans un placard qui s'évanouit pour laisser place à une forêt enchantée. Ou ensorcelée.

Le chauffeur arrive à bon port. La maison n'est pas l'une des plus impressionnantes de La Maravillosa, mais elle n'en est pas moins beaucoup plus grande, imposante et voyante que toutes celles que Nurit Iscar a déjà pu habiter. Il ouvre le coffre, lui sort sa valise, la dépose à ses pieds, puis il lui tend un bon de prise en charge pour qu'elle le signe. Dites, n'hésitez pas ; pour quoi que ce soit, appelez-moi. Tenez, je vous laisse mon numéro, dit-il, et il lui donne une carte de la compagnie de taxis pour laquelle il travaille. On m'a dit que tous les déplacements que vous aurez à faire seront à la charge du journal ; nous travaillons tout le temps avec *El Tribuno*, ils ont un compte chez nous, alors, ne vous en faites pas, il suffit de m'appeler. Ah bon, parfait, je vous appellerai, alors. Par contre, appelez-moi à l'avance, car je vis à Lanús, et je dois bien mettre deux heures, voire deux heures et demie, aux heures de pointe pour arriver jusqu'ici ici. À Lanús? répète-t-elle. Lanús Ouest, précise-t-il. Et qu'est-ce que je fais si j'ai mal à la tête et que je dois aller à une pharmacie pour m'acheter de l'aspirine ? Pour ce genre d'urgences, je vous conseille de demander au poste de garde le numéro de téléphone d'une compagnie de taxis du coin, et de profiter pour faire du stock chaque fois que vous irez faire des courses, ça vous reviendra moins cher que de toujours aller appeler un taxi quand vous manquez de quoi que ce soit. Vous avez raison, dit-elle, je vais faire du stock. Le taxi s'en va. Nurit Iscar reste là un instant, debout sur les gravillons gris, sa valise dans une main, les clés de cette maison qui ne lui appartient pas dans l'autre, pensant à toutes les choses qu'elle aura à stocker pour se sentir à l'abri de toutes ces urgences inopinées qu'elle sait inévitables.

9

En toute fin d'après-midi, le gamin des faits divers reçoit la copie que Nurit Iscar lui a adressée du premier reportage qu'elle a écrit à La Maravillosa et envoyé à Rinaldi. Il le lit. Et il ressent de la haine. L'envie de donner un coup de pied dans quelque chose. Il lève les yeux et cherche Jaime Brena du regard, devant son bureau, mais ce n'est pas là qu'il se trouve ; il est debout, devant Karina Vives, occupé à lui parler. Le gamin se dirige vers eux. Non, crois-moi, je n'ai aucun problème, dit-elle. Mais c'est bizarre que tu ne fumes pas ta clope, lui répond Brena. C'est à cause de mon allergie, je ne peux plus continuer d'avaler de la nicotine, dit Karina au moment où le gamin s'approche. Jaime Brena, qui lui tourne le dos, répond à la jeune femme : Si tu ne veux pas fumer, ne fume pas, mais accompagne-moi quand même. Elle refuse, elle sait que si elle sort fumer sur le trottoir avec Brena, elle va lui raconter qu'elle est enceinte, et aujourd'hui, elle ne s'est pas levée avec l'intention et le courage d'apprendre la nouvelle à quiconque, pas même à lui, son meilleur ami à la rédaction de *El Tribuno*. Pourquoi recommence-t-elle à douter aujourd'hui, alors qu'hier, en se lavant, elle était sûre de ce qu'elle comptait faire ?

Sans le vouloir, le gamin la sauve : Tu as une minute ? demande-t-il à Brena. Oui, dit-il ; il range le paquet de Marlboro dans la poche de sa chemise, résigné, et il lui fait un geste de la tête lui indiquant de l'accompagner dans son bureau. La nana a déjà envoyé son reportage, lui raconte le gamin. Quelle nana ? demande Brena. L'écrivain que Rinaldi a envoyée à La Maravillosa. Nurit Iscar. Oui, Nurit Iscar, lui confirme le gamin. Retiens son nom, lui dit Brena. Je le connais, mais je suis furax. Que se passe-t-il ? C'est qu'elle a monté toute une théorie qui est complètement à l'opposé de la mienne, et on ne peut pas publier mon article à côté du sien, parce que les gens vont nous prendre pour des schizophrènes. Il faut reconnaître que c'est un peu le cas. Allez, sérieusement, je ne peux pas publier ce qu'elle a envoyé. Sur quoi est-ce que vous n'êtes pas d'accord ? demande Jaime Brena. En se basant sur des conneries qu'elle a entendues dans un supermarché, elle dit que la mort de Chazarreta est un meurtre alors que, pour moi, il est clair que le bonhomme s'est suicidé. Pourquoi ? Il avait l'arme à la main. On peut la lui avoir mise, ce n'est pas une preuve suffisante. Il n'y a pas de traces de violence dans la maison. Dans les affaires d'homicide, il n'y a pas toujours de traces de violence, surtout lorsque tout a été bien préparé. Et il n'y a pas de coupures sur les mains de Chazarreta indiquant qu'il se soit défendu. Ils peuvent l'avoir égorgé pendant qu'il dormait dans son fauteuil, comme il avait bu beaucoup d'alcool ; jusque-là, tu ne m'as rien dit qui soit vraiment convaincant. Le rapport précise-t-il si sa main droite était couverte de sang ? demande Brena. Le gamin est surpris par la question : Non, il ne dit rien à ce sujet, pourquoi ? S'il n'en parle pas, c'est à coup sûr parce qu'il n'y avait pas de sang : c'est un assassinat, petit. Plusieurs sites d'informations sur le net penchent pour l'hypothèse du suicide, et il y a des *tweets* et des *retweets*…, insiste le gamin des faits divers. Des *tuits* et des *retuits*, répète Brena. Et puis, sais-tu quel est ton problème, mon petit ? Beaucoup d'Internet et pas assez de terrain. Un spécialiste des faits divers, c'est sur le terrain qu'il apprend le métier. Dis-moi, combien de fois t'est-il arrivé de te cacher derrière un arbre ? Combien de fois as-tu appelé le témoin d'un crime ou un parent du mort en te faisant passer pour le commissaire Untel ? Combien de fois t'es-tu déguisé pour t'introduire dans un endroit où l'on ne te laissait pas entrer ? Le gamin ne répond pas mais, de toute évidence, il n'a rien fait de tout ce que Brena lui demande. Mets-toi bien ça dans la tête, petit, passer beaucoup de temps sur le terrain, fouiner et savoir te fondre dans toutes les situations. Tu dois savoir être le voleur, l'assassin, le mort, le complice, faire tout ce qu'il faut pour comprendre ce qui se passe dans leur tête. Et puis, lâche un peu ton ordinateur ; tu te fais du mal avec tout ce Google. As-tu la moindre idée de la raison pour laquelle les Chinois l'interdisent ? Internet va devenir le nouvel opium des peuples, la nouvelle religion. Viens, assieds-toi, lui dit Brena, et il lui offre sa propre chaise. Il ouvre le tiroir de son bureau, en sort une vieille règle en bois d'une vingtaine de centimètres, il se met derrière le gamin et appuie la règle sur son cou comme s'il allait l'égorger, mais sans en faire le geste pour l'instant. Le gamin a un frisson au moment où la règle le touche. Comment était l'entaille, parallèle au sol ? lui demande Brena. Allait-elle vers le haut, ou vers le bas ? Parallèle au sol et, sur la fin, légèrement incurvée vers le haut. Il a été assassiné. Pourquoi ? Brena lui donne la règle. Tranche-toi la gorge, lui dit-il. Le gamin le regarde sans rien faire. Allez, égorge-toi, petit, lui répète-t-il. Sans trop de conviction, le gamin bouge la règle de gauche à droite. Où ta main s'est-elle arrêtée ? Un peu plus vers le bas. Si tu étais en train de perdre tout ton sang, ce serait même franchement vers le bas, c'est impossible de se trancher la gorge tout seul en coupant vers le haut, c'est un mouvement antinaturel, petit. Vérifie si la main droite était couverte de sang ; c'est toujours là que jaillit la première giclée de sang, sur la main qui est en train de couper les artères. Mais il n'y avait pas de coupures, de traces de défense sur ses mains, insiste le gamin. Peu importe, une entaille qui part vers le haut et une main qui n'est pas tachée de sang, ce sont des preuves flagrantes, s'il n'y a pas coupures prouvant que Chazarreta s'est défendu, ce doit être parce qu'ils ne lui ont pas laissé le temps de se réveiller et de réagir. Tu verras, quand le rapport définitif de l'autopsie sera rendu, il dira qu'il avait beaucoup d'alcool dans le sang, qu'il s'était sûrement endormi saoul, et ils peuvent même lui avoir mis quelque chose dans son whisky, un tranquillisant, par exemple, voire plusieurs, ou même un mélange de tranquillisants. Alors, la nana a peut-être bien raison. Non, pas la nana, Nurit Iscar. Nurit Iscar, ou Bétibou. Oui, d'accord ; alors Bétibou doit avoir raison. Est-ce qu'elle a les résultats de l'autopsie préliminaire que je t'avais envoyés ? Non, je ne les lui ai pas donnés, je pensais garder ces infos pour mon article. C'est bien, il faut savoir être avare et garder ses propres informations, approuve Brena. Elle se base sur des commentaires de ce qu'il y a de plus débiles, dit le gamin ; je t'en ai déjà parlé tout à l'heure, des trucs qu'elle a entendus en allant s'acheter un yaourt au supermarché, par exemple. Le terrain, tu vois, c'est sur le terrain qu'elle trouve ; bien qu'il n'en ait pas l'air, dans cette affaire, le terrain, c'est le supermarché de La Maravillosa. Tu peux me montrer ce qu'elle a écrit ? Je te l'envoie sur ta boîte mail, lui dit le gamin. Non, petit, imprime-le-moi, je suis de la génération *paper*.

Quelques minutes plus tard, le gamin revient, le rapport de Nurit imprimé entre les mains, et il le remet à Jaime Brena qui se plonge tout de suite dans sa lecture :

À La Maravillosa, tout est calme. En ce lieu, on marche sous l'ombre généreuse des arbres, en respirant la fragrance des fleurs et l'odeur du gazon fraîchement tondu, et l'on peut rêver à loisir que rien ne pourra nous arriver ici, de ce côté du mur. Les enfants se promènent seuls dans la rue, à bicyclette, dans des voiturettes électriques, ou même en tricycle. Les gens laissent encore la clé de contact sur leur voiture et ils ne ferment pas non plus leur maison. On n'entend pas de bruits de coups de freins ni celui du bus, il n'y a pas de tuyaux d'échappement qui polluent l'atmosphère ; des klaxons, c'est très difficile d'en entendre et les habitants du quartier ne les utilisent que pour se saluer. Cependant, tout comme dans le film Carrie, *de Brian de Palma (basé sur le roman de Stephen King), c'est au moment où la sérénité envahit l'atmosphère et où le spectateur insouciant commence à se détendre que la main de Carrie sort de terre et surgit hors de sa tombe pour attraper l'amie qui vient lui apporter des fleurs. De la même façon, au milieu d'une scène bucolique, la mort fait irruption, sans crier gare, et, dans ce cas précis, pour prendre la vie de Pedro Chazarreta dans sa maison de La Maravillosa. Le cadre évoque quelque chose, mais la réalité s'avère tout autre. La réalité a déjà parlé, il y a trois ans, lorsque Gloria Echagüe a été retrouvée morte. Bien que, pendant un certain temps, on ait voulu nous faire croire qu'il ne s'agissait que d'un bien triste accident, il se trouve que la mort de la femme de Chazarreta n'était autre qu'un vulgaire assassinat. Un assassinat, un mobile et un mort. Ce qu'il y a de plus simple. Ce qu'il y a de plus horrible, aussi. Sauf que c'est arrivé dans un endroit où cela ne pouvait pas arriver. Ici. Ici même, trois ans après, alors que la justice n'a pas encore trouvé le coupable de ce crime, un autre crime est commis. Une nouvelle personne est retrouvée morte, égorgée. Et voici quelques coïncidences et détails supplémentaires qui ne manquent pas d'attirer l'attention : ces deux personnes étaient mari et femme ; cet homme a été accusé d'avoir assassiné sa femme, et il a bénéficié d'un non-lieu faute de preuves. Est-ce pour ces raisons, à cause de la surprise, de l'émoi provoqués, toujours est-il que la première chose que l'on a entendu dire, hier matin, à La Maravillosa, tout juste après la découverte du corps de Pedro Chazarreta, c'est que le veuf de Gloria Echagüe s'était donné la mort. La rumeur était fondée sur une preuve vraiment légère : le couteau avec lequel il avait été égorgé se trouvait dans sa main droite, comme si sa propre main lui avait porté ce coup mortel. Comme si. Mais cette rumeur ne pouvait que courir sous le manteau tant que les gens qui connaissaient le mieux cet homme n'avaient pas donné leur propre avis. Certains de ses amis et de ses relations assurent que, si le couteau se trouvait dans sa main, c'était parce que quelqu'un l'y avait mis. Au magasin de La Maravillosa, j'ai moi-même eu l'occasion d'entendre deux résidents qui choisissaient des yaourts devant la gondole des produits frais convenir tous les deux et avec une grande conviction que la mort de Pedro Chazarreta n'était pas un suicide. Et ils donnaient leurs raisons. Des raisons que j'ai ensuite entendu répéter au kiosque et au bar du club-house. Qu'en aucune façon il ne peut s'agir d'un suicide. Que seuls les gens qui ne connaissent pas suffisamment Chazarreta peuvent croire à cette version. Eux, ceux qui le connaissent vraiment, n'ont pas besoin d'attendre les résultats de l'autopsie ni la levée du secret de l'instruction pour en avoir la certitude. Pourquoi ? Parce qu'ils le savent ; tout simplement parce que Pedro Chazarreta n'aurait jamais abandonné en plein milieu la coupe du club, un tournoi de golf quatre balles qui se joue sur deux week-ends consécutifs. Et encore moins si, au terme du premier week-end, comme c'était le cas, lui et son partenaire avaient réalisé le meilleur score enregistré à La Maravillosa durant les dix années d'existence que compte le parcours de golf. Dans cet endroit arboré qui sent bon les fleurs et le gazon fraîchement tondu, les gens n'en ont que faire, que Chazarreta ait eu un couteau dans la main. La seule chose qui vaille, c'est leur conviction qu'il n'aurait jamais abandonné en cours un tournoi quatre balles. Et encore moins le plus important du club. Encore moins sachant qu'il jouait comme jamais. Personne n'irait faire une chose pareille. Et lui, Pedro Chazarreta, encore moins que quiconque. Il y a trois ans, le quatre balles du club était tombé en même temps que l'enterrement de Gloria Echagüe ; il avait été interrompu pendant une semaine, et Chazarreta avait répondu présent la semaine d'après.*

Moi aussi, comme les résidents, j'écarte complètement l'hypothèse du suicide. Je ne connais rien au golf, mais je m'y connais en matière de profils psychologiques. Si Pedro Chazarreta avait été un personnage d'un de mes romans, l'idée ne lui serait pas venue de se suicider, car son orgueil, son esprit de compétition et sa rage de vaincre ne l'auraient pas laissé quitter le tournoi du club sachant qu'il y participait clairement avec l'ambition de le remporter. Mais aussi, en outre, parce que, d'un point de vue psychologique, il n'éprouvait aucun des sentiments caractéristiques pouvant conduire quelqu'un à prendre ce genre de décision : ni culpabilité, ni dépression, ni repentir. Pas même de la douleur. Il est toujours apparu comme quelqu'un de fort, calme, fermement convaincu que dans cette histoire c'est sa version qui était la bonne, soit parce qu'il n'avait pas tué son épouse, soit parce que, s'il l'avait fait, c'était pour préserver un bien fondamental : sa propre réputation, celle de sa femme, l'honneur de la famille ou, tout simplement, ses biens. Pedro Chazarreta a toujours eu l'air d'en savoir plus qu'aucun d'entre nous, même plus que le procureur et que le juge. Et son attitude a toujours clairement laissé entendre qu'il considérait n'avoir à se justifier auprès de personne. Pourquoi se suicider, alors, dans ces conditions ? D'autant plus, maintenant qu'il a été définitivement relaxé par la justice dans cette affaire faute de preuves. D'autant plus qu'il est sur le point de remporter de nouveau le tournoi de golf du club. Non, absolument pas, si Pedro Chazarreta était le personnage d'un de mes romans, il ne se serait pas suicidé. Mais, alors, pourquoi vouloir nous faire croire le contraire, pourquoi laisser l'arme homicide dans sa main. Par plaisanterie ? Par erreur ? Par sous-estimation de notre perspicacité ?

En ce qui concerne le mobile, les hypothèses qui circulent à La Maravillosa sont au nombre de deux : soit la vengeance, soit le même mobile – bien qu'il reste encore obscur – que celui qui a coûté la vie à Echagüe. Plus clairement :

1. La personne qui a tué Chazarreta a voulu lui faire endurer ce qu'a enduré sa femme, c'est-à-dire que l'assassin l'a considéré coupable, responsable du meurtre de Gloria Echagüe, ou de l'avoir caché, et, pour cette raison, il a voulu rendre justice de ses propres mains.

2. L'assassin est la même personne qui a tué sa femme, c'est pourquoi il a utilisé le même modus operandi.

Et le couteau dans la main ? Juste pour induire un peu plus en erreur les gens qui sont dans l'erreur.

Il est encore très tôt pour pencher vers l'une ou l'autre de ces deux possibilités. De plus, je me risque à parier que, lorsque nous aurons les conclusions de l'autopsie, et qu'au fur et à mesure que l'enquête avancera, de nouvelles hypothèses se feront jour. Pendant que nous marchons sous les frondaisons de La Maravillosa, pendant que nous respirons l'air pur et que nous profitons du silence qui règne ici, ces hypothèses font leur chemin et elles finiront inévitablement par éclater au grand jour.

Comme la main de Carrie qui sort de sa tombe.

La question est de savoir être patients et d'attendre.

Tu es dans de beaux draps, petit. Pourquoi ça ? Parce qu'Iscar en sait plus que toi. Retravaille ton article, retouche-le un peu, et dis quelque chose comme “certaines personnes continuent d'avancer l'hypothèse du suicide, qui est écartée par des « sources officieuses » et d'autres versions circulant à La Maravillosa”. Et là, tu glisses une référence croisée au reportage de Nurit Iscar, et tout le monde est content. OK ? OK. Il va falloir que tu deviennes son ami, il faut savoir y faire, souviens-toi, et essayer d'aller dans le même sens qu'elle, sinon Rinaldi va te régler ton compte. Le gamin reste un moment silencieux. Il a envie de dire quelque chose, mais il n'ose pas. Allez, allez, va bosser, sinon tu n'auras rien pour le bouclage de ce soir, lui dit Brena. Merci, dit le gamin, non sans difficulté. Jaime Brena se contente de répéter : Allez. Ça y est, tu as fini par le prendre sous ton aile, lance Karina Vives à Brena, à la fin de sa journée, lorsqu'elle s'apprête à partir et passe à côté de son bureau. Que voulais-tu que je fasse d'autre avec un orphelin à moitié con ? C'est dans ta nature, Brena, tu es généreux et tu aimes que les gens travaillent bien. Et je suis à moitié con, moi aussi. Oui, ça aussi, c'est vrai, dit Karina, et ils rient tous les deux. N'oublie pas, lui dit-il, je veux que tu te renseignes auprès de tes copines qui ont des enfants pour savoir si c'est vrai que les garçons, quand ils sont bébés, pleurent plus que les filles ; nous deux, nous n'avons pas d'expérience en la matière, lui dit Brena. C'est vrai, nous deux, nous n'avons pas d'expérience, dit-elle, et Brena ne se rend pas compte que le sujet l'émeut, car Karina Vives fait un effort pour le cacher. Est-ce donc pour cette raison, pour compenser, qu'à l'âge adulte, les femmes pleurent tant, et pas nous ? lui demande-t-il. Tu ne pleures pas, toi ? lui demande-t-elle. Que font les hommes quand ils ne vont pas bien ? Du *zapping* : on s'affale sur notre lit, et on *zappe*. Karina s'approche pour lui dire au revoir, et elle le serre dans ses bras plus fort que de coutume. Brena est surpris, mais il se laisse faire. À demain, Brena. À demain, ma belle.

Jaime Brena range son bureau, il réunit ses papiers, éteint l'ordinateur et, au moment où il est sur le point de partir, il se rend compte que la règle qu'il a donnée au gamin des faits divers pour qu'il simule son propre égorgement se trouve par terre, sous sa chaise. Jaime Brena garde cette règle depuis qu'il est entré au journal. Il est comme ça, il s'attache aux choses, il est un peu fétichiste. Il la ramasse et la range dans le tiroir. Il lève les yeux et remarque que le gamin est encore à son bureau, occupé à écrire. Il s'approche. Alors, comment ça va ? Bien, lui fait le gamin, j'ai presque terminé. OK, on se voit demain, alors. On se voit demain. Jaime Brena s'en va mais, après avoir fait quelques pas dans le couloir, il revient. Je peux te poser une question ? Oui, bien sûr, lui dit le gamin. À qui voudrais-tu ressembler, toi ? Comment ? À qui veux-tu ressembler, qui est ton modèle, quel journaliste aimes-tu ? Ah ! Les journalistes d'ici, ou d'ailleurs ? D'ici, petit, d'ici, les spécialistes des faits divers ; si tu comptes te consacrer aux nouvelles policières, c'est ici que tu dois te chercher un modèle. Non, je n'en sais rien, je n'ai jamais pris le temps de trop y penser ; tu sais, je suis arrivé au journalisme d'investigation à moitié par hasard, mes modèles ne sont pas du métier. Ça se voit, petit, je ne dis pas ça pour t'emmerder, mais ça se voit. Sais-tu qui était GGG, à *Crítica* ? demande Brena. Non, répond le gamin. Vérifie ; Gustavo Germán González, fais des recherches pour savoir qui il était, et comment il travaillait. Essaie un peu de trouver sur Internet comment il s'y était pris pour entrer dans la morgue quand il avait dû enquêter sur l'assassinat du conseiller municipal radical Carlos Rey, lui indique Jaime Brena. Et il continue : "Il n'y a pas de cyanure" ; c'est comme cela qu'il avait intitulé l'article qu'il avait écrit le lendemain, lis-le. Vise un peu le bon titre, petit ! Et lis aussi le roman d'Osvaldo Aguirre, *Les Indésirables*, c'est une fiction où il donne un rôle de protagoniste à GGG. Crois-moi, tu ne t'en sortiras pas si tu te limites à Internet, ça ne suffit pas. Alors, leçon numéro un : lis tout ce que tu trouveras sur Gustavo Germán González, c'est un ordre, OK ? OK, répond le gamin. Jaime Brena fait le geste de salut qu'il affectionne, il remue la main au-dessus de sa tête comme s'il soulevait puis reposait son chapeau. Et il s'en va.

Le gamin des faits divers le regarde s'en aller. Il termine son article et l'envoie juste à temps pour le bouclage. Avant d'éteindre son ordinateur, il tape "GGG + journal *Crítica*" sur le moteur de recherche de Google, puis il attend les résultats. Il a l'intuition que Jaime Brena vient de lui donner de bons conseils. Plus qu'en avoir l'intuition, il le sait. Ce qu'il ne sait pas, c'est comment vérifier qui était Gustavo Germán González autrement qu'en cherchant sur Internet.

10

Les jours suivants, l'hypothèse selon laquelle la mort de Chazarreta n'était pas un suicide, et que Nurit avait d'abord entendue de la bouche de deux résidents de La Maravillosa devant la gondole des produits frais, s'affirma comme une évidence. Les résultats de l'autopsie établirent – en des termes plus techniques – exactement ce que le commissaire Venturini avait annoncé noir sur blanc, et de sa main, à Jaime Brena : sectionnement du muscle sterno-cléido-mastoïdien, sectionnement de l'artère carotide primitive à environ deux centimètres de sa bifurcation, sectionnement de la veine jugulaire et sectionnement complet du larynx au niveau de la membrane cricothyroïdienne, avec ouverture du vestibule du larynx, une des ailes latérales de la thyroïde se retrouvant également sectionnée. Il n'a pas été décelé de coupures sur les mains indiquant que la victime s'est défendue, mais quand même une petite entaille au menton, peu profonde, sans doute produite par le geste instinctif de Chazarreta de baisser la tête lorsqu'il a senti le couteau tentant de l'égorger. Un fort taux d'alcool dans le sang avait aussi été en effet observé. Il était d'autre part indiqué, et c'était cela qui était important, que l'entaille remontait légèrement vers le haut et que, lorsque le cadavre avait été découvert, la main qui tenait le couteau ne portait pas de trace de sang. Je te l'avais bien dit, souligne Jaime Brena au moment où le gamin des faits divers lui confirme ses dires. Quelles sont les hypothèses qui circulent ? Un règlement de comptes ou la vengeance de la mort de son épouse, lui répond le gamin. Le règlement de comptes a déjà été évoqué comme mobile de la mort de sa femme. Brena raconte que, quand il a revendu sa banque, Chazarreta s'est lancé dans le business du recouvrement des dettes. Cela a dû lui valoir de nombreux ennemis, dit le gamin. Oui, surtout vu la façon dont il se comportait, précise Brena, qui ajoute : Il venait leur réclamer l'argent à leur domicile, mais en employant des méthodes qui n'avaient rien d'élégantes. Un groupe d'agents chevronnés, emmerdants, travaillaient à son service, c'étaient de vrais fins limiers, des chiens de chasse qui choisissaient de se pointer chez le débiteur le jour où il fêtait les quinze ans de sa fille, ils prenaient le micro et ils racontaient à tous les invités que l'homme qui payait cette fête, si tant est qu'il l'eût payée, leur devait de l'argent. Les invités se crispaient, les serveurs commençaient à escamoter du vin, le disc-jockey exigeait d'être payé en liquide sans quoi il arrêtait la musique, et la jeune fille qui fêtait ses quinze ans passait le reste de son anniversaire à pleurer. Il y a des gens qui disent qu'ils te tombaient dessus si nécessaire, mais personne ne les a jamais dénoncés. Qu'entends-tu par "tomber dessus" ? Te briser un genou, te faire une estafilade au visage, te casser quelques os, les doigts, par exemple. Chazarreta ne pouvait pas poursuivre en justice ses débiteurs, parce que l'argent, il le prêtait à des gens qui trempaient dans des affaires pas très catholiques, et même illégales : ventes d'immeubles avec problèmes d'écritures, pornographie, tourisme sexuel, blanchiment d'argent. Je lui ai posé la question lors d'une entrevue ; il m'a dit que son business consistait à prêter et à recouvrer de l'argent, et que ce que ses clients pouvaient en faire, ça ne l'intéressait pas. Mais ce n'était pas vrai ; cela pouvait ne pas l'intéresser d'un point de vue éthique, mais cela l'intéressait sans doute d'un point de vue pécuniaire, pour évaluer si ladite affaire pouvait ou non rembourser le prêt qui lui était demandé. Moi, j'aurais essayé de creuser un peu plus de ce côté. Si cette question avait été tirée au clair, peut-être que les nœuds auraient commencé à se dénouer et que l'on aurait trouvé une piste menant jusqu'à l'assassin de Gloria Echagüe. À moins que ce ne soit lui. Une des versions qui circulaient disait que le type avait besoin de faire taire sa bonne femme, car elle ne cautionnait pas certaines de ses affaires et elle était devenue très chiante, qu'elle l'avait menacé de le quitter et même d'aller le dénoncer. Mais je ne sais pas ; parfois, je me dis que tout cela sent la merde à plein nez. Toujours est-il qu'il faut bien reconnaître que le règlement de comptes est un mobile un peu facile et que, si on se met à fouiner de ce côté, d'ici quelques jours on va encore se retrouver à la case départ. Et l'autre hypothèse, la vengeance de la mort de sa femme, par quelqu'un qui aurait voulu rendre justice lui-même, me semble trop héroïque au vu de la distribution du film auquel nous assistons, tu ne trouves pas ? Alors ? demande le gamin. Il faut continuer de réfléchir ; parfois, on s'accroche à des hypothèses qui ne font que nous bloquer ici, lui répond Brena. Presque au même moment, Rinaldi entre dans la rédaction, complètement furieux, et il jette le journal *La Primera de la Mañana* sur le bureau du gamin des faits divers. Jaime Brena s'écarte ; bien qu'il sache que sa colère n'a rien à voir avec lui, depuis longtemps, le simple fait de voir Rinaldi furieux contre qui que ce soit lui contracte les muscles du dos. Tu veux bien m'expliquer pourquoi Zippo a des informations sur l'affaire qui ne sont pas en notre possession ? Le gamin regarde le journal que Rinaldi vient de jeter sur son bureau, il le prend et lit à toute vitesse l'article de Zippo. Je ne sais pas, j'ai mis tout ce que l'on m'a donné au commissariat et chez le procureur. C'est évident qu'ils lui en ont donné plus ; heureusement que nous avons les reportages de Nurit Iscar, dit Rinaldi, et il part, aussi furieux qu'il est arrivé. Le gamin écume. À peine Lorenzo Rinaldi disparaît-il derrière la porte de son bureau que Jaime Brena s'avance, il prend l'exemplaire de *La Primera* que son patron a jeté sur le bureau du gamin et il cherche l'article en question. Leçon numéro deux, petit : où Zippo est-il allé chercher ces informations confidentielles ? Je ne sais pas, je te jure que je fais de mon mieux. Regarde l'article et dis-moi d'où il sort l'information. Je l'ai déjà lu tout à l'heure, et je ne sais pas. Je ne t'ai pas dit "Lis l'article et dis-moi", je t'ai dit "Regarde l'article et dis-moi". Regarde-le, petit. Il n'y a vraiment rien qui attire ton attention ? Non. Sois un peu plus critique, fonds-toi, mets-toi dans la peau de Zippo. Je te jure, je ne vois pas. Une photo du procureur occupant autant d'espace que le texte lui-même, accompagnée d'une longue légende, lui fait remarquer Brena. Puis il lui approche le journal du visage et il lit par-dessous ses lunettes qu'il relève à peine au-dessus de ses sourcils : Le procureur Atilio Pueyrredón avance sur l'affaire grâce à son travail méticuleux et à celui de son équipe. Je répète ma question, petit : Qui a donné l'information à Zippo ? Le procureur Pueyrredón. Exact. Maintenant, Zippo lui fait de la pub, tu percutes ? Oui. Pourtant, c'est bizarre, Zippo n'est pas un échotier. Les temps sont durs pour tout le monde, et même pour les meilleurs, dit Brena ; c'est sans doute une façon de lui renvoyer l'ascenseur. Moi, j'ai toujours préféré remercier en invitant à un barbecue. Faire de la pub à la police, aux juges et aux procureurs, moi, ce n'est pas mon truc, petit. Pour les repris de justice, ce n'est pas pareil, car ils n'ont pas voix au chapitre. Mais ceux-là, s'ils veulent vraiment se faire connaître, ils n'ont qu'à se mettre sérieusement au travail !

Jaime Brena revient à son bureau ; aujourd'hui, il doit écrire sur l'inauguration d'une école maternelle de dernière génération à Mataderos. C'est Rinaldi qui le lui a demandé, et c'est sûrement le maire qui en a fait la demande à Rinaldi. Ce n'est pas que Rinaldi et le maire soient amis mais, à l'heure actuelle, ils sont unis par la haine qu'ils vouent au président de la Nation. Brena reconnaît que le fait d'écrire sur l'inauguration de l'école maternelle a cela de bon que, pour boucler son article, il pense se rendre en milieu de journée à Mataderos. Et l'idée qu'il va passer une partie de sa journée de travail sur le terrain, à arpenter les rues d'un quartier de Buenos Aires, a de quoi le mettre de bonne humeur. Dis donc, tu te contentes vraiment de peu, ces derniers temps, se dit-il, et il se met à pianoter sur son clavier. Je t'invite à prendre le thé à Mataderos, propose-t-il à Karina Vives. Le thé à Mataderos ? Mais tu deviens vraiment cool, Brena ; Mataderos Soho, ou Mataderos Hollywood ? lui répond la jeune femme tout en s'installant à son bureau. Allez, moque-toi, petite ; un de ces soirs, je vais t'emmener danser à l'angle de l'avenue de los Corrales et de la rue Lisandro-de-la-Torre, et je vais te faire découvrir ce qui est vraiment bon, l'avertit Brena, ce qui la fait sourire à nouveau.

Au moment où Jaime Brena trouve un titre à son article concernant le maire, à quelques mètres de lui, le gamin des faits divers est occupé à chercher sur Internet des renseignements sur toutes les personnes travaillant avec le procureur Pueyrredón, pour voir si par chance il connaîtrait quelqu'un, tandis que Nurit Iscar, à La Maravillosa, essaie de son côté d'écrire un nouveau reportage pour *El Tribuno*. Aucun des noms ne dit rien au gamin et, quant à elle, rien de ce qu'elle écrit ne la satisfait. Elle regarde par la fenêtre : tout est vert. Elle ferme le rideau et allume la lumière artificielle pour se sentir chez elle, dans la chambre des enfants, dont elle a fait son bureau depuis qu'ils ont pris leur indépendance, assise sur le coussin à la housse verte tissée au point de croix qui appartenait à sa mère à une certaine époque. Elle aurait dû le prendre, au moins le coussin, pour se sentir plus près de sa maison. Et aussi une des jardinières du balcon car, même si ses plantes attirent moins l'attention que les plantes qui l'entourent, elles ont au moins le mérite d'être à elle. Malgré tout, au lieu de faire comme E.T., de regarder la lune et de dire, d'une voix balbutiante "Rentrer maison", Nurit Iscar, Bétibou, opte pour une formule plus claire et percutante : Et si je me cassais ? Un appel de Carmen Terrada vient la sortir de ses pensées et de ses divagations. Tu as une sale voix, aujourd'hui, lui dit son amie. Je suis en train de passer mon deuxième test de résistance à La Maravillosa. Le premier consistait à franchir la barrière de l'entrée, tu te rappelles ? lui demande Nurit. Oui, je m'en souviens ; et alors, avec qui t'es-tu battue aujourd'hui ? s'enquiert Carmen. Avec personne pour l'instant, répond-elle. Raconte, insiste son amie. Le syndrome d'abstinence citadine : les arbres me stressent, le vert me stresse, le chant des oiseaux à six heures du matin me casse royalement les couilles, les grillons qui stridulent, les grenouilles qui coassent toute la journée… Tu veux savoir ce qu'il me faut, Carmen ? Un homme, ma chérie. Non, du béton, du béton partout, et un café au coin de ma maison, répond Nurit. Et elle poursuit : Imagine-toi ce que c'est que de sortir se promener dans la rue et de sentir qu'ici, à l'intérieur, tu n'as aucune chance de croiser quelqu'un qui te fera vibrer ; tout ce qu'il y a autour de moi, ici, c'est la nature, du sport, une vie prétendument saine, et des maisons vides. Parce, même s'il y a des gens, tu ne les vois pas, sauf si tu pratiques une activité sportive. Même si ce n'est qu'un peu de footing. Imagine un peu ce que c'est de sentir qu'il ne peut rien t'arriver de surprenant, d'imprévu, dit Nurit. Bon, je te rappelle que tu peux quand même te faire trancher la gorge, à moins que tu aies déjà oublié pourquoi tu es là ? demande Carmen. Oui, c'est vrai, tu peux aussi te faire égorger, mais moi, je te dis que si je passe encore quelques jours aussi seule, à supporter le chant des oiseaux, je sors dans la rue pour demander au premier venu d'avoir l'amabilité de m'égorger, lance Nurit. Hé, du calme, samedi prochain, Paula et moi, on arrive chez toi à la première heure et on s'installe pour tout le week-end, lui promet son amie. Merci, ça va me faire le plus grand bien, lui dit-elle. Au fait, demande Carmen Terrada, la maison a-t-elle une piscine ?

Le gamin écrit son article en pianotant sur son clavier, encore électrisé par l'irruption de Rinaldi, tout à l'heure, à la rédaction, pour lui faire entendre clairement qu'il fait mal son travail. Jaime Brena, quant à lui, décrit les installations de l'école maternelle de Mataderos qu'il ne connaît pour l'instant que par le dépliant publicitaire qu'il a reçu du service de presse de la municipalité. Et dire que moi, j'ai le toupet de faire croire à ce gamin que je ne fais pas de la pub à n'importe qui, pense-t-il en tapant rageusement sur les touches. Rinaldi rédige son édito pour demain, et il commence par le titre : "Un nouveau mensonge du président". Karina Vives établit le script de l'interview que vient de lui accorder l'égypto-italo-mexicain Fabio Morabito. De son côté, Nurit Iscar tape son second reportage.

Jour après jour, cet endroit se mure dans le silence. Deux morts aussi étranges et tellement similaires, dans la même maison, dans le même country club *(c'est le nom que l'on donne aux endroits de ce type et à l'association qui les regroupe), cela a de quoi déconcerter et attiser la peur des résidents. Mais ils n'en parlent plus, ils ne s'expriment plus comme ils le faisaient les premiers jours. Ils s'efforcent de penser à autre chose, de continuer à mener leur vie comme avant. Beaucoup d'entre eux, pas tous, mais presque, se résignent en se disant : C'est eux, les Chazarreta, que ça regarde, pas nous. Comme si la personne qui s'était introduite à l'intérieur une seconde fois, pour tuer, était venue en finir avec une affaire qui ne concernait que Pedro*

Chazarreta et Gloria Echagüe. Du moins, eux deux et leur famille. Ou peut-être eux deux, leur famille et leurs amis les plus proches. Voire même eux deux, leur famille, leurs amis proches et leurs associés. Dans ce cas, l'horizon s'élargit. Mais pas tant que ça. Pas jusqu'à "nous". Non, pas "nous". Et puis d'abord, qu'entend-on par ce "nous" ? Tous les autres qui ont une maison à La Maravillosa et qui sont encore vivants. Il y a pourtant des questions qui les mettent mal à l'aise, qu'ils ne veulent pas qu'on leur pose, pas plus qu'ils ne se les posent à eux-mêmes. Car tous ces gens qui vivent ici, même s'ils aimeraient pouvoir se voiler la face, savent bien qu'il n'y a pas trente-six solutions : ou l'assassin est quelqu'un qui vit à La Maravillosa, ou c'est une personne qui est entrée par la barrière et qui est sortie avec l'aide d'un complice, ou (et visiblement, c'est cette possibilité qui perturbe le plus les résidents) il y a eu une faille dans les contrôles de sécurité à l'entrée du country*. Aujourd'hui, quiconque veut entrer dans ce type d'endroit doit fournir : l'autorisation d'un résident majeur (un garçon de dix-sept ans ne peut pas faire entrer un ami, une employée de maison ne peut faire entrer personne sans y avoir été autorisée par écrit par les propriétaires de la maison), une carte d'identité (auparavant, le numéro suffisait, il n'était pas nécessaire de la montrer car, comme la photo des gens qui entrent régulièrement dans le* country *est dans la mémoire de l'ordinateur, les gardiens peuvent s'assurer que leur visage correspond à la photo ; mais, depuis le dernier vol qui s'est produit dans un quartier fermé tout proche, le visage et la photo ont beau être identiques, la carte d'identité est désormais demandée) ; une attestation d'assurance au tiers au nom du conducteur de la voiture (si une personne veut entrer avec la voiture de son conjoint,* *elle risque d'avoir des problèmes), une photo (si c'est la première fois que la personne entre, même si maintenant cela ne sert plus à rien, vu que la carte d'identité est demandée ; "Abondance de biens ne nuit pas", voilà l'un des nombreux slogans du chef de la sécurité, et ce n'est pas le seul : "Mieux vaut prévenir que guérir", "Il faut savoir se prémunir" ; "Tout le monde est suspect jusqu'à preuve du contraire") ; fouille du coffre de la voiture à l'entrée et à la sortie, et, maintenant, fouille également sous le capot, à l'entrée et à la sortie. Peut-être au cas où un visiteur repartirait en cachant quelque chose entre le radiateur et le moteur ? Allez savoir. Depuis quelques semaines, une nouvelle procédure est imposée aux véhicules qui arrivent de nuit, ils doivent éteindre leurs feux et allumer les lumières à l'intérieur de la voiture pour que le gardien puisse s'approcher pour vérifier l'identité des passagers, exactement de la façon dont on contrôlait les véhicules à l'époque de la dictature militaire. Mais, malgré tout, malgré l'autorisation, l'assurance, la photo, la carte d'identité, le coffre en ordre et les phares éteints, avec ou sans tout cela, l'assassin de Chazarreta a réussi à entrer. À moins qu'il ne se soit déjà trouvé à l'intérieur, ou qu'un résident l'ait laissé entrer, ou alors qu'il soit entré sans que le poste de garde ait rien remarqué d'étrange. Et c'est cela qui "nous" met si mal à l'aise.*

Nurit sauvegarde son texte. Elle l'envoie à Rinaldi mais, cette fois, sans en adresser de copie au gamin des faits divers. Le gamin, elle le lui envoie dans un autre message dont il est le seul destinataire. Elle essaie de choisir une entrée en matière cordiale ; elle ne sait pas pourquoi, mais elle ne commence pas par "Mon cher", ni par "M." ni par rien de ce genre, mais simplement par "Salut!". Ensuite : "Je t'envoie mon reportage pour demain. Ton article d'hier m'a beaucoup plu. Bises. Nurit Iscar." Puis elle a l'idée d'ajouter ce nota bene à la fin de son texte : "NB : Si ça t'intéresse de connaître un peu l'endroit où a été commis le crime sur lequel nous écrivons tous les deux, tu peux passer un moment ce week-end, ou quand ça t'arrange." Et, pour éviter tout malentendu, au cas où cette invitation serait perçue comme une façon déguisée de faire du charme à un garçon qui doit bien avoir une trentaine d'années de moins qu'elle, Nurit Iscar rajoute, au bas de son nota bene : "N'hésite pas à venir accompagné."

Le gamin ouvre le mail de Nurit Iscar qui vient d'arriver sur sa messagerie. Cette invitation à venir à La Maravillosa le surprend. Avant de commencer à lire son nouveau reportage, il se lève et va jusqu'au bureau de Jaime Brena : Qu'est-ce que cette nana peut bien nous mijoter ? lui demande-t-il. Qui ça, Bétibou ? Oui, Bétibou. Elle m'a envoyé son rapport sans passer par Rinaldi et elle m'invite à La Maravillosa. Rien ! Tu sais, c'est peut-être une bonne camarade, ça existe aussi ; parfois, tu peux croiser des gens qui ne pensent pas qu'à te faire des crasses pour faire carrière plus vite que toi ou pour te piquer ta place. C'est pour moi que tu dis ça ? Non, petit, tu n'as rien à voir avec le fait que je me retrouve là, ou plutôt, avec le fait que je ne sois pas là où je devrais me trouver. Tu vas y aller ? lui demande-t-il. C'est une sacrée opportunité, je ne peux pas me permettre de la laisser passer, mais je ne sais pas. Souviens-toi de la première leçon, petit, le terrain, tu dois aller là-bas, y passer du temps, même si, là-bas, les rues sont très différentes de celles de Mataderos. Qu'est-ce que

Mataderos vient faire là-dedans ? Rien, je dis ça parce que je dois me rendre dans un moment à Mataderos pour couvrir l'inauguration d'une école maternelle, tu veux m'y accompagner ? À condition que tu m'accompagnes ce week-end à La Maravillosa. Je ne peux pas me pointer à l'improviste et m'incruster chez cette nana. Pas chez "cette nana", Brena, chez Nurit Iscar, tu dois être le premier à les appliquer, tes leçons. Tu as raison. Nurit Iscar. Bétibou. Au fait, si, tu peux venir, insiste le gamin, parce que dans son mail, elle me dit de venir accompagné si je veux. Hé, crétin, c'est de ta copine qu'elle parle. Elle ne précise pas, alors c'est que je peux venir avec qui je veux. Moi, je connais déjà cet endroit, dit Jaime Brena ; j'y suis allé pour interviewer Chazarreta et, après, il m'a détesté. Pourquoi ? Parce que je n'ai pas dit ce qu'il voulait me faire dire, parce qu'il n'a pas réussi à me manipuler. C'était un sacré manipulateur, ce fils de pute, et de ceux qui me foutent le plus les boules. Contre un coup de poing, je suis capable de me défendre mais, contre un manipulateur, j'ai plus de mal. Tu m'accompagnes, alors ? insiste une fois encore le gamin ; si tu connais l'endroit, c'est encore mieux, c'est un luxe d'y aller avec quelqu'un qui connaît le terrain. Jaime Brena le regarde longuement. Ce gamin ne ressemble pas du tout à ce que j'étais quand j'ai commencé à travailler à *El Tribuno*, pense-t-il, mais il y a chez lui quelque chose qui me donne envie de l'aider, c'est peut-être parce que personne ne refuserait d'aider un aveugle qui s'apprête à traverser la rue, se dit-il, avant de sourire et de lui donner son accord : OK, toi aussi, tu es en train d'essayer de me manipuler, petit, mais tu m'es sympathique. Merci, notre relation fait un grand pas en avant, plaisante le gamin. Je te préviens, si Nurit Iscar a une fille à te refiler, je te prends la main et je te fais un bécot. Tu es trop vieux pour moi, Brena. Tu sais, José de Zer, lui, il n'aurait pas hésité si cela avait été nécessaire, conclut-il. Ce sera ta troisième leçon, petit, essaie de trouver quelle ville de la conurbation, aux portes mêmes de la capitale, où est né l'un de nos meilleurs joueurs de football, a été baptisée grâce à José de Zer et pourquoi cette phrase qu'il a prononcée est devenue célèbre : Suis-moi, Chango, suis-moi. Je cherche, dit le gamin, visiblement enthousiasmé par l'exercice ; je vais terminer mon article d'aujourd'hui, comme ça, après, je pourrai t'accompagner à Mataderos. Ça marche. Le gamin s'en va. Brena regarde Karina : Tu vois, chérie, bien que je ne sois pas quelqu'un de cool, j'ai devant moi un collègue qui va m'accompagner à Mataderos. Il ne te faut pas beaucoup de temps pour me remplacer, Jaime Brena. Non, toi, tu es irremplaçable, ma beauté, même si tu m'as abandonné. Elle sourit mais ne dit rien, elle sait que Brena a en quelque sorte raison, mais elle ne l'a pas abandonné parce qu'elle n'en a rien à faire de lui, mais parce qu'être si près de lui la contraint à prendre une décision et à lui en parler. Pourquoi l'avis de Jaime Brena compte-t-il autant pour elle, sachant qu'elle a son père et ses grands frères ? Pourquoi, si elle devait se choisir un père, préférerait-elle Brena au sien ? Elle le regarde et se remet à sourire. Lui aussi lui sourit, mais il ne dit rien non plus, il a compris que cette fille a de toute évidence un problème, une chose dont elle ne peut pas encore lui parler. Le gamin des faits divers se lève et retourne au bureau de Brena. Que se passe-t-il, petit ? lui demande Brena. Je te dois quelque chose, lui répond-il. Brena ne comprend pas. Qu'est-ce que tu me dois ? La réponse à une question que tu m'avais posée pendant la première leçon de ce stage intensif pour journalistes handicapés. Eh, arrête, n'exagère pas, quand même ! Le gamin poursuit : Gustavo Germán González, celui de *Crítica*, s'est déguisé en plombier pour entrer dans la morgue et savoir ce que disaient les médecins légistes au sujet du cadavre du conseiller municipal du parti radical, à la suite de quoi, il a écrit : "Il n'y a pas de cyanure." Le cadavre ne portait pas de trace de cyanure, et c'est lui qui a été le premier à publier l'info. Jaime Brena sourit, non sans une certaine satisfaction. Alors, je suis reçu ? lui demande le gamin. Oui, petit, tu es reçu ; toi, tu vas en apprendre, des choses, lui dit Brena, tu vas voir toutes les choses que tu vas apprendre.

11

Nurit Iscar se dit que ce serait bien qu'elle puisse se faire un peu aider ce week-end. Ses amies participent, c'est comme si elles faisaient partie de la famille, mais la maison est grande, et il y entre beaucoup de poussière et de pollen des arbres. Et puis, si jamais le gamin des faits divers décide de venir, elle aimerait que tout soit en ordre et ne pas avoir à s'occuper de la nourriture, des boissons, des assiettes, du papier hygiénique dans les toilettes et de toutes les autres tâches ménagères afin de pouvoir l'accueillir, lui faire connaître le quartier, la maison de Chazarreta, encore entourée de rubans de plastique bloquant le passage – il y a aussi un agent de la police de Buenos Aires et un agent de la sécurité du quartier qui montent la garde –, et tous les autres endroits que le gamin pourrait vouloir connaître. Elle s'imagine que pour trouver quelqu'un pouvant l'aider dans ces tâches elle pourrait demander à l'employée d'un voisin si elle a une amie, une parente ou une connaissance à lui recommander. Elle sort à la porte et attend qu'il passe une employée. Mais il n'en passe pas. En revanche, une voiture passe, une autre dix minutes plus tard, puis une camionnette 4x4 quinze minutes après. Elle suppose qu'il doit y avoir une méthode plus rapide, comme par exemple d'aller sonner à une porte. C'est ce qu'elle va faire à la maison qui se trouve à droite de la sienne, mais personne n'ouvre. Elle fait de même à la maison d'en face, personne. Elle n'ose pas sonner à celle de gauche : si aucun être vivant et doué de parole – les chiens et autres animaux domestiques ne comptent pas – n'en sort pas non plus, elle éprouvera une sensation de solitude qui la plongera dans une angoisse dont elle n'est pas sûre de pouvoir se remettre. Si elle, Nurit Iscar, est le seul être vivant à des mètres à la ronde, elle préfère ne pas le savoir. Elle laisse passer encore quelques minutes, tentant d'afficher une sérénité feinte. Elle doit bien reconnaître que cette attente l'inquiète. Si elle veut voir des gens, elle craint qu'il ne lui faille aller jusqu'au magasin, au terrain de tennis, à la salle de sport ou au bar du golf. Et Nurit Iscar veut voir des gens. Alors qu'elle sent à nouveau le syndrome d'abstinence citadine monter en elle, elle aperçoit soudain au coin de la rue une employée de maison qui promène un chihuahua. Elle respire, soulagée, comme si elle venait d'échapper à un danger qu'elle est la seule à voir venir. L'employée semble vivre comme une corvée la tâche qui lui a été confiée, ce qui se comprend rien qu'à voir les bonds hystériques du chien. Cette sale bestiole est un poison, lâche-t-elle, presque pour elle-même, en passant près de Nurit. Nurit acquiesce et profite du rapprochement induit par cet aveu pour lui demander si elle connaît quelqu'un qui pourrait l'aider ce week-end. La femme essaie de s'arrêter pour lui répondre, mais le chien se met à aboyer d'une telle manière qu'elles n'ont toutes deux d'autre solution que de continuer de marcher côte à côte. J'ai bien ma fille, lui dit-elle, mais, le week-end, elle ne peut pas, son mari n'est pas d'accord ; si vous la voulez en semaine, oui, mais, le week-end, il n'est pas d'accord. Et la femme est sur le point de commencer à se plaindre de son gendre mais Nurit l'interrompt et lui fait comprendre qu'hélas elle a juste besoin que quelqu'un vienne l'aider quelques heures le samedi, et aussi quelques heures le dimanche, et qu'elle s'arrange le reste de la semaine. Il n'y aura pas grand monde, elle, deux amies, et un collègue de travail, mais, même dans ces conditions, elle préfère que quelqu'un lui donne un coup de main. C'est dommage, pour le week-end, son mari n'est pas d'accord, répète la femme. Dommage, dit Nurit. L'employée, qui continue de se battre avec le chihuahua, fait signe à un jardinier qui passe à bicyclette avec sa tondeuse à gazon sur le guidon et, sans attendre Nurit, elle lui demande s'il connaît quelqu'un. L'homme s'arrête, elles essaient aussi de s'arrêter, mais le chien, toujours aussi hystérique, continue d'aboyer et il s'avère impossible d'avoir une conversation avec un tel bruit de fond. L'homme fait alors demi-tour avec sa bicyclette, et il les accompagne quelques mètres dans la direction prise par le chihuahua. J'avais quelqu'un, dit l'homme, ma femme, mais elle a fini par trouver, elle a trouvé hier, trois mois sans travailler, c'est dur, mais elle a trouvé hier. L'homme se souvient de quelque chose ; il lui raconte que le week-end, à l'entrée, de l'autre côté de la barrière, il y a souvent des femmes qui proposent de travailler à l'heure et que, là, elle pourra peut-être trouver quelqu'un ; parfois, les gardiens les chassent, mais elles sont dans la rue, alors elles ont le droit de rester, c'est bien la rue, pas vrai ? Oui, c'est bien la rue, confirme Nurit Iscar, qui se souvient de sa dispute avec les gardiens pour savoir à qui appartient la rue, le jour de son arrivée à La Maravillosa. Tu as raison, dit l'employée qui promène le chihuahua, moi aussi je les ai vues, c'est le samedi matin qu'elles viennent, très tôt. Si vous voulez, il y a aussi des hommes qui proposent de préparer les barbecues, laver les voitures et faire tout ce dont vous pouvez avoir besoin, dit le jardinier. Nurit le remercie pour le renseignement, puis elle rentre à la maison. L'homme reprend son chemin. La femme aussi, en suivant le chien et en maugréant : Dommage, s'il n'y avait pas le mari de ma fille.

Le lendemain, de très bonne heure, Nurit enfile son unique paire de baskets, que son ex-mari – son mari, encore à l'époque – lui avait offertes pour ses quarante-neuf ans, le dernier anniversaire qu'ils avaient fêté ensemble, peu avant leur séparation. Tu passes trop de temps assise devant ton ordinateur, lui avait-il dit ; si tu continues, ce n'est plus un cul, c'est une jarre que tu finiras par avoir ! Elle aurait préféré un cadeau plus romantique qu'une paire de baskets, et une métaphore moins graphique que celle du cul en forme de jarre, mais son mari avait toujours été un pragmatique et, à l'époque, elle n'attendait plus grand-chose ni de son mari ni de son mariage. Ni des métaphores. Ce qui est sûr, c'est que, cinq ans après, elle était bien contente d'avoir ces baskets. Même si elle ne trouve pas encore le courage de faire du jogging. C'est pourquoi elle choisit un jean – ce classique en Argentine qui, bien associé, peut aussi bien servir pour se rendre à une fête qu'à un pique-nique –, un tee-shirt, des lunettes de soleil et, avant de partir, elle se met de la crème solaire protectrice et s'arrose de répulsif contre les moustiques. Évidemment, au *country*, ils n'ont pas trouvé de système pour les tuer ou pour les maintenir à distance, se dit-elle. À moins que ces insectes ne soient entraînés à reconnaître les étrangers, ce qui expliquerait qu'après avoir détecté que Nurit est une intruse, ils ne piquent qu'elle. Elle regarde le plan qui lui a été remis le jour de son arrivée et cherche le chemin le plus direct menant vers la sortie. À La Maravillosa, il y a trop de courbes, de culs-de-sac, de ronds-points et de rues circulaires, ce qui oblige à être prévoyant si l'on ne veut pas finir, comme le Minotaure, prisonnier du labyrinthe de Dédale. Elle détermine et mémorise le meilleur trajet pour sa sortie mais, au cas où, elle replie sa carte et la fourre dans une de ses poches. Au cas où, malgré sa bonne mémoire, elle viendrait à s'égarer. Elle choisit un des livres qu'elle a emportés dans ses bagages – *Memento Mori*, de Muriel Spark – pour lire tout en marchant jusqu'à l'entrée du *country* ; elle place son téléphone portable dans une de ses poches et un billet dans l'autre si jamais l'envie lui prenait d'acheter quelque chose au magasin. Quoi d'autre ? se demande-t-elle. Et elle finit par sortir. Oui, c'est vrai que j'aurais dû mettre un bonnet, se lamente-t-elle à quelques mètres de la maison, mais elle ne va pas faire demi-tour maintenant.

Comme c'est samedi, elle croise plus de gens qu'elle n'a pu en voir ces derniers jours, depuis qu'elle s'est installée à La Maravillosa. Elle ne connaît personne ; il y a des gens qui lui font signe, d'autres non. Cela lui donne l'impression qu'il y a quelque chose dans son aspect qui attire leur attention. Comme s'il y avait une disposition du code vestimentaire qu'elle ne respectait pas. Mais elle ne trouve pas. Pas possible que ce soit le jean, ni les baskets. Peut-être le livre, mais cela l'ennuie, de marcher sans lire. Peut-être qu'ils pensent que c'est une sale habitude, dangereuse car elle empêche de faire attention où l'on marche. Si c'est le cas, alors ils ignorent que Nurit Iscar a l'habitude de lire dans n'importe quelle circonstance : quand elle marche, quand elle prend le bus ou le métro, quand elle fait la queue à la banque, et même au cinéma, tant que les lumières n'ont pas été éteintes avant le début du film. Et puis elle se sent protégée, en plus de ses lunettes noires, parce qu'elle a les yeux rivés sur son livre. Elle n'aimerait pas que quelqu'un la reconnaisse, qu'on sache qu'elle se trouve ici, une résidente parmi d'autres, mais pour espionner. Même si les gens qui lisent *El Tribuno* se doutent certainement que Nurit Iscar est ici, c'est une chose de la savoir ici et c'en est une autre de reconnaître son visage et d'en conclure que c'est bien elle. Une espionne. La responsable de la *non-fiction*, comme dirait Lorenzo Rinaldi. Deux jours plus tôt, au supermarché, une femme s'était approchée d'elle et lui avait dit : On se connaît. Et elle s'était plantée devant elle en la regardant. C'est possible, avait répondu Nurit. La femme avait souri et ajouté : Du cours de Pilates, non? Oui, c'est ça, du cours de Pilates, avait menti Nurit. Elle veut rester incognito aussi longtemps qu'elle le pourra. Ce n'est pas que les gens lui aient raconté grand-chose jusqu'à maintenant mais, dès qu'ils se rendront compte qu'elle n'est pas des leurs, ils lui en raconteront encore moins. Et ils la regarderont de travers ; et elle, les regards mauvais lui font beaucoup de mal. Si l'on entend par le "mauvais œil" le fait d'être regardé de travers, alors elle croit au mauvais œil, que quelqu'un peut te faire beaucoup de mal rien qu'en te lançant un regard haineux, furibond ou méprisant. C'est pour toutes ces raisons que Nurit Iscar marche avec des lunettes noires et les yeux rivés sur son livre, parce qu'elle aime lire tout en marchant, et pour n'être ni reconnue ni observée. Même si personne ne la regarde. La majorité des gens qu'elle croise trottinent. Il y en a qui marchent. Deux jeunes femmes passent à côté d'elle en rollers. Plusieurs à vélo. Un gamin qui ne doit pas avoir plus de douze ans la dépasse à une vitesse alarmante au volant d'un quadricycle. Des voiturettes de golf électriques, des cyclomoteurs, des skates et des trottinettes à moteur, des motos. À La Maravillosa, le parc automoteur non automobile est tellement varié qu'elle est bien incapable de donner un nom à beaucoup des véhicules qu'elle croise.

Alors que Nurit Iscar a effectué la moitié de sa promenade jusqu'à l'entrée du *country* où elle s'est installée, Carmen Terrada monte dans la voiture de Paula Sibona pour se rendre à La Maravillosa en vue d'y passer le week-end et de tenir compagnie à leur amie commune, comme elles le lui ont promis. Tu as pris ton maillot de bain ? lui demande Paula. Je l'ai, répond Carmen. Voilà une belle journée de la fin mars qui s'annonce sous les meilleurs auspices : du soleil, un ciel dégagé, une chaleur certaine, mais pas accablante. Pendant ce temps-là, Jaime Brena dort. Le gamin des faits divers l'appelle, il veut qu'ils se mettent d'accord sur l'heure à laquelle il doit venir le chercher. Écoute, petit, laisse-moi juste une petite heure que je termine un truc. Le gamin est prêt et il sait que le problème, c'est que Brena a encore la tête sous l'oreiller, mais il lui dit que cela ne fait rien, qu'il n'est pas pressé, et qu'il va l'attendre. Sa petite amie se plaint de devoir passer le week-end toute seule. C'est pour le travail que j'y vais, répond le gamin, et il allume son ordinateur pour patienter en attendant l'heure convenue avec Brena. Il tape "José de Zer" et lance une recherche sur Google. Il apprend que Fort Apache – le pays de Carlos Tévez – est le quartier auquel ce dernier a donné son nom, et que Cacciatore, le maire sous la dictature, l'avait rebaptisé le Quartier de l'Armée des Andes, oubliant – ou méprisant – le nom que lui avaient choisi ses premiers habitants, Carlos Mugica, du nom du curé assassiné en 1974. Au milieu d'une fusillade, sans vraiment le vouloir, il avait effacé l'armée des Andes de la dictature pour le rebaptiser Fort Apache, lui donnant ainsi le nom sous lequel nous le connaissons maintenant. On se croirait à Fort Apache !, avait-il crié à la caméra, sous le feu des balles qui sifflaient autour de lui. Rien que pour cela, il mérite bien d'avoir une place dans l'Histoire, pense le gamin. Aujourd'hui, dans le monde entier, Tévez est connu sous le nom de "l'Apache", et beaucoup de gens n'imaginent pas que c'est à José de Zer qu'il le doit. Si De Zer n'avait pas rebaptisé le quartier, comment appelleraient-ils aujourd'hui ce footballeur argentin ? Le petit soldat de l'armée des Andes ? Grâce à Google, le gamin des faits divers apprend également que l'un des premiers endroits où travailla De Zer avait été le guichet d'un théâtre qui l'avait licencié pour vol. Cette anecdote est présente dans presque toutes les biographies qu'on peut trouver de ce journaliste d'investigation, comme s'il fallait nécessairement la connaître pour se forger un véritable portrait du personnage. Il apprend aussi que la phrase Suis-moi, Chango, suis-moi, De Zer l'a dite au caméraman Carlos "Chango" Torres, alors qu'ils suivaient ensemble les lumières de prétendus ovnis qui s'étaient posés sur le mont Uritorco, et dont on sut plus tard qu'il s'agissait de lanternes posées là par De Zer lui-même et son équipe. Suis-moi, Chango, suis-moi, et ils se lancèrent ensemble à la poursuite de la lumière de ces lanternes. Un bidonnage du genre de la bouée gonflable qui a si longtemps entretenu la légende du monstre du Loch Ness. Le gamin rit. Comment se fait-il que je n'aie jamais entendu parler de cette histoire des lanternes ? se demande-t-il. De Zer était en avance sur son temps, lui dira plus tard Jaime Brena, quand ils en discuteront, sur le chemin du retour de La Maravillosa ; un précurseur de chacune des lanternes qui éclairent certains de nos collègues qui, avec moins d'humour que lui mais dans la plus grande impunité, se posent en paladins du journalisme et jouent les offensés quand quelqu'un ose les comparer à De Zer. Il lui avouera aussi qu'il a du respect pour José de Zer, malgré ses côtés obscurs, parce que cet homme énonçait clairement les règles du jeu auquel il invitait les autres à participer, et ces derniers étaient libres de s'y prêter ou pas. Aujourd'hui, cette clarté se fait de plus en plus rare, petit, se lamentera Brena. "Dans notre métier, la clarté est de plus en plus obscure", voilà une phrase que De Zer aurait pu prononcer.

La petite amie du gamin des faits divers lui redemande pourquoi elle ne peut pas y aller avec eux. Il ne lui répond pas et compose le numéro de Jaime Brena. Il sait qu'il ne s'est pas écoulé dix minutes depuis tout à l'heure, mais il n'est pas disposé à attendre davantage. Le téléphone de Brena se met à sonner ; pourtant, ce n'est pas le gamin, car il s'est fait coiffer sur le fil par le commissaire Venturini. Alors, mon cher, comment vas-tu ? Bien, mais toujours aussi pauvre, répond Brena. Alors, quand est-ce que tu m'offres le barbecue que tu me dois ? lui demande le commissaire. Pour aujourd'hui, c'est raté ; là, je pars à La Maravillosa, *El Tribuno* y a loué une maison pour Nurit Iscar et, avec un collègue, nous allons lui rendre visite. Ah bon ! Tu parles d'une coïncidence, moi aussi je vais traîner par là-bas ; si j'ai le temps, je passerai faire un brin de causette avec vous. Bonne idée ; appelez-moi, commissaire, et je viendrai vous retrouver là où vous serez, confirme Brena, et il raccroche. Le téléphone de Jaime Brena sonne de nouveau : Oui ? Je passe dans dix minutes, ça te va ? lui demande le gamin. Plutôt quinze, lui répond Brena. Je veux y aller avec vous, dit sa petite amie et, pour ne plus l'entendre, le gamin lui répond : Bon, allez, c'est d'accord. Je mets mon maillot ? demande la jeune femme.

Nurit Iscar approche de l'entrée de La Maravillosa. Quelques mètres avant d'arriver à la barrière, elle aperçoit déjà les femmes qui attendent. À peine sort-elle du quartier qu'il y en a une, plus prompte que les autres, qui s'approche d'elle. "Nécessité n'a point de loi", c'est ainsi que Lorenzo Rinaldi a intitulé un de ses éditos d'il y a quelques jours, dans lequel il reprochait à presque tous les gouverneurs de l'opposition confrontés à des problèmes de trésorerie de pactiser avec le président. Avez-vous besoin de quelqu'un pour des heures de ménage ? lui demande la femme qui s'approche d'elle. Nurit Iscar l'ignore encore mais la femme blonde qui s'adresse à elle n'est autre que celle qui criait dans la file d'attente le jour où Gladys Varela, pour la dernière fois, attendait son tour pour entrer travailler à La Maravillosa, peu de temps avant de retrouver Pedro Chazarreta égorgé. Oui, j'ai besoin de quelqu'un pour quelques heures, lui répond Nurit. Est-ce que tu peux travailler aujourd'hui jusqu'en milieu d'après-midi, et demain, aux mêmes heures? Tout ce que vous voudrez, je suis disponible. OK, allons-y, alors, lui dit Nurit, et elle repart vers l'entrée. Au moment où elles sont sur le point de franchir la barrière à pied, le gardien les arrête. Madame a-t-elle un permis de travail, ou une carte d'accès, demande-t-il à Nurit, mais en parlant de l'employée. Nurit Iscar la regarde à son tour, comme pour reposer la question. Non, répond la femme, mal à l'aise. Alors, passez au bureau pour compléter le formulaire d'entrée, et vous aussi, pour lui signer une autorisation. Pas de problème! Et elle accompagne la femme pour les formalités. Celle-ci donne son prénom, le numéro de sa carte d'identité, qu'elle montre, tout comme son sac à main – en fait, le contenu de son sac à main. On lui demande si elle a des choses à déclarer à l'entrée, elle dit que non, pour se rétracter aussitôt ; oui, dit-elle, mon portable, et elle le remet au gardien pour qu'il en note la marque et le modèle. Le gardien enregistre les coordonnées de la femme sur son ordinateur. Il y a quelque chose à l'écran qui attire son attention ; il imprime l'autorisation mais, avant de la donner à Nurit Iscar pour qu'elle la signe, il demande à la femme qui criait dans la file à l'entrée, le jour même de l'assassinat de Pedro Chazarreta, d'attendre dehors. La femme s'exécute. Elle attend, debout derrière la porte, l'air méfiant. Elle regarde à l'intérieur, à travers la fenêtre. Elle attend. Le gardien regarde Nurit Iscar et lui dit : Je voulais vous parler seul à seul car un message d'alerte s'est affiché sur mon ordinateur. Et qu'est-ce que ça veut dire ? demande Nurit. Que le système me demande de vous avertir qu'Anabella López, dit le gardien en montrant de la tête la femme qui se trouve derrière la porte, a travaillé dans la maison d'une résidente, membre de La Maravillosa, Mme Campolongo. Vous la connaissez ? Non, je ne connais personne, ici. Eh bien, Mme Campolongo a demandé à ce que l'accès au quartier lui soit interdit, vous comprenez ? Non. Mme Campolongo a demandé qu'Anabella López ne puisse plus entrer à La Maravillosa. Et pourquoi donc ? Parce que Mme Campolongo a eu un problème avec López. Et ceci est-il légal ? Comment ça, légal ? Je vous demande s'il y a eu un dépôt de plainte de la part de Mme Campolongo, si une décision judiciaire lui en interdisant l'accès a été rendue. Non, c'est juste une question de courtoisie, entre voisins. De courtoisie. Oui, c'est comme ça que nous fonctionnons ici, nous fonctionnons avec des alertes informatiques ; Mme Campolongo ne peut pas déposer de plainte "légale", comme vous dites, parce qu'elle n'a pas de preuves, et ces filles-là, elles se trouvent tout de suite un avocat qui lance une procédure interminable et qui, en plus, coûte une fortune. Il y a de cela quelques années, il y en a une qui a intenté un procès au tribunal fédéral contre une dame pour entrave à son droit constitutionnel de travailler et de circuler librement. On s'en souvient tous encore, ça a failli nous coûter notre place, on nous a demandé si cette femme avait travaillé pour cette résidente, et nous avons dit que oui, parce qu'elle figurait dans les registres ; enfin, une histoire à n'en plus finir. C'est pour cette raison que

Mme Campolongo n'a pas porté plainte à la police et qu'elle l'a fait ici, au poste de sécurité et de contrôle de l'entrée, pour que nous puissions éviter à d'autres personnes d'être victimes de ce genre de problème. Justement, venons-y, dit Nurit ; de quel "genre de problème" s'agit-il ? Mme Campolongo ne veut pas que l'on laisse entrer cette femme. Mais, même si elle n'a pas de preuves, dites-moi pour quel motif. Apparemment, Anabella López lui a volé quelque chose. Elle lui a volé quelque chose. Oui, un fromage. Un quoi ? Une roue de fromage. Une roue de fromage. L'homme la regarde, elle le regarde aussi. Si vous voulez, nous pouvons appeler Mme Campolongo, elle vous en parlera mieux que moi. Elle me racontera comment on lui a volé son fromage ? Elle vous racontera ce que vous souhaiterez savoir. Et, dites, si moi, même si je cours le risque que cette femme me vole un fromage, je veux la prendre quand même, allez-vous me laisser passer avec elle, ou m'en empêcher avec votre fusil ? C'est une carabine. Ah, avec la pointe de votre carabine, alors. Nous, nous ne pouvons pas vous empêcher d'emmener travailler chez vous qui vous voudrez, c'est pour cela que je vous ai parlé de la liberté de circuler et du droit au travail, il s'agit simplement d'une recommandation de Mme Campolongo à ses voisins. Une marque de courtoisie. Oui, de courtoisie. Comme c'est aimable ! Oui. Où dois-je signer ? Signer quoi ? L'autorisation de travail. C'est que vous l'autorisez à entrer, alors. Et puis, vous savez, de toute façon, moi, je ne mange pas de fromage. Je comprends, dit l'homme de la sécurité, et il ne dit plus rien.

Nurit ressort avec l'autorisation signée qu'elle remet à la femme. Tiens, dit-elle, et elle avance de quelques mètres. Puis elle s'arrête, la regarde et lui dit : Je vais te poser une question et, selon la réponse que tu donneras, tu pourras ou pas travailler chez moi ; réfléchis bien à ce que tu vas répondre. As-tu volé une roue de fromage chez Mme Campolongo ? La femme la regarde. Réfléchis bien à ce que tu vas me répondre, l'avertit encore Nurit en la fixant du regard. La femme soutient son regard sans rien dire encore. Elle l'attend. Alors ? dit Nurit, et elle secoue la tête, l'invitant à parler. La femme parle, enfin : Oui, je suis repartie avec le fromage. Nurit reste silencieuse un instant, puis elle dit : C'est OK. C'est OK ? Oui, OK, je t'embauche, dit-elle, et elle commence à marcher. Si tu as besoin de prendre quelque chose dans ma maison, tu me préviens, et je déciderai si tu peux repartir avec ou pas, d'accord ? D'accord, dit la femme. Et ne t'avise jamais de toucher à mes papiers ou à mes livres, même pour les changer de place, d'accord ? D'accord. La femme reste un peu en arrière, comme si cette conversation l'avait distraite de l'action naturelle de marcher. Allez, dépêche-toi, des gens sont sur le point d'arriver chez moi, et je n'ai même pas encore rangé la cuisine. La femme presse un peu le pas pour revenir à sa hauteur. Elles marchent en silence encore quelques mètres, puis Anabella López lui dit : Au fait, ce n'était pas un fromage mais la moitié. La moitié d'un fromage, pas plus ; l'autre moitié, c'est la petite qui l'a mangée. Quelle petite ? demande Nurit. La petite de Campolongo, dit la femme.

Le reste du chemin, elles le parcourent sans dire un mot.

12

Carmen Terrada et Paula Sibona sont les premières à se présenter à la barrière de La Maravillosa. Depuis le poste de garde, quelqu'un appelle Nurit pour savoir si elle les autorise à entrer. Dix minutes plus tard, elles garent la Ford Ka de Paula devant l'entrée de la maison où s'est installée Nurit Iscar, à la demande de Lorenzo Rinaldi. Il ne manque plus qu'un Papanicolaou, et la fouille qu'ils t'imposent à l'entrée n'aura plus rien à envier à ton check-up médical annuel, dit Paula. Ne leur donne pas trop d'idées, demande Nurit. Puis, elle leur raconte : Le journaliste qui travaille pour la rubrique des faits divers du journal *El Tribuno* vient aussi, ça ne vous dérange pas, hein ? Pas le moins du monde, cela m'enchante d'avoir l'occasion de faire la connaissance de Jaime Brena, dit Carmen. Non, ce n'est pas Jaime Brena, c'est un jeune gars, je ne le connaissais pas. Brena est passé dans une autre rubrique, explique Nurit. Dans quelle rubrique ? demande Carmen, car Jaime Brena est le plus grand spécialiste des faits divers qu'il nous reste. Moi, je préfère Zippo, intervient Paula. Si tu le préfères, c'est parce que c'est un brun à moustache, mais celui qui écrit le mieux, c'est bien Brena, dit Carmen. Oui, approuve Nurit, ses articles, quand on les lit, on a l'impression de lire des contes. C'est vraiment curieux qu'ils l'aient changé de rubrique ; et alors, maintenant, dans quelle rubrique écrit-il ? lui demande Carmen. Aucune idée, je vais me renseigner, répond Nurit, avant de changer de sujet : Je n'ai pas eu le courage de faire un barbecue, alors j'ai acheté des chaussons à la viande et j'ai demandé à Anabella de préparer des salades. Qui est Anabella ? La dame qui m'aide à la maison. Dis donc, une piscine, du personnel de service le week-end, quel luxe, dit Paula. Où puis-je me changer pour passer mon maillot ?

Une demi-heure plus tard, le poste de garde appelle. C'est Carmen qui décroche et elle passe le téléphone à Nurit : On t'appelle de l'entrée pour savoir si tu autorises quelqu'un à entrer. Le gamin des faits divers, dit-elle à ses amies, puis, au téléphone : Allô, oui ? Mais elle est déroutée par le prénom qu'on lui donne à l'autre bout du fil : Qui ça ? Non, j'attendais quelqu'un d'autre. Comment avez-vous dit qu'il s'appelle ? Matías Gallo, répond le gardien ; il me dit qu'il est l'un des amis de votre fils Rodrigo. Ça y est, j'y suis, Matías ; mais qu'est-ce que Matías vient faire ici ? Bon, oui, dites-lui qu'il peut entrer. Nurit s'inquiète. Pourquoi un ami de Rodrigo vient-il à La Maravillosa ? Quelque chose a dû arriver. Peut-être qu'on l'a chargé de venir m'annoncer une mauvaise nouvelle ? Ses amies essaient de la rassurer mais, à voir le visage de Nurit, c'est peine perdue. Arrête, s'il te plaît, pourquoi te sens-tu obligée de tout dramatiser quand il est question de tes enfants ? lui reproche Paula. C'est sûrement sans importance, il va sûrement chez quelqu'un d'autre, et il passe par ici pour te laisser quelque chose ou pour venir te dire bonjour, dit Carmen. Non, nous ne nous connaissons pas assez, c'est un ami de faculté de Rodrigo, je le connais, je sais qui il est, mais je n'ai pas une relation assez intime avec ce garçon pour qu'il se sente obligé de venir me dire bonjour. Peut-être qu'il vient te laisser quelque chose pour Rodrigo, insiste Carmen. Il m'aurait avertie. Tu crois ? Avec les enfants, on peut s'attendre à tout. Nurit appelle le portable de son fils : il est éteint. Carmen Terrada essaie de te ressortir le principe du rasoir d'Ockham. Le rasoir de qui ? lui demande Paula. Carmen s'explique : C'est un principe philosophique qui a été énoncé par un certain Guillaume d'Ockham, qui dit que, devant deux théories expliquant la même conséquence, il est beaucoup plus probable que la véritable explication se trouve dans la théorie la plus simple ; par exemple, si une personne que tu attends n'arrive pas, un de tes enfants, par exemple, il est beaucoup plus logique de penser qu'il a raté l'autobus ou qu'il s'est attardé chez un ami plutôt qu'il se soit tué dans un accident de la circulation. Paula et Nurit la regardent. Oui, d'accord, l'exemple n'est pas très heureux, mais le rasoir d'Ockham, appliqué à bon escient, est bien utile pour éviter de se faire du mauvais sang. Ses amies restent silencieuses, elle décide d'en faire de même. Paula propose d'aller attendre Matías à la porte, et elles la suivent. Elles ne savent pas par où il va arriver ; le chemin de l'entrée du *country* jusqu'à la maison qu'occupe Nurit Iscar peut être emprunté par la gauche ou par la droite, car la rue où elle se trouve est un demi-cercle parfait. Elles regardent de chaque côté, comme si elles assistaient à un match de tennis au ralenti. Le temps semble interminable. Ce garçon en met du temps pour venir de l'entrée jusqu'ici, dit Paula. Il vient en sulky, ou quoi ? Tu veux que nous partions le chercher avec la voiture ? propose-t-elle. À mon avis, cela vaudrait mieux, répond Nurit, et son amie est sur le point d'aller chercher les clés quand apparaît, sur la gauche, à une vingtaine de mètres de la maison, après le virage, un jeune homme qui marche sans se presser. Est-ce lui ? demande Carmen. Et, sans attendre une quelconque réponse, elles sortent toutes les trois et courent à sa rencontre. Le jeune homme les regarde venir vers lui, plutôt déconcerté, son sac à dos sur l'épaule, et son iPhone vissé sur les oreilles. Nurit est la première à le rejoindre et, tout en le tenant par les épaules, elle lui demande : Que s'est-il passé ? Le garçon la regarde, sans répondre. Vas-tu me dire ce qui s'est passé, insiste-t-elle. Qu'est-ce qui s'est passé quand ? se décide à demander l'ami de son fils. Quand s'est passé ce qui s'est passé, dit-elle. Que s'est-il passé ? répète Matías. Mais c'est ça que je veux savoir ! crie maintenant Nurit. Matías regarde maintenant les autres femmes, comme pour leur dire "Lancez-moi une corde, que je me débarrasse de cette folle". Nurit se met à pleurer. Paula, bien que toujours convaincue que ce n'est pas grand-chose, la serre dans ses bras et la laisse pleurer sur son épaule. Le garçon transpire, il se passe le bras sur le front. Carmen essaie de garder son calme mais elle lui demande, avec aplomb : Écoute, ce que tu as à dire, quoi que ce soit, dis-le-moi une fois pour toutes. Le garçon est pensif, on devine à l'expression de son visage que s'il y a bien quelque chose dont il rêve, c'est de trouver la bonne réponse aux questions que ces femmes lui posent, mais il n'a pas la moindre idée de ce qu'elles attendent de lui. Allez, parle donc, insiste Carmen, dis-le, tu dois le dire. Merci, dit Matías. Merci pour quoi ? lui demande Carmen, sans comprendre. Merci, madame Iscar, de m'avoir invité à passer la journée dans votre maison de campagne, complète le garçon, comme s'il était en train de réciter. Nurit laisse l'épaule sur laquelle elle est en train de s'épancher, et dit : Moi ? À quoi dis-tu que je t'ai invité ? Bon, en fait, ce n'est pas vous, c'est Rodrigo qui m'a invité à venir passer le week-end dans votre maison de campagne. Dans ma maison de campagne. Oui, moi et quelques amis. Ils ne sont pas encore arrivés ? Non, dit Nurit après un long soupir qui lui fait retrouver son calme et l'emplit du désir de tordre le cou à son fils. Ils viennent en minibus, mais ils sont partis de la place d'Italie alors, comme j'étais chez ma grand-mère, à San Isidro, je me suis retrouvé tout seul et je me suis débrouillé. Le conducteur d'une Audi klaxonne derrière eux, un coup de klaxon plus que discret pour qu'ils le laissent passer. Sans vraiment s'en rendre compte, les femmes et le garçon occupent toute la largeur de la rue. Ils s'écartent vers le bas-côté, laissent passer la voiture, puis ils lui emboîtent le pas et se dirigent vers la maison. Au fait, demande Nurit à Matías, dis-moi un peu combien ils sont, ceux qui arrivent dans le minibus ? Euh… pas beaucoup, peut-être quatre ou cinq. Quatre ou cinq, répète Nurit. Sans compter Rodrigo, précise le gamin. Oui, Rodrigo, ne le comptons pas, car je crois qu'il va être victime d'un petit accident domestique, dit Paula. Le garçon ne comprend pas la plaisanterie. Elle s'en rend compte, regarde le ciel, et ponctue : Loué soit le Seigneur de ne m'avoir donné que des neveux.

Quand ils entrent dans la maison, Anabella apprend à Nurit que Viviana Mansini a téléphoné pour avertir qu'elle arriverait après manger – qui a invité Viviana Mansini ? demande Paula –, et que le poste de garde a rappelé : il y a un visiteur à la porte qui attend l'autorisation d'entrer, dit Anabella, tout en continuant de couper de la laitue. J'appelle tout de suite, répond Nurit, qui se rend compte qu'elle n'aura plus assez avec les crudités qu'elle a prévues : Remets encore une tête de laitue et deux ou trois tomates, car plusieurs invités se sont rajoutés ; de mon côté, je vais tout de suite commander d'autres chaussons à la viande. Nurit appelle le poste de garde : Allô, oui, on m'a dit que vous aviez besoin de mon autorisation pour faire entrer quelqu'un. Elle entend le prénom du nouveau visiteur. Juan ? dit-elle ; oui, oui, qu'il entre, c'est mon fils. Apparemment, Juan vient aussi ; ils ne répondent pas à mes appels, mais ils se pointent à l'improviste. Ça vous embête, si je mets mon maillot et si je nage un moment en attendant qu'arrivent Rodrigo et les autres ? l'interrompt Matías. Non, voyons, prends tes aises, fais comme si cette maison était la tienne, dit Nurit avec une pointe d'ironie que l'ami de son fils ne remarque pas. Elle le regarde en silence, sans ajouter un mot, pour que le garçon comprenne que ce qu'il a de mieux à faire, c'est d'y aller, de piquer une tête dans la piscine. Bon, on dirait que c'est mal parti pour que j'étrenne mon maillot de bain aujourd'hui, dit Paula dès que Matías disparaît pour aller se changer. Pourquoi ? lui demande Nurit. Tu as vu ce corps ? Tu as vu cette peau ? Tu as vu cette jeunesse ? Et on n'a encore rien vu, attends un peu qu'arrive Rodrigo, ce sera au quintuple, et par je ne sais pas combien quand Juan arrivera, et moi, je ne suis pas préparée pour soutenir la comparaison.

Allez, arrête de geindre, nous sommes des femmes mûres, plus personne n'attend de nous la moindre jeunesse, lui dit Carmen. Peut-être pas de la jeunesse, mais au moins du sens critique, du respect pour les autres, et de la dignité. De la dignité avant toute chose. Là-dessus, je suis d'accord, dit Nurit, et elle se rappelle le moment où, quelques jours plus tôt, en se regardant dans un miroir, elle s'était sentie indigne que Lorenzo Rinaldi voie comment son corps avait vieilli au cours de ces trois dernières années. J'aurais dû faire la même chose que Greta Garbo, dit Paula, ou que Mina, qui ont su se retirer à temps de la vie publique. Mina, celle de *Parole, parole*? demande Carmen. Oui, Mina. Je ne savais pas qu'elle s'était retirée. Elle vit recluse ; la vieillesse nous effraie, nous, les artistes, nous sommes des esthètes, des âmes jeunes dans des corps qui vieillissent. Et aussi un peu des égolâtres, ajoute Carmen Terrada. Appelle ça comme tu voudras, mais moi aussi, j'ai été une artiste consacrée, même si ce gamin n'a pas l'air de m'avoir reconnue, se plaint Paula ; vous vous rendez compte qu'il n'a pas la moindre idée de qui je suis ? Il est passé juste à côté de moi et il s'est soucié de moi comme d'une guigne. Raison de plus, va tranquillement faire trempette dans la piscine, car le gamin ne te regardera même pas, lui suggère Carmen. Oui, oui, je sais que le risque est faible, mais il existe quand même. Que se passera-t-il si un des amis de Rodrigo m'a remarquée dans un vieux film, sur le câble, s'il me reconnaît et s'il prend une photo qu'il envoie à une émission à scandale ? J'irai me baigner demain dans la piscine ; de toute façon, les jeunes ne vont pas rester dormir, pas vrai ? Moi, il m'a semblé que le prénommé

Matías a parlé de tout le "week-end", dit Carmen. Elles se regardent toutes les trois. Paula s'approche de la fenêtre et, figurant des cornes avec l'index et l'auriculaire, elle touche du bois.

Juan n'est pas seul, et il arrive dans la voiture que lui a prêtée son père. J'ai failli convaincre le pater de venir, déclare-t-il, à la grande stupeur de sa mère, tout en disant bonjour. Il est accompagné de sa petite amie – que Nurit n'avait encore jamais rencontrée –, de la sœur de celle-ci et du caniche toy de la petite amie. Bingo, lance Paula Sibona en apercevant le chien sautiller dans le jardin. Tu ne m'avais pas du tout avertie que tu venais, dit Nurit à son fils aîné. J'ai perdu mon portable et je ne savais plus ton numéro par cœur ; ça t'emmerde que je sois venu sans prévenir ? Non, au contraire, mon chéri, dit-elle et, malgré les complications qu'entraînent ces visites inattendues, Nurit Iscar ne ment pas. Bien qu'elle se plaigne toujours en silence de les voir si peu, à ce stade, le bilan secondaire de son séjour à La Maravillosa est déjà positif. La maison de vacances est vachement bien, m'man, lui dit Juan, tout en rapprochant des transats pour que sa petite amie et sa sœur puissent s'allonger. Le caniche toy se met à courir et à aboyer après une personne qui apparaît derrière les troènes. Il y a un brun à moustache qui arrive, et ce n'est pas Zippo, signale Paula à Nurit. Pardon, dit l'homme, qui entre en essayant d'ignorer les aboiements hystériques du chien qui bondit autour de lui. Bon, les choses s'améliorent, dit Paula, tandis que Nurit s'approche pour voir qui il est et ce qu'il veut. Commissaire Venturini, enchanté, dit-il ; je suis un de vos admirateurs, madame Iscar, et un de vos fervents lecteurs, de ceux qui attendent avec impatience la sortie de vos romans. Vous êtes bien aimable, mais je n'écris plus de romans. Comment cela, vous n'écrivez plus de romans ! Pour le moment. Je m'y remettrai peut-être plus tard. Je vais continuer d'attendre, alors, je compte bien pouvoir tenir à nouveau un de vos livres entre les mains. À ses manières, il m'a l'air galant, ce brun, il me plaît bien, dit Paula à Carmen, à quelques mètres à peine de l'endroit où ils se trouvent. J'avais déjà remarqué qu'il te plaisait, lui répond-elle. J'étais dans le coin, dit le commissaire Venturini à Nurit, et, avec Jaime Brena, nous avions convenu de nous retrouver chez vous pour discuter un moment, si cela ne vous dérange pas, évidemment. Jaime Brena ? Oui, il m'a dit qu'il allait passer. Je ne savais pas. Comment, vous ne saviez pas ? Bon, écoutez… En tout cas, vous pouvez en être sûre, je l'ai appelé il y a une heure, et il se mettait déjà en route. Si vous le dites ; de toute façon, pour aujourd'hui, j'ai complètement perdu le fil de ma liste d'invités, répond Nurit, résignée, avant de l'inviter à entrer. Allez-y, entrez, je vous prie. Non, laissez, je reviens dans un moment, je dois faire un crochet par la maison de Chazarreta pour y régler un détail avec un collègue. Nurit réagit au quart de tour, elle est très intéressée par ce qu'elle vient d'entendre ; depuis son arrivée à La Maravillosa, elle est allée plusieurs fois jusqu'à la maison de Chazarreta, mais jamais elle n'a pu franchir la ceinture de rubans de plastique à rayures rouges et blanches que la police a posée le premier jour, et devant laquelle un agent de la police fédérale et un gardien de La Maravillosa montent la garde. Je ne voudrais pas vous mettre dans l'embarras, commissaire, mais me serait-il éventuellement possible de vous accompagner pour visiter la maison ? Je dois vous dire qu'habituellement ces choses-là ne sont pas permises. Je comprends. Mais, s'agissant de vous — le commissaire fait une pause et sourit –, je crois que nous trouverons bien un moyen. Tout à l'heure, quand je reviendrai voir Brena, je vous confirmerai ça. Merci, vous n'imaginez pas l'importance que cela peut avoir pour moi. Avant de partir, le commissaire Venturini dit : Pardonnez-moi, je ne voudrais pas me montrer discourtois envers ces dames, et il avance jusqu'à l'endroit où se trouvent les amies de Nurit qu'il salue d'une énergique poignée de main – il utilise ses deux mains pour saluer –, ce qui agace Carmen et excite Paula. Commissaire Venturini, dit-il deux fois, tout en tenant d'abord la main de Carmen, et ensuite celle de Paula. Et le mot "commissaire" a pour Paula l'effet d'un coup à l'estomac, qui la laisse sans voix. Vous ne seriez pas Paula Sibona ? lui demande-t-il. Elle met plusieurs secondes à réagir, puis elle dit : Oui, je suis Paula Sibona. Que je suis ému de faire votre connaissance, vous êtes l'une de mes actrices préférées ! Je me souviens de vous avoir vue dans ce film, comment était-ce… celui où vous jouez le rôle de la femme d'un homme très puissant… *Le Chemin du sel…* ça y est, je me souviens… *Le Chemin du sel. Le Chemin des salines*, le corrige-t-elle. Oui, *des salines*, j'ai adoré, répète-t-il, gardant toujours la main de Paula serrée dans les siennes. Bon, j'y vais et je reviens dans un moment, nous aurons bien le temps de parler encore un peu, Paula, dit le commissaire ; je peux vous appeler comme ça ? C'est comme cela que je m'appelle, répond-elle. Le commissaire prend congé des trois femmes et s'en va. Il t'a plu, dit Nurit. Elle ne se sent plus, la salope, confirme Carmen. Ils me bouleversent, ces hommes qui te serrent la main avec une telle énergie, et si en plus ils sont bruns et moustachus, je ne te dis pas. Mais, tu n'es pas du genre à te contenter qu'on te serre la main, chérie, dit Carmen. Que veux-tu dire ? Que tu vas te le taper, traduit Nurit. C'est vrai qu'il m'excite, mais je ne peux pas. Pourquoi ? Comment cela, pourquoi ? J'ai fait le Conservatoire, j'ai incarné Médée et Lady Macbeth au Théâtre San Martín, j'ai participé au mouvement du Théâtre Ouvert ! Vous comprenez, je ne peux pas me taper un commissaire… C'est une question idéologique. Et depuis quand mélanges-tu l'idéologie et le sexe ? se moque Carmen. Depuis toujours. Veux-tu que je te fasse la litanie des mecs idéologiquement incorrects que tu t'es tapés ? demande Nurit. Non, je préfère les oublier ; et puis, dans tous les cas, je ne l'ai su qu'après : il y a d'abord eu le sexe, et l'idéologie après. Ça a l'air d'être un type agréable, et en plus, il lit, dit Carmen ; n'a-t-il pas dit qu'il avait lu tous les romans de Nurit ? N'insistez pas, les filles, avec un commissaire, je serais bloquée, et je sais ce que je dis.

Vingt minutes plus tard, Rodrigo arrive avec ses amis ; au bout du compte, ils sont cinq, et les chaussons à la viande arrivent dix minutes après eux. Nurit est occupée à assaisonner les salades et elle demande à Carmen d'aller récupérer la commande : Prends de l'argent dans mon portefeuille, il se trouve sur le micro-ondes. Le caniche toy entre dans la cuisine et il part directement se frotter sur les jambes de Nurit. Quelqu'un peut-il s'occuper de cet animal ? dit-elle, tout en essayant de se débarrasser du chien ; mais Juan, sa petite amie et la sœur de celle-ci lézardent au soleil, et personne ne lui répond. Carmen revient avec les chaussons, et elle lui dit : Ça ne fera pas un peu juste, deux douzaines, pour tous ces gens en pleine santé ? J'ai oublié d'appeler pour qu'ils m'en rajoutent ! La faute à Alzheimer ou au surmenage ? Au surmenage, ma chérie, du calme, lui répond Carmen. Nurit prend le téléphone et elle appelle ; elle demande qu'on lui en livre quatre douzaines. Combien ? Une heure et demie d'attente ? se plaint-elle au téléphone. Bon, faites ce que vous pouvez, dit-elle, et elle raccroche, en proie à un nouvel accès de mauvaise humeur. Heureusement que le gamin des faits divers n'est pas encore arrivé, se dit-elle, au moment où le téléphone se remet à sonner. Elle laisse la salade, décroche, écoute ce qu'on lui dit, puis elle répond : Oui, faites-le entrer.

13

Jaime Brena et le gamin des faits divers patientent au milieu d'une longue file d'attente, derrière la barrière sur laquelle il est écrit "Visiteurs". Nurit Iscar a déjà donné l'autorisation de les laisser entrer ; pour gagner du temps, un des gardiens a inspecté leur coffre et il leur a indiqué sur un plan du quartier le chemin pour arriver à la maison qu'ils cherchent. Mais il leur faut encore passer par la barrière, montrer leurs papiers d'identité et se faire photographier. Et il y a la bagatelle de six voitures devant eux, ils en ont donc encore pour un quart d'heure. La petite amie du gamin des faits divers n'est pas allée plus loin que le premier feu rouge, lorsqu'ils sont partis chercher Jaime Brena chez lui. Elle tenait à repasser chez elle pour prendre un bikini, et son fiancé lui avait déjà dit à plusieurs reprises qu'il était tard, qu'ils étaient attendus, et qu'il n'allait pas chez Nurit Iscar à un pique-nique mais pour travailler. Alors qu'ils se trouvaient à l'arrêt, au coin d'une rue, et que le feu passait au vert, elle dit : Ah bon, mais alors, si je ne peux pas me faire bronzer, qu'est-ce que je vais faire, toute la journée dans une maison de campagne, pendant que tu travailles ? Le gamin répondit : C'est vrai, tu as raison. Il descendit de la voiture, en fit le tour, ouvrit la porte côté passager et, l'aidant à sortir, il lui dit : Le mieux, c'est que tu ne viennes pas. La fille en resta abasourdie. Jamais personne ne m'a humiliée de la sorte, se plaignit-elle, tandis que le gamin lui tendait la main pour l'aider à descendre. Il faut toujours une première fois, lui dit-il, avant de remonter dans la voiture et de repartir. Jaime Brena ne fut pas étonné de voir le gamin arriver seul étant donné qu'il ne savait pas que sa petite amie devait venir avec eux ; par contre, son air tendu, renfrogné et sa vaine tentative de faire croire que tout allait bien lui mirent la puce à l'oreille. Tu as des problèmes ? lui demanda-t-il. D'ordre domestique, lui répondit le gamin, puis ils n'abordèrent plus le sujet.

En chemin, sur la Panaméricaine, ils parlèrent de football, du journal, du départ volontaire à la retraite dont Jaime Brena allait certainement faire la demande, de José de Zer, de Karina Vives – Je me trompe, ou cette fille t'attire ? lui demanda Brena ; le gamin fit celui qui n'avait pas compris et se contenta de répondre : C'est une jolie fille, mais elle est super-antipathique, ce à quoi Brena rétorqua : Il faut savoir la prendre –, de Pedro Chazarreta, de Lorenzo Rinaldi et de Nurit Iscar. La circulation était dense pour un samedi midi et, plusieurs fois, Brena dut demander au gamin de ne pas freiner si brusquement s'il ne voulait pas qu'il vomisse sur les sièges. Ils quittèrent la Panaméricaine deux sorties avant celle de La Maravillosa, et ils durent s'y reprendre à plusieurs fois pour récupérer l'autoroute et emprunter la bonne sortie, mais ils finirent par y arriver. Et dire qu'il y a des gens qui font cette route tous les jours, dit le gamin, ils sont malades. Ne les sous-estime pas, comme dit la pub d'American Express, être membre apporte des privilèges, lui répondit Brena.

Leur tour arrive enfin : papiers, photo, fouille, assurance de la voiture, le coffre pour la seconde fois – Mais, vous l'avez déjà regardé, Ah bon, excusez-nous –, et ils entrent dans La Maravillosa. Jaime Brena reconnaît tout de suite le chemin, cette rue flanquée d'arbres dont les branches se rejoignent par le sommet pour former un tunnel vert à travers lequel filtre le soleil de midi. Il s'en souvenait bien, de ce tunnel vert. Brena baisse sa vitre et détache sa ceinture de sécurité. Il emplit d'air ses poumons. Connaissais-tu cet endroit ? demande-t-il au gamin. Non, pas celui-ci, lui répond-il. Moi, ça fait plus d'un an que je ne suis pas entré, mais tout est exactement comme quand j'étais venu interviewer Chazarreta. Du moins, tout a l'air pareil, car lui, en fait, il n'est plus là. À l'époque, il était encore impliqué dans l'affaire de la mort de son épouse. Dès la première question, il avait cherché à me manipuler, il avait essayé d'utiliser mon interview pour en faire un texte à sa gloire. Un type difficile à cerner, froid, calculateur, calme et très intelligent. Et qu'est-ce que tu en penses, toi ? lui demande le gamin. De quoi, de cette mort ? Oui. Qu'il l'a tuée ou qu'il l'a fait tuer. Du moins, que ce type savait par qui et pourquoi elle avait été tuée, mais il n'y a pas le moindre doute qu'il est bien le responsable de sa mort. Le gamin freine pour laisser passer une femme et sa fille qui veulent traverser la rue, montées sur des rollers qu'elles ne maîtrisent ni l'une ni l'autre. Sais-tu ce que Chazarreta a dit au standardiste des secours d'urgence qu'il a appelé en découvrant le corps de sa femme ? Non, dit le gamin. Tout a été enregistré, j'ai écouté la bande, il a dit : S'il vous plaît, venez vite au lot 23 de La Maravillosa, ma femme marchait distraitement, elle a glissé sur le sol qui était humide, elle est passée à travers une porte vitrée, elle s'est coupée au cou, et elle est en train de perdre son sang. Tu y crois, toi ? Une phrase trop longue et trop élaborée pour quelqu'un qui aurait dû être en état de choc, dit le gamin. Et une phrase par laquelle il veut amener l'autre à la conclusion qu'il attend : que tout cela n'a été qu'un malheureux accident, explique Brena. De plus, à moins que quelqu'un n'ait touché au cadavre, comme il a dit dans ses premières déclarations qu'il n'avait touché à rien avant l'arrivée des médecins, il ne pouvait pas savoir que c'est au cou que sa femme avait cette coupure, car elle était étendue sur le ventre. Et pourquoi a-t-il obtenu un non-lieu, alors ? Ça, je crois que je n'y comprendrai jamais rien. D'après le verdict, les preuves n'étaient pas "formelles", alors que moi, sur la seule base de ce que je t'ai raconté, je l'aurais condamné. Mais, évidemment, je ne suis pas juge.

Une voiturette électrique qui roule devant eux oblige le gamin à réduire sa vitesse. À son bord, il y a un couple ; ils portent tous deux sur le dos un sac rempli de clubs de golf. Ceux de l'homme sont un peu plus longs. Un des clubs de la femme est recouvert à son extrémité d'une courte housse représentant une tête de chien en peluche aux longues oreilles. Brena les regarde et dit : Il existe aussi une autre vie, pas vrai ? Il existe une autre vie, oui, il en existe beaucoup d'autres, lui répond le gamin ; le truc, c'est de vivre celle que l'on a envie de vivre. C'est cela, confirme Brena ; il observe un instant le gamin, puis il ajoute : En fin de compte, tu n'es pas aussi con que tu en as l'air. Le gamin des faits divers le regarde en exagérant la surprise que lui inspire ce commentaire. Brena rit. Je plaisante, petit, tu n'es pas un con, tu manques juste de terrain ; au fait, puisqu'on en parle, tu veux qu'on poursuive ta formation ? Oui, je suis prêt pour la leçon suivante, ça y est, je suis incollable sur José de Zer, Fort Apache et ses ovnis. À qui le tour, maintenant ? Enrique Sdrech, j'imagine que tu connais Enrique Sdrech. Oui, j'ai vu un vieux reportage qui passe de temps en temps à la télévision. Ça ne suffit pas, un reportage, pour connaître Sdrech ; il faut que tu cherches davantage, par exemple, il faut que tu saches que sa maison a été mitraillée au fusil d'assaut Itaka en 1992, tu le savais déjà, peut-être ? Non. Bon, trouve un de ses livres : *Giubileo : une affaire non classée*. Tu te souviens de l'affaire Giubileo, non ? Plus ou moins, dit le gamin pour ne pas avouer qu'il n'en a pas la moindre idée. Plus ou moins, répète Brena, mon Dieu, une femme médecin qui a disparu de la surface de la terre sans laisser de traces, en 1985. Quel âge avais-tu en 1985 ? Je n'étais pas né, répond le gamin. Le fils de…, dit Brena, le fils de…, et il regarde un instant à travers la vitre. Tu n'étais pas né, répète-t-il, les yeux perdus dans le parcours de golf qui apparaît à sa droite. Puis il poursuit : Le docteur Giubileo a disparu dans la Colonie Montes de Oca, un centre neuropsychiatrique également connu sous le nom d'Open Door, dont on a su ensuite qu'un trafic d'organes y était organisé et que les patients y servaient de cobayes pour tester de nouveaux médicaments. Bref, encore une affaire tragique non élucidée. Elle obsédait Sdrech, cette affaire. Comme toutes les affaires non résolues : Oriel Briant, Jimena

Hernández, Norma Mirta Penjerek. Beaucoup de femmes pour lesquelles il n'y a pas eu de justice. C'était un passionné. Et un grand lecteur. Sais-tu ce que j'ai appris grâce à lui ? Que les articles policiers ne se fabriquent pas comme ceux des autres rubriques : on ne doit jamais mettre d'information alléchante, de révélations sorties du chapeau, ça, on le laisse pour la fin, comme dans les contes.

Trois enfants à bicyclette occupent toute la rue et, à les voir, ils n'ont pas l'air disposés à s'écarter. Le gamin des faits divers patiente, il n'ose pas klaxonner ; il ne semble pas que l'usage du klaxon soit ici en vigueur. On dirait qu'ils se prennent pour les maîtres de la rue, dit le gamin. Ils sont les maîtres de la rue, ou ils le deviendront, corrige Brena. Un des enfants se déporte vers le bas-côté, il tombe, et les autres s'écartent également pour lui venir en aide ; le gamin des faits divers profite de l'espace qu'ils laissent pour les dépasser. Il s'est peut-être fait mal, dit-il. Ça, c'est le problème de sa mère, répond Brena. Ils parcourent encore cent ou deux cents mètres en silence, puis le gamin se risque à demander : Et toi, Brena, qu'est-ce qui t'obsède ? Brena le regarde sans savoir s'il a bien compris la question. Comme Sdrech, comme De Zer, après toutes tes années de carrière, toi aussi, tu dois avoir quelque chose qui t'obsède. Qu'est-ce qui m'obsède, moi ? Je ne sais plus trop, il y a très longtemps, je voulais ressembler à Rodolfo Walsh, tu sais ? C'était mon modèle, je ne sais pas si on peut parler d'obsession, mais, un modèle, ça oui. Plus tard, j'ai compris que je n'avais pas la carrure pour espérer pouvoir lui ressembler un jour. Pourquoi ? Parce que Walsh, avant d'être un journaliste, un écrivain, avant toute chose, c'était un révolutionnaire, et le journalisme n'a maintenant plus rien à voir avec la révolution. Nous nous embourgeoisons, petit. Nous nous empâtons, nous sommes aux ordres et devons composer avec certaines contraintes, nous touchons un salaire en fin de mois, nous nous défilons du mieux que nous pouvons. Et il y a quelques durs qui se la jouent téméraires parce qu'ils critiquent le président ou les médias. Ou le président et les médias. Tu crois que Walsh avait peur ? Moi, à sa place, j'aurais eu peur. Aujourd'hui, des grandes pointures du journalisme ou des soi-disant "intellectuels" pontifient avec suffisance, depuis leur bureau ou, plus souvent, confortablement installés dans leur maison ou leur lieu de villégiature. Et ils se croient importants parce qu'ils se disent des "forgeurs d'opinion". Mais ce qui compte vraiment, ce sont les moyens par lesquels tu la forges, cette opinion, les valeurs que tu respectes et les scrupules qui peuvent t'animer. Parmi eux, nombreux sont ceux qui présentent comme des vérités irréfutables ce qui n'est rien d'autre que leur propre opinion. Ou celle d'autres personnes pour lesquelles ils travaillent. Quand un journaliste cesse d'informer pour donner son opinion, s'il veut rester honnête, il faut qu'il le dise clairement à ses lecteurs. On peut prendre position, mais on ne peut pas faire passer son opinion pour de l'information. L'idéologie bourgeoise essaie de donner un air de normalité aux intérêts d'une classe. Tu trouves que je suis un raté, petit ? Non, non, lui répond le gamin. Jaime Brena continue : Merde, envoyer une lettre à la junte militaire tout en sachant pertinemment que, le lendemain, ils viendront te chercher, on ne peut rien faire de comparable. Il était comme ça, Rodolfo Walsh.

Qui pourrait maintenant représenter l'équivalent de la junte militaire ? Le président, ou les lobbies qui te paient ton salaire ? Aucun des deux. Que peut faire celui qui n'est pas en phase avec la ligne éditoriale du journal pour lequel il travaille ? Écrire en suivant la même ligne ou démissionner ? Y a-t-il de la marge pour une troisième voie ? Je ne sais pas. Celui qui se dit capable de répondre à ces questions avec conviction, c'est qu'il ment. Tous autant que nous sommes, nous sommes trop trouillards pour ressembler à Walsh, petit. Mais ne fais pas attention à ce que je te dis, prends ça pour les élucubrations d'un vieux chnoque, ta génération ne se pose pas toutes ces questions. Et puis, quand le docteur Giubileo a disparu, tu n'étais même pas encore né. Incroyable, petit. Toi, essaie de devenir un bon spécialiste des faits divers, va sur le terrain et soigne ce que tu écris, que ce soit compréhensible, que ça ait du corps, que ça accroche. Et que ce soit écrit sans fautes d'orthographe, ce qui est déjà beaucoup demander, par les temps qui courent.

La voiture du gamin est devant la maison de Nurit Iscar. Il est dérouté par la musique – du reggaeton – qu'il entend s'élever du parc. Il remonte le chemin de gravillons, en proie au doute. Tu es sûr que c'est bien ici ? lui demande Brena. Le gamin regarde à nouveau le plan et vérifie l'adresse qu'ils lui ont indiquée au poste de garde : 675, rue des Alouettes. Alors c'est bien ici, confirme Brena ; tu as vu comme Bétibou est moderne dans ses goûts musicaux ! Ils se garent, sortent de la voiture, et le gamin sonne à la porte. Petit, sais-tu comment Enrique Sdrech commencerait cet article ? Comme ça : “Nous sommes ici, barricadés dans le *country club* La Maravillosa, plus précisément, dans la maison de l'écrivaine Nurit Iscar." Sdrech adorait le mot "barricadés".

Un caniche toy vient leur souhaiter la bienvenue. Brena le regarde dédaigneusement : Ce chien ne ressemble en rien à celui que je rêve d'avoir.

14

Les présentations, la dégustation des chaussons à la viande – dès l'arrivée de la deuxième commande – et la discussion qui suit le repas, tout se déroule de façon prévisible. Comme le commissaire Venturini a annoncé à l'avance la venue de Jaime Brena, personne n'est surpris de voir ce dernier arriver avec le gamin des faits divers. Cela n'empêche pas Carmen Terrada d'être émue de se retrouver devant lui. Bonjour. Enchantée, voilà tout ce qu'elle réussit à lui dire. Nurit Iscar se sent un peu mal à l'aise à la vue de toute cette foule et du mélange de personnalités les plus diverses dont sa maison – du moins, celle qu'elle occupe – est progressivement devenue le théâtre, mais elle s'efforce de gérer tout cela avec naturel et aplomb. Même si l'aplomb n'a jamais été la qualité la plus affirmée chez elle. La piscine et ses alentours ont les faveurs des jeunes, tandis que l'ombre de la galerie prend plutôt des allures de quartier troisième âge. Ces jeunes, je ne sais pas comment ils font pour garder la tête au soleil par une chaleur pareille, dit Brena, tout en passant sa main sur sa tête, à la manière d'un peigne, pour remettre en ordre les quelques cheveux qu'il lui reste. Nurit le regarde ; dans ses souvenirs, elle le voyait plus chevelu. Combien de temps a passé ? se demande-t-elle. Elle ne veut pas parler du temps qui s'est écoulé depuis la dernière fois qu'elle a vu Jaime Brena – il y a tout juste quelques jours –, ni du temps écoulé depuis sa rupture avec Rinaldi – il y a plus de trois ans –, à la suite de laquelle elle a cessé d'aller régulièrement au journal. Combien de temps a passé depuis l'époque où Nurit, Brena, Paula, Carmen avaient tous l'âge qu'ont aujourd'hui leurs enfants et pouvaient rester au soleil sans se sentir complexés parce qu'ils allaient devoir se mettre en maillot de bain devant les autres, sans craindre la chaleur ni le cancer de la peau. Combien de temps derrière elle, et combien de temps devant, l'une ou l'autre de ces deux questions perturbe Nurit. Voilà pourquoi elle préfère les chasser de son esprit. Mais arrêter de penser ne dépend pas toujours de notre volonté car la voilà un instant après à se demander quelle pouvait bien être la vie de Jaime Brena, il y a un peu plus de trente ans, lorsqu'elle avait l'âge qu'ont maintenant ses enfants. Même si c'est une période qu'elle aurait préféré oublier, Nurit Iscar se souvient qu'avec ses amies elle avait sauté sur l'Obélisque le jour où l'Argentine était devenue championne du monde de football, en 1978. Et Brena, qu'avait-il bien pu faire ce jour-là ? Il lui semble avoir lu quelque part qu'à l'époque il militait. Carmen Terrada aussi, c'est pour cette raison qu'elle a dû partir un certain temps. Quelle différence entre ce qui leur a été donné de vivre quand ils avaient vingt ans et ce que connaissent maintenant leurs enfants ! Si elle avait à choisir, laquelle de ces deux époques Nurit Iscar préférerait-elle pour vivre cet âge qui voit la fin de l'adolescence et des illusions ? Elle ne sait pas, elle ne veut pas se montrer naïve, ni politiquement correcte, elle veut simplement se poser la question, bien qu'elle ne soit pas sûre de la réponse. Bien qu'elle ne veuille pas être sûre de la réponse. Le gamin des faits divers, vu son âge, pourrait trouver place dans le groupe des jeunes mais, par affinité professionnelle, il s'installe sous la galerie. Le caniche toy préfère se mettre à l'ombre, mais Nurit est intraitable avec son fils à ce sujet : Mets cette bestiole hors de ma vue, et le chien se retrouve enfermé dans la buanderie malgré les protestations de la petite amie de Juan.

À trois heures de l'après-midi, on appelle du poste de garde pour prévenir que Viviana Mansini est à la barrière de l'entrée, mais qu'elle ne peut pas passer car elle n'a pas le reçu de la dernière échéance de son assurance automobile. Comme elle le racontera elle-même plus tard, il lui a été inutile d'expliquer plusieurs fois, et en détail, qu'elle n'avait pas de reçu car l'échéance de la police était débitée chaque mois sur son compte ; elle a eu beau montrer sa carte plastifiée de sociétaire de cette compagnie d'assurance, leur proposer d'appeler son courtier, implorer… Les règles ont changé cette semaine, a dit le gardien ; si vous étiez venue la semaine dernière, je vous aurais laissée entrer, mais aujourd'hui, je ne peux pas, je vous l'ai déjà dit, la règle a changé, et maintenant, en plus de la carte plastifiée, il nous faut le récépissé, c'est dommage que vous ne soyez pas venue la semaine dernière. Pour cette raison, parce que ce n'est pas la semaine passée mais cette semaine qu'elle est venue, et parce qu'elle n'a pas le récépissé, Mansini leur fait appeler la maison où habite Nurit pour que Paula ou Carmen viennent la chercher à l'entrée, ce qui crée un manège de voitures. En effet, celle du gamin des faits divers est garée derrière celle de Juan ; Juan a la sienne derrière celle de Paula Sibona, et non seulement il n'a pas la présence d'esprit de se proposer pour aller chercher l'amie de sa mère à la porte du *country*, mais en plus il donne ses clés à Paula Sibona pour qu'elle se charge elle-même de déplacer sa voiture pour pouvoir sortir. Le gamin, lui, fait le geste de se proposer mais Paula refuse ; par contre, elle demande à Carmen de l'accompagner : Tu t'imagines la quantité de conneries que Viviana pourrait aller raconter à ce garçon, de l'entrée jusqu'ici ? Carmen acquiesce et, une fois dans la voiture, elle demande à son amie : Pourquoi continuons-nous à l'accepter alors qu'aucune de nous ne peut la voir en peinture ? Parce qu'elle nous sert de défouloir, ce qui, en plus, entretient notre sentiment de culpabilité ; c'est toujours nécessaire d'avoir quelqu'un avec qui s'accrocher, à qui vider son sac, mais quelqu'un qui endure tout cela en restant stoïque, et elle, elle reste impassible, il faut bien le lui reconnaître. Avoir quelqu'un sur qui se défouler, c'est la seule manière de protéger le reste des mortels de notre furie, déclare Paula. C'est vrai ; en fait, Viviana Mansini est en quelque sorte notre tête de Turc. En quelque sorte. Ça devrait presque nous faire de la peine, alors. Presque. Pas à moi, en tout cas. Moi non plus. Elle continue à me sortir par les yeux. On ne l'emportera pas au paradis. Tu l'as dit.

Et, comme pour confirmer ces dires, pour confirmer la propension de Viviana Mansini à faire sortir ses amies de leurs gonds, un moment plus tard, lorsque le commissaire Venturini refait son apparition, en quête de Jaime Brena, s'impose l'évidence que ce brun à moustache plaît à Viviana Mansini

– comme à Paula –, mais la différence, c'est qu'elle tient à le lui faire comprendre clairement. Vous avez un travail rudement difficile, vous devez être quelqu'un de très courageux, lui dit-elle, cinq minutes après avoir fait sa connaissance, et sans que cela ait d'ailleurs le moindre rapport avec l'échange informel auquel tout le monde a participé jusque-là. Pleine d'ironie, Carmen regarde Paula et murmure : Espèce de salope. Paula ajoute : Elle va réussir à se le taper, tu verras. Tu sais, elle n'est pas du genre à se poser des questions d'ordre idéologique. Viviana Mansini ? Elle ne doit même pas connaître le sens du mot "idéologie". Elle n'est pas la seule, regarde les amis des enfants, dans la piscine. Paula les regarde et soupire : Une peau jeune, des corps jeunes, des rires jeunes ; une idéologie ? Tu serais capable, toi, de renoncer à un peu d'idéologie pour du sexe ? Oui. Moi aussi. Nous ne l'emporterons pas au paradis, c'est plus que clair. Non, en effet. Et nous ne ferons pas non plus partie des femmes qui auront marqué l'histoire. Non plus.

Un moment après, le commissaire Venturini propose d'aller voir la maison de Chazarreta et, bien évidemment, Viviana Mansini essaie de se joindre au groupe. Mais Carmen l'arrête tout de suite, avec rudesse : Ils vont travailler, mêle-toi de tes oignons. Et Viviana, pas très convaincue, finit par obtempérer : Je demandais, c'est tout ; c'est interdit, de demander ? Nurit Iscar, Jaime Brena, le gamin des faits divers et le commissaire Venturini composent le groupe qui part en direction de la maison où Chazarreta – comme sa femme avant lui – a trouvé la mort. Nurit propose qu'ils s'y rendent à pied afin de mieux profiter de l'endroit. C'est ce qu'ils font. Le commissaire Venturini gonfle ses poumons en écartant exagérément les bras vers le haut et les côtés, comme si cette promenade, cet endroit, l'air qu'on y respire, le soleil de l'après-midi et tout le reste étaient plus bénéfiques pour sa santé que tout ce qu'il peut connaître dans sa vie quotidienne. Quelle est cette odeur que l'on sent ? Ça sent l'eucalyptus, le bois ou les fleurs ? Le *country*, ça sent le *country*, Venturini, répond Brena, et personne ne vient le contredire. Le gamin prend des photos avec son Blackberry. Nurit Iscar s'arrête un instant pour enlever quelque chose qui lui est entré dans la chaussure, un gravillon ou de la terre. Jaime Brena s'arrête également pour l'attendre. En retournant sa chaussure, elle découvre un caillou minuscule. Comment un si petit truc pouvait-il me déranger à ce point ? se demande-t-elle, et elle montre le caillou à Brena. C'est comme dans le conte de la princesse au petit pois, tu t'en souviens ? lui dit-il. Non, pas du tout. Voyons, un joli conte d'Andersen, sur une épreuve que devaient subir plusieurs demoiselles pour montrer si elles étaient ou non de vraies princesses. Elles devaient dormir sur un tas de vingt matelas sous lequel la reine mère avait placé un petit pois ; on trouve toujours en travers de sa route une belle-mère inquiète de savoir qui sera la femme qui viendra lui prendre son bijou de fils, même dans les contes de fées. Seule celle qui était une vraie princesse sentit le petit pois et ne ferma pas l'œil de la nuit, termine Brena. Si je te suis, tu es en train de me dire que je suis une princesse ? Oui, en quelque sorte. Quelle galanterie ! Merci. De rien, Bétibou. Cela l'incommode d'entendre Brena l'appeler par ce nom. Il s'en rend compte. Ça te dérange que l'on t'appelle comme ça ? Bétibou, ce n'est pas précisément le nom d'une vraie princesse, dit-elle.

Elle est beaucoup plus intéressante qu'une vraie princesse, car elle, elle est presque vraie, dit Brena en la fixant. Elle ne répond pas, et il repose la question : Ça te dérange que l'on t'appelle comme ça ? Non, ce n'est pas le surnom qui me dérange, c'est l'histoire par laquelle j'ai hérité de ce nom qui me perturbe parfois. Et comment en as-tu hérité ? demande-t-il. Alors, sans savoir pourquoi, comme si elle discutait avec un ami de toujours, Nurit Iscar répond : C'est Lorenzo Rinaldi qui m'a baptisée ainsi, il y a de cela quelques années. C'est Lorenzo Rinaldi qui dit ça, il dit que c'est lui qui a trouvé que tu ressemblais à Betty Boop ? Oui, le jour où nous nous sommes rencontrés, sur un plateau de télévision. Ça alors… Lorenzo Rinaldi dit que c'est lui qui t'a baptisée ainsi. Non, je ne dis pas que c'est lui qui m'a baptisée, il a été le premier à m'appeler comme ça. La propriété intellectuelle est toujours sujette à controverse, dit Brena. Pourquoi ? demande Nurit. Pour rien, répond-il, puis il change de sujet. Qu'est-ce que ça te fait, de vivre à La Maravillosa ? demande-t-il au moment où, quelques mètres plus en avant, le gamin se retourne pour les prendre en photo. Je n'ai pas l'impression de vivre ici, lui répond-elle, j'ai plutôt l'impression de travailler ici, rien de plus. Mais c'est un travail en pension complète. Oui, et ce n'est pas facile d'être en pension ici, dit-elle. Je veux bien le croire, répond Brena. Même s'il faut reconnaître que ça n'a pas l'air trop désagréable de venir passer quelques jours dans un tel endroit. Je suppose que non, une fois que l'on a surmonté le syndrome d'abstinence citadine, on commence à s'attacher à un cadre comme celui-ci. Détends-toi et profites-en, alors. C'est ce que je vais essayer de faire, dit-elle. Ils se regardent, ils se sourient, ils baissent les yeux et, pendant un moment, ils marchent sans rien dire.

Il est évident que, dans leur groupe, il y a quelque chose qui attire l'attention des gens qui les croisent. Nurit s'en rend compte mais elle n'en parle pas. Elle l'a déjà ressenti elle-même d'autres fois. À leur regard, qui marque bien la différence entre "eux" et "nous". Avant, elle pensait que c'était à cause du livre ouvert avec lequel elle marchait. Or, en ce moment, elle n'a pas de livre, alors elle se demande à quoi tous ces gens qui les croisent remarquent qu'ils sont des étrangers, des intrus, des *aliens*. Il se peut que ce soit la veste sport et le pantalon gris du commissaire Venturini, qui détonnent, un samedi après-midi dans un *country*, et c'est sans parler du foulard en soie aux motifs bulgares qui sort de la poche supérieure de sa veste ; ou des mocassins semelle cuir de Jaime Brena qui raclent l'asphalte comme s'ils allaient faire des étincelles, ou de sa chemise blanche habillée à baleines qu'il porte pourtant avec le col grand ouvert. Les deux personnes les plus à même de se fondre dans le paysage sont Nurit Iscar – elle le sait bien, et elle a choisi ses habits sciemment –, et le gamin des faits divers. Au fil des jours, depuis son arrivée à La Maravillosa, elle a étudié le code vestimentaire et, bien qu'elle n'ait pas encore osé les pantalons de survêtement, elle sait qu'elle n'attirerait l'attention de personne avec un jean et des baskets, et c'est d'ailleurs ce qu'elle porte en permanence. Le gamin se fond parce qu'il porte un pantalon kaki, façon militaire, avec beaucoup de poches, des chaussures de sport et un tee-shirt blanc à col rond. Bien qu'une vraie tenue de sport, et de marque, les aurait fait passer encore plus inaperçus.

Tandis que le groupe marche, en silence maintenant, Carmen Terrada prépare du maté à la maison ; Paula Sibona – complètement habillée – essaie de profiter des derniers rayons du soleil de l'après-midi pour se faire bronzer, ne serait-ce que le visage, les enfants de Nurit et leurs amis improvisent un match de foot dans le jardin, face à la piscine, la petite amie de Juan et sa sœur portent assistance au caniche toy, stressé d'avoir passé tout ce temps à aboyer, enfermé dans la buanderie, tandis qu'Anabella ramasse les serviettes sales, les gobelets usagés, les restes, les crottes de chien et les mégots ou les cigarettes à moitié fumées qui jonchent l'ensemble du parc. Pour revenir à ceux qui marchent à travers La Maravillosa, au bout d'une bonne dizaine de minutes, ils finissent par apercevoir la maison de Chazarreta au détour d'un virage, au fond d'un cul-de-sac. Le périmètre est toujours ceinturé d'une bande de plastique rouge et blanc qui, malgré l'absence de panneau, indique clairement à qui veut bien l'entendre qu'il est interdit de passer. Et ce n'est pas qu'ils ne veuillent pas l'entendre, mais ils bénéficient de l'autorisation et de la compagnie du commissaire Venturini. Il n'empêche, avant d'entrer, Venturini doit fournir des explications au gardien de la sécurité de La Maravillosa et à l'agent de police fédérale avec lequel il avait pourtant déjà tout arrangé, quelques heures plus tôt. Non pas parce que ce gardien respecterait plus que lui les lois de la Nation, mais simplement parce qu'il applique scrupuleusement les ordres de ses supérieurs – le gérant et le directeur de l'entreprise de sécurité qui travaille pour le *country* –, et parce que ses supérieurs lui ont donné l'ordre de ne laisser entrer personne dans cette maison. Et personne, cela signifie bien personne. Alors, après deux ou trois coups de fil passés de mauvaise grâce par le commissaire Venturini, le gardien reçoit sur son talkie-walkie ladite autorisation de ses supérieurs et, finalement, ils passent la tête sous la bande de plastique et entrent. Excusez, j'obéis à des ordres, leur répète encore une fois l'homme de la sécurité. C'est bon, c'est bon, mon vieux, dit Venturini, et il se baisse aussi mais, avant de franchir la bande, il se retourne et lui demande : Tu connais l'anecdote de San Martín, des bottes en cuir et de la poudrière ? Non, je ne la connais pas, lui dit l'homme. Quand je sortirai, rappelle-le-moi, je te la raconterai si j'ai le temps, mon vieux, promet le commissaire Venturini, qui se baisse à nouveau pour pénétrer à l'intérieur du périmètre.

Maintenant, le groupe avance à travers la galerie que Gloria Echagüe est présumée avoir traversée l'après-midi où elle s'est fait égorger. Puis ils entrent dans le living par la porte-fenêtre à travers laquelle elle est passée, sans l'ouvrir. Le commissaire Venturini sort un mouchoir avec lequel il tourne la poignée pour ne pas laisser de nouvelles traces. C'est pour les mouches, dit-il à Brena en lui faisant un clin d'œil. Et surtout, ne touchez à rien, lance-t-il au groupe qui l'accompagne, bien que tous les relevés d'indices aient déjà été effectués, tout doit rester exactement dans l'état où nous l'avons trouvé, OK ? OK, répondent Brena, Nurit et le gamin, presque à l'unisson. Ils commencent leur visite par le rez-de-chaussée, et plus spécifiquement par la scène du crime : le living. La pièce a de luxueuses boiseries lustrées, des objets de décoration en argent, des pièces en cristal, des tableaux sans grande valeur, mais dans des cadres excessivement travaillés, qu'on a patinés à la feuille d'or afin de leur donner une touche ancienne. Rien de tout ce que l'on voit ne correspond à une décoration *country*, cela tient plutôt d'une esthétique plus traditionnelle ou conservatrice, comme celle que l'on pourrait trouver dans un appartement de Belgrano ou Recoleta. Un bar en bois verni et en bronze sur lequel trônent plusieurs sortes d'alcool : du gin, de la vodka à la mangue, du whisky – de la même marque que celui qu'a pris Chazarreta le soir de sa mort –, du Bailey's. Un kilim sous la table en merisier de la salle à manger, et un autre plus petit sous la table basse du living, elle aussi en merisier. Un canapé d'angle en trois parties, recouvert de velours beige et de coussins à rayures dans plusieurs gammes de vert, de marron et de bordeaux. Deux lampes au pied en bronze et à l'abat-jour blanc posées sur deux petites tables en marbre de Carrare, à chaque extrémité du canapé. Mais, ce qui concentre surtout l'attention du groupe est un fauteuil, le seul en velours vert, tourné vers la fenêtre et taché de sang. Le fauteuil où Chazarreta est mort ce matin-là. Nurit, le gamin des faits divers et Jaime Brena se retrouvent, par hasard, tous les trois debout devant ce fauteuil. Nurit est plus impressionnée que les hommes, mais pas par le sang ni par la mort qu'évoque le sang, mais par la référence littéraire. Chazarreta avait-il pu savoir, avant de mourir, à quel point la scène finale de sa vie était proche de *Continuité des parcs* ? demande-t-elle, et, sans attendre de réponse, elle continue : Chazarreta n'était pas en train de lire quand il a été assassiné, mais alors qu'il se trouvait assis là, à boire du whisky, il pensait peut-être à un crime, à un intrus pénétrant dans une maison, égorgeant quelqu'un, et il savait peut-être à la fin, un instant avant de mourir, que cela allait arriver, que quelqu'un arriverait derrière lui pour lui couper le cou. Crois-tu que Chazarreta ait lu Cortázar ? lui demande Brena tandis que le gamin prend des photos du fauteuil avant d'annoter sur son Blackberry. "Continuité des parcs/ Cortázar", et de lancer une recherche sur Internet. Je crois au hasard, et aussi que la scène a pu se dérouler ainsi, même s'il n'a jamais lu Cortázar. Même s'il l'a sans doute lu dans le secondaire, au lycée, poursuit Nurit, car nous avons tous étudié Cortázar, dans le secondaire, au lycée. Puis elle réfléchit pendant quelques secondes et, donnant suite à l'enchaînement de pensées que lui inspire cette libre association, elle demande : Dans quel établissement secondaire Chazarreta a-t-il bien pu aller ? C'est Jaime Brena qui répond. Je n'ai jamais eu l'idée de vérifier. Puis il demande à son tour : Cela nous mènerait-il à d'autres pistes ? Je ne crois pas, dit-elle. Tu as dû y penser pour une bonne raison, dit-il. Certainement par curiosité, répond Nurit. Ou par hasard, dit Brena ; les pensées surviennent par le fruit du hasard, et tu viens de dire toi-même que tu crois au hasard. Nurit Iscar regarde le gamin et lui demande : Tu as lu Cortázar au lycée ? Et le gamin répond : Oui. Mais il ne regarde pas Brena en le disant, en disant qu'il a effectivement lu Cortázar, car il sait que son collègue de *El Tribuno* se rendra compte qu'il ment. Ou qu'il ment à moitié, parce qu'il a vraiment lu Cortázar, mais *Maison occupée*. Et, s'il lui est arrivé de lire quelque chose qui soit en rapport avec un fauteuil de velours vert et la continuité des parcs, il ne s'en souvient pas. Dans la liste que lui fournit le moteur de recherche de Google, il y a le texte de la nouvelle, mais il ne peut pas se mettre à le lire ici, devant eux, et sur un écran aussi petit. Le commissaire Venturini s'approche et leur propose de leur faire une visite guidée du reste de la maison. Ils décident d'en finir d'abord avec le rez-de-chaussée. Ils vont dans la cuisine, une pièce impeccable, aux murs recouverts de céramique blanche et au sol couleur brique avec un îlot central en marbre noir auquel sont accrochés quelques casseroles et ustensiles de formes diverses qui semblent n'avoir que très rarement servi. Le gamin s'approche et fait se balancer quelques ustensiles en acier chirurgical : d'abord une louche, puis une écumoire. On ne touche à rien, le tance Venturini, et le gamin s'empresse de retirer sa main. Les appareils électroménagers visibles sont pareils à ceux que l'on pourrait trouver dans n'importe quelle maison de La Maravillosa : réfrigérateur américain (à double porte), micro-ondes, cafetière Nespresso, gaufrier, plaque de cuisson et four électrique. C'est vraiment bizarre que le lave-linge se trouve dans la cuisine, dit Brena. C'est un lave-vaisselle, le reprend Nurit. Waouh, ça, ça m'arrangerait bien d'en avoir un, poursuit Brena. Ce qui t'arrangerait, mon vieux, c'est d'avoir une femme, pas un lave-vaisselle, se moque le commissaire Venturini. Je suis du même avis, ose le gamin. Évidemment, la plaisanterie n'est pas du goût de Nurit Iscar : Ah, remplacer un lave-vaisselle, voilà qui est flatteur pour une femme ! Les trois hommes se regardent, et ils savent qu'il vaut mieux ne plus rien dire qui se rapporte aux femmes ou aux lave-vaisselle. Même pour rire. La seconde escale est la buanderie, qui est presque aussi en ordre que la cuisine. Un lave-linge industriel dont la capacité devait certainement largement excéder les besoins en blanchisserie de Chazarreta, et même celle du couple lorsque sa femme vivait encore. Un sèche-linge. Deux lavabos. Sur l'un d'eux, il y a un écriteau en métal, semblable à ceux qui indiquent le nom des rues, mais plus petit, où il est écrit : "Ne pas utiliser d'eau de javel ici." Des rangements. Des étendoirs cachés derrière des paravents, comme l'exige le règlement de La Maravillosa. Un *quincho*, une piscine, un débarras. Ils montent à l'étage. En haut, l'escalier fait place à une pièce à vivre, équipée d'un téléviseur LCD, d'un lecteur DVD, d'une chaîne hi-fi, d'un canapé confortable encore plus douillet et accueillant que celui du living. Une petite salle de bains, minuscule comme des toilettes. Ensuite, un couloir qui distribue les chambres de l'étage : d'abord un bureau, puis une chambre d'amis – Nurit se dit que les Chazarreta avaient certainement dû trouver un nouvel usage à ces pièces qui avaient longtemps eu un autre aspect, nourri par l'espoir de voir arriver un enfant. Et, enfin, la chambre matrimoniale, aménagée en suite : une pièce extraordinairement ordonnée dont, maintenant, il saute aux yeux qu'il s'agit de la chambre d'un homme. Ce qu'attestent les couleurs sombres du dessus-de-lit, les articles de parfumerie qui se trouvent dans la salle de bains contiguë, le fait que l'abattant du W.-C. soit levé. En était-il ainsi du vivant Gloria Echagüe ? se demande maintenant Nurit, mais elle ne pose pas sa question aux hommes qui l'accompagnent. Avait-elle laissé le masculin envahir de la sorte la chambre qu'ils partageaient ? Avait-elle cédé là-dessus ? Ou alors, la décoration de la chambre qui était également la sienne était-elle maintenant le produit des effets du veuvage sur Chazarreta ? Ils sortent de cet endroit et reviennent sur leurs pas en empruntant le couloir. La chambre d'amis dispose de deux petits lits, deux tables de chevet, un placard, un téléviseur qui, bien que LCD, a beaucoup de pouces à envier à celui qui se trouve en haut de la montée d'escalier, une chaise à bascule et une commode. Et, dans la chambre qui servait de bureau à Chazarreta, il y a une grande table et, sur le plateau, un ordinateur, une imprimante, une desserte – accueillant certainement le courrier à traiter –, quelques factures à payer sous enveloppe, un agenda. Deux chaises, placées de chaque côté de la table, un globe terrestre ancien, une petite bibliothèque où les livres et les objets de décoration se partagent de façon équitable les quelques étagères disponibles. Ces bibelots sont des souvenirs de voyages : céramiques péruviennes, trois piluliers de différentes tailles en métal doré, damasquinés de typiques dessins tolédans, des miniatures en cristal de Murano, quelques pierres et des coquillages. Les livres sont des best-sellers d'auteurs étrangers – les Nord-Américains Sidney Sheldon, Irving Wallace, ou l'Africain Wilbur Smith –, des ouvrages de vulgarisation traitant de sujets d'actualité – écrits par des journalistes, des ex-fonctionnaires, des politiciens, des économistes – et quelques classiques de la littérature universelle et nationale recouverts d'une couverture en similicuir bleu et faisant partie d'une collection sortie il y a quelques années et dont on pouvait choisir d'acheter les numéros avec le quotidien *La Nación* – *Cent ans de solitude*, *Le Guépard*, *La Croix inversée*, *Le Tunnel*. Avec son Blackberry, le gamin des faits divers photographie les livres, d'abord tous ensemble, puis séparément, ou par groupes pour que l'on puisse lire leur titre et le nom de leur auteur si nécessaire. Il prend encore quelques photographies, presque au hasard, et au moment où il en termine, il se rend compte que Jaime Brena et Nurit Iscar ne sont plus debout derrière lui, à l'attendre, mais au bord de la fenêtre, où il y a un guéridon couvert de photos encadrées. Chazarreta et Gloria Echagüe ; Gloria Echagüe toute seule ; eux deux avec un autre couple ; Chazarreta récompensé à un tournoi de golf, à côté d'un partenaire ; Gloria Echagüe à un tournoi de tennis ; Gloria Echagüe et deux enfants ; ces deux mêmes enfants, plus grands, aux côtés d'un couple, probablement leurs parents ; Gloria Echagüe avec un groupe d'amies, il y a de nombreuses années, peut-être pour leur voyage de fin d'études, parce que le paysage que l'on voit derrière eux fait penser à Bariloche. Le gamin les regarde, ils sont de dos, l'air serein, immobiles, silencieux. Il prend une photo de la scène, comme elle se présente : le dos de Nurit Iscar et de Jaime Brena face à une table couverte de photos, à côté d'une fenêtre. Il la prend, parce que cette image lui plaît tout en l'inquiétant. Brena entend l'appareil se déclencher près de lui, et il se retourne : Viens donc, petit, viens, prends une photo ici, lui demande-t-il. Le gamin s'approche. Nurit s'écarte aussi pour que le gamin des faits divers puisse travailler à son aise. Je les prends toutes, ou j'en prends une en particulier ? Tu les prends toutes, répond Nurit. Toutes, répète Brena. Mais, à ce moment-là, lorsque le gamin met sa jambe en avant pour se mettre en position, la posture qu'il prend donne l'impression que l'un des cadres va se retrouver hors champ. Prends aussi le cadre qui se trouve à l'extrémité, demande Nurit. Oui, petit, celui-ci aussi, répète Brena. Même s'il n'a pas de photo ? demande-t-il. Même s'il n'a pas de photo, répond Brena. Le gamin fait un pas en arrière et rectifie son cadrage. Ça y est, maintenant, il l'a dans son champ de vision, il prend une vue complète qui englobe le cadre de l'extrémité : un verre, un cadre et un fond de cadre, mais aucune image à l'intérieur, un porte-photo vide.

Puis, sans mot dire, ils sortent tous les trois du bureau et mettent un terme à leur visite. Dans le jardin, le commissaire Venturini les attend, il est sorti un moment plus tôt pour fumer une cigarette. Le gardien discute avec un résident de La Maravillosa. L'homme, vêtu de la tête aux pieds d'une tenue de sport de la marque Nike, semble attentif à la sortie du groupe ; disons même qu'il les observe méticuleusement et de façon peu discrète. Cependant, avant même qu'ils soient tous repassés sous la bande plastique, il salue le gardien d'une tape sur l'épaule et il s'en va. Quelques mètres plus loin, il s'arrête pour s'étirer. Ciao, mon vieux, dit le commissaire Venturini au gardien. Alors, vous ne me la racontez pas, l'histoire de San Martín et du soldat ? Oui, j'allais oublier ; je vais te la raconter, mais juste l'idée centrale, car je suis pressé, en résumé : le soldat devait surveiller la poudrière, et San Martín avait donné l'ordre que personne n'entre avec des bottes en cuir, à cause des étincelles, tu saisis, étincelles plus poudre, explosion, tu me suis ? Mais cette nuit-là c'est San Martín en personne qui a voulu entrer avec des bottes aux pieds, et il a eu beau insister et faire des pieds et des mains, le soldat l'en a empêché. Qu'est-ce que tu en dis ? Le gardien ne répond pas. Aurais-tu fait la même chose? Le gardien hésite. Sais-tu ce qu'a fait San Martín le lendemain? Il l'a décoré. Elle t'a plu, mon anecdote? Oui, oui, dit le gardien, merci. Le commissaire Venturini est sur le point de partir, mais il se retourne et lui dit : Une autre époque, mon cher, une autre époque, voilà la leçon, c'est que les temps ont changé. Puis il le salue d'un geste de la main et commence à marcher aux côtés du groupe avec lequel il est arrivé. Mais c'est alors Nurit qui s'arrête, qui se dirige vers l'endroit où se trouve le gardien, et qui lui demande, en pointant du doigt l'endroit où le résident tout en Nike est en train de s'étirer : Qui est cet homme? Luis Collazo, un ami de Chazarreta, répond le gardien, il passe tous les jours par la maison, on voit bien qu'il n'arrive pas à s'y faire. Nurit le regarde ; alors, comme s'il s'en rendait compte, ce dernier se retourne et la découvre en train de le fixer. Pour autant, elle ne baisse pas les yeux, elle reste comme ça, essayant de sonder ce visage dont elle sait qu'elle l'a croisé à d'autres reprises depuis son arrivée à La Maravillosa. L'homme lui tourne le dos et se remet en route, maladroitement, comme s'il était pressé. Il m'a l'air d'être quelqu'un de nerveux, fait remarquer Nurit au gardien. Euh… c'est que depuis que Chazarreta a été assassiné, les choses ont changé, ici ; pas pour tout le monde, car il y en a qui marchent comme s'il ne s'était rien passé, mais, pour certains, la situation a changé. Je comprends, les choses ont encore plus changé qu'après l'assassinat de Gloria Echagüe, pas vrai? demande Nurit. Oui, pour tout vous dire, oui, bien plus, répond-il.

Nurit, immobile, regarde un instant la maison. Jaime Brena va la chercher, il s'approche de l'endroit où elle discutait avec le gardien : Encore un caillou ? lui demande-t-il. Oui, à moins que ce ne soit un vrai petit pois, nous verrons bien, dit Nurit Iscar. Et ils se mettent en marche.

15

Sur le chemin du retour vers la maison où loge Nurit Iscar, Jaime Brena fait part au commissaire Venturini des interrogations que lui inspire le cadre vide. Mais le commissaire est catégorique : Écoute, mon vieux, c'est sans intérêt ; tu n'en as pas, toi, de cadre vide chez toi ? Aucun, que ce soit avec ou sans photo, d'ailleurs, car il n'y a pas de cadres chez moi, répond Brena. Eh bien, moi, oui, j'en ai un sur ma table de chevet depuis trois mois, mais je ne sais pas quelle photo y mettre. Tu ne crois pas que cela signifie qu'on est sur le point de m'assassiner ? Nurit Iscar pense elle aussi qu'il faudrait creuser un peu dans cette direction. Oh là là, vous autres, les écrivains, avec tous vos fantasmes ! Je ne suis pas écrivain, je suis journaliste. C'est pareil, Brena. Allez, ne perdez pas votre temps à suivre de fausses pistes ; vous, consacrez-vous donc à l'écriture, c'est ce que vous faites de mieux, et laissez-nous ce que nous savons faire. À César ce qui revient à César, c'est bien ce que l'on dit, n'est-ce pas, mon cher ?

Le commissaire Venturini prend congé, et les autres rentrent. Pourquoi un cadre vide vous met-il dans un état pareil ? demande le gamin des faits divers lorsqu'ils se retrouvent tous les trois, Nurit

Iscar, Jaime Brena et lui, assis dans le living. Parce que la série est rompue, dit Brena. Parce que ce qui est là nous parle, et ce qui n'est pas là nous interroge, dit Nurit, avant de poursuivre : Qui pouvait bien occuper cet espace ? Pourquoi ne l'occupe-t-il plus ? Depuis quand ? Où cette photographie se trouve-t-elle maintenant ? Par qui a-t-elle été prise ? Ce sont des questions que Nurit pose sans attendre que quiconque y réponde. Cependant, le gamin hasarde une explication : La réponse pourrait s'avérer décevante ; par exemple, quelqu'un peut avoir offert ce cadre à Chazarreta au dernier moment, quelques jours seulement avant sa mort, ce qui explique qu'il n'ait pas encore pu choisir de photo à y mettre. Non, il n'était pas nouveau, le verre était rayé au niveau de l'angle inférieur droit, répond Nurit, et le cadre en bronze avait des taches comme celles qui se déposent sur le métal au fil du temps. D'autre part, il est identique au cadre où l'on voit Gloria Echagüe en compagnie de ses amies du secondaire, dit Brena. Écoute, petit, je parierais que la symétrie entre les deux cadres vaut aussi pour leur contenu, et que dans le cadre vide, il y avait une photo de Chazarreta avec ses camarades du secondaire. Le gamin sort son Blackberry et ne peut que constater la justesse des descriptions que lui livrent avec conviction Nurit Iscar et Jaime Brena, comme si, à cet instant, ils avaient ces cadres sous les yeux. De plus, dit Nurit, l'intérieur de la maison de Chazarreta prouve que l'on a affaire à un obsessionnel : les tee-shirts sont rangés par couleur, les bouteilles du bar le sont de la plus petite à la plus grande, selon leur hauteur, toutes les serviettes de bain sont blanches, et tous les torchons, en tissu écossais rouge et vert. Et un obsessionnel n'installe pas un cadre vide sur un guéridon destiné à exposer des photos, il le laisse dans sa boîte et dans son emballage jusqu'à ce qu'il trouve quoi y mettre, conclut Nurit. J'en suis sûr, ce cadre contenait une photo qui, pour une raison quelconque, ne s'y trouve plus, dit Brena, et si Chazarreta l'a laissé là, c'est parce qu'il parle, parce qu'il dit quelque chose ; sinon, il n'aurait pas gardé un cadre au verre rayé. Le gamin se sent contraint au silence, cette argumentation logique le laisse sans voix. Quoi qu'en dise Venturini, je ne souhaite pas écarter cette piste sans la creuser un peu, sinon, je m'en voudrais, dit Nurit Iscar. Tu peux compter sur moi, Bétibou, l'appuie Brena. Viviana Mansini ouvre la porte sans frapper, et elle demande : Et le commissaire Venturini ? Il est parti travailler, répond Jaime Brena. Nous aussi, nous travaillons, dit exprès Nurit. Quel dommage, se désole Viviana, j'ai préparé des beignets de bananes et je voulais les lui faire goûter ; vous en voulez ? Allez, dit Nurit, demande à Anabella de nous les servir avec quelque chose à boire. Du maté ? demande-t-elle. Du maté, acquiescent le gamin des faits divers et Jaime Brena.

Nurit propose d'interroger Luis Collazo au sujet de la photo manquante. Elle demande son numéro de téléphone aux gardiens puis elle appelle, mais, au moment où elle se présente – Je suis Nurit Iscar, je travaille pour *El Tribuno*, nous nous sommes croisés tout à l'heure devant la porte de la maison de Chazarreta –, celui qui est à l'autre bout du fil et qui vient de dire allô raccroche sans autre forme de procès, et Nurit n'entend plus que la tonalité occupée. Elle réessaie : occupé. Elle essaie encore une fois : personne ne décroche. Il est évident que Collazo n'a aucune raison de nous parler. Qui d'autre pourrait savoir quelles photos se trouvaient dans les cadres d'un homme qui vivait seul ? se demande Nurit, et elle pose la question aux autres. Un parent ? Un autre ami, plus sociable que Collazo ? À ce que je sache, des parents, il lui en restait peu, et ils vivaient loin et, à mon avis, Chazarreta ne faisait pas entrer beaucoup d'amis dans son bureau, mais nous pourrions tenter le coup, évidemment, à condition que nous sachions quels autres amis il pouvait avoir, dit Brena. Ils se taisent tous les trois pendant un moment, comme s'ils avaient besoin de laisser leurs méninges travailler en silence. Le gamin observe le cadre vide sur l'écran de son Blackberry, à la recherche d'une piste. Puis il se lève et se dirige vers la fenêtre, car il est attiré par le match de foot que terminent les enfants de Nurit Iscar et leurs amis. Il se sent tenté. Ses pieds l'entraînent. Cependant, bien qu'il ait par moments l'impression d'être un boulet, il est ici pour autre chose, pour travailler et pour apprendre. Et, ces dernières heures, le stage intensif qu'on lui propose est passé d'accéléré à hyper-accéléré. La porte s'ouvre et Anabella entre avec les beignets et le maté. Désirez-vous encore autre chose ? demande-t-elle. Non, merci, dit Nurit. Après, tu me diras si je les ai bien réussis, lui demande la femme. Ah bon, c'est toi qui les as faits ? demande Nurit, pas vraiment surprise. Oui, bien sûr, lui répond Anabella ; qui les aurait faits, sinon ? Et elle s'apprête à sortir. Mais le gamin ne lui en laisse pas le temps et l'arrête : Oui, autre chose, dit-il, une question : Connais-tu la femme qui travaillait chez Chazarreta quand il a été tué ? Gladys Varela, répond Anabella, c'est comme cela qu'elle s'appelle, elle est passée au journal télévisé. Oui, moi aussi je l'ai vue au journal télévisé, mais toi, personnellement, tu la connais ? Est-ce que tu sais où la trouver ? Je ne la connais pas bien, mais j'ai son numéro sur mon portable. Appelle-la, dit le gamin, appelle-la et dis-lui que nous sommes des journalistes, que nous travaillons pour le journal *El Tribuno* et que nous voulons discuter un peu avec elle. Nurit et Brena observent le gamin, surpris par l'à-propos de son intervention, non qu'ils ne l'en croyaient pas capable, mais parce qu'il semble enfin avoir fini par se réveiller. Oui, je l'appelle, dit Anabella ; je vais chercher mon portable dans la cuisine et je l'appelle. Elle part faire ce qu'ils viennent de lui demander. Le gamin sourit, satisfait de sa chance de débutant. Ne t'enflamme pas, lui dit Brena, mais il faut reconnaître que tu commences à apprendre ; il n'y a rien à faire, quand quelqu'un a envie d'apprendre, il apprend. Et le gamin, bien qu'il ne s'emballe pas, se sent bien.

Quelques minutes après, Anabella apparaît, son portable à la main. Gladys Varela voudrait savoir combien vous comptez la payer. Dis à Gladys que nous sommes des journalistes sérieux, et que les journalistes sérieux ne paient pas pour écrire leurs articles, s'empresse de répondre Jaime Brena. Oui, mais pour passer à la télévision, elle a été payée, insiste la femme. Oui, mais c'est pour cela, dit Jaime Brena, c'est parce qu'elle est passée à la télévision ; pour nous, c'est différent, dis-lui que *El Tribuno* ne paie pas pour ses articles mais que, si elle nous aide, nous allons prendre une très belle photo d'elle et on la verra dans l'un des journaux les plus diffusés du pays, une photo de très grand format, tu n'as qu'à lui dire d'un quart de page. Tu as entendu, Gladys ? demande Anabella au téléphone, et elle attend la réponse de l'autre femme. Il s'ensuit un court silence, puis : Bon, je le lui dis, dit Anabella au téléphone, puis elle regarde Brena, qui semble être celui qui mène la négociation depuis le début, et elle poursuit : Gladys dit qu'elle vient, même si vous ne la payez pas, pour la photo dans le journal, car elle n'a pas aimé la façon dont on l'a traitée à la télé, elle vous racontera ça, mais elle vient pour la photo, et à une seule condition : qu'elle puisse passer par l'entrée "Visiteurs". Brena la regarde, sans comprendre ce que cette femme attend de lui quand elle parle de "passer par l'entrée Visiteurs". Elle veut que vous la fassiez passer par la même entrée que vous, essaie d'expliquer Anabella. Gladys arrive par la route, en taxi et elle passe par l'entrée du *country* réservée aux visiteurs, sinon elle ne vient pas. Car elle ne vient pas pour travailler, comme elle l'a toujours fait auparavant, elle vient parce que c'est vous qui le lui demandez, parce que c'est vous qui l'invitez. Et le taxi, c'est vous qui devrez le lui payer. Pas de problème, c'est d'accord, s'empresse de répondre Nurit qui, au bout d'une semaine passée ici, comprend plus vite que les autres ce que demande cette femme. Par contre, prévenez les gardiens, la met en garde Anabella, sinon ils vont la faire passer par l'entrée du personnel et, si vous ne tenez pas parole, elle s'en ira et ne reviendra pas. Je préviens et je tiendrai ma promesse, elle peut être tranquille, confirme Nurit. C'est d'accord, alors ? lui demande Anabella au téléphone, avant de confirmer. Dans une demi-heure, ou un peu plus, elle est là. Elle ferme son portable et s'en va. Pourquoi pose-t-elle comme condition d'entrer par l'accès visiteurs ? demande le gamin. Pour sentir, ne serait-ce qu'une fois, ce que c'est d'avoir droit à la même porte que tout le monde, répond Nurit. Ne va pas croire que nous, on nous a bien traités quand nous sommes passés par l'accès visiteurs, précise Brena. Il ne s'agit pas de la façon d'être traité, mais de la façon d'être nommé, dit Nurit.

Une heure plus tard, Gladys Varela sonne à la porte. Nurit Iscar la reçoit, elle la fait entrer et la présente aux autres. Il n'y avait pas de taxi, alors j'ai dû attendre vingt minutes qu'il en passe un, s'excuse-t-elle, et je lui ai dit de m'attendre à la sortie, parce que sinon, pour repartir, je vais encore me retrouver sur le carreau ; vous me payez aussi l'attente et le retour, n'est-ce pas ? Oui, bien entendu, dit Brena. Il est évident que la femme a mis ses plus beaux habits : une jupe noire, un chemisier blanc brillant, des chaussures à talons, un sac à main en similicuir. Gladys Varela s'assied, attendant de se faire interviewer une fois de plus. Je vous raconte ce qui s'est passé ce jour-là ? demande-t-elle. Non, ça, nous le savons déjà, dit Brena et, bien que son intention ne soit pas d'être brusque mais d'accélérer les choses, le ton catégorique sur lequel il lui a répondu la sort de ses gonds. Et pourquoi m'avez-vous fait venir ici, alors ? C'est le gamin des faits divers qui se charge d'ajouter la pointe de courtoisie et de manipulation nécessaires : Nous vous avons déjà vue tout raconter à la télévision. Ah, vous m'avez vue, dit-elle avec une fierté qu'elle ne cache pas. Et aussi sur YouTube, dit-il, je vous ai aussi vue sur YouTube. Oui, mes enfants m'ont dit que j'y étais, ils l'ont vu au cybercafé. Beaucoup de gens vous ont vue sur YouTube, il y a beaucoup d'entrées à votre nom, lui raconte le gamin. Mais les gens de la télé n'ont pas tenu parole, ils m'ont donné moins d'argent et ils ne m'ont pas payé mes frais, se plaint-elle. Et ils ne m'ont fait passer qu'un seul jour ; nous avions convenu que je passais trois fois, trois, vous me suivez, et une fois au journal du soir. Le soir, les gens regardent plus la télé. Si je vous dis que même mon mari n'a pas pu me voir. Les enfants vont l'emmener au cyber, pour qu'il me voie, mais il n'a pas le temps, mon mari n'a jamais le temps de rien, dit Gladys, et elle dodeline imperceptiblement de la tête, comme si ce mouvement extériorisait une plainte restée coincée entre ses lèvres qu'elle n'arrive pas à exprimer. Mais pourquoi m'avez-vous appelée, alors ? demande-t-elle. Nous vous avons appelée parce que nous voulons vous poser des questions sur un point de détail, sur quelque chose qui se trouve dans la maison et qui a attiré notre attention, dit Jaime Brena. Vous êtes entrés dans la maison ? Oui, avec la police. Quand ça ? Tout à l'heure, il y a tout juste un moment. Tout doit être très sale. Pas tant que ça, dit Brena. Si, tout doit être tout sale, personne ne fait plus le ménage dans la maison depuis que je n'y vais plus, et là-bas, la terre entre à l'intérieur et elle s'accumule. Les hommes ne font pas attention à ces choses-là, l'interrompt Nurit, mais c'est vrai qu'il y avait beaucoup de poussière. Je ne vous dis pas comment la poussière entre dans les maisons du quartier. Concrètement, nous voulions vous interroger au sujet d'un cadre qui se trouve sur le bureau de M. Chazarreta, c'en est un qui n'a pas de photo, dit Brena, revenant au vif du sujet. À ce moment, la femme se crispe, à tel point qu'elle donne l'impression d'être prise d'une envie soudaine de partir. Savez-vous de quel cadre nous parlons ? Mais la femme ne répond pas. Elle prend son sac, elle le serre dans ses mains comme si elle s'apprêtait à partir en catastrophe. Il y a un problème? demande le gamin. En quoi ce cadre vous intéresse-t-il? dit-elle. C'est la photo qui nous intéresse, dit Brena. La femme a l'air encore plus affolée. Vous êtes des avocats de Chazarreta? demande-t-elle. Non, nie Brena avec véhémence, qui ne comprend pas pourquoi la femme pense une chose pareille – pour lui, pour Jaime Brena, le fait qu'on le confonde avec un avocat est tout sauf flatteur. Nous sommes des journalistes ; qu'est-ce qui vous fait croire que nous pourrions être des avocats de Chazarreta? Il a dit que s'il ne retrouvait pas cette photo, il allait appeler son avocat et la police. Quand a-t-il dit cela? Quand la photo a disparu. Mais quand était-ce, déjà? Il y a de cela quelques mois, ou un an, je ne me souviens plus, je croyais que tout avait été résolu, ou du moins que monsieur savait que je n'avais rien à voir avec cette histoire. Avec quoi? Avec la disparition de la photo. D'abord, c'est moi que Chazarreta avait accusée, mais un jour il était venu me dire qu'il s'était rendu compte que je n'avais rien à voir avec tout cela, il avait reconnu s'être trompé, mais il n'a pas présenté ses excuses, ça non, puis il ne m'a plus jamais parlé de ça. Ça m'a vraiment affectée car moi, je ne touche à rien qui ne m'appartienne pas. Je ne touche à rien. Et qu'est-ce que je pourrais bien faire d'une photo? La femme les regarde avec inquiétude et elle insiste encore : Et comment je peux savoir que vous n'êtes pas des avocats? Elle est écrivain et nous deux, nous sommes journalistes à *El Tribuno*, dit le gamin des faits divers ; si vous ne nous croyez pas, nous pouvons appeler le journal. Gladys Varela l'interrompt : Non, ça va, vous, je vous crois, dit-elle au gamin. Elle demande un verre d'eau. Nurit sort de la pièce et le lui apporte. Elle boit. Pour moi, la page était tournée, j'avais tout oublié, je n'avais pas apprécié ce que m'avait dit monsieur, mais j'avais tout oublié ; quand on travaille quelque part, on ne peut pas avoir des comptes à régler avec son patron, dit-elle, ce qui conduit Jaime Brena à penser à tous ceux qu'il a à régler depuis bien longtemps avec ses patrons à lui. Et qu'est-ce que j'en aurais fait, moi, de cette photo ? À propos, c'était quoi cette photo, qu'y avait-il dessus ? demande le gamin pour gagner du temps. C'est une photo qui a été prise il y a très longtemps, une photo de lui avec des amis, ils devaient être quatre ou cinq, des camarades de collège. Jaime Brena et Nurit échangent un regard. Il y avait deux porte-photos identiques, l'un avec sa femme en compagnie de ses amies du collège, et l'autre, avec M. Chazarreta en compagnie des siens. Savez-vous dans quel collège est allé Chazarreta ? lui demande Nurit. C'est que, sur la photo, c'était indiqué, mais je n'y ai jamais prêté beaucoup attention, il y avait une bannière devant eux qu'ils tenaient tous ensemble, et qui représentait un saint, mais ce n'était pas saint Paul, ni saint Pierre, ni saint Augustin, je ne sais pas, un saint rare. Un saint pas très connu, vous comprenez ? C'est pour cela que ça ne me revient pas. Et, d'après vous, pourquoi cette photo était-elle si importante pour Chazarreta ? Je ne sais pas. Mais, le comble, c'est que peu de temps après, un de ses amis qui se trouvait sur la photo est mort. C'est triste ! Et justement une personne qui se trouvait sur cette photo. Connaissez-vous le nom de cet ami ? demande Brena. Oui, Gandolfini ; il résidait aussi à La Maravillosa, il venait passer ici ses week-ends dans sa maison de campagne. Il s'est tué sur la Panaméricaine. Il paraît qu'il aimait la course automobile et, un jour, il a embouti un réverbère. Je peux vous dire que ç'avait été un rude coup pour Chazarreta. Parler n'était pas son fort, il ne parlait pas du tout mais, parfois, quand il avait bu du whisky, il disait des choses. Remarquez, il y avait de quoi ! D'abord sa femme, ensuite cet ami. Peut-être que quelqu'un lui a jeté un sort avec cette photo. Parce que cela fait quand même beaucoup de coïncidences. Il faut en avoir, de la haine, pour jeter un sort pareil, dit Gladys Varela, puis elle se tait un moment, serrant quelque chose qu'elle porte à son cou, sous son chemisier, et qu'ils ne peuvent pas voir. Un sort, répète-t-elle, quelqu'un a dû leur jeter un sort, je vous le dis. Que voulez-vous dire exactement quand vous parlez d'un sort ? demande le gamin. Ce que font les gens qui connaissent la magie noire, le vaudou. Du mal. On invoque quelqu'un, on prie pour qu'il arrive malheur à quelqu'un d'autre. Je suis sûre que c'est un mauvais sort, sinon, qu'est-ce que ça pourrait être ? Au début, je ne m'en suis pas rendu compte car, quand j'ai été engagée, madame était déjà morte. Mais après, il y a eu Gandolfini, Chazarreta lui-même et, un peu plus tôt, celui qui est mort dans la neige, dans la neige aux États-Unis, je crois, parce qu'ici, c'était l'été. Que dites-vous ? dit Nurit. Mais la femme, emportée par son élan, ne l'écoute pas. Ce n'est pas un hasard, c'est que quelqu'un prie et veut du mal, c'est un mauvais sort, conclut Gladys Varela. Qui est mort dans la neige ? insiste Nurit. Un autre ami de Chazarreta, dit la femme, dans un accident, en faisant du ski. Je ne comprends pas, dit Brena, celui de la neige, il était aussi sur la photo ? Oui, Chazarreta, Gandolfini et celui de la neige, morts, tous les trois, dit la femme. Te souviens-tu du nom de celui qui est mort en skiant ? demande le gamin. Non, je ne m'en souviens pas, mais il avait aussi une maison ici, c'est arrivé deux mois après Gandolfini. Peut-être qu'Anabella s'en souvient et, si ça ne nous revient pas, il doit bien y avoir quelqu'un qui s'en souvienne. Tout le monde parlait de l'affaire, imaginez-vous un peu, il part en vacances avec toute sa famille, et il se tue. Et il savait bien skier, le bonhomme, à ce qu'il paraît, il avait gagné des coupes, et tout et tout, quel malheur ! Gladys s'interrompt, elle reprend un peu d'eau. Bien qu'ils essaient de garder une certaine contenance et d'avoir l'air tranquille, Nurit, Jaime Brena et le gamin ne sortent pas de leur étonnement. Le gamin tente quelque chose : Alors, résumons-nous, tu as dit que, sur la photo, il y avait cinq camarades de classe de Chazarreta du secondaire. Quatre ou cinq tout au plus, cinq, je crois, en plus de Chazarreta, oui, ça doit être ça. Ou peut-être six ? hésite la femme. Et, sur les quatre, cinq ou six dont tu parles, il y en a trois qui sont morts, affirme Jaime Brena, bien que cette affirmation soit en fait une question, puis il énumère les noms : Chazarreta, Gandolfini et le skieur. Oui, trois morts, répète Gladys Varela. Trois morts, reprend encore Brena. Trois morts, susurre Nurit. C'est pour ça que c'est un sort, un mauvais sort, insiste Gladys ; autrement, ils ne seraient pas tous morts comme ça, les uns après les autres. Sans compter que sa femme était déjà morte, elle aussi. Et allez savoir si les choses vont s'arrêter là, dit la femme, ce qui fait frissonner Nurit. Quelqu'un a invoqué les esprits pour qu'un malheur vienne les frapper. Et c'est ce qui est arrivé.

Ils sont tous les trois – Nurit Iscar, Jaime Brena et le gamin des faits divers – ébranlés par cette révélation, mais ce qu'ils ressentent, au fond d'eux-mêmes, c'est un étrange sentiment fait d'excitation et de perplexité. Pour sa part, le gamin est également impressionné par l'intuition de ses collègues. Au-delà de l'explication logique qu'ils pourraient vouloir donner à ces événements, il commence à subodorer que, derrière tout cela – et il dit "cela" faute de trouver le terme adéquat : la mort, le crime, l'assassinat –, il existe une connexion, un rapport particulier qui a conduit Nurit Iscar et Brena, quand ils se sont retrouvés devant cette table couverte de cadres, à ressentir et non à déduire que la clé se trouvait dans le cadre vide. Un don, se dit-il, ces deux-là, c'est un don qu'ils ont.

Gladys Varela les avertit qu'elle doit s'en aller, qu'on l'attend chez elle. Personne ne la retient, ils n'ont plus grand-chose d'autre à lui demander pour le moment, et ils ont besoin de rester seuls pour mettre les choses au clair dans leur tête. Cela fait trop d'informations, trop de pistes qui s'ouvrent d'un seul coup, et trop de nouveaux doutes. Et la photo ? demande Gladys avant de sortir. Nurit et Jaime Brena ne comprennent pas sa question, ils sont toujours aussi abasourdis et ne peuvent pas avoir d'autre photo à l'esprit que celle des morts dont ils viennent de faire la connaissance. Le gamin est le premier à réagir, et il sort son Blackberry. Allons-y, dit-il. C'est avec ça que tu vas la prendre ? lui demande la femme. Oui, les photos sont encore plus belles qu'avec un appareil, se défend le gamin, et il lui montre comment les choses apparaissent à l'écran lorsqu'il fait la mise au point avant de prendre une photo. Ah bon, dit-elle, plus belles qu'avec un appareil photo ? Plus belles qu'avec un appareil photo, répète le gamin. En plus, grâce à la connexion internet, je l'envoie d'ici directement au journal, et toi, tu pourras la voir sur l'édition papier ou au cyber. Ah, oui, je la verrai au cyber, dit-elle. Puis : Où est-ce que je me mets ? Près de la fenêtre, dit le gamin ; il l'installe à cet endroit, s'éloigne un peu, il fait sa mise au point et prend la photo. Il la montre à Gladys Varela : Elle te plaît ? Oui, elle est belle, n'est-ce pas ? Oui, tu es très bien dessus, confirme-t-il ; de toute façon, j'en prends deux autres au cas où, dit-il avant de s'exécuter. Et le reportage, vous allez le publier quand ? Dans quelques jours ; avant, nous devons vérifier quelques détails, mais il sortira dans quelques jours. Nous te préviendrons sur ton portable, ne t'en fais pas, Gladys. Le gamin propose à Gladys de la raccompagner jusqu'à la porte afin de régler sa course au chauffeur de taxi, ce qu'elle accepte ; elle les salue et se lève, prête à partir. Avant qu'ils ne sortent de la pièce, Nurit Iscar les arrête. Encore une question, dit-elle, s'adressant à la femme, la dernière, c'est promis ; Luis Collazo pourrait-il être l'un des autres garçons se trouvant sur la photo ? Oui, oui, M. Collazo était sur la photo, confirme Gladys ; mais, à ma connaissance, celui-là, il est encore vivant. Oui, celui-là, il est encore vivant, répond Nurit.

16

La réunion mondaine improvisée et très fréquentée qui s'est tenue dans la maison où loge Nurit Iscar est chamboulée par le cours des événements. Après en être arrivés à la conclusion que personne ne s'occupera plus d'eux du reste de la journée, que personne ne pense leur préparer à dîner ce soir, ni même des lits où ils pourraient dormir, les enfants, les amis, les petites amies et le chien décident d'accepter une invitation de dernière minute à un barbecue à Banfield, mais ils promettent de revenir dimanche si le beau temps se maintient. Viviana Mansini déplore qu'on ne l'ait pas prévenue que l'invitation valait aussi pour la nuit : Je n'ai pas fermé mes fenêtres et je n'ai rien préparé pour le repas des enfants. Moi, j'ai de la chance, mes enfants savent se faire à manger tout seuls, dit Carmen. Tu sais, moi, je ne laisse jamais les fenêtres ouvertes, à cause des chauves-souris, dit Paula. En entendant parler de chauve-souris, Viviana Mansini sursaute : Chez moi, il n'y a pas de chauves-souris. C'est curieux, répond Carmen, tout Buenos Aires est infesté de chauves-souris. Nurit accompagne le gamin des faits divers et Jaime Brena jusqu'à leur voiture. Quelle suite donnons-nous à tout cela ? demande le gamin.

Je crois que le mieux, c'est de garder tous ces éléments pour nous le temps de tout vérifier, dit Jaime Brena. Et moi, je suis le pauvre type qui va se faire mettre plus bas que terre par Lorenzo Rinaldi parce qu'il aura attendu de se faire doubler par la concurrence pour publier son scoop, se plaint le gamin. Jaime Brena le regarde longuement et, à ce moment précis, il prend conscience que maintenant, et bien qu'il ait encore du mal à l'accepter, la gestion de l'information au sujet de la mort de Chazarreta n'est absolument plus de son ressort. Alors, sans manifester de colère et sans vouloir se faire passer pour une victime, mais avec une conviction résignée, il dit : La décision t'appartient, c'est toi qui gères la page des faits divers, ou alors tu en décides avec Nurit ; moi, je suis hors circuit. Tu es notre assesseur honoraire, Brena, dit Nurit. Honoraire et *ad honorem*, précise le gamin, ça te va ? Après un silence, Brena dit : Il n'y a même pas un petit peu d'argent à se faire ? Ils rient tous les trois. Bien qu'il ne l'avoue pas, il est clair que Jaime Brena irait jusqu'à payer pour pouvoir faire ce travail : après avoir vécu une période pendant laquelle il ne ressentait plus rien en écrivant un reportage ou un article – ou plutôt, si, il ressentait de la flemme, de la frustration, de l'ennui, de la colère –, il sent poindre à nouveau ce vertige et cette passion qui l'ont conduit à choisir le métier de journaliste. Si tu veux mon avis honoraire et *ad honorem*, tu dois attendre que ton scoop soit un peu plus fourni, petit, tu ne peux pas t'amuser à publier avec si peu d'éléments. Et la police, demande le gamin, devrions-nous l'informer ? Écoute, tout ce que nous savons, c'est qu'il y a de cela quelque temps, une photo a été volée chez Chazarreta, et ça, je l'ai déjà dit moi-même au commissaire Venturini, et il s'en foutait comme de l'an quarante. Je ne crois pas qu'il soit nécessaire pour le moment de la prévenir que trois des personnes se trouvant sur cette photo, hasard ou pas, sont mortes, dont deux de façon accidentelle. Je ne crois pas au hasard, dit Nurit. Et moi, je ne crois pas aux mauvais sorts dont parlait Gladys Varela, dit le gamin. Moi, je ne crois ni à l'un ni à l'autre, dit Jaime Brena, mais, s'il y a une chose à laquelle je crois, c'est qu'il y a des assassins en ce bas monde. Commençons par vérifier dans quel collège Chazarreta a fait ses études, et qui étaient ses amis et ses proches, propose-t-il. En ce qui concerne le commissaire Venturini, je préfère ne pas insister, sinon ça va le gonfler et il ne me donnera plus de tuyaux. Je vais essayer d'être plus sociable avec les résidents de La Maravillosa ; il doit bien y avoir quelqu'un d'autre que Collazo qui sache, dit Nurit. Et moi, bien entendu, et en disant "bien entendu", le gamin regarde Jaime Brena comme s'il lui dédiait ce qu'il est sur le point de dire, je vais me plonger dans Internet ; il doit bien y avoir une page sur le net qui dise où Chazarreta a fait ses études secondaires. Les deux hommes embrassent Nurit pour lui dire au revoir, et ils montent dans la voiture. Elle reste là debout, attendant qu'ils démarrent. Elle a froid. En même temps que Jaime Brena baisse sa vitre pour chercher un peu d'air, Nurit Iscar referme ses bras sur sa poitrine et les frictionne pour se protéger de la rosée du soir et de la brise légère et intermittente qui tourbillonne juste devant la maison. Les hommes et les femmes ont toujours eu un thermostat différent, lui dit-il. Oui, c'est ce que l'on dit souvent, répond-elle. Tu dois être de celles qui préfèrent le ventilateur au plafond à l'air conditionné, lui dit Jaime Brena. Et toi, de ceux qui font marcher la clim même en hiver, répond Nurit. Tu veux dire qu'une cohabitation nous serait fatale ? demande Brena, et elle rougit. On ne sait jamais, aurait répondu Nurit Iscar si elle avait été la protagoniste d'un de ses romans. Mais elle ne l'est pas, alors elle ne le dit pas, elle se contente de le penser, et elle sourit. Pourquoi est-elle aussi distante ? Pourquoi accentue-t-elle cette distance lorsqu'un homme lui plaît ? À son âge, elle ne se l'explique toujours pas. Viviana Mansini arrive en courant, l'air pressé, elle vient de se rendre compte qu'elle a laissé sa voiture à l'entrée du *country*. Vous me déposez ? dit-elle. Oui, avec plaisir, lui répond le gamin. Elle donne un baiser à Nurit et monte dans la voiture. Jaime Brena fait un geste de la main, comme s'il enlevait un chapeau qu'il ne porte pas pour le reposer ensuite sur sa tête, tandis que la voiture traverse le chemin de gravillons gris avant de disparaître.

Nurit entre et se prépare un café. Bien que Paula Sibona et Carmen Terrada soient pour ainsi dire ses sœurs, elle préférerait être seule ce soir. Leur conversation lui fait le même effet que le dialogue en anglais d'une série télévisée dont elle ne parviendrait pas à lire les sous-titres. Elle s'excuse : Il faut que j'aille rédiger mon reportage pour *El Tribuno*, puis elle monte dans sa chambre. Elle allume son ordinateur. Rien de ce qu'elle écrit ne lui importe car, maintenant, la seule chose qui compte vraiment, c'est cette photo disparue et les morts qui sont dessus. Et, cette photo, elle ne peut pas en parler. Pas encore. Alors, elle s'occupe à décrire la maison de Chazarreta, l'intérieur et l'extérieur, chaque détail, tous les endroits qu'elle a traversés, la couleur des murs, la texture des tissus qui recouvrent les fauteuils ou qui habillent les fenêtres, l'odeur qui y règne, les bruits qu'on y entend bien qu'elle soit vide : le moteur du réfrigérateur toujours branché et le tic-tac sec du réveille-matin sur la table de chevet de Chazarreta. Elle décrit tout. Sauf le cadre sans photo. Elle relit ce qu'elle a écrit, cela ne la satisfait pas, ce n'est pas à la hauteur de ses autres reportages. Elle sait pourquoi, c'est à cause du silence, à cause de ce qu'elle tait, de ce qu'elle cache, ce qui, dans les fictions qu'elle écrivait, représentait la partie de l'iceberg d'Hemingway qui restait immergée sous l'océan pour le bien du récit, mais qui dans le cas présent, s'agissant d'un reportage, d'un texte journalistique qui va paraître dans un journal, dénonce l'impossibilité dans laquelle elle se trouve de dire ce qu'elle devrait dire. C'est tout ce que j'ai, se dit-elle. C'est tout ce que j'ai pour aujourd'hui. Elle tape encore deux ou trois phrases, puis elle termine ce reportage où il est presque uniquement question de la description de la maison de Chazarreta, qu'elle livre en ces termes :

Si la maison de Pedro Chazarreta pouvait parler, nous saurions qui est l'assassin. Car cette maison est le seul témoin du crime qui y a été commis. C'est dans cette maison que se trouve la vérité. Dans son sol, dans ses murs, dans les meubles et les objets qui l'habitent encore. Autant de témoins sans voix.

Si le fantôme de Pedro Chazarreta pouvait se présenter devant nous, comme le fantôme du père mort de Hamlet s'est présenté pour dire sa vérité, il nous dirait aussi qui l'a tué. À condition que ce fantôme soit disposé à nous le raconter, ce qui, dans cette affaire entourée d'un voile de secrets, de mensonges et de dissimulations auxquels le mort lui-même était aussi mêlé, n'est pas aussi évident que dans le cas du père de Hamlet, roi du Danemark.

Si l'assassin craquait, si celui qui a tué Pedro Chazarreta n'arrivait plus à garder son secret, s'il se présentait devant nous pour dire, pris ou non de repentir : "C'est moi qui l'ai fait", cela nous donnerait une autre chance de connaître la vérité.

De ces trois possibilités, y en a-t-il une qui soit plus plausible que les autres, et une qui le soit moins ?

J'ai rarement vu craquer des assassins coupables de ce genre de crime.

Les maisons n'ont pas de voix.

Les fantômes n'existent pas.

Dans le premier acte de Hamlet, après avoir entendu la version du fantôme, Marcellus a dit : "Il y a quelque chose de pourri au royaume du Danemark." Et moi, pour avoir passé un moment dans la maison de Pedro Chazarreta, je dis la même chose, qu'il y a quelque chose de pourri, quelque chose qui sent mauvais.

Elles n'ont pas de voix, les maisons, mais n'ont-elles pas d'autres moyens de parler ?

Il y a quelque chose qui sent mauvais, et pas seulement dans cette maison. Il y a quelque chose qui sent mauvais à La Maravillosa.

Nurit Iscar sauvegarde son fichier. Elle aimerait l'envoyer à Jaime Brena pour avoir son avis. Mais elle se rend compte qu'elle n'a pas ses coordonnées, ni son adresse électronique ni son numéro de téléphone. Rien. Et c'est pareil pour lui. Si elle veut le contacter, elle n'aura pas d'autre solution que de l'appeler lundi au journal. Mais pourquoi le ferait-elle, et que prendrait-elle comme excuse ? Après tout, lui en faut-il une ? A-t-elle besoin d'une excuse pour l'appeler ? Non, pas maintenant qu'ils sont tous les deux dans cette affaire jusqu'au cou, se répond-elle à elle-même. Et elle essaie de penser à autre chose. Nurit attache le fichier à un nouveau message qu'elle adresse au gamin des faits divers. Cette fois, elle oublie complètement de l'envoyer aussi à Lorenzo Rinaldi.

Tandis que Nurit descend dîner avec ses amies après avoir éteint son ordinateur, Jaime Brena se trouve dans la cuisine de son appartement ; il est en train de se faire cuire un bout de viande rouge qu'il a retrouvé au fond de son réfrigérateur et qui lui évitera, malgré sa couleur passée, de descendre s'acheter quelque chose pour le repas de ce soir. Les chaussons du midi et les beignets de bananes de l'après-midi se sont volatilisés depuis un moment de son estomac, qui attend désormais que l'on s'occupe à nouveau de lui. Pendant que le steak cuit, il s'approche du meuble sur lequel sont disposés les rares livres qu'il a achetés ou qu'on lui a offerts depuis sa séparation, et ses DVD. Les DVD, par contre, il a pu les récupérer, sans doute parce qu'Irina n'a jamais eu les mêmes goûts cinématographiques que lui. Quels sont les goûts cinématographiques de son ex-femme ? Aime-t-elle seulement le cinéma ? Il n'en est pas sûr, et il est surpris de voir s'estomper de sa mémoire le visage d'Irina, mais aussi ses gestes, ses goûts et les anecdotes qu'ils ont vécues ensemble. Est-ce cela que l'on appelle "le deuil" ? Ou alors, cela signifie-t-il que ça y est, qu'il a fait son deuil ? Mais il n'arrive pas à s'ôter de l'esprit qu'elle lui doit encore ses livres. Non, ça, il ne peut pas l'oublier. Jaime Brena cherche dans son propre désordre et finit par trouver le DVD qu'il veut et qu'il sort de la pile. Il lit : "Betty Boop et ses amis, 90 minutes de dessins animés". Il retourne le boîtier et parcourt le sommaire : "Non, non, non ! Un million de fois non !" ; "Pauvre Cendrillon" ; "Betty Boop et le petit Jimmy" ; "Betty Boop et le petit Roi" ; "Betty Boop prend la Mouche" ; "Montagnards musiciens" ; "Betty à Bêtiseland". On entend le steak grésiller dans la cuisine ; Jaime Brena s'y rend, le DVD à la main, et sans s'arrêter de lire : "Betty Boop en voiture" ; "Cupidon lance une flèche à son homme", "Betty Boop et Pudgy" ; "Betty Boop et Grampy" ; "Le blues du ménage". La fumée et l'odeur de viande grillée envahissent la cuisine ; Jaime Brena sale son steak, il le retourne et le sale aussi sur l'autre face. Il se sert un verre de vin. "Un mauvais plaisantin" ; "Betty Boop et les pingouins" ; "Candide candidat". Il cherche les couverts, les pose sur la table et met une assiette à côté du gril pour quand le steak sera prêt. Et il pose le DVD de Betty Boop sur le côté. Tout à l'heure, en allant se coucher, il va se fumer un joint et regarder ce DVD, peu importe à quelle heure il s'endormira. Avec, en guise de berceuse, Betty Boop lui chantant *Boop, Boop be Doop*. Aura-t-il un jour le courage de dire à Nurit que c'est lui qui l'a baptisée Bétibou ? Lui racontera-t-il que, dans son bureau, il avait collé sa photo qui avait été publiée dans la revue du journal à la sortie de *Mourir à petit feu*, son roman préféré ? Lui racontera-t-il que Rinaldi s'est juste contenté de le copier ? Racontera-t-il un jour à Nurit Iscar, à Bétibou, qu'il est tombé amoureux d'elle à distance – comme on peut tomber amoureux d'une actrice de cinéma –, et pas seulement de ses bouclettes, mais aussi de l'esprit qui inventait ces histoires, qui choisissait ces mots, qui créait ces personnages ? Non, il ne pense pas trouver un jour le courage de le lui dire. Et encore moins de lui raconter que, le soir où il avait compris qu'elle et Lorenzo Rinaldi étaient amants, il avait décroché la photo de son bureau et qu'il l'avait jetée à la poubelle.

Jaime Brena commence à manger son steak, il se ressert du vin, et il regarde du coin de l'œil le DVD qu'il a laissé sur le plan de travail, tandis qu'au même instant, le gamin des faits divers allume son ordinateur. Il consulte sa messagerie et trouve le reportage de Nurit Iscar. Il le lit. Malgré tous les doutes qui la taraudent et que le gamin n'imagine même pas, il le trouve très bon. Il le fait suivre à la rédaction pour qu'il arrive avant le bouclage. Il le fait suivre aussi à Jaime Brena, et y ajoute un nota bene : Celui qui est mort en skiant s'appelait José Miguel Bengoechea ; évidemment, j'ai trouvé l'info sur Internet. Mais Jaime Brena ne consulte pas ses mails depuis son domicile, jamais, à moins que quelqu'un ne lui téléphone, le prévienne qu'il s'agit d'une affaire urgente qui ne lui laisse pas le choix. Mais le gamin ne l'appelle pas, il se contente de lui transférer le mail de Nurit Iscar. Contrairement à Brena, une fois que son ordinateur est allumé, lui, il a du mal à s'en détacher. C'est une compagnie indispensable, comme le fantasme d'avoir un chien pour Brena. Le gamin consulte les nouveaux *tweets*, au cas où il y en aurait un qui apporterait quelque chose de nouveau, il les fait défiler rapidement ; pour la plupart, comme souvent les week-ends, ce sont des réflexions plus égocentriques qu'intéressantes. Après quoi, il entre sur Google pour chercher des informations sur le collège où est allé Pedro Chazarreta. Sur son moteur de recherche, il tape : Chazarreta + Gandolfini + Collazo + lycée d'enseignement secondaire. Aucun des résultats n'a la moindre utilité. Il réessaie en enlevant une des variables. Il commence par éliminer un des patronymes. Pas mieux. Il replace ailleurs le patronyme qu'il a éliminé. Rien. Il élimine deux patronymes à chaque fois. Ça ne marche pas. Il remplace "lycée d'enseignement secondaire" par "école", puis par "collège", puis par "lycée" tout court, puis par "enseignement secondaire" tout court. Non plus. Il change de technique ; maintenant, il cherche tous les collèges ayant un nom de saint. Même en limitant la recherche à ceux de la ville de Buenos Aires, la liste est interminable. Il élimine les collèges qui ont des noms de saints "connus", pour reprendre l'expression de Gladys Varela. Il lui reste Saint-Ildefonse, Saint-Barthélemy, Saint-Anselme, Saint-Viator, Saint-Sylvestre, Saint-Herménégilde. Il essaie avec ceux-là, entre sur leur site web, mais aucun d'entre eux ne donne la liste de ses anciens élèves. Il se lève pour se préparer un café ; il regarde par la fenêtre de son appartement, étire ses bras et réfléchit. Il se rend compte que sa petite amie ne l'a pas appelé de toute la journée et qu'en fait, ça lui est égal. La nuit est tombée sur la rue. Les lumières des phares des voitures qui vont et viennent se confondent. Il aimerait sortir, aller faire un tour. La nuit est généreuse, pense-t-il, elle a toujours quelque chose de tentant. C'est ce que lui avait dit Cynthia, une de ses ex, il y a longtemps, si longtemps. Qu'a-t-elle bien pu devenir, Cynthia ? se demande-t-il. Il devrait sortir. En fin de compte, il a passé tout son samedi à travailler. Il se rassied devant son ordinateur et entre sur Facebook pour voir si quelqu'un a organisé quelque chose pour cette fin de week-end. Il répond à deux ou trois sondages, regarde une vidéo, parcourt les photos du profil d'un ami qu'il n'a pas vu depuis des années. Et du profil d'un ami de cet ami. Il se remet en quête des événements de la journée. Rien qui l'intéresse. Et s'il sortait voir dehors ce qui se passe, sans rien planifier, au petit bonheur ? Non, il n'est pas du genre à sortir comme ça, à l'aventure. Mais il pourrait aussi très bien se mettre à déprimer pour de bon, il le sait bien. Il ne lui vient pas à l'idée d'appeler sa petite amie. Ou elle lui vient, mais il l'écarte immédiatement, presque avec mépris. Peut-on ressentir du mépris envers une personne avec laquelle on a dormi il y a moins de vingt-quatre heures ? Non, c'est juste qu'il est fâché après elle, à cause de son histoire de bikini, ou qu'il est fatigué. Ou qu'il est presque au bout du rouleau. Ou qu'il la méprise pour de bon. Il tape le nom complet de Cynthia sur le moteur de recherche de Facebook ; il la trouve parmi plusieurs entrées, il sait grâce à la photo que c'est bien elle, car elle n'a pas changé. Il parcourt son mur ; elle dit qu'elle est en couple, alors il ne lui demande pas si elle veut être son amie, à quoi bon. Et s'il invitait Karina Vives à sortir ? N'importe quoi, il n'a même pas son numéro de téléphone ! Et puis, elle doit avoir quelque chose comme cinq ou six ans de plus que lui. Y attache-t-il vraiment de l'importance ? Il la cherche aussi sur Facebook, il la trouve, vérifie son année de naissance, sept ans de plus que lui, bon ce n'est pas énorme non plus, se dit-il, mais il n'ose pas lui demander si elle veut être son amie. Amie sur ce réseau social. Parfois, il a la sensation qu'elle le prend pour un gros con. Il pense encore à elle pendant un moment, tout en parcourant son mur – celui de Karina Vives –, son album photo. Il est étonné qu'elle n'en ait pas réservé l'accès qu'à ses seuls amis ; s'il osait lui dire qu'il l'a regardé, il lui conseillerait de le verrouiller. Mais il ne lui demande pas son amitié. Non, pas ça. Il réinitialise la page pour voir si une nouvelle information est sortie. Ça marche, il y en a une. Un de ses amis a rejoint le groupe "Je suis fan de la 99 et je déteste l'agent 86". Cela l'amuse. Peut-être parce qu'il prend cet ami pour un idiot. À moins que ce ne soit parce qu'il devient lui-même un idiot. Sur Facebook, il y a des groupes sur tout ce qu'on veut, se dit-il. Et sur tout ce qu'on ne veut pas. Des groupes sur tout. C'est alors qu'il a une idée, parce qu'il vient de se dire que "sur Facebook, il y a des groupes sur tout ce qu'on veut et sur tout ce qu'on ne veut pas". Il tape sur le moteur de recherche : "Je suis allé au collège Saint…", et il voit apparaître une liste de vingt-huit possibilités. Il élimine encore une fois les noms de saints les plus fréquents et entre sur le site des collèges Saint-Ildefonse, Saint-Anselme, Saint-Jérôme-Martyr et quelques autres. Tous les commentaires émanent d'internautes qui cherchent d'anciens camarades de classe, qui essaient d'organiser des réunions, des rencontres, des hommages. Personne qui soit à peu près de la génération de Chazarreta. Tandis qu'il continue de parcourir de vieilles nouvelles, le gamin des faits divers se met à penser à son propre passage par le secondaire. La simple idée que ses anciens camarades puissent essayer de se réunir lui fait froid dans le dos. Ça ne l'intéresse pas. Le secondaire n'a pas été une étape heureuse pour lui. Deux ou trois anciens camarades l'ont *poké* sur Facebook, de façon individuelle, mais il n'a pas répondu à leur demande d'amitié. Si leurs relations se sont limitées aux récréations et à quelques rares sorties pendant lesquelles il s'est toujours ennuyé, pourquoi irait-il les chercher maintenant ? Il les cherche. Ils sont là. Il lit les commentaires de plusieurs d'entre eux, ce qui ne fait que confirmer ce qu'il pensait à l'époque : il n'a vraiment rien à voir avec ces gens et rien à faire de ce qu'ils sont devenus. Mais il continue de lire, de regarder des photos, et de se dire : Quelle bande de connards. Il revient aux collèges où Chazarreta a peut-être fait ses études et, sur le site du collège Saint-Jérôme-Martyr, il trouve un commentaire qui attire son attention. Ce qui attire son attention, ce n'est pas tant ce qu'il dit – Supportez le Saint-Jérôme-Martyr, bon Dieu –, que le nom de la personne qui l'a écrit. Il est de Gonzalo Gandolfini, qui est l'un des membres du groupe. Gandolfini. Il entre sur son mur ; il s'agit d'un type jeune qui, d'après son profil, est de 1983. Il ne comprend pas pourquoi les gens mettent leur date de naissance, avec l'année et tout le reste ; lui, il a omis de la mettre, tout comme le nom de la ville où il vit et son statut sentimental. Il pense que ce Gandolfini né en 1983 pourrait être un parent du mort, son fils avec un peu de chance. Il cherche des informations en épluchant ses commentaires et ceux de ses amis, mais il ne trouve rien d'autre. Il est ami avec un autre Gandolfini, Marcos. Il entre sur le mur de Marcos. Il est aussi allé au Saint-Jérôme-Martyr, et il est de 1987. Des frères ? Des cousins ? Il commence à soupçonner qu'il s'agit peut-être d'un de ces collèges qui accueillent certaines familles de génération en génération, de ces collèges qui se qualifient eux-mêmes de “traditionnels”. Il envoie un message à Gonzalo. “Salut, ça va ? Il y a longtemps, j’étais ami avec un Gandolfini qui a fait ses études dans ce collège” – si le gamin des faits divers connaissait le prénom du Gandolfini qui est mort, il le mentionnerait dans son message, mais il ne le connaît pas –, “c’est un type qui doit maintenant avoir une soixantaine d’années. Après, je suis parti à l’étranger et nous nous sommes perdus de vue. Est-ce que tu le connais ; a-t-il un lien de parenté avec toi ? Il était de la même promotion que Pedro Chazarreta et Luis Collazo. Je serais content de pouvoir le contacter. Nous avons beaucoup de souvenirs en commun.” Le gamin envoie son message et attend un moment, pour voir si une réponse arrive. Pour passer le temps, il se promène sur le mur d’autres personnes. Il se rend compte qu’il vaudrait mieux que Gonzalo ne soit pas le fils de Gandolfini car, s’il l’était, il ne lui serait sans doute pas agréable de recevoir un message demandant des nouvelles de son père, sachant qu’il est mort. Mais il ne regrette pas de l’avoir fait et d’avoir pris ce risque ; au contraire, il sent qu’en s’y prenant ainsi, il est en train d’appliquer comme jamais les leçons de Jaime Brena. Si jamais Brena lui redemande s’il s’est déjà déguisé, s’il s’est déjà fait passer pour un policier en appelant chez un mort, il pourra lui répondre par l’affirmative, lui dire qu’il a commencé à le faire. Le temps passe, le gamin des faits divers commence à sentir le poids de la fatigue d’une journée qui a été longue. Gonzalo Gandolfini ne répond toujours pas à son message ; c’est sans doute un type jeune, pense-t-il, c’est samedi soir, il doit avoir quelque chose de prévu. Un gars aussi jeune que lui. Mais lui, le gamin des faits divers, il décide que c'est mieux qu'il aille se coucher, que le plus logique, ce samedi, malgré les lumières qui éclairent encore la nuit, c'est qu'il ferme les yeux et qu'il se repose.

Il s'étire, éteint les lumières, ferme le rideau. Mais il n'éteint pas son ordinateur, il laisse à l'écran la page d'accueil de Facebook ; quand Gonzalo Gandolfini rentrera de sa soirée, au petit matin, peut-être qu'il allumera le sien et qu'il lui répondra. Peut-être que lui, le gamin, il se lèvera pour aller aux toilettes et qu'avant de se remettre au lit il passera jeter un coup d'œil sur son écran et qu'il trouvera ce qu'il attend maintenant, sur son ordinateur allumé.

17

Dimanche, au lever du jour, il pleut. Ce n'est pas une pluie torrentielle ; on ne peut d'ailleurs pas considérer que ce qui tombe soit de la pluie au sens strict. Tout juste de la bruine. Mais une bruine serrée, persistante, de celles qui vous mouillent pour de bon. Nurit se lève et regarde par la fenêtre. Elle se rend compte que loin de nuire à la beauté du paysage, la bruine le magnifie, les couleurs n'en sont que plus intenses, la gamme des verts est d'une variété infinie, et l'odeur de terre mouillée lui envahit les narines alors qu'elle n'a pas encore ouvert les fenêtres. À moins que ce ne soit Nurit qui l'anticipe ? Peut-on anticiper une odeur, la décrire comme si elle flottait déjà dans l'air ? L'eau coule dans la gouttière métallique qui ceinture le toit et s'évacue dans la descente. L'eau qui tombe en dessous a formé une petite flaque. Le bruissement de l'eau dans les gouttières réveille en elle un souvenir lointain qu'elle n'arrive pas à identifier clairement. Comme si elle avait déjà entendu cette même pluie dans un autre endroit, il y a longtemps. Ou comme si elle en avait rêvé. Elle pense que Gloria Echagüe a été tuée un jour comme celui-ci, un dimanche de gros crachin. Même si, à cette occasion, elle n'avait pas accepté le travail que Lorenzo Rinaldi lui avait demandé, elle se souvient très bien que ce jour-là, le jour de la mort de la femme de Chazarreta, il pleuvait aussi. Elle va dans la chambre où ses amies se reposent, elle ouvre la porte et les observe. Elles dorment encore toutes les deux. Elle se prépare un café, va récupérer l'exemplaire de *El Tribuno* que le livreur a déposé devant la maison, comme tous les matins et conformément à ce qu'elle lui a demandé en arrivant à La Maravillosa. Mais Nurit aime lire d'autres journaux le dimanche, elle les lit tous, ou presque. Et l'édition *online* ne lui suffit pas ; celle-là, elle la parcourt tous les jours, pour limiter la dépense, mais le dimanche, il lui faut du papier, de l'encre, elle veut se salir les doigts en tournant les pages. Un journal. Tous les journaux. Elle sait bien que, si elle appelle le kiosque, ils mettront du temps à les lui apporter, à plus forte raison un dimanche, et avec un tel crachin, alors elle décide que le mieux, c'est qu'elle marche jusque-là, elle se dit que, malgré la pluie, il ne fait pas froid et que ça lui fera du bien de bouger un peu. Et puis, elle l'a promis, elle a promis à Jaime Brena et au gamin des faits divers qu'elle tâcherait d'être plus sociable avec les voisins pour voir si elle peut obtenir de l'un d'entre eux des informations sur le collège où Chazarreta a fait ses études, et sur ses amitiés de l'époque. Elle n'a pas pris de parapluie dans ses bagages, elle n'a pas pensé qu'elle pourrait en avoir besoin ; par contre, elle a un blouson léger à capuche, qu'elle enfile. Cette fois, elle ne prend pas de livre, pour éviter de le mouiller. Ni de lunettes noires. Elle avance de quelques pas, bien décidée, mais elle n'a pas fait cent mètres qu'elle tombe nez à nez avec Luis Collazo, qui avance dans sa direction en trottinant. Elle le regarde, mais il passe à côté d'elle, concentré – du moins, c'est l'impression qu'il donne –, inspirant et expirant bruyamment, non pas parce qu'il aurait du mal à respirer, mais clairement parce que c'est sa façon de s'entraîner. Il court à une vitesse constante. Il a quelque chose au bras ; Nurit pense que c'est une radio mais, en fait, c'est un de ces appareils qui servent à contrôler le rythme cardiaque. Elle avance encore de quelques pas et se retourne. Sans cesser de trottiner, il a tourné la tête et il observe Nurit Iscar à distance, à une distance qui croît avec chacune de ses foulées. Dès qu'il se rend compte qu'elle le regarde elle aussi, il tourne les yeux, regarde devant lui, et poursuit sa route comme s'il ne l'avait pas regardée, et elle non plus. Nurit est tentée de le suivre. Très tentée. Tellement que c'est ce qu'elle fait. Elle court quelques mètres derrière Luis Collazo, à petites foulées, rapides, comme un habitant de Buenos Aires courrait après l'autobus pour ne pas le rater. Le sol est glissant et elle a peur de finir par s'étaler de tout son long, comme une tache d'huile, sur l'asphalte de La Maravillosa. Elle modifie son allure et adopte une foulée souple, mais plus tonique. Il ne parvient pas à creuser de véritable écart ; pour autant, dans un virage, il disparaît de son champ de vision. Alors, bien que se sentant ridicule, elle se remet à courir. Dès que le virage et la végétation qui l'entoure lui permettent à nouveau de voir la direction que suit le tracé de la route, elle se rend compte que Luis Collazo n'est plus là. C'est impossible qu'il ait couru assez vite pour arriver jusqu'au virage suivant. Impossible. Nurit Iscar continue, à une allure plus lente, ne sachant que faire maintenant. Elle arrange sa capuche pour mettre ses cheveux à l'abri du crachin. Elle pousse à l'intérieur quelques mèches rebelles qui veulent sortir. À cause de l'humidité, ses bouclettes, les bouclettes de Bétibou, ressortent davantage ; elle le sait, et elle aime ça. Mais la dernière fois qu'elle s'est laissé mouiller par la pluie, elle l'a payé d'un rhume dont elle a eu du mal à se remettre. Elle remonte jusqu'en haut la fermeture éclair de son blouson, la bride sur laquelle elle tire touche presque son visage. Puis elle recommence à marcher. Elle se demande si l'une des maisons qu'elle voit de chaque côté du chemin ne serait pas celle de Luis Collazo. Elle les regarde sans s'en cacher. Elle cherche un indice, mais ne remarque rien. Elle craint de se perdre si elle continue dans cette direction, elle a oublié de prendre le plan de La Maravillosa et, au cours de ses rares promenades, jamais elle n'était venue explorer cette partie du quartier. Je ferais mieux de rentrer, se dit-elle, en tournant les talons. Alors, elle se trouve nez à nez avec Luis Collazo qui était resté caché derrière elle : Qu'est-ce que vous voulez ? Elle ne répond pas, elle est tellement étonnée qu'elle est prise de tachycardie. Je vous ai demandé de me dire ce que vous voulez ! crie à nouveau Collazo. Rien, je ne faisais que marcher. Vous me suiviez, madame, je ne suis pas fou. Bon, en fait, oui, en fait, je voulais vous poser une question. Je ne réponds pas aux questions, moi. C'est une question bête, juste pour savoir dans quel collège Chazarreta était allé ; vous et lui, vous étiez copains, n'est-ce pas ? Une question bête, répète Collazo, avec une intention que Nurit ne parvient pas à déterminer, que savez-vous, madame ? dit-il en lui empoignant fermement le bras. Elle regarde la main de l'homme, qui lui serre le coude, sans esquisser le moindre geste pour qu'il la lâche, et elle répond : Rien, mais j'aimerais bien savoir. Vous voulez que je vous dise, ne perdez pas votre temps, dit Collazo, et il la relâche ; moi, je n'ai peur de rien, même pas de me faire tuer, mais n'attendez jamais de moi, ni vous ni personne, que je vous raconte quoi que ce soit, ça, je ne le ferai jamais. Nurit ne comprend toujours pas. À ce moment, un gardien passe à côté d'eux dans sa voiturette électrique ; il les regarde, hésite, ne sachant s'il doit ou non s'arrêter, il les salue et demande : Tout va bien ? Et il repart, à très faible allure, mais sans s'arrêter. Tout va bien, répond Collazo. Cependant, cela ne convainc pas le gardien et il s'arrête quelques mètres plus loin. Alors, à voix basse mais d'un ton ferme, Collazo avertit Nurit : Ne vous mêlez pas de ça. Puis, immédiatement après, il se remet à nouveau en route. Nurit Iscar regarde Collazo s'éloigner. Le gardien s'approche avec sa voiturette en faisant marche arrière. Pendant cette manœuvre, le véhicule émet un sifflement continu servant d'avertisseur et que Nurit trouve ridicule dans ce type d'endroit. Le gardien s'arrête à son niveau et lui demande : Vous allez bien ? Vous voulez que je vous dépose chez vous ? Elle élude la première question et passe directement à la seconde : Non, pas chez moi, au kiosque, c'est possible ? Oui, bien sûr, répond l'homme, et elle monte avec lui.

Ils restent tous les deux silencieux pendant les premiers mètres que parcourt la voiturette. Alors qu'ils sont presque arrivés au kiosque, l'homme lui demande : Vous avez été effrayée ? Un peu, répond Nurit. Vous savez, il ne faut pas avoir peur. M. Collazo est très nerveux depuis la mort de Chazarreta, ça se comprend, ils étaient très amis, il court, il passe ses journées à courir, à n'importe quelle heure, mais ça va finir par lui passer. Ils arrivent au kiosque. Bon, je vous dépose ici, dit l'homme. Merci, dit Nurit, puis : Avant que vous ne partiez, puis-je vous poser une question ? Oui, bien sûr, répond le gardien, qui arrête sa voiturette qui s'était déjà remise en mouvement. Dites-moi, savez-vous à quel collège est allé Chazarreta ? L'homme est surpris par la question. Non, je n'en ai pas la moindre idée. Et vous n'avez pas non plus idée de comment je pourrais obtenir l'information ? insiste Nurit. Vous l'avez demandée à Collazo ? dit le gardien. Oui, mais il n'a pas voulu me répondre, dit-elle. Comme c'est bizarre, c'est une question bête. C'est ce que je lui ai dit moi-même. Bon, si je le croise et qu'on discute, je mets le sujet sur le tapis et je lui pose la question ; c'est vous qui travaillez pour le journal *El Tribuno*, n'est-ce pas ? Oui, répond Nurit. Je vous fais signe, dit l'homme, mais vous, de votre côté, n'en dites rien à personne, on ne sait jamais, ce genre de choses ne plaît pas à mes supérieurs, ils n'aiment pas que l'on donne des informations aux journalistes, vous comprenez ? Je comprends. Je vous fais signe, répète l'homme, puis il s'en va. Nurit entre dans le kiosque, et elle demande ses journaux. Lequel ? lui demande le kiosquier. Tous, sauf *El Tribuno*, répond-elle. Un voisin qui trifouille dans les pastilles à la menthe la regarde d'un air méprisant. Nurit Iscar sait que ce n'est pas parce qu'elle n'achète pas *El Tribuno*, mais parce qu'il vient de la reconnaître. Elle soutient son regard. L'homme prend l'air de qui dirait "Qu'est-ce qu'on ne doit pas endurer, ici !", il choisit deux paquets de pastilles au même parfum – au menthol – mais de marques différentes, il les paie et sort. Le kiosquier la regarde mais sans rien dire, il attend, et alors, c'est elle qui lance : J'ai l'impression qu'ici, les gens ne m'aiment pas. Ne vous en faites pas, dit l'homme, tout en lui roulant ses journaux et en les glissant dans un sac en plastique pour qu'ils ne se fassent pas mouiller, vous savez, les gens d'ici, ils n'aiment pas grand monde. Nurit sourit, paie ses journaux et se dirige vers la porte. L'homme, de derrière son comptoir, lui dit : Ils sont très bons, vos reportages, j'ai beaucoup aimé celui d'aujourd'hui, qui parle de mauvaises odeurs. Merci, dit-elle et, avant de fermer la porte, elle lui demande : À tout hasard, vous ne savez pas dans quel collège est allé Chazarreta ? Non, je n'en ai pas la moindre idée, lui répond le kiosquier. Pourquoi ? Rien, une idée que j'ai pour un reportage ; bon, si jamais vous l'appreniez, pourriez-vous me prévenir ? Oui, dit-il, quoi que ce soit, je vous préviens.

Nurit marche à nouveau sous la pluie. Elle n'est plus préoccupée par la crainte de se faire mouiller, ni perturbée par l'apparition de Collazo, ni effrayée par la façon dont il lui a parlé. Elle est enthousiasmée de savoir qu'il est maintenant sûr et certain que la piste qu'ils sont en train de suivre mène quelque part, que c'est bien dans cette photo qui a disparu du bureau de Chazarreta que se trouve la clé qui leur permettra de résoudre l'énigme de cette mort mystérieuse. Elle sait que, s'il en était autrement, Luis Collazo ne se serait pas mis dans un tel état. À l'heure qu'il est, que sont devenus ses premiers doutes, quand elle se demandait encore si la mort de Chazarreta était un suicide ou un assassinat ? Ils se sont évanouis dans le néant, elle parie que tout cela n'a été qu'un stratagème pour leur faire perdre du temps, pour inciter tout le monde, avec ce couteau enfoncé, à se focaliser sur les liens entre la mort de sa femme et la sienne. Mais Nurit ne doute pas du tout que sa mort à lui est certainement en rapport avec autre chose, quelque chose de certainement plus trouble, plus terrible, qui justifie le fait que ceux qui l'ont tué se donnent autant de mal. Sa mort et celle de ses amis. Il lui tarde de rentrer chez elle, d'écrire au gamin des faits divers et de lui raconter ce qui s'est passé. Et d'en profiter pour lui demander l'adresse électronique de Jaime Brena. Oui, ça aussi, pourquoi pas, après tout.

Elle ouvre la porte de la cuisine et tombe sur ses amies qui prennent leur petit-déjeuner. Vous vous êtes levées aux aurores, dit-elle. On nous a fait nous lever aux aurores, le téléphone n'a pas arrêté de sonner, se plaint Carmen, sur un ton de reproche trop appuyé pour n'exprimer que le simple désagrément d'avoir été réveillée. Tu n'as pas pris ton portable, tête de linotte, dit Paula. Nurit tâte ses poches : C'est vrai, je ne l'ai pas pris. Lorenzo Rinaldi t'a appelée, il a demandé que tu le rappelles de toute urgence. Nurit se prend la tête à deux mains : Mince, j'ai oublié de lui envoyer le reportage d'hier. Mais si, il est bien là, lui dit Carmen Terrada en lui montrant le page de *El Tribuno* où apparaît son texte. Non, en fait oui, je l'ai envoyé au gamin des faits divers, après, c'est lui qui l'envoie à l'édition, mais nous avions convenu que je devais aussi lui donner, à Rinaldi, la primeur de chacun de mes reportages et, hier soir, j'ai oublié. Ça fait beaucoup de choses pour cette petite tête, dit Paula. Beaucoup de choses, répète Nurit, et elle sort. Où vas-tu ? Nous nous sommes engagées à prendre soin de toi, dit Carmen. Et à jouer les inquisitrices, dit Paula Sibona. Écoutez, c'est un appel professionnel, précise encore une fois Nurit, tout en sachant bien qu'elle n'arrivera jamais à en convaincre ses amies. Et à s'en convaincre elle-même, d'ailleurs. Peu importe, nous savons toutes de quelle façon peut se terminer un appel professionnel, on a déjà travaillé, quand même, pas vrai ? dit Carmen. Prends le téléphone et fais le numéro, ici, devant tes amies. Alors, comme Nurit Iscar sait qu'il n'y a pas à discuter, elle s'exécute : elle prend le téléphone et compose le numéro. Ce n'est pas la peine de faire semblant devant elles de ne pas connaître par cœur le numéro de Lorenzo Rinaldi. Elle attend, le combiné à l'oreille. Carmen et Paula ne la quittent pas des yeux. Allô, oui, Lorenzo... Nurit, oui... Écoute, s'il te plaît, mille excuses pour hier, ça m'est sorti de la tête, j'ai complètement oublié de t'envoyer le reportage, j'avais la migraine et... ah, non... Vraiment ? Il t'a plu ?... Ça me fait plaisir, oui... Oui, ce n'était pas facile, ça me fait plaisir qu'il t'ait plu. Nurit écoute maintenant sans rien dire, elle regarde ses amies et continue d'écouter. De toute évidence, il y a quelque chose que Rinaldi lui a dit et qu'elle souhaite garder pour elle, c'est pour cette raison qu'elle les regarde sans rien dire. Elles s'en rendent compte et redoublent d'attention. Enfin, Nurit finit par ne plus avoir d'autre choix que de dire quelques mots, mais qui suffisent pour que ses amies devinent de quoi il en retourne, comme par exemple, lorsque Nurit, Bétibou, dit : Ah, ah, oui, je peux. Et elles, la connaissant, elles s'inquiètent. Beaucoup. Et elles se fâchent. D'autant que Nurit Iscar confirme leurs soupçons. Bon, oui, ça marche, à cette heure, ça va. Et à peine a-t-elle prononcé "À cette heure, ça va" puis, une seconde après, "Tu passes me prendre ici", que Paula Sibona, de la paume de sa main ouverte, se flanque, en signe de désapprobation, une claque en plein milieu du front, tandis que Carmen Terrada lui tourne le dos, ouvre son journal au hasard et se plonge dans ses lectures.

18

Peu de temps avant que Lorenzo Rinaldi ne passe chercher Nurit Iscar à La Maravillosa pour l'emmener déjeuner, Jaime Brena se prépare son premier café de la journée, et le gamin des faits divers, qui ne s'est pas réveillé de toute la nuit ni depuis le début de la matinée, urine frénétiquement pour se ruer au plus vite sur son ordinateur afin de voir si une réponse de Gonzalo Gandolfini est arrivée. Et la réponse est arrivée. "Salut, oui, je suis son neveu. Hélas, mon oncle est décédé il y a quelque temps dans un accident de voiture. Je suppose que tu le connais depuis l'époque de La Chacrita, j'espère que tu en as gardé d'agréables souvenirs ! (ah, ah, ah). D'après mon pater, tout le monde n'a pas gardé d'agréables souvenirs de cette époque. Salut." Le gamin lit le message plusieurs fois. Il se demande quelle suite lui donner. Il appelle Jaime Brena qui, à cette heure, en est à son deuxième café. Quelle *chacrita* ? demande Brena. Je ne sais pas, aucune idée, lui répond le gamin. L'un d'eux devait avoir une *chacra*. Je pense qu'il s'agit d'autre chose, il dit Chacrita avec une majuscule. Le nom d'un endroit, donc. Oui, on dirait le nom d'un endroit. As-tu vérifié si l'on parle de cette Chacrita sur Internet, petit ? Eh, dis donc, Brena, c'est toi qui me demandes de chercher quelque chose sur Internet ? Si tu ne viens pas à bout de tes ennemis, rejoins-les, évidemment, en gardant à l'esprit que le web, ce n'est pas l'Évangile. Ah bon, ce n'est pas l'Évangile ? Y a-t-il quelque chose qui ressemble plus à l'Évangile que le web ? Allez, ne m'emmerde pas, petit, je veux bien qu'on me dise qu'Internet c'est une religion, mais pas que c'est l'Évangile. Le gamin sourit, même si Brena ne s'en rend pas compte. Oui, j'ai vérifié, dit-il, mais je n'ai rien trouvé qui ressemble à une information exploitable. Et si tu lui posais la question ? À qui ? Au neveu de Gandolfini. Bon, allez, j'essaie. Dis-moi, au fait, tu as des nouvelles de Nurit Iscar ? Oui, hier soir, je t'ai envoyé son reportage par mail, dès que je l'ai reçu. Ah, mais je n'allume pas mon ordinateur à la maison, sauf dans des situations vraiment particulières. C'est une situation particulière, Brena, allume-le ; de toute façon, son reportage, tu peux le lire, il est dans le journal d'aujourd'hui. Jaime Brena ouvre *El Tribuno* qu'il avait laissé, sans même le feuilleter, sur le plan de travail en marbre gris, et il tourne les pages jusqu'au texte de Nurit Iscar. Oui, le voilà, je vais le lire tout de suite, dit-il, et il cherche ses lunettes partout dans la cuisine. Préviens-moi si tu as du nouveau au sujet de La Chacrita. Le gamin, qui est devant son ordinateur, lui dit que oui, qu'il le préviendra et, avant de raccrocher, il l'avertit que, dans ce même mail, il lui disait qu'il avait trouvé sur Internet le nom de celui qui s'était tué en skiant, Bengoechea. Bengoechea, répète Brena, OK, et il raccroche. Le gamin consulte encore une fois ses messages. Un nouveau mail de Nurit Iscar vient d'arriver. Il le lit, c'est un rapport détaillé de sa rencontre de ce matin avec Luis

Collazo, où elle confie toutes les pensées que cet épisode lui a inspirées. Un reportage qui ne sera certainement jamais publié dans *El Tribuno*, un reportage confidentiel réservé à ce trio qu'ils viennent de former malgré eux. Dans le nota bene, Nurit demande au gamin de faire suivre son mail à Brena. Donne-moi aussi ton numéro et celui de Brena, comme ça, nous pourrons nous contacter plus facilement, dit-elle. Et elle donne le sien. Le gamin lit encore une fois le texte du mail et, ce faisant, il sent monter en son corps quelque chose d'indescriptible et d'inexplicable. Des choses en rapport avec son travail seraient-elles en train de le faire vibrer, pour la première fois ? En lui, il sent bouillir quelque chose, ça, il le sent bien. Et ce bouillonnement, pour une fois, n'est pas dû à une femme, une finale de football ou un concert de Coldplay au stade de River Plate. Le gamin a toujours cru que, s'il était allé au bout de ses études de journalisme, c'était moins par vocation que par opiniâtreté, et parce qu'il ne voulait pas faire de peine à sa mère. Quand il avait commencé à se spécialiser dans la communication, il ne savait même pas s'il allait opter pour le journalisme ou pour la publicité. Mais, comme les gens qui lui étaient les plus sympathiques avaient choisi le journalisme, c'est eux qu'il avait décidé de suivre. Du moins, c'est ce qu'il avait toujours cru jusqu'à aujourd'hui. Que le journalisme était entré dans sa vie par le simple fait du hasard et parce qu'il manquait d'esprit d'initiative. Il portait le même regard sur la rubrique dont on lui avait donné la responsabilité : s'il avait fini par travailler aux faits divers, c'était parce que c'était la première place qui s'était libérée au sein d'une rédaction. Cependant, il pense tout de même qu'il ne se verrait pas faire autre chose. Il n'est pas sûr de la façon dont les événements se sont produits, ni de ce qui s'est précisément produit, mais, pour le moment, en ce dimanche pluvieux, rien ne l'intéresse davantage que l'affaire dans laquelle il est plongé. Il fait suivre à Jaime Brena le nouveau mail de Nurit Iscar et, précaution supplémentaire, il l'appelle pour lui dire de le lire. Embarrassé de devoir aller à l'encontre d'un des principes qu'il suit le plus scrupuleusement – ne pas allumer l'ordinateur à la maison –, mais également aussi enthousiasmé par l'affaire que le gamin peut l'être, Jaime Brena l'allume quand même et lit le mail de Nurit Iscar. Il lui répond : Beau travail, Bétibou, nous avançons bien. Fais attention à toi. Brena. Au moment où Nurit Iscar lit "Fais attention à toi. Brena", elle entend le klaxon de la voiture de Lorenzo Rinaldi retentir devant chez elle. Elle ne savait pas qu'il se trouvait déjà à l'intérieur de La Maravillosa, une de ses amies lui a permis d'entrer, mais cet homme leur porte tellement sur les nerfs qu'elles n'ont pas eu le loisir de monter dans la chambre de Nurit pour l'en avertir. Nurit se penche à la fenêtre et crie : J'arrive. Il ne doit pas avoir entendu, car il klaxonne une seconde fois. Elle se hâte, prend son sac à main et, avant de sortir, passe dans la salle de bains et se regarde dans le miroir. Elle ne sait pas si c'est une bonne idée, mais elle le fait quand même. Elle met bien ses bouclettes en place, elle se passe vite fait un petit coup de rouge à lèvres d'une couleur douce – qui n'a vraiment rien à voir avec la couleur qu'utiliserait Betty Boop –, un rose foncé mais discret, tirant sur le marron, une couleur pour la journée, qui n'attire pas l'attention, mais qui humecte sa bouche, qui lui donne une certaine brillance et qui donne à ses lèvres un air un peu plus juvénile. Ses lèvres paraissent-elles plus juvéniles avec le rouge ? Elle les regarde, tournant la tête d'un côté, puis de l'autre, en ouvrant la bouche, en forçant un large sourire. Elle ne sait pas. Elle se caresse le cou, elle lève le menton, elle ne peut pas dire qu'elle ait un double menton, mais il est évident que sa peau a perdu de son élasticité. Non, elle n'a pas bien fait de passer par la salle de bains et de se regarder car, quand elle en sortira, elle sera moins sûre d'elle que tout à l'heure. Le klaxon retentit pour la troisième fois. Paula Sibona apparaît derrière elle dans le reflet du miroir et lui dit : Tu as entendu que ce type te klaxonne, non ? Oui, oui, j'y vais. Tu es belle, lui dit Paula. Elle se retourne et répond : Merci, ma chérie.

Quand il la voit venir par la galerie, Lorenzo Rinaldi descend, il passe devant la voiture, ouvre la portière côté passager, et il l'attend ainsi, la porte ouverte. Il a toujours fait cela – descendre pour ouvrir la porte –, mais elle l'avait presque oublié. Rinaldi connaît et respecte toutes les règles de bienséance concernant les rapports sociaux entre hommes et femmes – règles qui ne stipulent pas qu'il faille être fidèle à sa femme et qui tolèrent qu'on gâche la vie de Nurit en lui donnant de faux espoirs tout en sachant pertinemment qu'on ne tiendra pas parole –, et qui, aujourd'hui, ne sont pas respectées par tous les hommes : marcher du côté du caniveau sur le trottoir, ouvrir les portes – celles des voitures, mais aussi celles des ascenseurs, des bâtiments, des bureaux ou des chambres de motel –, ouvrir également la portière du taxi, mais en entrant le premier pour que la femme n'ait pas à traverser toute la banquette pour en plus se retrouver à l'endroit le moins confortable – derrière le conducteur, qui a certainement bien reculé son siège –, se mettre derrière la femme pour monter un escalier mais devant elle pour le descendre, porter les paquets qu'elle peut avoir dans les mains, servir à boire au restaurant. Et, bien évidemment, toujours payer l'addition, toujours. Que penserait une femme *flapper* de ces normes ? Nurit Iscar se demande si, à l'heure actuelle, une femme doit se sentir flattée ou humiliée par tous ces égards. Carmen Terrada a toujours soutenu que les hommes qui vous humilient sont ceux qui se disent modernes et qui ne paient pas l'addition. Mais Nurit pense qu'il y a beaucoup de façons d'humilier une femme au moment où Lorenzo Rinaldi dit Salut, Bétibou et lui glisse un baiser furtif sur la joue tout en posant sa main sur son cou, presque sur sa nuque, sous ses bouclettes. Nurit Iscar la sent. Elle sent la main de Lorenzo Rinaldi sur elle, trois ans après. Elle s'en libère et s'assied, il ferme la porte et reprend la place du conducteur. Ils roulent maintenant vers l'entrée de La Maravillosa. Tu as vu que j'ai changé de voiture ? lui demande Rinaldi. Elle dit que oui, mais elle ment car elle n'a pas du tout fait attention à la voiture dans laquelle elle vient de monter. Même si on lui mettait un pistolet sur la tempe pour l'obliger à dire quelle est la marque, le modèle, et même la couleur de la voiture dans laquelle elle est assise, Nurit serait bien incapable de donner une réponse. Elle ne se souvient jamais du modèle de voiture qu'ont les gens. Ce n'est pas une chose à laquelle elle prête attention. Par contre, elle est capable de retenir l'immatriculation de plusieurs véhicules, à laquelle elle s'amuse à ajouter des lettres pour former des mots. Par exemple, le BLG de la plaque de Paula qu'elle transforme en BLAGUE. Ou le GRL de la voiture de son ex-mari, que ses enfants utilisent, et que Nurit transforme en GRÊLE. Et le HMD de Viviana Mansini, qui devient HUMIDITÉ. Mais elle n'a pas eu l'occasion de regarder la plaque d'immatriculation de la nouvelle voiture de Rinaldi. Elle te plaît? demande-t-il et, avant même qu'elle ne réponde, il ajoute : Je ne te dis pas combien elle coûte, encore plus cher qu'un appartement à Belgrano, mais j'en avais envie depuis tellement longtemps… Et puis, un appartement à Belgrano, j'en ai déjà un, dit-il, et il se met à rire. Nurit Iscar regarde sa montre et se demande si elle pourra endurer les prochaines heures qui l'attendent. Les choses qu'elle n'aimait pas, chez Lorenzo Rinaldi, mais qu'elle ne voyait pas parce qu'elle était amoureuse de lui, lui tombent toutes dessus, elle les reçoit en pleine figure, comme un véritable coup de bâton. Comment ai-je pu oublier cet aspect de son caractère? se reproche-t-elle. Ça a bien marché pour toi, tu as dû ramasser un bon paquet avec les livres que tu as publiés, non? demande-t-il, confirmant par-là ce que Nurit était en train de se dire. Elle est abasourdie de voir le tour que prend leur conversation ; avaient-ils le même type de discussions quand elle était amoureuse de lui? Est-ce l'amour – avec sa propre complicité – qui lui avait fait accorder de l'importance et juger intelligentes les discussions intéressées de Lorenzo Rinaldi? Ou était-ce lui qui avait pris soin de cacher sa propre bêtise? Nurit soupire et laisse son regard se perdre, à travers la vitre. Tu touches encore des droits d'auteur, non? insiste Rinaldi. Nurit Iscar aimerait ne pas répondre, mais elle sait qu'il vaut mieux qu'elle le fasse ; sinon, il va continuer de l'interroger : Oui, un peu, dit-elle. Et un peu, ça fait combien ? demande-t-il. Oh non, ce n'est pas vrai, tu ne peux pas être aussi con, pense-t-elle. Je ne sais pas, Lorenzo, lui dit-elle, si tu veux, dès que je rentre chez moi, je t'envoie le dernier relevé de droits que j'ai reçu de mon éditeur. Mais il continue, ignorant l'ironie de Bétibou : Et combien serait-il prêt à te donner, en guise d'avance sur les droits de ton prochain roman ? Nurit Iscar regarde encore l'heure. En dollars, précise-t-il, parce que tu peux aussi faire monter les enchères, tu peux présenter le manuscrit à plusieurs éditeurs en même temps, pour qu'ils se l'arrachent, et le laisser au plus offrant. Faire une sorte d'appel d'offres, quoi, ironise Nurit, mais il prend cette phrase au pied de la lettre. Parfaitement, un appel d'offres pour la publication de ton nouveau roman, c'est exactement cela. Il n'y a pas de nouveau roman, dit-elle. Pas encore ? Il n'y en aura pas, je n'écris plus. Tu te fous de moi. Non, je suis tout à fait sérieuse, tu n'as pas trouvé bizarre que je n'aie publié aucun nouveau roman ces dernières années ? Non, j'ai supposé que tu avais été à moitié échaudée par ce qui s'était passé avec le dernier et que c'est pour cette raison que tu y mettais le temps. Il n'a pas bien marché, ton dernier roman, n'est-ce pas ? Non, il n'a pas bien marché. Comment s'intitulait-il, déjà ? *Seulement si tu m'aimes. Seulement si tu m'aimes*, c'est cela ; mais, de toute façon, tu avais sans doute reçu une avance, dit Rinaldi, ils ne savaient pas comment le livre allait marcher. Nurit ne répond pas ; en son for intérieur, elle se dit, pour la énième fois : Mais, bon sang, qu'est-ce que je fous ici ? Elle regarde l'heure. Je n'arrive pas à comprendre comment tu as pu te mettre comme ça sur la touche, toi qui sais si bien ce qu'il faut mettre dans un roman pour qu'il marche, lui dit Rinaldi. Nurit se sent une grosse envie de lui envoyer une gifle. Une irrésistible envie. Et elle ne s'en cache pas. Mais, comme il a toujours du mal à se mettre à l'écoute des autres, il poursuit : Et puis, ce n'est pas parce que tu t'es fourvoyée une fois que tu n'as pas le don. Quel don ? lui demande Nurit avec un agacement qu'elle n'arrive plus à dissimuler. Le fait de savoir ce qu'il faut mettre dans un livre pour que les gens aient envie de l'acheter : une pincée de ceci, une pincée de cela. Et pourquoi tu n'irais pas te faire foutre, Rinaldi ? Eh, dis donc, dit-il, surpris ; qu'est-ce qui t'arrive ? Écoute, je ne vais pas discuter avec toi des raisons pour lesquelles j'écris, de ce que j'écris et de ma manière d'écrire, car tu n'y connais rien, dit-elle, avec une telle fermeté que, pour la première fois, Rinaldi remarque que Nurit Iscar est énervée. Bon, on dirait que les choses ne partent pas du bon pied. Non, nous ne partons pas du bon pied, dit-elle. Après avoir fourni quelques renseignements à la barrière, ils quittent silencieusement La Maravillosa. Puis, sur la route, il essaie à nouveau d'engager la conversation sur des banalités : la pluie, les restaurants du coin, le dernier reportage de Nurit, les magouilles auxquelles serait mêlé le président, le chaos dans lequel le pays est plongé – de son point de vue, celui de Lorenzo Rinaldi, qu'il présente comme une vérité avérée et irréfutable –, l'impression qu'il a d'être persécuté par le Gouvernement – il a affirmé qu'il était “un persécuté politique” –, le fait que cette persécution, au lieu de l'inhiber fasse monter son adrénaline. Nurit Iscar ne partage presque aucun des avis de Rinaldi, que ce soit au sujet du président ou des risques supposés qu'il y a à exercer cette profession. Pas un seul. Elle ne partage même pas son avis sur les restaurants du coin. Mais elle se tait car elle sait que cela ne vaut pas la peine qu'elle donne son opinion. Elle sait que Lorenzo Rinaldi ne peut même pas imaginer que ses idées puissent être aussi différentes des siennes. Puisqu'elle est intelligente, qu'ils font le même métier, qu'elle a couché avec lui, comment pourrait-elle ne pas penser comme lui ? Comment pourrait-elle ne pas voir la réalité telle qu'elle est ? Aujourd'hui, la réalité est une entéléchie. Une construction théorique. Si elle lui glissait que "sa" réalité est différente de sa réalité à lui, ils entreraient dans une discussion interminable et stérile. Lorenzo Rinaldi essaierait de la convaincre, mais pas elle. Comment a-t-elle pu tomber aussi amoureuse d'une personne qu'elle sent maintenant si lointaine, d'une personne avec laquelle aujourd'hui elle ne peut même plus partager une conversation banale dans une voiture ? Par quels mécanismes l'amour nous permet-il de ne pas voir ce que nous ne voulons pas voir ? Après tout, Rinaldi est aujourd'hui ce qu'il était déjà il y a trois ans. Elle n'a pas de doute là-dessus. Cependant, à l'époque, elle n'avait d'yeux que pour ce qui l'attirait chez lui. Et qu'est-ce qui l'attirait donc ? Ses mains, sa voix ; ça, c'est sûr. Mais, une voix et deux mains, cela suffit-il pour qu'une femme se pâme et tombe aux pieds d'un homme ? Si elle, Nurit Iscar, devait dire aujourd'hui ce qui l'a rendue amoureuse de Lorenzo Rinaldi, elle dirait, parce que c'est vraiment ce qu'elle croit, que ce qui l'a rendue amoureuse, c'est qu'il était amoureux d'elle. Du moins, c'est ce qu'il lui disait. Profondément amoureux, disait-il. Il le lui a répété jusqu'au dernier instant. Et qu'elle l'avait cru. C'est cela qui l'a rendue amoureuse, sentir qu'en tant que femme, elle, qu'il avait baptisée Bétibou, à qui il avait donné un nom, éveillait chez cet homme toute cette passion, de l'amour, de la tendresse, du besoin. Toute chose que Nurit Iscar avait l'impression de ne plus éprouver depuis longtemps dans son couple. Et c'est le pari qu'elle a fait. Qu'ils fussent amoureux tous les deux. Tout en regardant par la fenêtre, et tandis que Rinaldi lui parle de la baisse des ventes depuis l'apparition de la presse en ligne, elle se demande si elle a eu tort. Non, elle n'a pas eu tort de parier. Mais elle n'a pas fait le bon pari. Il fallait essayer, et c'est ce qu'elle a fait, essayer de voir si son cœur était encore capable de ressentir le type de sentiments qu'elle avait ressentis quand elle était jeune, quand l'amour, le couple, le mariage étaient encore un mystère auquel elle voulait croire. Et il en était encore capable. L'est-il encore aujourd'hui ? Elle ne saurait le dire. Comment va ta femme ? demande-t-elle à Rinaldi, qui pérore sur l'augmentation du coût des consommables dans les journaux. Bien, dit-il, bien. Que devient-elle ? insiste-t-elle, comme si elle parlait d'une inconnue, de quelqu'un d'éloigné mais qui suscite cependant chez elle de l'intérêt, bien que ces questions ne soient aucunement mues par un quelconque intérêt pour la femme de Rinaldi, mais par sa volonté d'établir qu'il a été, qu'il est, et qu'il restera toujours marié. Elle est pratiquement installée à Bariloche, lui explique-t-il. Nous avons envie de passer nos vieux jours là-bas. Évidemment, quand l'heure de la retraite aura sonné ; ce n'est pas pour tout de suite. J'ai acheté plusieurs parcelles, à un prix incroyable, une succession à problèmes que nous avons fini par régler pour une bouchée de pain, et nous nous sommes construit une maison au pied d'une montagne avec vue sur le lac, un endroit rêvé. Rêvé par qui ? se demande Nurit. Par Lorenzo Rinaldi ? Par la femme de Lorenzo Rinaldi ? Par le défunt qui a laissé une succession à problèmes ? Par les gens qui leur ressemblent ? Quand quelqu'un dit "rêvé", suppose-t-il que nous avons tous les mêmes rêves ? La parcelle était très grande, nous l'avons divisée, nous avons construit des chalets, et Marisa – le prénom la perturbe car maintenant ils ne parlent plus de "la femme de Rinaldi", mais d'une personne qui a un prénom, Marisa, prénom que Nurit et Lorenzo Rinaldi évitaient toujours de prononcer, du temps de leur relation – se charge de les gérer. Elle se plaît beaucoup là-bas, parce qu'en plus, elle a des animaux et des plantes, et elle adore s'en occuper et jardiner. De temps en temps, j'y vais, sinon, c'est elle qui vient ici. Un endroit rêvé, dit-il encore. Un cauchemar, tu veux dire, pense-t-elle. À une vingtaine de kilomètres du Centre civique, tu connais ? Bariloche, oui, mais ton lotissement, je ne pense pas. Nous avons déjà presque récupéré notre mise, nous louons certains chalets, et les autres, nous les avons vendus trois ou quatre fois ce qu'ils nous ont coûté, ç'a été une bonne affaire, une sacrée bonne affaire. Nurit regarde encore une fois par la fenêtre, en silence.

Lorenzo Rinaldi choisit un italien, un restaurant de pâtes, chic. Quelques tables flanquées de chaises anciennes de différents styles, des tapis, une cave en sous-sol que l'on peut voir à travers plusieurs trous vitrés ménagés par terre pour que les clients du restaurant voient les vins sans avoir à bouger de leur table. Nurit se dit que le bon côté des choses, maintenant qu'ils se trouvent là, c'est que dans quelques minutes, ils seront servis et, dans une ou deux heures, elle sera libérée de Lorenzo Rinaldi et de sa conversation. Le temps s'écoule ensuite de façon un peu plus agréable, elle introduit des sujets qui l'intéressent davantage – le cinéma, les livres, ses enfants, l'affaire Chazarreta – pour éviter que ne s'impose à nouveau la conversation monothématique de Rinaldi. Mais il ne semble pas entrer vraiment dans les thèmes qu'elle choisit. Il répond par monosyllabes, acquiesce, sourit, mais n'écoute pas, il ne fait qu'attendre qu'elle en termine pour pouvoir reparler de lui et de son monde. Entrée, plat de résistance, vin choisi par Rinaldi après avoir longtemps tourné autour du pot et essayé de démontrer qu'il s'y connaissait, dessert, café. Ça y est. Ils montent dans la voiture. Mais Rinaldi ne démarre pas. Il la regarde. Il sourit. Il met dans sa bouche une tablette de chewing-gum à la menthe pour avoir meilleure haleine. Il lui en propose une. Non, merci, dit Nurit, et le fait qu'il soit préoccupé par son haleine la met sur ses gardes. As-tu su que je m'étais fait opérer le mois dernier ? demande Rinaldi. Non, je ne l'ai pas su, quelque chose de sérieux ? Non, rien de grave, un truc plutôt gênant, on m'a laissé sortir la semaine dernière. Tant mieux, dit-elle. La prostate, dit-il. Ah, c'est assez fréquent chez les hommes de ton âge, non ? Oui, il paraît, mais c'est une bien maigre consolation, dit-il, et il se met à rire. Puis, Rinaldi s'installe sur son siège de manière à pouvoir mieux la regarder, et il laisse entendre de façon évidente qu'il n'entend pas mettre le moteur en marche pour le moment. Me revoilà puceau, dit-il. Quoi ? lui demande Nurit. Je te dis que je n'ai pas encore étrenné mon instrument depuis l'opération, précise-t-il. Je rêve, ou ce mec est en train de me parler de sa queue ? se demande Nurit Iscar, en silence, sans vraiment réussir à y croire. Ils m'ont dit que je n'aurai pas de problèmes mais, tant que je n'aurai pas essayé, je n'aurai pas l'esprit tranquille. Ah, tiens donc, dit Nurit. Il lui sourit, il la regarde droit dans les yeux. Elle craint ce qu'elle voit déjà venir. La tablette pour l'haleine, se dit-elle à elle-même. Tu veux bien m'aider, Bétibou ? demande Rinaldi, en la regardant avec des yeux de merlan frit. Elle lui répond par une question : Dis donc, tu parles sérieusement ? Ça marchait bien, entre nous, hein, du moins, c'est le souvenir que j'en ai gardé, n'est-ce pas ? Oui, ça marchait bien, dit Nurit, jusqu'au jour où ça n'a plus marché. Allez, arrête, dit-il ; tu veux l'étrenner ? Tu te rends compte du privilège que je t'accorde ? Non ! C'est pas vrai ! Le fils de pute ! dira Paula Sibona, à peine quelques heures plus tard, lorsque Nurit Iscar lui racontera ce qu'il lui a dit : "Tu te rends compte du privilège que je t'accorde." Il t'a dit ça, tel quel, à froid, sans enrober un peu la chose ? demandera Carmen. Je pense que c'est avec Marisa que tu dois l'étrenner, lui dit Nurit, elle sera patiente avec toi, elle te connaît depuis tellement d'années ; va à Bariloche, relaxe-toi dans cet endroit rêvé, et étrenne-le avec elle. Rinaldi fait non de la tête, puis il dit : Ne me demande pas pourquoi, mais je suis sûr qu'avec Marisa, ça ne va pas marcher. Alors, essaie avec une prostituée ; elles, ce sont de vraies spécialistes pour ressusciter les queues, dit Nurit sans ciller en prononçant le mot "queue", en le regardant elle aussi droit dans les yeux, en soutenant son regard. Elle ne se reconnaît pas en s'entendant parler ainsi à Rinaldi, avec un tel aplomb, mais cela lui procure beaucoup de plaisir. Tu lui as vraiment dit ça ? demandera Carmen, entre deux éclats de rire. Le sale enculé de fils de pute ! répétera Paula. Non, pas non plus avec une prostituée, dit Rinaldi, et il soupire, avant de poursuivre : Sais-tu que ça ne m'a jamais plu d'avoir des relations sexuelles avec des prostituées ? Voilà une bonne occasion d'essayer, répond-elle, tu n'as jamais remarqué que quand on est jeune, on préfère le salé et que parfois, avec l'âge, on préfère le sucré ? Essaie, tu seras peut-être surpris. Et dire que j'avais mis tous mes espoirs en toi, que je voulais que tu sois ma Florence Nightingale, dit-il. Tu ne veux vraiment pas être ma Florence Nightingale ? Non, je ne te crois pas ! dira Carmen, abasourdie, je ne te crois pas, dis-moi que ce n'est pas vrai, qu'il n'a pas dit cela ! Mais pour qui se prend-il, ce connard ? dira Paula. Non, je ne veux pas être ta Florence Nightingale, dit Nurit.

Le chemin du retour jusqu'à La Maravillosa est, au moins pour elle, interminable. Il la laisse à la porte de la maison où elle est installée, mais cette fois-ci il ne descend pas. Réfléchis bien, lui dit-il ; moi, je peux venir te faire la cour mardi et jeudi. Mardi et jeudi, répète Nurit. Et rappelle-toi les bons moments que nous avons passés ensemble. Elle le regarde. Réfléchis bien, répète-t-il, et Nurit lui sourit sans répondre avant de rentrer dans sa maison.

Pour exciter une femme, il est zéro, ce type, dit Paula Sibona à son amie en lui tendant un café : Comment peux-tu être échauffée par un bonhomme qui te propose d'être sa Florence Nightingale ? S'il présente les choses comme ça, c'est parce qu'il est tout à fait convaincu qu'il y a des minettes qui seraient ravies de lui servir de Florence Nightingale, dit Nurit. Vous vous rendez un peu compte, ou pas ? demande Paula. De quoi ? Qu'il y a encore peu de temps, les hommes avec qui nous sortions avaient jusque-là des problèmes de distension des ligaments, de ménisques, allez, une appendicite à tout casser. La prostate, c'est le début de la fin, lui dit Carmen.

19

À peu près au moment où Nurit Iscar passe en revue avec ses amies, et dans les moindres détails, sa sortie avec Lorenzo Rinaldi, le gamin des faits divers reçoit un mail qui l'intrigue. Il est de Gandolfini ; pas de Gonzalo mais de son père, Roberto, le frère du Gandolfini qui est mort. "Bonjour, j'ai appris par mon fils Gonzalo que vous avez connu mon frère et ses amis. Il m'a aussi dit que vous lui aviez posé toute une série de questions auxquelles il ne sait pas répondre ; il m'a donc donné votre adresse pour que je m'en charge. Mais il y a tellement de choses à dire sur cette époque que le plus simple serait peut-être que nous nous retrouvions quelque part pour en parler autour d'un café. Qu'en dites-vous ? Êtes-vous pris ce dimanche pendant toute la journée ? Vivez-vous à Buenos Aires comme nous ? Salutations. Roberto Gandolfini." Une fois encore, le gamin se sent entrer en ébullition. Il appelle Jaime Brena avant de répondre au message. Incroyable, dit Brena. Si je sautais sur l'occasion pour lui demander de venir au rendez-vous avec une photo de cette époque ? Peut-être que nous allons tomber sur un double de la photo disparue et que, du coup, nous aurons le groupe au grand complet. Oui, ça me semble être une bonne idée, petit, mais, vois-tu, il y a autre chose qui me préoccupe : étant donné que tu n'étais pas né au moment où a éclaté l'affaire du docteur Giubileo, comment pourrais-tu connaître Chazarreta et sa bande de l'époque? Quand ils ont fini le collège, tu n'étais même pas né, ou je me trompe? Tu as raison. Le gamin et Jaime Brena restent un instant silencieux, ils réfléchissent, puis le gamin dit : Et si toi tu te faisais passer pour moi? Leçon numéro un de Jaime Brena : se déguiser. Comment s'y prendrait-on, alors? Le neveu de Gandolfini connaît mon prénom, il apparaît sur Facebook, et il l'a dit à son père quand il lui a passé mes coordonnées ; le fait de changer tout cela, de se dédire, ça les mettrait sur leurs gardes, ils se méfieraient. Mais la seule chose qu'ils connaissent de moi, c'est mon prénom ; sur la photo de mon profil Facebook, on ne voit pas mon visage, c'est le maillot de l'Estudiantes de La Plata. Tu es pour La Plata, petit? Non, je suis pour Estudiantes, c'est tout, précise-t-il, avant de poursuivre : Brena, toi, par contre, tu aurais pu être ami avec eux. Dieu m'en garde, mais c'est vrai, je suis aussi vieux que ces types-là. Il y a juste un risque, avertit le gamin, c'est que Gandolfini te reconnaisse ; car, bien que tu sois de la presse écrite, tu es passé plusieurs fois à la télévision et, comble de malchance, pour parler de la mort d'un des amis de son frère. Si ce bonhomme t'a vu dans l'un de ces reportages et s'il te reconnaît, qu'est-ce qu'on lui dit? Que c'est vrai que je ressemble à Jaime Brena et que ça m'a causé bien des problèmes tout au long de ma vie, mais que j'ai la chance d'être quelqu'un d'autre. Le gamin rit. Ce que tu as dit, petit, qu'il faut se fondre, se déguiser, se cacher, dire que l'on est qui l'on n'est pas, ou tout ce qui pourrait s'avérer nécessaire, cela fait partie du métier. Nous, les spécialistes des faits divers, nous sommes des détectives névrosés obsessionnels, nous sommes des obstinés, nous savons ce qu'est l'échec, mais nous nageons en eaux troubles jusqu'au bout. Et, comme l'a si bien dit Walsh, s'il ne peut y avoir de justice, que l'on sache au moins la vérité. C'est Walsh, qui a dit cela, non ? Le gamin ne répond pas, mais il va vérifier. Sur Internet. Donne rendez-vous à Gandolfini dans un bar pour dans une heure ou deux ; dis-lui d'apporter des photos, oui, et renvoie-moi tous les messages que tu as pu échanger avec lui ou avec son fils, comme ça je ne commettrai pas de gaffe. Passe me prendre, tu peux ? Tu m'attendras dans la voiture pendant que je discuterai avec Gandolfini. Selon ce qui ressortira de cette discussion, après, peut-être que nous pourrons aller travailler un moment chez Nurit Iscar, qu'en dis-tu ? Ça me semble bien ; est-ce que j'écris à Nurit pour lui dire où nous en sommes ? Je l'appelle, dit Brena ; passe-moi son numéro. Je te l'ai passé dans un mail, dit le gamin. Dis, petit, tu ne vas quand même pas me faire allumer mon ordinateur pour chercher un numéro de téléphone ? Le gamin lui passe le numéro. Et Jaime Brena appelle. Incroyable ! s'exclame Nurit Iscar, qui utilise le même mot que Brena tout à l'heure, lorsque le gamin l'avait appelé pour tout lui raconter. Nous brûlons, Brena. Nous brûlons, oui, lui répond-il, avant de lui demander : Que dirais-tu si, à la fin de notre réunion avec Gandolfini, nous passions faire un tour par chez toi ? Je crois que nous devrions nous réunir pour échanger des idées et commencer à tirer des conclusions, même si elles manquent de précision et ne sont que partielles. Oui, très bonne idée, je vous attends, dit-elle ; à quelle heure passeriez-vous ? Je crois que tu ne vas pas y couper, il va falloir que tu fasses livrer des pizzas pour le dîner, Bétibou. J'en ai vu d'autres, Brena, répond-elle en souriant, un sourire qu'il devine, même s'il ne le voit pas.

Jaime Brena imprime les messages que lui transfère le gamin des faits divers, il les lit, les plie et il les range dans une de ses poches. Il prend son bloc-notes Congreso et il écrit, dans des colonnes séparées, le nom des gens qui sont morts dans cette affaire jusqu'à maintenant ; il dessine une flèche sortant de chaque nom, et il indique la cause de la mort dans une autre colonne, dans la marge de droite avec, dans certains cas, des annotations entre parenthèses. "Pedro Chazarreta, flèche, égorgé (comme sa femme). Gandolfini, flèche, accident de voiture. Bengoechea, flèche, accident de ski. Luis Collazo, flèche, encore vivant." Brena se rappelle que Gladys Varela a parlé de quatre hommes sur la photo, avant de se corriger et de parler de cinq, puis de se demander s'ils n'étaient pas six. Il ajoute donc deux nouvelles colonnes, afin de pouvoir aussi couvrir l'estimation la plus haute : "Inconnu 1, flèche, encore vivant ? Inconnu 2, flèche, encore vivant ?" Jaime Brena observe le tableau synoptique *ad hoc* qu'il vient de réaliser. Il sait que ce croquis lui dit quelque chose qu'il ne parvient pas encore à déchiffrer. Il regarde les noms, il regarde les flèches, les unes sous les autres, il regarde les causes de la mort. À part cette photo, quel est le fil qui unit toutes ces morts ? Qui tient la baguette ? Quelle mélodie l'assassin joue-t-il ? Pourquoi pense-t-il à une mélodie et à un assassin, alors que la plupart de ces morts sont accidentelles ? Mais, le sont-elles, d'abord ? Les faits semblent le confirmer. La seule affaire qui soit criminelle est celle de la mort de Chazarreta. Il réfléchit. Il se repose encore la question : Que disent ces noms ? Que disent ces morts ? Que disent le hasard, la fatalité ou le destin pour expliquer que trois des quelques personnes figurant sur une photo ancienne qui s'est volatilisée de son cadre sont mortes ? Il réfléchit. L'interphone sonne. Il va dans la cuisine, décroche le combiné et dit : Je descends, avant de raccrocher. Même s'il ne peut pas l'entendre, il sait que c'est le gamin ; cela fait des mois que cet appareil ne fonctionne pas bien et qu'il demande en vain au syndic de l'immeuble de le faire réparer. Quand la sonnerie de l'interphone retentit, il peut répondre, mais il ne peut pas entendre les gens qui sont en bas. Il va falloir qu'il donne un gros pourboire au responsable ; ce n'est pas qu'il accorde de l'importance à l'interphone mais, quand quelque chose d'autre se cassera, il s'en voudra. Il cherche son blouson en cuir noir et une casquette assortie qu'il n'a pas mise depuis longtemps. Il se la visse sur la tête et se regarde dans le miroir de la salle de bains. En sc la mettant, il a en quelque sorte l'impression d'être en train de se camoufler. Il se moque de lui-même. Avec cette casquette sur la tête, avec toutes les années qui se sont écoulées depuis sa dernière apparition à la télévision et tous les kilos qu'il a pris depuis, il réussira à détromper et à convaincre tous les récalcitrants que l'homme qui est là et qui se regarde dans le miroir n'est pas Jaime Brena. L'interphone se remet à sonner alors que Jaime Brena est déjà en train d'ouvrir la porte de son appartement ; il ne daigne pas s'arrêter pour calmer la vraisemblable impatience du gamin et s'engouffre dans l'ascenseur. Mais, en arrivant au rez-de-chaussée, il est surpris par ce qu'il voit dehors, à travers la porte d'entrée de l'immeuble : Karina Vives, les yeux tout rouges. Il se dépêche de lui ouvrir et lui dit : Que t'arrive-t-il, ma belle ? Mais elle ne répond pas, elle se pend à son cou et fond en larmes, l'air inconsolable. Il la laisse pleurer. Il a compris depuis bien longtemps que, lorsqu'une femme pleure, le mieux est de ne pas chercher à résoudre son problème mais de la laisser s'épancher en toute quiétude. Au bout d'un petit moment, il la mène jusqu'à un canapé qui se trouve dans le hall, il s'assied puis la fait asseoir à côté de lui. Que se passe-t-il ? lui redemande-t-il, profitant que ses hoquets et ses soupirs commencent à se faire plus espacés. Je suis enceinte, lui répond la jeune femme. Il la regarde. Il attend en silence pour lui donner le temps d'ajouter quelque chose, ce qu'elle ne fait pas. Il attend encore un petit peu. Des questions qu'il ne pose pas lui passent par la tête, il lui en passe plusieurs qu'il n'oserait jamais poser. Par exemple, si Karina Vives ne précise pas qui est le père, ce n'est pas lui qui ira lui poser la question. Jaime Brena lui caresse les cheveux. Il lui sourit. Elle se tait. Il demande : Et qu'est-ce que tu comptes faire ? C'est ça, le problème, répond Karina, puis elle se remet à pleurer, mais elle poursuit : C'est que je ne sais pas quoi faire, un jour, je suis sûre de vouloir le garder et, le lendemain, je suis sûre que non. Jaime Brena lui prend les mains. Comment est-ce que je peux t'aider, ma jolie ? Comme ça, en serrant mes mains dans les tiennes, dit Karina, qui appuie sa tête contre son épaule. Brena passe son bras derrière le dos de la jeune femme, qui se rapproche pour venir se blottir au creux de son épaule. Jaime Brena regarde vers la rue et, derrière le carreau, il aperçoit le gamin des faits divers, debout, qui regarde sans la comprendre la scène à laquelle il est en train d'assister. Ou qui la comprend mal. D'un geste, Brena lui demande de patienter une minute. Il redresse le menton de la jeune femme pour qu'elle le regarde. Je dois partir à une réunion de travail avec le gamin des faits divers, dit-il, en tournant les yeux vers la porte pour qu'elle voie qu'il est déjà là ; veux-tu venir avec nous ? Elle tourne la tête et le voit. Ne lui dis rien, dit-elle à Brena. Sois tranquille, lui répond-il. Sans lui donner davantage d'explications, Jaime Brena la remet debout sur ses jambes et la conduit vers la porte ; il lui ouvre avec les clés qu'il a glissées dans la poche de son blouson, il dit bonjour au gamin et, sans prendre non plus la peine de lui expliquer pourquoi, il lui annonce : Elle vient avec nous. Ils montent tous les trois dans la voiture et se rendent à leur rendez-vous.

Une dizaine de minutes plus tard, le gamin gare sa voiture à l'angle de la rue où se trouve le bar où ils ont convenu de se retrouver avec Roberto Gandolfini. Jaime Brena descend et les deux autres – le gamin et Karina Vives – restent comme convenu dans la voiture à l'attendre. Brena traverse la rue et, avant d'entrer dans le bar, il s'arrête à un kiosque pour s'acheter des cigarettes. Le gamin le suit des yeux, et son regard vient ensuite se fixer sur le visage de Karina Vives. Elle le remarque et lui sourit, ce qui le met mal à l'aise, comme s'il s'était fait surprendre en train de regarder à travers le trou de la serrure. Pour se tirer d'affaire, le gamin sent qu'il faut qu'il dise quelque chose : Tu as les yeux tout irrités. Mais à peine Karina lui répond-elle qu'il regrette ce qu'il a dit. Je n'ai pas arrêté de pleurer depuis hier soir. Plus encore que tout à l'heure, le gamin ne sait pas quoi lui dire. Ce qui est particulièrement embarrassant dans un endroit aussi exigu, et fatalement aussi confiné que l'habitacle d'une voiture. C'est elle qui relance la conversation : Vous ne pleurez pas, vous ? Qui ça, "vous" ? demande-t-il. Vous, les hommes. Le gamin ne répond pas mais il a un geste de la bouche que l'on pourrait prendre pour un "non" dubitatif, ou pour un "c'est rare" ou "il doit y avoir des hommes qui pleurent, mais je ne suis pas de ceux-là". Pourtant, il ne dit rien de la sorte et se contente de rester immobile, avec cette expression sur le visage. Et que faites-vous quand vous allez mal, alors ? s'enquiert Karina. On reste pendu devant l'ordinateur, sur des *chats*, Facebook, Twitter, sur tous ces trucs-là. J'ai récemment posé la même question à quelqu'un, et il m'a répondu qu'il s'allongeait sur son lit et qu'il zappait. Tu as dû poser la question à un homme d'une autre génération, il devait être plus vieux que moi, non ? Donc, si je te suis, dit Karina, le fait que la technologie remplace les pleurs n'est propre qu'aux hommes d'une certaine génération. Oui, répond le gamin. Mais, en tout cas, pleurer, non ; les hommes ne pleurent jamais, ni jeunes ni vieux, insiste-t-elle. Le gamin fait un geste qui ne veut rien dire de particulier et il allume la radio pour essayer de couper court à cette conversation qui l'incommode.

À l'instant précis où le gamin parvient à trouver une musique qui, sans être vraiment à son goût, lui permet de garder le silence et de faire mine de l'écouter, Jaime Brena entre dans le bar. Il regarde autour de lui, tâchant de deviner si l'une des personnes qui y sont assises pourrait être Roberto Gandolfini. Deux couples, une femme avec ses enfants, un homme jeune – presque aussi jeune que le gamin –, une femme d'une cinquantaine d'années qui pleure à côté de la fenêtre. Celle-là, je ne m'en occupe pas, j'ai déjà eu mon lot de pleureuses pour un dimanche après-midi, pense Jaime Brena. Irina ne pleurait pas, elle criait et, après avoir crié jusqu'à n'en plus pouvoir, parfois, elle laissait couler des larmes, mais des larmes de colère. Pourquoi Irina surgit-elle maintenant dans son esprit ? Pourquoi surgit-elle, de temps en temps, le dimanche après-midi ? Jaime Brena s'assied à une table, à côté de la porte. Il regarde encore une fois autour de lui. Rien. Soudain, un homme qui téléphone sort des toilettes et s'installe à une table à la diagonale de la sienne. Il dit quelque chose du genre : OK, je me tiens tranquille, alors ? Allez, encore un petit effort et c'est fini. Bien que Jaime Brena saisisse des bribes de sa conversation plutôt qu'il ne la comprend, il la devine en lisant sur ses lèvres. Tranquille, effort, c'est fini. Brena l'observe. C'est un homme de petite taille, d'une bonne cinquantaine d'années, peut-être un tantinet trop jeune pour être le frère de Gandolfini. L'homme referme son téléphone portable, il le pose sur sa table, et joue avec en le faisant tourner dans un sens, puis dans l'autre. Il porte des lunettes, des vêtements confectionnés sur mesure, chers et de bonne qualité, mais qui ont l'air défraîchis. Le pantalon trop haut à la taille, la chemise boutonnée jusqu'au cou, des mocassins classiques et un blouson de serge beige. Jaime Brena l'étudie du regard, l'homme a l'air inquiet, voire nerveux. Il sort maintenant des photos d'une enveloppe en papier kraft. Il les observe, les unes après les autres. Et si c'était lui ? se demande-t-il. Ce doit être lui. Ce visage lui est familier. Mais Jaime Brena ne sait pas du tout à quoi peut bien ressembler Gandolfini – pas plus le frère mort que son frère vivant –, alors, si sa tête lui dit quelque chose, c'est qu'il a dû le rencontrer dans d'autres circonstances. L'homme regarde sa montre, il agite les photos en l'air, comme pour s'éventer. Jaime Brena a de plus en plus l'intime conviction que l'homme qui se trouve là, à sa diagonale, est bien celui à qui il a donné rendez-vous, mais il attend encore un peu, il continue de l'observer, de l'étudier. Il se rend compte que c'est précisément cette attente qui accable cet homme qui, n'y tenant plus, finit par se lever ; regarde autour de lui et dit, presque en criant : Je suis Roberto Gandolfini, y a-t-il quelqu'un parmi vous qui m'attende ? Tous – les clients assis au bar, les garçons de café, le caissier – le regardent comme s'il s'agissait d'un fou et restent immobiles, interdits, laissant en suspens leurs occupations respectives, attentifs au moindre geste de ce fou. Tous sauf Jaime Brena, qui se lève aussi et dit : Oui, moi. Puis il s'avance vers sa table. Vous permettez, je peux m'asseoir ? demande-t-il. Oui, bien sûr, asseyez-vous, dit Gandolfini, et le bar retrouve son calme. Il range à la hâte ses photos dans l'enveloppe, comme s'il n'était pas encore sûr de vouloir les montrer à cet inconnu. Qu'est-ce que vous prendrez ? demande-t-il à Jaime Brena, qui lui répond : Un crème. L'homme dit : Moi aussi ! puis il sourit, attendant que Brena ajoute quelque chose. Brena s'en rend compte : Merci de vous être déplacé. Non, c'est normal, lui répond Gandolfini, je suis content d'avoir l'occasion de parler de mon frère à quelqu'un, tout a été si rapide, si inattendu. Oui, quel accident ne l'est pas ! dit Brena.

Pendant plusieurs secondes, l'homme le regarde sans rien dire puis, après cette pause embarrassée, il demande : Dites, vous n'étiez pas un de ses camarades du collège, n'est-ce pas ? Votre nom de famille ne me dit rien – le nom de famille du gamin des faits divers, que Gandolfini n'est pas censé connaître. Non, je ne suis pas allé au collège avec eux, nous nous sommes connus pendant le voyage de fin d'études et je suis resté en contact avec eux pendant un moment, mais pas avec toute la promotion, juste avec le groupe de Chazarreta, Collazo et votre frère. Avec la fameuse Chacrita, dit Gandolfini. Avec la fameuse Chacrita, répète Jaime Brena sans avoir la moindre idée de ce dont il parle. Alors, nous aussi, nous nous sommes connus à cette époque-là, lui fait remarquer Gandolfini. Vraiment ? C'était moi, ce gamin insupportable qui vous suivait partout, vous ne vous souvenez pas ? Même pendant le voyage de fin d'études. C'était à cause des délires de ma mère, qui disait que tout ce que faisait mon frère, il fallait aussi que je le fasse pour que cela soit équitable, vous vous rendez compte ? Une conception bien particulière de la justice. Parfois, en croyant agir pour notre bien, nos mères peuvent nous faire du mal. Vous n'imaginez pas à quel point mon frère pouvait m'en vouloir ! dit Gandolfini en riant. On l'envoie faire son voyage de fin d'études avec son frère cadet et une baby-sitter pour le chaperonner. Elle était terrible, ma mère, terrible. L'homme reste un instant le regard perdu sur ses mains, comme si le fait de les regarder l'aidait à se souvenir. Je suis sincèrement désolé pour ce qui est arrivé à votre frère, lui dit Brena. Gandolfini acquiesce avec une moue triste, une sorte de sourire étrange, mélancolique. Oui, quelle horreur, cet accident ; il pleuvait, et mon frère aimait faire de la vitesse avec sa voiture, vous saviez ? D'une façon ou d'une autre, nous nous doutions tous qu'un jour il finirait par mourir comme ça. L'homme ressort ses photos et cette fois-ci, il les passe à Brena, qui soupçonne la première, celle qui se trouve en haut du paquet, d'être la même que celle qui a disparu du cadre de Pedro Chazarreta : six camarades, quelque part en montagne, probablement à Bariloche, tenant la bannière de leur collège, Saint-Jérôme-Martyr. Il a vu déjà cette photo ailleurs, il en est convaincu. À moins qu'il ne se fasse des idées. La Chacrita, dit Jaime Brena, la photo à la main ; je n'ai jamais su pourquoi ils se faisaient appeler comme ça. L'homme regarde la photo qu'il tient devant lui, à l'envers. Vous avez eu de la chance, dit Gandolfini en riant. Je ne comprends pas, dit Brena. Laissez, je plaisante, explique-t-il, tout en reprenant son sourire mélancolique. Brena attend. Ils se faisaient appeler La Chacrita parce que c'est dans la *chacra* des Chazarreta qu'ils organisaient leurs cérémonies initiatiques. Des cérémonies initiatiques ? demande Jaime Brena. Vous savez, ces choses que font les bandes de jeunes quand ils accueillent un nouveau membre, des rituels d'appartenance, des épreuves à surmonter, dit Gandolfini ; toutes ces choses se sont passées il y a tellement longtemps que je ne m'en souviens même plus. Vous faisiez partie du groupe ? demande Brena. De quel groupe ? De La Chacrita. Ah, non, ils ne voulaient pas ! Ils disaient que j'étais trop petit. Je les suivais partout, comme un boulet, comme une sorte de tribut qu'ils devaient payer pour que mon frère puisse les accompagner, mais ils ne me laissaient participer à rien. Par contre, dès qu'ils le pouvaient, ils m'utilisaient comme leur larbin. Mon frère avait presque dix ans de plus que moi. Et nous n'étions pas du même lit. Mon père s'était retrouvé veuf et il s'était marié avec ma mère. Ils m'ont eu tout de suite après. Nous avions le même père, mais deux mères différentes. Nous étions demi-frères. Je comprends, dit Jaime Brena. Ils restent tous deux silencieux, une fois encore. Ils s'observent l'un l'autre, sans s'en cacher. Brena se demande d'où il connaît cet homme, mais Gandolfini est le premier à lui poser la question. Votre visage ne m'est pas étranger, dit-il, je me demande si nous ne nous sommes pas déjà rencontrés quelque part. Bon, répond Jaime Brena, et il va droit au but pour éviter les soupçons, certaines personnes disent que je ressemble à un journaliste du journal *El Tribuno* ; c'est vrai que l'on m'arrête dans la rue de temps en temps, parce que l'on me confond avec lui. Ah, oui, c'est cela, vous ressemblez à Jaime Brena. À Jaime Brena, oui. Et vous, Gandolfini, est-il possible que je vous aie déjà rencontré quelque part ? Écoutez, je suis créateur d'entreprises et, dans mon agence, nous créons des compagnies, nous commençons à les faire fonctionner, puis nous les vendons. Nous faisons également des études de faisabilité, des analyses de marché au niveau national et international, nous étudions la conjoncture future, toutes ces choses-là ; beaucoup de gens nous consultent, de grands groupes économiques et même certains hommes politiques, c'est pour cette raison qu'il m'est souvent arrivé de participer à des émissions ou à des journaux télévisés où je suis amené à parler de certains aspects de mon travail, de ce qui relève de mon domaine de compétence, dit-il avec un orgueil non dissimulé, avant d'asséner : Je suis une référence nationale sur certains sujets. Des sujets économiques, avant toute chose, vous savez ? Oui, oui, maintenant que vous le dites, je vous ai vu dans une émission sur le câble. C'est fort possible. Le silence se fait à nouveau, puis Gandolfini recentre la discussion : Pourquoi ne me posez-vous pas ces questions que vous avez posées à mon fils ? Profitez de ma présence. Eh bien, plus que poser des questions, je tenais surtout à reprendre contact avec ce groupe d'amis d'enfance, savoir ce qu'ils étaient devenus, car tout ce qui s'était passé, dans un premier temps avec la femme de Chazarreta, et plus récemment avec lui, a ravivé certains de mes souvenirs. L'homme le fixe d'un regard qui acquiesce en même temps qu'il le jauge, puis il dit : C'est vrai, la mort de la femme de Chazarreta nous a tous à nouveau réunis, car quand elle est morte, cela faisait longtemps que nous ne nous étions pas vus. Du moins, en ce qui me concerne, cela faisait longtemps que je ne les avais pas vus. Mon frère, je le voyais, évidemment, mais pas tant que ça, à cause de nos occupations respectives, mais nous étions en contact, nous savions ce que nous faisions tous les deux, nous étions de la même famille. Pas les autres. Et, après, il y a eu les autres morts, cette succession de malheurs. L'homme interrompt son récit et, une fois encore, son regard se perd sur ses mains. Jaime Brena l'observe ; le temps passe, et Gandolfini ne semble pas conscient du temps qu'il reste ainsi, à se regarder les mains sans rien dire. Enfin, il dit : C'est incroyable, le destin, vous ne trouvez pas ? Oui, acquiesce Brena, qui montre la photo et dit : Six amis, trois morts. L'homme le reprend : Non, pas trois, quatre morts. Jaime Brena est assommé par la nouvelle. Comment cela, quatre ? Gandolfini prend la photo et énumère : mon frère, dans un accident de voiture, Chazarreta, apparemment assassiné, Bengoechea d'une chute bête au ski, et Marcos Miranda, dit-il, en montrant le plus grand sur la photo, qui vient de mourir aux États-Unis dans une de ces attaques absurdes où un homme devient fou et tire sur tous les gens poussant leur caddie à la sortie d'un supermarché. Il y en a encore un qui vient de mourir ? Oui, Marcos Miranda ; c'est arrivé il y a quelques heures, je suis tombé par hasard sur la nouvelle sur CNN. Un Argentin qui vivait à New York depuis des années et qui était le PDG d'une banque importante. Et vous, vous n'en avez pas entendu parler ? Non, répond Brena. Ça ne va pas tarder, et ce sera dans tous les journaux, c'est le genre de nouvelle à côté de laquelle personne ne veut passer. Heureusement, il n'y a que quelques personnes légèrement blessées ; les gens sont capables de tout, à l'heure actuelle. Oui, dit Brena, les gens sont capables de tout, et il ne sort pas de son étonnement. Donc, les deux seuls amis du groupe qui soient encore vivants sont Luis Collazo et… Comment s'appelle-t-il, déjà, l'autre, dont le nom m'échappe ? feint Brena. Gandolfini le regarde un instant ; il se gratte la tête comme si ce geste lui ravivait la mémoire, il le regarde, puis il dit : Vicente Gardeu ? Oui, c'est bien cela, Vicente Gardeu, répond Brena. Gandolfini acquiesce plusieurs fois, comme si Brena venait de confirmer quelque chose. Puis ils se taisent à nouveau, se regardent, se toisent, mais, cette fois, Brena sent que le regard de Gandolfini a changé, légèrement, à peine, mais il a changé. Gandolfini cherche à voir l'heure sur sa montre. Eh bien, si vous n'avez plus rien à me demander, dit-il, commençant à ranger ses photos. Brena l'arrête : À vous demander, non, mais, dites-moi, serait-il possible, de quelque façon, que vous me prêtiez cette photo pour que j'en fasse une copie, et je vous la rendrais ensuite ? Non, voyez-vous, c'est l'un des rares souvenirs qu'il me reste de mon frère et de ses amis, dit Gandolfini. Ce serait très important pour moi, insiste Brena ; moi aussi, j'aimerais pouvoir conserver ce souvenir. Ce n'est pas une belle photo, c'est un instantané pris sur le vif. Ça n'a aucune importance. Non, excusez-moi, pas cette photo ; si vous en voulez une autre, j'y réfléchirai, mais pas celle-ci. Gandolfini referme l'enveloppe avec les photos, comme pour lui signifier qu'il n'y a plus à discuter, puis il met la main dans l'une des poches de son blouson, il en sort un porte-cartes et lui donne sa carte de visite. Pour quoi que ce soit, si vous voulez me consulter sur quelque chose de façon un peu plus directe que par Facebook. OK, merci beaucoup, accepte Brena. Une dernière faveur ; pourriez-vous me laisser regarder la photo une dernière fois ? L'homme hésite, mais finalement, il plonge sa main dans l'enveloppe et la lui tend. Jaime Brena l'observe comme s'il voulait la graver dans sa mémoire. Il est sûr d'avoir vu cette photo quelque part. Il en est sûr. Il maudit sa mémoire, jadis infaillible, dont il sent depuis quelque temps qu'elle commence à perdre de son lustre. Gandolfini approche sa main, comme pour qu'il lui rende la photo. Il la lui donne. Merci, dit Jaime Brena, permettez-moi de vous offrir le café, et nous sommes quittes. Cela me semble équitable, dit l'homme, c'est vous qui payez le café, puis il s'en va.

Jaime Brena le regarde s'en aller par la fenêtre. Où a-t-il vu cette photo ? Il sort son bloc-notes Congreso, barre "Inconnu 1" et écrit "Marcos Miranda". Il barre "Inconnu 2" et écrit "Vicente Gardeu". À droite de la flèche de Marcos Miranda, il écrit : "Mort aux États-Unis, attaqué par un franc-tireur." Il remet le bloc-notes Congreso dans la poche de son blouson. Il pense à Chazarreta et à ses autres morts. Il pense à Gloria Echagüe. Il pense à tout le travail qu'il a consacré au suivi de la mort de cette femme. Il se revoit, quelques années plus tôt, reconstituant ce crime, s'entretenant avec Chazarreta, faisant des reportages, dont certains pour la télévision. La télévision ! C'est cela, la télévision ; c'est là qu'il a vu la photo, dans le reportage qu'ils ont passé tout juste après que Chazarreta a été tué, quand ils n'avaient encore rien, ce reportage où il apparaissait, et qui se terminait par une série de photos du couple Chazarreta : des photos de Gloria Echagüe, des photos de Pedro Chazarreta, des photos d'eux ensemble, des photos de quand ils étaient jeunes, des photos récentes. Des photos de Gloria Echagüe avec des amies. Des photos de Chazarreta avec des amis. Et encore des photos, mais celles-là n'ont plus d'importance pour lui. La seule qui lui importe, c'est celle-ci, sur laquelle Chazarreta se trouvait avec ses amis. Il parierait que c'est la même photo. Il faut qu'il se procure l'enregistrement ; ce serait facile si l'on n'était pas dimanche, mais, s'il appelle quelqu'un, ils vont le laisser mariner jusqu'à lundi. Ou même mardi. Il va en parler au gamin des faits divers ; Brena est convaincu qu'il va trouver le moyen de se la procurer sur la toile. Il n'a pas idée d'où, ni comment, mais il fait confiance au gamin pour ces choses-là, il lui fait entière confiance.

Enfin, il laisse sur la table l'argent pour payer les deux cafés, puis il sort. Tout en traversant la rue en direction de la voiture du gamin, il se demande combien de temps pourra bien s'écouler avant qu'il n'écrive, dans la colonne de droite de son bloc-notes Congreso, la cause de la mort de Vicente Gardeu et de Luis Collazo.

20

La grande barrière de l'entrée de La Maravillosa est baissée à l'heure à laquelle arrivent Jaime Brena et ses compères : il est huit heures du soir. Derrière la fenêtre du poste de garde, le gardien demande au gamin des faits divers d'éteindre ses phares et d'allumer les lumières à l'intérieur du véhicule. Mais le gamin ne comprend pas ces indications, il voit simplement un homme faire des gestes avec sa main qu'il ouvre et qu'il ferme, les doigts tendus, comme s'il voulait imiter le bec d'un canard. Il voit un homme, qui ne lève pas la barrière de l'entrée et qui ne compte pas venir vers lui pour lui donner des explications, un homme qui patiente jusqu'à ce que le gamin fasse ce qu'il attend de lui. Jaime Brena, en revanche, comprend son geste et l'explique au gamin : Éteins tes phares et allume les lumières à l'intérieur. Le gamin s'exécute. Brena a beau comprendre ce que demande le gardien, il s'en irrite, ou disons que c'est plutôt parce qu'il comprend qu'il s'en irrite, malgré toute la patience qu'on lui connaît. Pour Brena, ces méthodes s'apparentent à de l'abus de pouvoir, et elles lui rappellent de sombres époques. Pendant les années qu'il est resté marié, il s'est souvent disputé avec Irina au sujet de ce qu'elle considérait comme une de ses nombreuses incohérences et contradictions : il était patient, ce qui ne l'empêchait aucunement de s'énerver sans crier gare. Si tu sens que tu t'énerves, fais quelque chose ; et si tu dois prendre ton mal en patience, ne t'énerve pas, lui reprochait sa femme. Quand tu te fais piquer par un moustique, ta peau s'irrite immédiatement, ça n'a rien à voir avec de la patience ou de l'impatience, répondait-il ; d'autre part, si le moustique t'a déjà piqué, te vois-tu faire autre chose que te gratter ? Jaime Brena était patient, à l'époque, lorsqu'il était encore marié avec Irina ; et il l'est d'ailleurs encore aujourd'hui, devant la barrière de l'entrée de La Maravillosa, parce qu'il sait que s'impatienter ne lui sera pas d'un grand secours, et que tout ce qu'il pourrait faire ne servirait à rien et ne ferait que retarder leur entrée. Ce qui ne l'empêche pas de s'en irriter, comme s'il venait d'être piqué par une nuée de moustiques. Quand ils arrivent à la hauteur du gardien, ce dernier leur demande leur nom, leur numéro de carte d'identité, le numéro de la plaque d'immatriculation, le modèle et la couleur du véhicule. La couleur ? demande le gamin des faits divers. La couleur, répète le gardien. Vert, dit le gamin, sur le ton que l'on prend pour répondre à une question bête. Vert quoi ? insiste le gardien. Comment ? demande le gamin. Quel vert ? dit l'homme, inversant l'ordre des mots composant sa question, comme si cela pouvait contribuer à la rendre intelligible. Vert, répète le gamin. Un autre gardien qui patrouille dans la zone, une carabine appuyée sur l'épaule, s'approche et dit, à la manière des gens qui donnent à voix basse le tuyau pour la prochaine course à l'hippodrome : Vert Tahiti. Vert Tahiti, OK, le remercie le gardien qui enregistre leur entrée dans le fichier visiteurs tout en pianotant à deux doigts sur son clavier, sans doute pour saisir le mot "Tahiti". Le gamin regarde ses camarades et il dit : Le pire, c'est que ce n'est que le début. Ne m'en parle pas, répond Jaime Brena. Le gardien demande maintenant au gamin son permis de conduire, sa carte d'identité, l'attestation d'assurance de la voiture et le récépissé de la dernière échéance ; il lui demande d'ouvrir le coffre, puis le capot. Ce que fait le gamin ; il fait une à une toutes les choses que cet homme lui impose, mais il lui fait remarquer : Hier, je suis venu ici, je suis entré pour rendre visite à la même personne dans la même maison, vous m'avez déjà pris en photo, et vous avez enregistré toutes ces données dans le système, sauf la couleur… Oui, ça, c'est nouveau, dit le gardien, mon collègue a dû oublier. Et, du coup, il faut tout réenregistrer ? demande le gamin. Non, normalement, ça ne devrait pas être nécessaire, mais le système est tombé en panne et nous devons récupérer toutes les données à la main. Jaime Brena s'énerve encore un peu plus. Karina Vives, elle, s'en amuse : Ces types-là sont incroyables, c'est du jamais vu… Dis-moi, toi, tu crois vraiment que ce type ne se rend pas compte que ça n'a aucun intérêt, de savoir si ta voiture est vert Tahiti ou vert mousse ? demande Brena. Ce ne sont pas eux, ce sont ceux qui donnent les instructions qui ont eu cette idée fumante. Chaque nouvelle agression dans un quartier privé entraîne une nouvelle formalité au poste de contrôle ; une formalité qui ne sera d'aucune utilité pour éviter le prochain incident, mais à laquelle personne n'osera s'opposer. Karina dit : Moi, je crois qu'ils devraient démonter les sièges, comme la police des stups, soulever les tapis, essayer l'extincteur pour voir s'il n'est pas rempli d'une substance pouvant servir à fabriquer des bombes artisanales, nous faire une palpation pour chercher des armes, fouiller mon sac à main, nous faire passer sous un détecteur de métaux... Laisse-leur un peu de temps, l'interrompt Jaime Brena, maintenant plus résigné qu'irrité, tandis que la barrière se lève devant eux et leur permet, enfin, d'entrer dans La Maravillosa.

Chez elle, disons plutôt dans la maison qu'elle occupe, Nurit Iscar sait que Jaime Brena et le gamin des faits divers arrivent, car les gardiens l'ont déjà contactée pour qu'elle les autorise à passer – même si elle ignore que Karina Vives se trouve également dans cette voiture. Elle se peigne, s'asperge d'un peu de parfum, se repasse un coup de rouge sur les lèvres et, d'un coup, elle se sent idiote. Elle rejoint ses amies dans la cuisine. Pour quelle heure as-tu commandé les pizzas ? demande Paula Sibona. Pour neuf heures ; j'aurais dû les demander plus tôt, tu ne crois pas ? Non, neuf heures, c'est une bonne heure pour manger, dit Carmen. Et s'ils ont faim en arrivant ? Je prépare des amuse-gueules ? demande Nurit. Dis, Bétibou, je me trompe, ou tu es encore plus nerveuse que lorsque Lorenzo Rinaldi est venu te chercher ? demande Paula. C'est toi qui le dis. Le crissement des roues de la voiture sur les gravillons de l'entrée lui évite d'avoir à apporter d'autres explications. Nurit Iscar se dirige vers la porte pour accueillir ses invités. L'obscurité ne lui permet pas encore de voir que quelqu'un accompagne le gamin des faits divers et Jaime Brena, jusqu'au moment où Brena ouvre la portière arrière et Karina Vives sort de la voiture qui, maintenant, est vert Tahiti, ses passagers le savent bien. J'espère que cela ne te dérangera pas, nous avons amené une amie, Karina, dit Jaime Brena, et il fait les présentations. Nurit, répond-elle ; elle fait la bise à la jeune femme, puis aux deux hommes. Jamais Nurit Iscar, Bétibou, ne s'expliquera pourquoi, en embrassant Karina Vives avant de l'accompagner sous la galerie de sa maison, elle ne se doute pas de qui elle est – vu son âge, elle est persuadée que c'est une invitée du gamin des faits divers et non de Jaime Brena –, et pourquoi, par contre, elle s'en rendra compte, quelques heures plus tard, quand ses amies le lui diront – Sais-tu qui est cette salope ? Pourquoi ne se doute-t-elle pas encore que celle avec qui elle marche sous la galerie de sa maison est la femme qui, il y a trois ans, a détruit son roman *Seulement si tu m'aimes*, et a contribué à ce que Nurit s'engage sur le chemin qui l'a plongée dans le monde des nègres. Il est vrai que personne ne cite son nom de famille, lors des présentations, que personne ne précise qu'elle est journaliste culturelle, ni ne dit : Elle travaille avec nous. Ce n'est pas censé exister, l'intuition féminine ? Les réactions épidermiques ? Le sixième sens ? On dirait bien que non, ou que l'excitation que procurent à Nurit l'affaire Chazarreta et son cortège de morts, et la simple présence de Jaime Brena – l'heure est venue de le reconnaître – inhibent certains de ses sens. Toujours est-il qu'à ce moment-là, elle fait entrer cette fille dans la maison, discute avec elle en se montrant aimable et sympathique, et qu'elle la présente ainsi à ses amies : Paula, Carmen, je vous présente Karina. Et tout le monde se fait la bise, se sourit, s'installe dans le canapé du living et échange d'agréables paroles, comme pour donner raison, unanimement et sans la moindre réserve, au fameux dicton "Les amis de mes amis sont mes amis", bien que certaines des personnes présentes ne se connaissent qu'assez peu. La première chose que fait le gamin est de répondre à la demande de Jaime Brena : il monte dans la chambre de Nurit et cherche sur YouTube la vidéo du reportage sur la mort de Chazarreta qui est passée il y a quelques jours sur la chaîne qui appartient au même groupe que *El Tribuno*. Il la trouve sans difficulté, et il imprime tout aussi facilement la photo qui apparaît à la fin du reportage, au milieu d'une succession de prises différentes, et que Brena soupçonne d'être précisément celle qui se trouvait dans le cadre vide. Bien que le niveau de définition de la photo ne lui permette pas d'en avoir le cœur net, il est en effet probable que la photo soit bien celle-ci, car les visages, un peu trop *pixélisés* à son goût, se distinguent assez clairement. Il descend, la montre à Jaime Brena, qui confirme : C'est bien celle-ci ; merci, petit.

Un moment après, alors qu'ils sont déjà installés dans le living, Jaime Brena sort de sa poche son bloc-notes Congreso et la photo que le gamin vient de lui remettre ; il cherche la page sur laquelle il a mis ses dernières annotations et, d'un geste, il invite Nurit à s'approcher. Ce qu'elle fait, avant de prendre la photo imprimée sur du papier ordinaire, du papier pour imprimante, et de se mettre à observer chacun de ces garçons. Elle les regarde, plusieurs fois, observe les visages un par un. Des poses souriantes pour tout le monde, sauf pour Gandolfini, dont l'expression est différente, plus dure, comme s'il était en train de parler, voire même de donner des instructions ou de réprimander la personne qui prend la photo. Nurit et Jaime Brena échangent les quelques impressions qu'elle leur inspire ; le gamin des faits divers suit leur conversation avec attention. Les autres également, quoique avec un peu plus de détachement, car ils ne savent pas encore s'ils peuvent ou non se le permettre. Jaime Brena s'en rend compte et les invite à participer : Si vous êtes intéressés par les étranges élucubrations auxquelles nous nous livrons, vous pouvez vous joindre à nous. Et ils les rejoignent tous. Il livre un rapport de sa rencontre avec le frère de Gandolfini, dans lequel il ne tarit pas d'éloges pour le gamin des faits divers, véritable expert du net qui lui a permis de localiser cet homme. Et de trouver la photo. Puis, il chausse ses lunettes pour lire à voix haute ce qui lui importe le plus : son tableau synoptique, chaque mort et la cause de chaque mort. Nurit dépose la photo sur la table et, maintenant, elle suit des yeux les notes que Jaime Brena lit tout haut. Le gamin essaie de trouver du réseau pour son Blackberry mais, pour cela, il lui faut se rapprocher du chambranle de la porte qui sépare le living de la cuisine. Il ne sait même pas pourquoi il tient absolument à avoir du réseau, mais il s'obstine. Quand Brena en finit avec la lecture de son tableau, Carmen Terrada dit, avec les précautions oratoires de celle qui est consciente de s'exprimer sur un sujet qui ne la regarde aucunement : Si cela ne vous dérange pas que je fasse un commentaire, peut-être inopportun, tout cela me fait penser à une mort de Carnaval. Jaime Brena acquiesce. C'est quoi, une "mort de Carnaval" ? demande le gamin des faits divers, bien que cette question eût pu être posée par n'importe qui, car personne, ici, à l'exception d'elle et de Jaime Brena, ne sait précisément de quoi parle Carmen Terrada. Elle s'explique : Maintenant, les choses sont sous contrôle, mais, il y a bien longtemps, pendant le Carnaval de Río de Janeiro, beaucoup de gens mouraient dans des rixes qu'on tolérait parce qu'elles étaient liées à la consommation d'alcool, à la fête et à l'absence totale de maîtrise. Ces morts étaient assumées comme un tribut à payer pour le Carnaval ; on n'enquêtait pas vraiment, trop de morts, trop peu de pistes. Cela a eu pour conséquence que les assassins qui voulaient en finir avec quelqu'un, pour quelque raison que ce fût, attendaient le Carnaval pour ajouter ce crime au quota de morts du dieu Momo et pour le faire passer pour ainsi dire inaperçu. Bon, certaines des choses que je vous entends dire depuis tout à l'heure me font penser à cela, aux morts du Carnaval. Je ne sais pas bien expliquer pourquoi, c'est comme une sorte d'intuition, conclut Carmen. Jaime Brena, qui l'a écoutée avec un grand intérêt, acquiesce. Il croit, lui aussi, qu'il y a quelqu'un qui veut faire passer des vessies pour des lanternes, qu'il y a quelqu'un de beaucoup plus intelligent qu'eux tous, que ce quelqu'un, d'une façon ou d'une autre, continue de tirer les ficelles de toutes ces morts. Et de celles qui restent à venir. Malgré la complexité de la situation, il ne croit pas que ces accidents soient simplement des accidents. Il demande au gamin de chercher davantage d'informations sur le dernier mort, Marcos Miranda, sur celui qui vient de se faire tuer, il y a quelques heures à peine, aujourd'hui même, cet après-midi, dans une fusillade aux États-Unis. Sont-elles toutes des morts de Carnaval ? Y en a-t-il seulement qui le soient ? Et d'autres qui ne le soient pas ? Quel lien peut-il y avoir entre un accident de ski, une collision mortelle, un égorgement et un franc-tireur ? demande tout haut Jaime Brena, invitant le groupe à élucider cette énigme qui le tient en haleine depuis quelques heures. Quel est le modèle, la constante qui se répète d'affaire en affaire ? insiste-t-il. Le gamin dit que cela lui semble étrange, mais que, sur le site des agences de presse, il ne trouve encore rien au sujet de la fusillade de Jersey City. Karina Vives ne pense plus à sa grossesse depuis un moment, et elle est maintenant agenouillée au pied de la table basse et observe la photo des jeunes de La Chacrita. Nurit Iscar a toujours les yeux rivés sur le bloc-notes Congreso de Jaime Brena. Elle avance avec son doigt, s'en servant comme d'un pointeur, allant du mort aux causes de sa mort. Elle semble s'être isolée du reste du groupe, ne plus écouter ce que disent les autres et donner libre cours aux pensées qu'elle rumine dans sa tête. Elle lit encore et encore, cause et mort, de gauche à droite et de droite à gauche, de bas en haut et de haut en bas. Jusqu'à ce qu'enfin, comme si elle avait eu une révélation, elle interrompe la conversation qu'elle n'écoutait pas, et dise : Chacun d'eux est mort comme il devait mourir. Que veux-tu dire par là, demande le gamin des faits divers. Qu'ils sont morts comme on était en droit d'attendre qu'ils meurent, dit Nurit Iscar ; ensuite, elle se redresse et, comme si elle était en train de donner un cours à l'université, elle arpente le living et explique, en montrant et en nommant chacun des hommes de la photo qu'elle arrache des mains de Karina Vives, dans un geste moins autoritaire que spontané, pour ne pas dire enthousiaste : Celui qui conduisait comme un fou et dont tout le monde croyait qu'il finirait par y rester, est mort dans un accident de voiture ; le skieur téméraire s'est tué en skiant ; celui qui est parti vivre aux États-Unis s'est fait canarder par un malade. Et

Chazarreta, que tant de gens considéraient comme l'assassin de sa femme, est mort comme elle, il est mort comme il devait mourir, comme on pouvait s'attendre à le voir mourir. Chacun d'eux a eu la mort qu'il devait avoir, conclut Nurit. Mais ce ne sont ni le destin, ni le karma, ni le hasard, ni une malédiction, ni même un sort, comme dirait Gladys Varela, précise Jaime Brena, avec l'assentiment silencieux de Nurit. Qui est Gladys Varela ? demande Karina Vives ; mais personne ne lui répond. C'est quoi, alors ? demande Paula Sibona. Des assassinats sur commande, dit Jaime Brena, sans hésiter un seul instant. Quelqu'un qui a voulu voir mourir toutes ces personnes et qui s'est occupé de trouver un homme de main qui fasse le travail pour lui. Voilà le topo. Et ça existe, ça ? demande Carmen, on peut vraiment trouver facilement des gens prêts à en tuer d'autres ? Je croyais que c'était un mythe urbain. Je ne sais pas si c'est facile à trouver, mais ça n'a rien d'un mythe urbain, ça s'appelle un tueur à gages, dit le gamin des faits divers. Ça se trouve avec plus ou moins d'argent, répond Jaime Brena, avant de poursuivre : Un travail "sérieux" entre guillemets, soigné, réalisé par des professionnels, peut coûter entre trois et cinq mille dollars mais aujourd'hui tu peux trouver des types prêts à en descendre d'autres pour trois cents pesos. Dommage que je ne l'aie pas su plus tôt, dit Paula Sibona en adressant un clin d'œil à Carmen Terrada, qui n'apprécie pas la blague. Peu importe à qui ce travail a été confié, poursuit Brena, mais il a dû lui revenir bien cher. Un tueur à gages isolé n'irait pas faire ce type de choses, il faut une entreprise ; une série d'assassinats comme celle-ci demande de la logistique, de l'information, une large implantation territoriale, et même un scénario. Une véritable entreprise. Une fois, j'ai écrit un article sur une affaire qui avait certaines ressemblances avec celle-ci, dit Karina Vives. Ah, tu es journaliste, toi aussi ? demande Paula Sibona, qui semblait être jusque-là la moins attentive à la conversation. Oui, répond-elle, j'ai écrit sur une entreprise dont l'activité était de créer des faux stages et de faux congrès pour des hommes ou des femmes infidèles. Les infidèles en question disaient à leur conjoint qu'ils se rendaient à un congrès, quelque part dans le monde, et ils leur fabriquaient de fausses convocations, des pochettes avec le programme des activités, des cartes d'accréditation, des photos truquées, des diplômes, *et cetera*, *et cetera*, tout était impeccable. Il y a tout de même de sacrés salauds, dit Paula Sibona. Oui, en convient Karina. C'est un peu le même genre, non ? Toute une organisation pour construire un mensonge qui, au lieu de cacher des infidélités, cache autre chose. Plusieurs morts non seulement camouflées mais provoquées, des assassinats, un travail de professionnel dans le sens le plus abject du terme, dit Jaime Brena. Et il continuerait bien d'expliquer, de parler du sujet, mais il se rend compte que les trois femmes qui se sont jointes à leur groupe de travail sont restées focalisées sur l'entreprise pour maris et femmes infidèles, et elles en parlent à voix basse sans vraiment prêter attention à ce qu'il vient de leur expliquer. Cette conversation suscite un enthousiasme croissant de l'autre côté du living. L'enthousiasme est moins de mise pour Jaime Brena, le gamin des faits divers et Nurit Iscar. Ils sont préoccupés. Très préoccupés. Ils s'éloignent un peu d'elles pour pouvoir parler librement sans les alarmer. Oui, maintenant, je pense qu'il faut qu'on en parle à la police, dit le gamin. Oui, confirme Jaime Brena. Nurit acquiesce, mais son cerveau est toujours en pleine ébullition : Qui peut faire appel à une organisation criminelle, et pourquoi ? En tout état de cause, quelqu'un qui a beaucoup d'argent. Mais qu'ont pu faire ces hommes pour que quelqu'un dépense autant d'énergie et d'argent à préméditer leur mort et à l'exécuter d'une façon aussi sophistiquée ? Ce sont les deux choses qu'il nous reste maintenant à déterminer, dit Jaime Brena, qui, et pourquoi. Mais, en effet, il n'y a pas le moindre doute là-dessus, nous devons prévenir la police.

La sonnette de l'entrée retentit et les interrompt. La pizza ? dit Nurit, c'est vraiment bizarre que les gardiens ne nous aient pas avertis. Nous allons voir qui a encore de l'appétit ; moi, en ce qui me concerne, j'ai un nœud à l'estomac, dit-elle, en se dirigeant vers la porte. Or, en l'ouvrant, elle se rend compte que ce n'est pas la pizza qui l'attend dehors, mais le gardien qui l'a accompagnée jusqu'au kiosque, ce matin dans sa voiturette. Excusez-moi de vous déranger, madame, dit-il. Non, ce n'est rien, que se passe-t-il ? demande-t-elle. Je… je ne sais pas si je devrais me trouver là, mais… Que se passe-t-il ? insiste Nurit. M. Collazo, vous vous souvenez que nous avions dit que nous le trouvions particulièrement nerveux ? Oui, dit Nurit, devinant ce qui va suivre. Jaime Brena et le gamin des faits divers, qui se sont déjà rendu compte que celui qui parle est sur le point de faire une révélation importante, s'approchent de la porte. M. Collazo s'est tué, je viens d'être averti par un collègue… et je viens de le voir. Nurit reçoit cette nouvelle comme un coup de poignard en pleine poitrine. Comment est-il mort ?

demande Brena. Il s'est pendu à un arbre, il y est encore accroché, chez lui ; on ne peut pas le décrocher, il faut attendre l'arrivée du procureur. Nurit s'appuie au bras de Jaime Brena, il la soutient, tout en appuyant sa main sur la sienne, et en la lui serrant. Le gamin se frotte le visage comme s'il voulait sortir d'un rêve qui l'accable. Ne dites pas à mes supérieurs que je suis venu vous prévenir, demande l'homme à Nurit, ils n'apprécient pas que l'on informe les gens et que l'on aille colporter… mais je vous le dis, je suis tellement abasourdi, il se passe de ces choses, vous vous rendez compte ? Je voulais vous en parler, excusez-moi. Non, vous avez bien fait, dit-elle, vous avez bien fait de venir tout me raconter, soyez tranquille, je ne dirai à personne comment j'ai appris la chose. Il était très nerveux, insiste le gardien, on le voyait venir, non ? Nurit Iscar essaie de dire quelque chose, mais sa voix s'étrangle dans sa gorge. Jaime Brena s'en rend compte et lui évite de devoir donner la réponse qu'attend le gardien. Il dit donc à sa place les mots qu'elle aurait dits si elle n'avait pas la gorge serrée, des mots qui, même s'ils semblent vouloir confirmer les impressions de l'homme qui se trouve debout devant eux, recèlent en fait une intention différente : Oui, on le voyait venir ; Collazo, lui aussi, est mort comme il devait mourir.

21

Jaime Brena et Nurit Iscar sont sur le point de sortir pour se rendre à la maison de Luis Collazo, dont le corps est encore pendu à un arbre. Le gamin des faits divers, qui pensait d'abord y aller avec eux, convient avec Brena qu'il vaut mieux qu'il reste là à chercher des informations pour localiser Vicente Gardeu, le dernier survivant. C'est du moins ce qu'ils espèrent, que Gardeu ait pour l'instant survécu à ses camarades. Nurit Iscar lui suggère d'utiliser pour cela l'ordinateur qui se trouve dans sa chambre, son écran est plus grand que celui de son Blackberry et son clavier ne risque pas de lui donner autant d'arthrose. Karina Vives, Paula Sibona et Carmen Terrada restent à la maison ; elles attendent des nouvelles et les pizzas. C'est pourquoi, tandis que Nurit et Jaime Brena marchent dans la noirceur d'une nuit sans lune – à La Maravillosa, afin de préserver l'atmosphère naturelle du site, lors de la dernière assemblée générale, les résidents ont voté contre un projet visant à intensifier l'éclairage des rues ; il paraît que l'un des résidents a crié "Pour ça, on n'a qu'à aller vivre à Buenos Aires" et qu'il a été applaudi par tout le monde –, le gamin des faits divers est dans la chambre, à pianoter "Vicente Gardeu" sur le moteur de recherche de

Google, et les amies de Nurit Iscar bavardent avec Karina Vives dans la cuisine tout en attendant l'arrivée du livreur de pizzas, qui a déjà été annoncée par les gardiens. Si on allumait le four pour les garder au chaud le temps qu'ils reviennent ? propose Paula. Je ne crois pas qu'ils aient des envies de pizzas en rentrant, mais c'est vrai que si elles sont froides, ce sera encore pire, dit Carmen. Puis, elle demande à Karina Vives : Alors, comme ça, toi aussi, tu es journaliste ? À *El Tribuno*, comme eux. Ah, vous êtes collègues tous les trois, vous travaillez ensemble. Oui, et pour tout dire, on est juste à côté les uns des autres, les bureaux sont assez proches. Ça fait longtemps que tu es entrée au journal ? demande Paula Sibona. Non, dit Karina, et elle se met à rire, cela fait déjà trop longtemps, quelque chose comme huit ans. Mais quel âge as-tu ? Trente-cinq. Tu ne les fais pas du tout. Merci. Alors, ça fait un bout de temps que tu y es. Oui. Et dans quelle rubrique travailles-tu, est-ce que tu t'occupes toujours de femmes et d'hommes infidèles ? Non, heureusement, non, ça, c'était tout à fait au début, je leur servais de bouche-trou, je couvrais ce que l'on me disait ; ensuite, je suis passée à la page Spectacles et, depuis plusieurs années je suis à la page Culture. Carmen est la première à avoir un flash, alors, elle répète, comme pour confirmer : Tu es à la page Culture de *El Tribuno.* Et, dans la foulée, elle demande : À la page Culture du journal, ou au supplément ? Les deux, confirme la jeune femme. Et tu t'appelles Karina. Oui, confirme-t-elle encore une fois, un peu surprise par toutes ces questions mais, surtout, par le ton sur lequel Carmen les lui pose. Elle travaille à la page culturelle de *El Tribuno* et elle s'appelle Karina, dit

Carmen à Paula avec une intention que son amie saisit immédiatement. Dis-moi, ma chérie, tu t'appelles Karina comment ? demande Paula. Karina Vives, dit la jeune femme. Non, je ne te crois pas, dit Paula. Karina Vives, répète Carmen d'un air qui dit "Je le voyais venir". Dis-moi, Karina, as-tu une idée de chez qui tu te trouves ? lui demande Paula. Oui… dit la jeune femme sans comprendre encore où veut en venir cette femme avec sa question. Chez qui ? insiste-t-elle. Que se passe-t-il, c'est une blague ? Je ne comprends pas, chez Nurit Iscar, répond-elle. Et toi, ça ne te fait pas un petit quelque chose de te trouver là ? Comment cela, un petit quelque chose ? Un petit quelque chose, oui, de la honte, de la pudeur, des remords… Plus clairement, tu n'as pas un peu l'impression d'être une merde ? assène Paula Sibona. Karina change d'expression, elle n'arrive pas à comprendre si cette conversation est une plaisanterie, un malentendu, ou autre chose, elle essaie de trouver une explication à la soudaine agressivité avec laquelle la traitent les amies de Nurit Iscar. Si c'est pour… je n'ai rien à voir avec Jaime Brena, ni avec le gamin… Non, non, chérie, il ne s'agit pas de cela, cela n'a rien à voir avec les hommes. Karina Vives n'a pas la présence d'esprit de penser à une critique vieille de trois ans qui, pour elle, ne signifiait pas du tout la même chose que pour Nurit Iscar et ses amies. Une critique qu'elle a essayé d'oublier pour de tout autres raisons, et avec succès jusqu'à aujourd'hui. Paula Sibona lui rafraîchit la mémoire : Tu as fait le compte rendu d'un livre dans lequel tu as détruit Nurit, et tu oses te pointer ici la bouche en cœur. Maintenant ? Un nouveau livre ? Non, pas nouveau, il date de trois ans ; as-tu donc une si mauvaise mémoire ? Je te mets sur la voie : le compte rendu de *Seulement si tu m'aimes*. Ah, oui, celui-là ; mais cela remonte à trois ans, dit Karina, qui comprend enfin de quoi on lui parle. Tu n'as rien à dire ? insiste Paula. Écoutez, vous me mettez très mal à l'aise, ce compte rendu est une chose que l'on m'avait commandée et que j'ai faite, il parle d'un livre, pas d'une personne. C'était mon premier travail en tant qu'éditrice de la page Culture et, d'autre part, je ne connaissais pas Nurit Iscar à l'époque. Quoi ? Tu veux dire que, si tu l'avais connue, ton compte rendu aurait été différent ? C'est comme cela que vous travaillez ? demande Carmen. Je préfère ne pas en parler, je ne discute pas de certains aspects de mon travail ; il s'agissait d'un compte rendu, rien d'autre, ce n'est pas un compte rendu qui va changer la vie de quelqu'un. Si, celle de Nurit Iscar, oui, affirme Paula d'une voix rude. Ça n'a pas dû être le compte rendu, il a dû y avoir autre chose, est-ce que cela a assez d'importance, ce que quelqu'un pense d'un livre, pour marquer la vie de celui qui l'a écrit ? se défend Karina Vives. Chacun est affecté par ce qui le touche personnellement ; et toi, il n'y a rien qui t'affecte ? demande Carmen, qui poursuit : Peut-être que cela ne t'affecte pas, que quelqu'un aille dire du mal de ton travail et dénigrer le temps et les efforts que tu y consacres, mais il y a bien des choses qui doivent t'affecter, dans la vie, des choses qui te fassent pleurer ; à moins que tu ne pleures pas, toi ? Karina Vives soutient son regard pendant quelques secondes, la mâchoire serrée, la respiration intense, les yeux bouillants de colère puis, se sentant dans une impasse, elle fond bruyamment en larmes. Allez, arrête, il n'y a pas non plus de quoi te mettre dans un état pareil ; nous restons correctes, nous disons ce qui doit être dit, mais nous restons correctes, pas vrai ? dit Paula en regardant Carmen. Super-correctes, confirme Carmen. Si ce que tu veux, c'est nous mettre mal à l'aise… Ce n'est pas pour cela que je pleure ! Je ne pleure pas à cause de vous, de Nurit Iscar, ni de ce compte rendu de merde, je pleure parce que je suis enceinte ! Maintenant, ce sont Paula Sibona et Carmen Terrada qui sont prises au dépourvu. Ce n'est pas un problème plus important qu'une notice bibliographique ? Paula et Carmen se regardent, puis elles la regardent. Karina Vives a du mal à respirer, elle s'étouffe dans ses sanglots. Je ne sais pas si je veux le garder ou pas, balbutie-t-elle. Oui, dit Carmen, tu as de vrais problèmes. Paula Sibona remplit un verre d'eau et le lui tend. Tiens, chérie, reprenons tout par le début. C'est quoi, une notice bibliographique ?

Au moment où Paula Sibona donne le verre d'eau à Karina Vives, le gamin des faits divers découvre que Vicente Gardeu a été le fondateur de l'ordre qui a amené le collège Saint-Jérôme-Martyr en Argentine, et que si cet homme était vivant à l'heure actuelle, il aurait cent neuf ans. S'agirait-il d'un homonyme ? Il insiste dans sa recherche, mais toutes les entrées renvoient au même Vicente Gardeu. Plusieurs d'entre elles parlent de procès intentés contre lui pour pédophilie et abus sexuels. Il ouvre une de ces pages : plus de quinze séminaristes passés dans cet ordre disent avoir été victimes d'abus sexuels de la part de Gardeu. D'autres le défendent. Il y a des déclarations de parents qui envoient leurs enfants dans des établissements appartenant à la congrégation et qui soutiennent qu'ils ne sont pas concernés par ce qui a pu arriver dans le passé, car “la réussite de la fondation dépasse le cadre de la vie personnelle de son fondateur". De toute évidence, Jaime Brena doit avoir mal compris, Vicente Gardeu n'est pas le sixième larron. Il ne peut pas l'être. Le gamin revient aux nouvelles concernant la fusillade de Jersey City. Maintenant, ça y est ; sur tous les sites, c'est à peu près la même information qui apparaît, en anglais, et qu'il traduit dans sa tête en la lisant : Aujourd'hui, quelques minutes après trois heures, cet après-midi, un franc-tireur non identifié a tiré depuis un immeuble voisin du parking du supermarché Walmart de Jersey City, laissant derrière lui un bilan d'un mort et de trois blessés légers. La police enquête actuellement pour déterminer de quel endroit les coups de feu ont été tirés. Il semblerait que la victime soit le gérant d'une importante compagnie, un Argentin de soixante ans, établi aux États-Unis depuis plusieurs dizaines d'années. Le gamin des faits divers imprime trois pages tirées de différents journaux en ligne couvrant la nouvelle car il sait que, dès qu'il le pourra, Jaime Brena voudra la lire sur un support imprimé. Il s'arrange pour qu'au moins l'une des trois soit en espagnol, et se dit que plus le temps passe, plus il commence à bien connaître Jaime Brena.

La troisième page sur la fusillade de Jersey City sort de l'imprimante au moment où Nurit Iscar et Jaime Brena arrivent devant la maison de Luis Collazo. Ils savent qu'ils ne vont pas pouvoir s'approcher beaucoup plus, qu'on ne les laissera pas s'approcher du corps que l'on distingue dans la pénombre, pendant mollement à un chêne. Un patrouilleur de la police fédérale et la camionnette du chef de la sécurité de La Maravillosa bloquent chacune des deux entrées de la maison, et le personnel de sécurité du quartier empêche quiconque de s'approcher ne serait-ce que de quelques mètres. Une femme pleure dans les bras d'un homme jeune, âgé d'une petite trentaine d'années. Jaime Brena se dirige vers l'un des gardiens et, en les montrant du doigt, il lui demande : Qui est-ce ? La femme de Collazo et son fils, lui répond-il. Ils n'ont pas l'air bien, non ? dit Brena. Et vous, comment iriez-vous si votre mari ou votre père se tuait en se pendant à un arbre ? répond sèchement le gardien, qui s'avance pour parler à son chef, sans se soucier de planter là Jaime Brena qui a peut-être une réponse sur le bout des lèvres. Mais Brena ne relève pas l'affront, il sait qu'il a posé une question bête, mais il l'a aussi posée exprès, et il a déjà obtenu l'information qu'il cherchait à savoir : la police ne doute pas que la mort de Collazo soit un suicide, qu'il se soit lui-même pendu à cet arbre. Il en parle à Nurit, qui grelotte non pas à cause du froid mais à cause de l'impression que produit sur elle l'affaire dans laquelle ils se sont fourrés. Et bien qu'il sache que le grelottement de Nurit n'est pas dû à la température, Jaime Brena enlève son sweat et le lui pose sur les épaules. Tiens, Bétibou. Merci, dit Nurit, qui tente d'esquisser un sourire qui reste tout juste perceptible. Le gardien qui leur avait donné quelques minutes plus tôt la nouvelle de la mort de Collazo vient d'arriver dans sa voiture. Il salue Nurit de loin, à peine, bougeant la tête d'une façon très discrète, comme s'il voulait que personne ne se rende compte qu'il la salue. Elle lui renvoie son salut de la même façon. Jaime Brena observe la situation ; il se caresse le menton, on dirait presque qu'il le serre dans ses mains. Nous avons besoin de voir le cadavre de près, finit-il par dire. Ils ne nous laisseront pas approcher, répond Nurit. Nous, non, mais lui, oui, et il montre le gardien. Est-ce que tu te sens capable de lui demander de prendre une photo avec ton téléphone portable ? Il se sentira plus obligé d'accepter si c'est toi qui le lui demandes. Je ne crois pas qu'avec si peu de lumière une photo de portable nous dise grand-chose. Oui, nous ne réussirons peut-être pas à voir ce que je veux, tu as raison, il vaut mieux lui demander de vérifier lui-même deux choses : l'endroit où se trouve le nœud de la corde avec laquelle Collazo est censé s'être pendu, et la couleur de son visage. Pour être plus précis, nous avons besoin de savoir à quel niveau du cou se trouve le nœud, si c'est devant, au niveau de la nuque, ou sur le côté, et si le visage de Collazo est blanc ou bleu. OK, je lui transmets ça tel quel, et après, toi, tu vas m'expliquer pourquoi tu me fais demander ça. Je t'avertis quand même, je ne me sens pas la force d'endurer un exposé sur les marques au coup des pendus. Pas de problème, je t'explique tout cela après. Nurit Iscar se dirige vers le gardien, le plus discrètement possible et au moment où il la regarde pour lui faire comprendre que la voie est libre, elle continue de s'approcher. Elle le salue et lui transmet les indications de Jaime Brena. Le gardien accepte et marche vers le chêne. Nurit Iscar revient se mettre à côté de Brena. Pour la seconde fois depuis qu'ils se connaissent, il la voit faire ce geste de se frotter les bras comme si elle avait froid. Si tu veux, tu peux enfiler mon sweat. Non, ça va, comme ça, sur les épaules, c'est bien. Je n'aurais jamais cru que ces assassins puissent se trouver si près de nous, dit Brena ; dans le journalisme d'investigation, on arrive toujours après coup, trop tard, on marche toujours sur les talons de la mort. Et de l'assassin. Cette fois, c'est différent. Oui, cette fois, c'est différent, convient Nurit, il nous faut retrouver le dernier survivant, ne serait-ce que pour avoir la satisfaction d'avoir pu modifier le cours des événements. Alors, pour cette fois, la dernière, arriverons-nous à temps ? Quand nous rentrerons chez toi, je vais appeler le commissaire Venturini, annonce Brena, nous ne pouvons pas porter le fardeau d'une nouvelle mort. Pourvu que Collazo se soit suicidé et que nous nous trompions, désire-t-elle tout haut. Pourvu, mais j'en doute sérieusement, dit-il. Le gardien qui est allé voir de quelle façon pend au chêne le corps de Collazo revient et se dirige vers l'endroit où ils l'attendent. Le nœud est sur le côté, sous l'oreille gauche, dit-il, et son visage est blanc comme du parchemin. Plus blanc que du parchemin. Merci, répond Brena, et il ne pose pas d'autre question, c'est inutile. Quand le gardien s'en va, Jaime Brena glisse à Nurit : Allons-nous-en, rentrons chez toi, nous n'avons plus rien à faire ici, ils l'ont tué. Pourquoi en es-tu si sûr ? Ça y est, tu es prête à entendre un exposé sur les effets de la pendaison, maintenant ? Non, pas prête, mais je meurs de curiosité, et c'est plus fort que moi. Alors, Brena explique : Il y a des pendus blancs et des pendus bleus ; les blancs sont ceux qui ont été pendus de façon symétrique, c'est-à-dire qu'aussi bien leurs deux artères carotides que leurs deux veines jugulaires ont été comprimées de façon simultanée, dit-il, tout en montrant son cou. La circulation du sang est arrêtée, ce qui entraîne une anémie du cerveau, et le visage pâlit. Pour que cette symétrie dans la compression des veines et des artères se produise, le nœud doit se trouver sous la nuque ou le menton. Nurit a des haut-le-cœur et Jaime Brena, tout à son explication, ne s'en rend pas compte. Si le nœud se trouve sous l'angle du maxillaire ou sous l'oreille, la compression est asymétrique, décrit-il encore, la circulation s'interrompt dans les deux jugulaires, mais seulement dans l'artère carotide où se trouve l'anneau de la corde, et pas à l'endroit du nœud. On y va? suggère Nurit en lui prenant le bras. Allons-y, dit-il, et ils commencent à s'éloigner. Mais Brena n'interrompt pas son exposé : À l'endroit du nœud, la compression est moindre, alors le sang arrive à la tête, mais il ne peut pas repartir vers le cœur, il se produit ce que l'on appelle une cyanose, et le visage devient bleu. Jaime Brena et Nurit Iscar cheminent lentement, tournant le dos au corps sans vie encore pendu à l'arbre. Si Collazo était bleu, nous pourrions avoir des doutes. Mais Collazo est un pendu blanc avec un nœud sous l'oreille, ce qui est impossible. Nurit a un nouveau frisson. Cette fois, Jaime Brena s'en rend compte. Il la regarde : Oui, Nurit Iscar tremble bel et bien. Alors, il lui passe une main derrière le dos, la prend par l'épaule et l'approche de lui. Elle préfère penser : "À ces mots, il lui passe la main derrière le dos, il la prend par l'épaule et l'approche de lui." C'est ainsi qu'elle tournerait les choses si elle les écrivait dans un de ses romans. Car, si elle écrivait "Jaime Brena m'enlace" ou "Jaime Brena l'enlace", le personnage enlacé, c'est-à-dire Bétibou, elle-même, frissonnerait encore plus. Et elle écrirait encore moins : "Un homme l'enlace enfin, trois ans après."

Elle, Nurit Iscar, ne ferait jamais endurer ça à un de ses personnages.

22

Les parts de pizza à moitié mangées finissent par refroidir dans les assiettes. Sans grand appétit de surcroît, Nurit Iscar reste murée dans son silence malgré les efforts de ses amies pour l'aider à se sentir un peu mieux. Mais un mort pendu à un arbre, ce n'est pas le genre d'image qui défile devant vous sans laisser de traces. À plus forte raison si vous connaissiez le pendu, si vous lui avez parlé, et si vous vous êtes même disputée avec lui. À plus forte raison si vous vous doutiez de ce qui allait arriver. À plus forte raison si vous croyez qu'il ne s'est pas pendu de son plein gré mais qu'on l'a obligé à le faire. Ou même qu'il a été tué avant d'être pendu. C'est une chose d'écrire sur la mort, et c'en est une autre que de la voir. Paula Sibona lui tend une couverture qu'elle a trouvée dans un placard à l'étage, après avoir retourné toute cette maison que personne ne connaît. Karina Vives a toujours les yeux rougis d'avoir tant pleuré, mais, au milieu de tous ces morts, personne ne fait attention à elle. Le gamin des faits divers donne à Brena la feuille qu'il a imprimée un moment plus tôt, celle qui traite en espagnol de l'assassinat de l'ami de Chazarreta à Jersey City ; il attend qu'il chausse ses lunettes et qu'il se mette à la lire, et, dès qu'il en termine, il lui traduit les pages qu'il lui a imprimées et qui sont en anglais, en passant les redites. Alors, Jaime Brena appelle le commissaire Venturini, mais sans réussir à le joindre. Il lui laisse un message : Commissaire Venturini, ici Brena, rappelez-moi d'urgence, c'est au sujet de la mort de Collazo, je ne sais pas si vous êtes au courant. C'est dimanche, il est déjà presque minuit, et ils se dévisagent tous sans savoir que faire, ni quelle suite donner à tout cela. Il y a une possibilité que personne n'ose proposer, celle de se reposer jusqu'au lendemain, de noter tous ces nouveaux éléments pour ne rien oublier d'important, d'insister encore auprès du commissaire Venturini, et de définir quelles informations peuvent être destinées à la rubrique criminelle de *El Tribuno*. Silence ; personne ne dit rien. Alors, usant d'un mécanisme d'association libre qu'elle a si souvent expliqué aux gens, en cours de théâtre, quand elle apprenait à ses élèves à improviser, Paula Sibona demande : Dites, personne n'aurait un joint ? Carmen Terrada est surprise d'entendre son amie demander cela de façon aussi directe. Nurit Iscar regarde Paula avec réprobation ; Paula s'en rend compte, mais elle ne se laisse pas envelopper par ce regard. Karina Vives est absorbée par d'autres pensées, et elle n'a pas entendu de quoi elles parlaient, sinon, elle offrirait volontiers le joint qu'elle a dans son sac à main et qu'elle n'a pas rallumé depuis qu'elle a appris qu'elle était enceinte. Jaime Brena sourit et dit : Si seulement j'en avais un ! En l'entendant, Paula regarde Nurit, qu'elle voit un peu plus à son aise, lui lance un clin d'œil et fait un geste, un sourire de côté qui, entre elles, signifie à peu de chose près "Tu as vu, je n'ai pas été mauvaise, sur ce coup-là!". Le gamin des faits divers se lève et dit : Si j'ai bonne mémoire, il doit me rester un petit mégot dans ma voiture, dans la boîte à gants. Et il sort.

L'attente du joint paralyse encore plus la scène. Nurit Iscar s'est fait une raison : elle sait que, dans quelques minutes à peine, ils fumeront tous dans sa maison. Si cela la gêne tant, ce n'est pas parce que cela lui cause des démangeaisons. Ce que cela lui cause, c'est de l'envie. Ils vont tous passer un bon moment, ils vont rire, se relaxer, parler de choses futiles comme si elles étaient très utiles, ils tireront des conclusions fondamentales sur des questions banales, ou des conclusions banales sur des questions fondamentales, ils résoudront des problèmes qu'ils ne s'étaient jamais posés auparavant, ils se regarderont tendrement et, pendant ce temps-là, elle, Nurit Iscar, Bétibou, elle essaiera encore une fois d'aider la marijuana à lui faire de l'effet. Et, une fois de plus, la marijuana aura pour seul effet de lui irriter la gorge, de lui donner envie de tousser et de la décevoir. La même sensation que lorsque l'on n'arrive pas à se dérider en écoutant une plaisanterie que tout le monde apprécie, à s'émouvoir en lisant un poème auquel les connaisseurs vouent un véritable culte ou à ne pas atteindre l'orgasme alors qu'on y a mis tout son cœur. Le gamin entre dans la maison, s'amusant à faire tourner le joint entre son index, son pouce et son majeur. Du feu? dit-il. Et Brena approche de lui son briquet. Le gamin allume le joint et tire une longue bouffée pour faire rougir la cendre. Il le passe ensuite à sa droite. Paula Sibona fume avec plaisir, avec envie, comme s'il s'agissait de quelque chose qu'elle désirait depuis un bon moment.

Elle le désire en effet depuis un bon moment. Carmen Terrada prend une courte taffe et s'excuse : Moi, juste un peu ; sinon, après je m'endors ou je deviens débile. Brena accueille le joint presque avec le même plaisir que Paula Sibona, mais il fume différemment, de façon plus sereine ; pour lui, fumer c'est un acte quotidien, il fume tous les soirs, il se relaxe, puis il s'endort. Fumer est une occupation à laquelle il consacre du temps : il appuie les lèvres juste au-dessus des doigts qui tiennent le joint et il aspire, les yeux mi-clos. Il prend bien le temps d'apprécier ce qu'il est en train de faire. Il retient la fumée, l'expire au bout d'un moment, petit à petit puis, une fois ce cérémonial terminé, il le passe à Karina Vives. Non, moi, non, dit-elle, merci. Tu ne fumes pas, tu n'aimes pas ça, dit Nurit, presque avec entrain, comme si elle avait trouvé en cette femme, qu'elle croit encore ne pas connaître, sa semblable. Ils restent tous silencieux, pressentant que la déduction de Nurit – le fait qu'elle n'aime pas ça – n'est pas la véritable raison. Tout le monde sauf elle croit savoir pourquoi Karina refuse le joint, mais personne ne sait que les autres le savent. Alors, ils font semblant. Ils attendent que ce soit Karina elle-même qui réponde. Jaime Brena garde le mégot à la main, incapable de le faire passer. Paula s'approche de lui, le lui prend et, tandis que le problème s'arrange, elle prend sa deuxième taffe. Je vais fumer un petit peu, histoire de faire honneur à l'invitation, mais moi, je n'aime pas ça non plus, dit Nurit, donnant l'impression que c'est tout particulièrement à Karina Vives qu'elle s'adresse ; moi, ça ne me fait aucun effet. Et elle tient parole : Nurit Iscar reçoit le joint que lui tend Paula Sibona, elle prend une bouffée peu convaincue et le fait passer. Non, moi, en fait, si, j'aime ça, explique Karina, mais je suis enceinte, je ne sais pas si je peux. Nurit tousse. Le gamin des faits divers regarde Brena et lui dit : Elle est enceinte. Oui, je le savais, répond-il. Mais elle ne sait pas encore quelle décision prendre, raconte Carmen à Nurit. Le téléphone de Jaime Brena sonne, c'est le commissaire Venturini, Jaime Brena écoute, puis il dit : Ce n'était pas un suicide, Venturini, je sais ce que je dis. Vu la tête que fait Brena, vu l'expression de son visage, on devine que le commissaire Venturini ne partage pas sa théorie. Ah bon, vous êtes en ce moment chez Collazo ? Et il fait un mouvement de la tête comme pour leur dire qu'il ne veut pas passer son tour avec le joint. Oui, j'y suis aussi allé, dit Brena, mais je ne l'ai pas vu, commissaire. Oui, je suis toujours chez Nurit Iscar. Jaime Brena écoute avec un agacement perceptible ce qu'on lui dit à l'autre bout du fil. Nurit Iscar tousse. OK, OK, je vous comprends, mais un pendu blanc avec un nœud latéral, ça ne tient pas, commissaire. Paula prend le joint à Nurit, avec l'excuse de jeter la cendre avant qu'elle ne tombe par terre, même si, après, elle en profite pour prendre une nouvelle taffe, c'est-à-dire la troisième en ce qui la concerne. Brena prend congé du commissaire et raccroche. Quel nase ! dit-il. À mon avis, de toute façon, si tu en prends un peu, cela ne fera rien du tout, dit Carmen à Karina Vives. J'ai fumé pendant mes grossesses, pas beaucoup, moins que d'habitude, mais cela ne fait pas de mal, comme de boire un petit verre de vin. C'est que toi, tu veux tout contrôler, ma chérie, c'est pour cela que la marijuana ne te fait pas d'effet, dit Paula, qui se met à rire. Ce commentaire n'amuse pas du tout Nurit. L'ordre de la ronde s'inverse et le joint passe à Jaime Brena. On ne sait plus très clairement si le joint circule de droite à gauche ou de gauche à droite. De Jaime Brena, il arrive au gamin des faits divers. Puis encore à Paula Sibona. Après elle, Nurit fait une nouvelle tentative. Elle le met au bout de ses lèvres. Aspire plus fort, lui dit Brena et, de là où il se trouve, il l'encourage en esquissant le geste qu'elle devrait faire ; plus fort, insiste-t-il, il doit s'allumer, le bout de la cendre doit rougir. Paula rit. Nurit passe le joint à Carmen, et elle souffle la fumée. Garde-la, lui dit Brena, ne la relâche pas aussi vite, relâche-la par petites bouffées. Carmen fume. Ce n'est pas parce que je la relâche trop vite, explique Nurit une fois de plus, c'est que moi, le joint, ça ne me fait pas d'effet. Mais la fumée, tu la laisses descendre jusque-là ? demande le gamin en portant la main à sa poitrine. Oui, dit Nurit, je ne suis tout de même pas aussi conne. Paula rit : Assistance au fumeur frustré. Carmen rit avec elle, puis elle prend ses aises dans le canapé comme si elle voulait dormir. Bon, passe-le-moi, je vais tirer une taffe, dit Karina Vives, prenant le joint à Carmen avant que Paula ne le ressaisisse. La jeune femme aspire et le passe au gamin des faits divers qui, après avoir fumé, aiguise le bout du joint dans le cendrier. La cendre, tu ne trouves pas qu'elle fait un peu penser à un nuage ? dit le gamin, je ne sais pas si c'est à cause de la couleur, ou de son inconsistance, du fait que, quand on la touche, elle se désagrège, elle s'évanouit. Elle s'évanouit, répète Paula. Le gamin joue maintenant avec la cendre en silence et, au bout de quelques secondes, il dit : Comme dans un nuage, comme un nuage quand il est traversé par un avion. *C'est un nuaaage, il n'y a pas de douououte*, entonne

Carmen, presque endormie. Vox Dei, dit Brena. Vox Dei, confirme Carmen, et elle chante : *Légère comme… un nuaaageee.* Mon oncle Luis chantait toujours cet air à la guitare, dit Karina. Le gamin des faits divers n'a jamais entendu cette chanson, bien qu'il croie savoir qui était Vox Dei, sans en être bien sûr. Mais il dit : *Un nuage, oui, comme un nuage.* Pendant ce temps, le joint poursuit son chemin de main en main. Parce que la cendre vient du feu, dit le gamin, et le nuage, d'une certaine manière, lui aussi. Paula prend le joint à Karina Vives : Alors, ça y est, tu as compris qui est cette nana ? demande-t-elle à Nurit en riant. Nurit fait non de la tête. Karina se raidit. Karina est la salope de *El Tribuno* qui a fait le compte rendu de *Seulement si tu m'aimes*, lui apprend Paula Sibona. *Légère comme… un nuaageee*… chante Carmen, en s'allongeant plus confortablement dans le canapé. Karina Vives se remet à pleurer. On ne saurait dire si Nurit est perplexe ou fâchée. Ou à la fois perplexe et fâchée. Ne t'en fais pas, dit Paula, ce n'est pas parce que c'est une salope qu'elle pleure, elle pleure parce qu'elle est enceinte, elle pleurait déjà tout à l'heure, elle pleure comme elle pisse. Nurit lui emprunte le joint et prend une bouffée, elle tire beaucoup plus profondément, tout en gardant les yeux rivés sur Karina Vives, ne sachant quoi dire. Alors, comme elle ne sait pas quoi dire, elle répète encore : Moi, ça, ça ne me fait rien ; et elle tousse. Jaime Brena s'étire le dos, puis le cou, de chaque côté, et demande, en souriant : On est bien, hein ? Au milieu de ses hoquets, Karina Vives dit à Nurit Iscar : Je ne l'ai même pas lu, ton roman. Carmen, qui avait l'air endormie, se redresse : Qu'est-ce que tu viens de dire ? Et elle rit.

Le gamin des faits divers écrase la cendre, avec son index, en la touchant à peine : Facebook et les réseaux sociaux, c'est un peu de la cendre et des nuages. Un peu, dit Brena. C'est cela… dit le gamin. Vous n'avez pas entendu que cette fille vient de dire qu'elle n'a pas lu le livre de Nurit ? demande Carmen. Moi non plus, dit le gamin. Mais toi, tu n'as pas écrit un compte rendu où tu l'as démolie, dit Paula, qui est sur le point de lâcher un grand éclat de rire qu'elle s'efforce de contenir. Ce n'est pas moi qui ai fait ce compte rendu, précise Karina Vives. Quoi ? s'exclame Nurit, et elle demande qu'on lui passe le joint. J'ai dit que ce n'est pas moi qui ai fait ce compte rendu, répète Karina, tout en se mouchant. Je n'ai pas lu ton roman, pas plus que je n'ai fait ce compte rendu. Par contre, je l'ai signé, ça oui. Je venais d'entrer à la rubrique culturelle, c'était mon rêve, ce que je voulais faire depuis que j'étais entrée au journal, et la rubrique n'avait pas d'éditeur, alors Rinaldi m'a donné le poste, je n'arrivais pas à y croire, dit-elle, en se mettant à pleurer. Et, quelque temps après, il est venu avec ce compte rendu, il me l'a donné, et il m'a dit de le signer et de le publier, et c'est ce que j'ai fait. C'est Rinaldi qui a écrit ce compte rendu ? demande Nurit, sans se départir de son étonnement. Non, pas Rinaldi, sa femme, il m'a dit que c'était Marisa ; elle s'appelle bien Marisa, la femme de Rinaldi, non ? Bon, Marisa commençait à faire ses premiers pas dans le métier, mais elle ne voulait pas publier sous son nom tant qu'elle ne serait pas sûre d'elle, parce que tout le monde la guettait au tournant comme elle était "la femme de". La femme d'un salopard de fils de pute qui, en plus, a des problèmes de prostate, dit Paula en riant.

Rinaldi a des problèmes de prostate ? dit le gamin des faits divers tout en jouant avec sa cendre. Parfois, il nous arrive de faire des comptes rendus qui sont déjà briefés, cela arrive de temps en temps, et il faut s'y faire. En général, ils servent à encenser un livre, pas à le descendre ; quand on doit le descendre, on se contente de ne pas le mentionner, de ne pas en parler, ce qui revient à faire en sorte qu'il n'existe pas auprès des lecteurs. Et pourquoi peut-on vouloir descendre un livre ? demande Carmen en bâillant. Pour des raisons politiques, ou parce que le livre dit du mal du journal, ou parce que celui qui l'a écrit a fait, il y a un moment, un autre compte rendu où il démolissait un ami. C'est navrant, dit Carmen. Ou parce que l'écrivain ou l'écrivaine est l'amant du directeur du journal, dit Paula en riant. Paula… dit Nurit, essayant en vain de la contrôler. Je n'imaginais pas que ce compte rendu ait pu te faire tout ce mal, déplore Karina. Les joints, ça ne lui fait rien, mais les critiques, oui, dit Paula, et elle se met la main sur la bouche comme pour demander pardon. Qui t'a dit qu'il m'a fait tant de mal ? demande Nurit. Elles, dit Karina, montrant ses amies. *C'est une caaage de métaaal*, dit Carmen, avant d'ajouter : Pardon. C'est pour cela que je n'ai jamais lu ton roman, répète Karina, parce que je ne voulais pas savoir si j'avais eu raison ou pas de signer ce compte rendu. Alors, mon amie Nurit Iscar est restée trois ans sans écrire à cause d'un compte rendu rédigé par la salope de femme de son putain d'amant ? synthétise Paula Sibona. Paula ! dit Nurit. Pardon, dit Paula, se remettant à rire. Jaime Brena somnole dans son canapé et, dans son demi-sommeil, il semble parler au commissaire Venturini. Le gamin des faits divers essaie de tirer une dernière taffe d'un joint qui n'a plus rien à donner. Il y en a encore pour une dernière taffe ? dit-il, en s'étirant pour le prendre. Après le tien, cette femme a encore transmis deux ou trois comptes rendus, poursuit Karina, et ensuite, elle n'en a plus jamais envoyé ; j'ai demandé pourquoi à Rinaldi et il m'a dit qu'elle travaillait maintenant pour le supplément Voyages, qu'elle s'y sentait plus "dans sa sauce", je me souviens qu'il avait utilisé ces mots : "dans sa sauce". Que peut-être la sauce, pour une femme comme celle-là ? demande Paula. Parce qu'il y a sauce et sauce ; pour moi, la sauce, c'est de la tomate avec de l'origan, et, pour les autres, ça peut être autre chose. Alors, que peut-être la sauce, pour cette saleté de cocue ? Tu sais qu'il y a des gens qui mettent de la cendre dans la sauce ? dit Carmen au gamin des faits divers, qui la regarde avec attention. Et il y en a qui mettent des feuilles de marijuana, mais ça, ça déchire la tête, dit Paula en souriant. Une fois, j'ai mangé des beignets de marijuana, raconte-t-elle, mais elle ne peut pas poursuivre le récit de son anecdote, car elle commence à rire et finit par oublier ce qu'elle voulait raconter. Donc, en résumé, pour qu'il n'y ait plus de confusion, tout ce qui m'est arrivé, je le dois à un compte rendu signé par quelqu'un qui n'a pas lu mon livre, conclut Nurit. Ces choses te sont arrivées parce que tu les as laissées t'arriver, dit Carmen, tu aurais aussi pu nous écouter. Mais vous, vous n'êtes pas des critiques, vous êtes des amies. Je te promets que je vais le lire, Nurit, je veux être ton ami, dit le gamin des faits divers, qui éteint son joint en dessinant des nuages avec la cendre. Pardon, dit Karina, en se mouchant à nouveau. Nurit ne répond pas. C'est incroyable, les tours que la vie peut vous jouer, dit Carmen. Quelqu'un aurait-il quelque chose de sucré ? demande Paula, un chocolat, un petit macaron ? Nurit part dans la cuisine – plus que pour le sucré, pour quitter la pièce un moment – et elle revient armée de deux tablettes de chocolat et d'un pot contenant un reste de glace. Elle donne l'une des tablettes à Paula et croque dans l'autre. Le gamin prend le pot et la cuiller. Merci, mon amie, dit Paula. Le gamin, tout en mangeant la glace du pot en polystyrène, regarde Karina et lui dit : À la longue, Facebook va devenir la cendre de la toile, souviens-toi bien de ce que je te dis aujourd'hui. Jaime Brena ronfle. Carmen s'allonge à nouveau pour dormir. Tout en croquant dans le chocolat, Paula demande à Nurit : Pendant que nous y sommes, je peux t'avouer quelque chose, Bétibou ? Oui, dit Nurit, je ne suis plus à cela près. Tu en es sûre, bien sûre ? Sûre, oui. Bon, maintenant que nous savons que le compte rendu qui t'a ostracisée a été écrit par la femme de Rinaldi, et que cette pauvre fille que nous avons mise plus bas que terre a pour seule responsabilité de s'être laissé manipuler par le système, dit-elle, avant de s'arrêter. Oui, continue, l'encourage Nurit. Sûre ? Sûre. Moi, mon amie, je dois t'avouer, je suis dans l'obligation de t'avouer que j'ai toujours, toujours trouvé que ton roman *Seulement si tu m'aimes* était, de la première à la dernière ligne, une vraie merde. Nurit la regarde, surprise. Carmen essaie de sortir de son état de présommeil. Paula, tu es dans le cosmos, la reprend-elle, et toi, dans cet état, tu n'as rien à avouer à personne. Oui, je suis dans le cosmos, mais *Seulement si tu m'aimes* est de loin le plus mauvais roman de

Nurit, tu l'as dit toi-même, ne me dis pas que tu as oublié ! Paula, je n'ai jamais dit cela, dit Carmen à Nurit, j'ai dit que je préférais les autres, ce qui n'est pas la même chose. Le gamin des faits divers demande : Je me trompe, ou Jaime Brena est en train de ronfler ? Paula Sibona insiste : Mais n'importe qui a le droit, une fois dans sa vie, de faire quelque chose qui ne vaille pas tripette. Tu ne te souviens pas de quand j'ai joué la Nora de *Maison de poupées* au Théâtre San Martín, au moment où j'ai frappé à la porte et je suis sortie, quelqu'un dans le public a crié : "Oui, c'est ça, casse-toi pour de bon, espèce de tarée !" Et il avait raison. Je jouais le rôle d'une folle. Hein, Karina, pas vrai que c'est une merde, *Seulement si tu m'aimes* ? lui demande Paula. Je ne sais pas, je ne l'ai pas lu, réitère la jeune femme. Je vais le lire, je te le promets, dit le gamin. Nurit, je te l'assure, ma chérie, ce roman est mauvais ; sais-tu pourquoi ? Parce que tu étais amoureuse, tu avais la tête ailleurs, et l'amour et l'art, cela ne fait pas bon ménage. Le sexe et l'art, oui. L'amour en souffrance aussi. Mais cet amour débile, de chéri chéri, amour de ma vie, celui-là, non. Je n'ai jamais dit "chéri chéri", "amour de ma vie", proteste Nurit. C'est maintenant qu'il faut que tu écrives, poursuit Paula, sans répondre à ses dénégations ; tu verras comme tu vas encore nous sortir un bon roman. Carmen, depuis la position qu'elle occupe dans le canapé, et sans ouvrir les yeux, se prend la tête et demande : Quelqu'un parmi vous aurait-il un CD de Vox Dei ? Personne ne lui répond. Et j'ai encore autre chose à t'avouer, ma chérie, dit Paula à Nurit. Non, demande Carmen, pas d'autre aveu. Quoi ? dit Nurit. Non, non, ça suffit, arrêtez ça, répète Carmen, que quelqu'un mette de la musique, n'importe quoi, mais de la musique. Mais, tu ne sais même pas ce que je vais dire, se défend Paula. Peu importe, je suis sûre que c'est quelque chose que tu devrais garder pour toi, répond Carmen. C'est maintenant ou jamais, prévient Paula. Jamais, dit Carmen. Dis-le, demande Nurit. Qu'elle le dise, allez, dit le gamin des faits divers. Bon, tu sais, le chauve avec un collier de barbe qui a écrit un article où il racontait que, la dernière fois qu'il a déménagé, il n'avait pas pris avec lui ton roman *Mourir à petit feu* parce qu'il manquait de place et il savait qu'il n'allait pas le lire ? *Mourir à petit feu*, ou *Seulement si tu m'aimes* ? *Mourir à petit feu*, je te dis. Non, je ne m'en souviens pas. Tu t'en souviens, oui, parce que, toi, tu te souviens de tout ce que les gens disent. Non, je ne me souviens pas du chauve. Le chauve qui prétend s'y connaître en cinéma. Il s'y connaît soi-disant en cinéma, mais c'est sur la littérature qu'il écrit ? demande Karina ; il y en a deux ou trois qui me viennent à l'esprit, mais ils ne sont pas chauves. Non, vraiment, je ne me souviens pas, dit Nurit ; mais quoi ? Bon, ce type-là, il a dit qu'il profitait de chacun de ses déménagements pour faire le ménage dans sa bibliothèque, et qu'il ne gardait que les livres qui en valaient la peine, et que, lors de son dernier déménagement, il a laissé ton livre, *Mourir à petit feu*, avec le plastique, tout emballé, comme il l'a reçu de l'éditeur, parce qu'il savait que, de toute sa putain de vie, il ne le lirait pas. La "putain" de vie est un ajout de moi, précise Paula. Je ne me souviens pas, répète Nurit. Bon, nous, oui, nous l'avons enregistré, et maintenant, nous nous en souvenons encore ; eh bien, tu sais ce que nous avons fait ? Est-il bien nécessaire de le lui raconter ? demande Carmen. Nous lui en avons envoyé un nouvel exemplaire, dédicacé par toi, ou par nous avec ton nom, bien sûr, avec la dédicace suivante : “Pour que tu remettes à sa place l'exemplaire que tu as perdu pendant ton dernier déménagement, tête d'œuf.” Paula rit. Pardon, dit Carmen. Pardon, pardon, dit Paula. Je ne peux pas le croire, dit Nurit, et elle prend son pot au gamin. Je ne peux pas le croire, répète-t-elle. Combien d'autres choses vais-je apprendre ce soir ? Le gamin s'affale sur le tapis. Qu'est-ce qu'il ronfle, mon maître, se plaint-il, fermant lui aussi les yeux. Pardon, dit encore Carmen. De la part de cette folle, ça ne m'étonne pas, mais venant de toi… lui répond Nurit. Paula rit et dit : Tu sais, c'est un vrai compliment, de se faire traiter de folle, la folie embrase les passions. Attention aux cendres, dit le gamin, en riant. Tu pourrais te taire, un peu, dit Nurit ; pas toi, dit-elle au gamin, c'est à Paula que je parle. Paula obéit. Carmen et Karina, comme si cet ordre valait aussi pour elles, ne disent plus rien, suspendues aux faits et gestes de Nurit. Bétibou racle le fond du pot de polystyrène pour lui arracher ses derniers restes de glace. Elle passe ensuite sa langue sur la cuiller tout en déposant le pot vide sur la table. Ensuite, d'un geste, elle lance la cuiller à l'intérieur du pot. Elle se met debout, regarde ceux qui sont encore éveillés et dit : Moi, je pars dormir dans un lit. Elle fait deux pas et se retourne : Eh, vous savez quoi ? Quel que soit celui qui l'a écrit, et, qu'il ait ou pas fait ce qu'il m'a fait, ou que je me sois ou non fait ce que je me suis fait… Elle fait une pause, comme pour ménager du suspense puis elle assène : C'est vrai, *Seulement si tu m'aimes* est un livre de merde ;

c'est, de très loin, le moins bon que j'aie pu écrire. On ne devrait jamais écrire avec son cul.

Et elle s'en va.

23

Au moment où Nurit Iscar descend dans la cuisine pour se préparer le café qui l'aidera à affronter cette nouvelle journée, il n'y a plus aucun visiteur dans sa maison. Elle ne sait pas quand ils sont partis, ni dans quelles circonstances, mais elle s'imagine que tous ceux qui ont fini chez elle la soirée du dimanche doivent être à leur place, essayant comme elle d'aborder ce lundi du mieux qu'ils peuvent. Tandis qu'elle mélange de l'édulcorant en poudre à son café instantané – elle sait que le café mousseux, on ne le réussit qu'avec du vrai sucre, celui que l'on extrait de la canne, pas celui des laboratoires, mais cette manie qu'elle a de remuer la cuiller au fond de la tasse pour mélanger ces deux poudres, elle la tient de quand elle n'était pas préoccupée par son poids et consommait du sucre riche en calories –, elle pense à la façon dont le quotidien, dans ce qu'il a de plus banal, se laisse envahir par le crime pour former une mixture qui rend l'horreur moins dramatique et qui, inversement, perturbe les choses simples. Comment peut-on battre tranquillement son café alors que la veille au soir, on a vu un cadavre qui pendait à un arbre ? Comment peut-on préparer son petit-déjeuner en pensant que cette nouvelle découverte macabre n'est peut-être que le maillon d'un plan ou d'un projet criminel de plus grande envergure? Comment peut-on souffler tranquillement sur son café trop chaud tout en se doutant que, si l'on n'arrive pas à temps, la mort peut encore frapper quelqu'un ? Oui, ça n'empêche pas, se répond-elle à elle-même, précisément occupée à cet instant à faire mousser son café. Les jours sont remplis de cafés mousseux, de choses simples et dont on pourrait faire l'économie du récit, mais dont la vie ne pourrait pas se passer. Pénélope Cruz, elle aussi, va aux toilettes et fait caca, a coutume de dire Paula Sibona lorsqu'elles parlent des différences entre les mondes imaginaires et les mondes réels. La fiction et l'art dédaignent le temps que l'on passe à faire mousser son café ou aux toilettes. Erreur, lui rétorquerait son amie Carmen Terrada. Pas Duchamp, et Jacques Prévert non plus, pour preuve : *"Il a mis le café. Dans la tasse."* Pourquoi se souvient-elle encore de cette poésie qu'elle a apprise au lycée quand elle avait seize ans, dans une langue qu'elle bredouille à peine? Nurit Iscar s'assied à table pour prendre son café noir. Elle regarde par la fenêtre vers le fond du jardin de cette maison qui n'est pas la sienne. Elle songe à tous les différents tons de vert qui peuvent bien se combiner dans ce seul et même espace clos, mais ne les compte pas. Le fait de les compter leur ferait perdre leur magie, cela reviendrait à traiter individuellement des choses qui ne peuvent s'apprécier qu'ensemble. Elle aimerait retourner voir le chêne auquel était pendu Collazo, mais elle n'est pas sûre de pouvoir oser le faire. Y a-t-il un lien entre la mort de tous ces hommes, de la même façon que le parc de la maison réunit les différents tons de vert dans une succession de gammes sans qu'il soit nécessaire de leur donner un nom ? Y a-t-il quelque chose derrière ces morts, ou ne sont-ils tous – Jaime Brena, le gamin des faits divers et elle-même – qu'une bande de paranoïaques qui cherchent le crime là où il n'y a qu'un simple enchaînement de coïncidences ? Pourquoi ressentons-nous toujours le besoin de chercher une explication à la mort ? Bien qu'il soit vrai que nous n'exigeons pas les mêmes réponses quand il s'agit d'une mort naturelle ou d'une mort violente, se répond Nurit. Pour la mort naturelle, on se heurte tout de suite à l'impossibilité de lui trouver un sens ultime, au pourquoi. On cherche des réponses à des questions trop profondes : Quelle est la raison de notre finitude ? Que se passe-t-il après la mort ? Existe-t-il ou non une deuxième chance, une autre vie après celle-ci, la vie éternelle ou autre chose, peu importe, qui permette de penser la mort au-delà de la réalité triviale de la chair se putréfiant pour être mangée par les vers ? Et elle, Nurit Iscar, elle s'en veut d'être tellement rationnelle, sceptique ou désabusée qu'elle ne croit qu'à ce qu'elle voit : les vers, elle y croit. Elle s'en veut aussi, parfois, d'être agnostique, et elle envie ceux qui ont foi en quelque chose. En quoi que ce soit. Mais c'est un sentiment qui ne dure pas. Elle renoue très vite avec ses propres croyances. Ou plutôt, avec celles qu'elle n'a pas. Elle laisse à nouveau ses yeux se perdre dans le parc et elle reste un moment comme ça, à regarder à l'extérieur sans prendre son café, ses mains tournant autour de la tasse ; elle aime se réchauffer les paumes de cette façon, bien qu'il ne fasse pas froid. Mais, malgré le café, elle ne peut s'empêcher de penser à la mort. Maintenant, en revanche, elle pense aux morts violentes et aux questions qu'elles posent : la recherche du sens se déplace pour se pencher maintenant sur une chose qu'elle sait plus facilement déchiffrable que "l'au-delà", quelque chose de terrestre, une mort qui n'a été décidée ni par la nature ni par un Dieu, quel qu'il soit, mais par un homme, par quelqu'un comme nous. Et cela, le fait que cette mort ait été décidée par quelqu'un comme nous, nous conduit à nous considérer tous à armes égales et dans l'obligation de trouver, ça oui, des réponses aux questions qu'elle fait surgir. Bien que l'on soit aussi dans ce cas bien en peine de donner des réponses. En certaines occasions, il nous arrive même d'accepter une conclusion que nous savons fausse plutôt que de devoir supporter l'incertitude de ne pas savoir qui, ni pourquoi.

Nurit Iscar termine son café, rince la tasse, l'essuie et la range. Il y a des familles à la destinée tragique, pense-t-elle. Des groupes à la destinée tragique. Des entreprises à la destinée tragique. La destinée tragique, c'est l'acceptation de la mort chez des personnes indéfectiblement liées les unes aux autres par un destin qu'elles ne peuvent pas infléchir. Chazarreta et ses amis seraient-ils, alors, un groupe promis à une destinée tragique ? Au-delà de cette tragédie, est-ce un hasard que ces amis, les uns après les autres, soient morts, ou alors existe-t-il vraiment, cet homme ou cette femme, cet homme ou cette femme pareils à eux, qui a décidé de leur mort à tous et que Nurit Iscar, Bétibou, se sent obligée de démasquer ? Elle n'en sait rien mais, ce qu'elle sait, c'est qu'il s'agit du sujet de son prochain reportage, et elle monte dans sa chambre pour l'écrire.

Au moment où Nurit est en train d'allumer son ordinateur, le gamin des faits divers, encore un peu endormi, pénètre dans le hall du collège Saint-Jérôme-Martyr. Un portrait de Vicente Gardeu, en habit, est accroché au mur. En dessous, il y a une plaque avec son nom et la dédicace suivante : "Au Père Gardeu, le fondateur et l'âme de ce collège, en l'anniversaire de sa mort." Incroyable ; il imagine la même photo mais avec la légende "Recherché pour pédophilie". Depuis hier, déjà, depuis qu'il s'est connecté sur Google, chez Nurit Iscar, il a l'intime conviction que ce n'est pas ainsi que se nomme l'ami de Chazarreta qui se trouve sur la photo et qui reste encore à identifier. Mais il se demande, encore maintenant, comment le frère de Gandolfini a pu commettre pareille erreur, Gardeu étant une figure tellement présente dans l'esprit de ceux qui allaient au collège Saint-Jérôme. Brena l'assure que c'est bien le nom que Gandolfini lui a donné. Cherchait-il à se payer sa tête ? Le gamin a dans sa poche la photo du groupe qu'il avait imprimée pour Brena, et que ce dernier lui a rendue ce matin à l'aube, en descendant de voiture lorsqu'il l'a déposé devant sa maison, après leur ultime effort, celui de partir de chez Nurit Iscar pour rentrer chez eux. Il la lui a donnée en lui demandant d'en faire des copies pour eux trois – Nurit, Brena et lui ; alors que ce n'était pas strictement nécessaire, du fait qu'il pouvait la capturer à nouveau sur YouTube et en faire autant de copies qu'il voulait. Mais, à cette heure-là, et après le dimanche qu'ils avaient passé, ni lui ni Brena n'étaient en condition de pouvoir différencier le strictement nécessaire de ce qui ne l'était pas. Le gamin sort la photo de sa poche et il la regarde en attendant que l'on s'occupe de lui, assis dans un fauteuil à motifs Gobelins, ancien, mais en parfait état.

Plusieurs minutes s'écoulent avant que quelqu'un n'apparaisse. Le gamin remarque qu'il y a une sonnette juste à côté de la porte de ce qui a l'air d'être un bureau ou une pièce de travail. Il remet la photo dans sa poche, se lève et se dirige vers elle. Il sonne, bien qu'il ne sache pas qui demander quand la porte s'ouvrira. S'il pouvait, il demanderait à parler au curé le plus âgé du collège, à une personne ayant pu se trouver là à l'époque où Chazarreta et ses amis étudiaient au Saint-Jérôme-Martyr. Le gamin n'a aucune confiance dans le succès de son entreprise, mais il va quand même essayer. Alors qu'il s'apprête à sonner pour la seconde fois, la porte s'ouvre, et c'est un secrétaire qui doit avoir à peine plus de vingt ans qui l'accueille et qui lui demande ce qu'il veut. Le gamin lui dit ce qu'il a inventé sur le chemin pour arriver ici : qu'il est un neveu de Luis Collazo, qui vient de se donner la mort et qui, dans le balbutiement de ses adieux, a demandé que l'on remette cette photo à l'un de ses amis. Le gamin montre du doigt l'homme qu'ils n'ont pas encore localisé, celui dont Gandolfini a dit qu'il s'appelait Vicente Gardeu, mais dont ce n'est pas le vrai nom. Nous n'avons pas réussi à comprendre le nom qu'il nous a dit, et il est mort tout de suite après, conclut le gamin, et le secrétaire acquiesce de la tête comme si, par la même occasion, il lui présentait ses condoléances. Évidemment, toi, tu ne dois pas savoir, tu es très jeune, dit-il au garçon ; les professeurs de l'époque ont sûrement tous pris leur retraite, mais je me suis dit qu'il restait peut-être un prêtre de l'époque qui pourrait se rappeler son nom. Le secrétaire laisse parler le gamin des faits divers sans esquisser un seul geste pour confirmer ou infirmer ses dires. Puis, avec un visage toujours aussi inexpressif, il lui propose : Les prêtres et les professeurs de cette époque-là, il n'en reste plus un seul ; mais viens par ici, il y a quelque chose qui peut t'être utile. Le secrétaire le fait entrer et lui indique le chemin. C'est un couloir pavé de dalles grises, en parfait état bien qu'il ait perdu de son éclat, et qui semble ne jamais devoir se finir. Quand ils arrivent devant une porte sur laquelle il est écrit : "Salon des Saint-Jérôme, espace de réunion et de lecture", le secrétaire s'arrête et ouvre la porte. Au centre de la salle se trouve une table en merisier entourée de très nombreuses chaises. Mais là n'est pas l'important : les murs sont recouverts de photographies, accrochées les unes à la suite des autres. Il s'agit de photos de toutes les promotions de diplômés, classées année par année, et, sous chaque photo, un petit écriteau de bois où apparaissent, sculptés en lettres dorées, les noms des élèves photographiés selon leur ordre d'apparition sur la photo. Aujourd'hui, c'est mon jour de chance, dit le gamin, et il le pense sérieusement. Le secrétaire le laisse seul dans cet endroit "pour qu'il puisse chercher tranquille". Le gamin se sent un peu intimidé de se trouver ainsi entouré d'hommes qui, bien que figés à l'âge de dix-huit ans, sont nés plusieurs dizaines d'années avant lui, et qui posent derrière une ardoise sur laquelle leur année de sortie a été inscrite à la craie blanche. Il se souvient que Chazarreta approchait les soixante ans à sa mort, ce dont il déduit qu'il devrait en être sorti il y a environ quarante-deux ans. Il n'a jamais été mauvais en mathématiques, mais il a toujours eu du mal avec le calcul mental, donc il retranche quarante ans tout rond et cherche les diplômés de 1970, des cinq années antérieures et des cinq années suivantes. Il trouve le groupe d'amis en 1966. C'est Chazarreta qu'il reconnaît le premier, peut-être parce que c'est la tête qu'il a le plus clairement à l'esprit. Ensuite, il cherche les autres, un par un. Il regarde la photo qu'il a maintenant à nouveau dans les mains, et il cherche sur le mur. L'écriteau en bois sculpté lui confirme les noms du reste du groupe. Collazo, au dernier rang. Gandolfini, sur le côté, presque hors cadre. Bengoechea, deux places après lui, plus vers le centre. Et, en dessous, tenant l'ardoise, Marcos Miranda, celui qui vient d'être tué dans une fusillade à Jersey City. À côté de lui, d'un côté, Chazarreta, et, de l'autre, cet homme, dont il ne sait toujours pas comment il s'appelle. Il cherche sur l'écriteau en suivant la liste avec le bout de son index, de peur de se tromper : Emilio Casabets. Il le note sur son Blackberry. Il s'en assure à nouveau, il ne peut se permettre la moindre erreur. Il compte les élèves du premier rang, jusqu'à arriver à celui qui tient l'ardoise, il compte à nouveau sur l'écriteau : Emilio Casabets. Il sort et referme la porte dont le bruit de bois lourd qu'elle fait en claquant laisse également deviner la qualité du pêne de sa serrure. Il pourrait dès à présent chercher sur Google – "le googler", pour utiliser un verbe que Brena réprouverait sans doute –, mais il préfère sortir au plus vite de ce salon et faire ses recherches en prenant un café dans un petit bar du coin. En arrivant dans le hall, il salue le secrétaire, occupé à remettre des formulaires à un couple. Ç'a été? lui demande le garçon. Ç'a été, lui répond-il ; maintenant, il ne me reste plus qu'à le trouver, il s'appelle Emilio Casabets. Casabets, ça ne me dit rien, il ne doit pas avoir d'enfants ou de petits-enfants au collège, mais ses coordonnées sont certainement ici, nous avons un annuaire de tous les anciens élèves avec leurs coordonnées personnelles et des détails sur l'endroit où ils travaillent actuellement. Les gens le consultent beaucoup, pour retrouver des contacts. Ah, ça, ça m'intéresse, dit le gamin. Je suis occupé pour l'instant, mais, si tu m'appelles plus tard, je te les cherche, lui répond le secrétaire, qui lui remet une brochure du collège, pareille à celle qu'il vient de donner au couple ; tiens, voici les numéros de téléphone. Merci, dit le gamin des faits divers, qui sort prendre son café. La première idée qui lui passe par la tête pour exploiter cette nouvelle donnée, le nom de Casabets, est de le *googler*. Si Jaime Brena s'était retrouvé à sa place, armé de ce même élément, il pense qu'il serait certainement revenu à la charge auprès du secrétaire. Il a même l'impression d'entendre sa voix lui disant : Le terrain, petit, le terrain. Mais lui, il n'est pas Jaime Brena, ni pour le meilleur ni pour le pire.

Deux secondes après que le gamin est entré dans son bar, qu'il a trouvé à trois cents mètres du collège Saint-Jérôme-Martyr, Jaime Brena arrive au journal. Il y arrive plus tôt que d'ordinaire. Son service commence normalement dans une heure, mais il a peu dormi, il s'est retrouvé de très bonne heure avec les yeux grands ouverts et, ne sachant que faire, seul dans cet appartement où il a encore du mal à se sentir chez lui, alors qu'il a déjà quitté depuis bien longtemps celui qu'il partageait avec Irina, il a donc décidé de s'habiller et de commencer sa journée. Il s'est remis à penser à l'idée du chien. Maintenant, sur son bureau, il y a une dépêche qui l'attend et sur laquelle il pourra peut-être s'appuyer pour écrire son article de la journée : c'est une étude menée par un institut français de santé sexuelle assurant, après avoir analysé deux cent cinquante cas, que les femmes multi-orgasmiques ont généralement une pilosité pubienne plus développée que celle des femmes à orgasme unique. Jaime Brena la lit et rit aux éclats. Il la relit, encore et encore, et il ne peut s'arrêter de rire. Il en rit aux larmes. Ensuite, quand il parvient à se contenir, il imagine des centaines de femmes françaises en train de baiser devant un miroir sans tain, observées par des scientifiques comptant le nombre d'orgasmes qu'elles ont. Ou qu'elles simulent. Ensuite, il imagine chacun de ces scientifiques examinant et comptant un par un les poils pubiens de toutes ces femmes. Tableau à double entrée, avec, en abscisse, les orgasmes, et en ordonnée, le nombre de poils, se dit-il à lui-même. De qui se moque-t-on ! Alors, si c'est comme ça, moi aussi, je vais me moquer du monde. Il tape l'information de base de la dépêche, puis il ajoute : "*El Tribuno* a souhaité pour sa part confronter les conclusions de cette expérience à des témoignages locaux, mais toutes les femmes interrogées ont assuré avoir une forte pilosité pubienne ; ainsi, nous n'avons pu déterminer ce qu'il en était dans le cas contraire." Un moment, il songe intituler son article : "Éloge de la chatte poilue", mais cela lui semble un peu trop fort. Et il poursuit : "De par la grande immigration italienne et espagnole qu'a connue le pays, les Argentines sont sexuellement actives et notoirement velues." Il est sûr qu'il y aura bien quelqu'un pour intercepter son article avant qu'il ne soit publié. Ou pour le couper. À moins qu'ils ne le publient tel quel. Si tant est que quelqu'un le lise. Dans la précipitation qui règne à la rédaction, parfois, les articles des journalistes les plus chevronnés – et il est de ceux-là – prennent des libertés et sortent de leur cadre, et ça passe, à condition qu'ils respectent à la lettre le nombre de caractères que l'on attend d'eux. Il va faire le nécessaire pour que son article ait le nombre de caractères demandé. Il tape le titre dont il sait qu'il ne sera pas définitif : "Éloge du duvet pubien", et il envoie l'article à l'adresse électronique de Karina Vives pour qu'elle puisse le lire en arrivant et lui donner son avis. Il regarde l'horloge, son service n'est pas encore commencé, et il a déjà effectué sa tâche de la journée. Il se demande si Nurit ou le gamin des faits divers ont du nouveau, quoi que ce soit ; il ouvre sa boîte de réception, mais ils ne lui ont écrit ni l'un ni l'autre. Il appelle le commissaire Venturini. Il ne coupe pas au : Comment vas-tu, mon vieux ? Bien, mais toujours aussi pauvre, cher commissaire. Une fois le cérémonial terminé, il en vient au but : En sait-on plus au sujet de la mort de Collazo ? Un suicide, Brena, qu'y aurait-il à savoir de plus ? lui répond-il. Mais il y a plusieurs indices… Cette fois, écoute bien ce que je vais te dire, ne t'en mêle pas, laisse couler. Je ne comprends pas, dit-il. Ne cherche pas à comprendre, dit Venturini, laisse simplement couler. Laisse tomber, mon vieux. Ne gaspille pas ton énergie avec ça, je t'assure que ça n'en vaut pas la peine. Je te rappelle plus tard, je suis débordé, dit-il, avant de lui dire au revoir. Jaime Brena regarde longuement son téléphone ; jamais auparavant le commissaire Venturini n'avait été si expéditif, si peu aimable. Peut-être que Venturini devrait lui aussi envisager de demander son départ volontaire à la retraite, se dit-il, et il sort dans la rue pour fumer sa première cigarette.

Ou plutôt, la première cigarette de sa journée de travail, car il a déjà fumé chez lui et sur le chemin pour se rendre au journal. Il se demande encore une fois où peuvent en être Nurit Iscar et le gamin des faits divers. Il l'ignore encore mais, quand il ira se rasseoir à son bureau après avoir fini sa cigarette, il trouvera dans sa boîte de réception un message du gamin lui donnant le nom qu'ils cherchaient : Emilio Casabets, et le dernier reportage de Nurit Iscar avec la demande expresse qu'il y jette un coup d'œil et qu'il lui donne son avis.

La destinée tragique existe-t-elle ? Cette force irrépressible à laquelle, d'après les Grecs, s'opposait en vain l'hybris, une chose comparable à la superbe ou à l'orgueil éhonté. En vain, car le chemin qui conduit à la fatalité est aussi insondable qu'il est inéluctable.

Vous vous demandez sans doute, ô lecteurs de ce journal, où cette femme veut-elle en venir.

Je veux parler de l'affaire Chazarreta. Et peut-être aussi de l'affaire Gloria Echagüe. En fait, je parle des quatre amis de Chazarreta qui sont morts les uns après les autres au cours des mois qui ont précédé et suivi la mort de Chazarreta, et dont les décès se sont produits au cours d'accidents aux circonstances diverses. Qui, du moins, font penser à cela, à des accidents.

Les morts successives au sein de groupes de personnes liées les unes aux autres, comme c'est le cas ici, si elles ne sont pas évidemment planifiées par un ou plusieurs assassins, sont généralement acceptées sous le qualificatif de morts dues à une destinée tragique, à condition, évidemment, qu'elles n'aient pas été commanditées par un ou plusieurs assassins. Cependant, le fait que dans leurs vies il y ait eu des choses tragiques ne doit pas faire oublier que derrière ces événements peut en fait se cacher un crime, un supplément de tragédie.

Voyez les Kennedy, par exemple. Une famille dont les membres ont exercé le pouvoir économique, politique et gouvernemental, rien moins qu'aux États-Unis. Joseph Kennedy et Rose Fitzgerald eurent neuf enfants. Leur fils Joseph (Junior) mourut à vingt-neuf ans aux commandes d'un avion, pendant la Seconde Guerre mondiale. John Fitzgerald mourut assassiné à quarante-six ans alors qu'il était président des États-Unis. Kathleen Agnes mourut à vingt-huit ans quand l'avion dans lequel elle voyageait s'écrasa dans les Alpes françaises. Robert mourut assassiné à l'Hôtel Ambassador de Los Angeles à quarante-deux ans, quelques minutes après avoir gagné les primaires. Un des petits-fils du clan, le fils de John F., John-John, mourut également de façon tragique, lorsque l'avion dans lequel il voyageait s'écrasa, alors qu'il avait trente-huit ans.

Trois des enfants mâles du clan, une des filles et l'un des petits-enfants moururent assassinés ou dans des crashs aériens. Cela peut-il être lu comme le fait du hasard ? Du destin ? D'une destinée tragique ? Nous essayons de trouver une explication à la mort, mais ce n'est pas toujours possible. Parfois, nous n'avons d'autre choix que de nous accommoder du malaise que nous ressentons de ne pas comprendre pourquoi une vie arrive à son terme. Aujourd'hui, nous ne savons toujours pas qui a tué Gloria Echagüe. Je sais que beaucoup de ceux qui lisent ces lignes sont au contraire convaincus de le savoir, que l'assassin n'est autre que Pedro Chazarreta. Je les envie, cette conviction leur épargne le malaise qui m'habite. Mais, bien que nous ne soyons pas d'accord sur ce point, je sais que vous partagez sans doute cependant avec moi l'angoisse qu'inspire l'attente d'une explication pouvant donner un sens à la mort de ce même Chazarreta. Et moi, qui ai tenu entre mes mains une photo de ses amis, dont il n'en reste plus qu'un de vivant, je suis encore plus mal à l'aise. J'essaie aussi de trouver la réponse, de savoir si la mort de Luis Collazo, José Miguel Bengoechea, Arturo Gandolfini et Marcos Miranda est le produit du destin, de la destinée tragique à laquelle les a conduits leur propre hybris, ou si, derrière ces morts se profile une autre explication, une explication plus humaine, plus terrestre, en rapport avec une chose tellement propre à l'être humain et pas aux dieux : le crime. Une explication qui me terroriserait mais qui aurait au moins la vertu de me soulager de la gêne que je ressens de voir ces morts inexpliquées.

Jaime Brena en termine la lecture et il se dit : Cette nana est vraiment bonne. Très bonne. Est-ce la seule chose qu'il pense ? Il écrit ensuite une réponse à son message : Fonce, Bétibou, c'est très bien. Un de ces jours, je vais t'inviter à manger chez moi. Bises. Jaime Brena.

24

À trois heures de l'après-midi, le gamin des faits divers est déjà à la rédaction et, après avoir épuisé les rares informations, d'ailleurs sans intérêt, qu'il a trouvées sur Google, il appelle le collège Saint-Jérôme-Martyr et demande le secrétaire. Nous ne possédons que peu de renseignements ; aux dernières nouvelles, Casabets dirige depuis quelques années un établissement rural à Capilla del Señor, où il vit également. Une adresse, un numéro de téléphone, quelque chose ? demande le gamin. L'établissement se nomme "La Ruche", c'est tout ce que nous avons de concret mais, si tu le *googles*, tu vas sûrement… Oui, oui, l'interrompt le gamin, merci.

Sur son site web, La Ruche se présente comme une des toutes premières *chacras* de la province de Buenos Aires à avoir été aménagée pour recevoir des touristes : barbecues créoles, promenades à cheval, hébergement le week-end, accueil de groupes d'étrangers, événements. Sur le site, il y a un plan qui explique comment s'y rendre. Prendre d'abord la route n° 6, puis le chemin du Ruisseau-de-la-Croix et, quelques kilomètres après le centre historique de Capilla del Señor – c'est ce qu'affirme la page web –, apparaissent les premiers panneaux indicateurs. Le gamin n'a aucun mal à convaincre Jaime Brena de l'accompagner. Oui, je peux t'accompagner, j'ai déjà envoyé mon reportage et, ici, je crois que je ne manquerai à personne. Vous me laissez toute seule ? demande Karina Vives quand elle les voit qui se préparent à sortir. Jaime Brena répond sur le ton de la plaisanterie : Ne t'avise pas de sortir fumer sans moi, n'oublie pas que notre relation est monogame. Mais le gamin des faits divers ne prête pas attention à la plaisanterie de Brena, car il se rend compte que Karina Vives l'a inclus lorsqu'elle a dit : Vous me laissez seule ? au pluriel : elle s'adressait à Jaime Brena, mais aussi à lui, ce qui lui fait plaisir.

On invite Nurit Iscar à se joindre à nous ? demande Brena au gamin au moment de monter dans la voiture. Le gamin répond par l'affirmative, et il l'appelle. Mais il n'arrive pas à la joindre car, alors qu'ils se mettent en route pour Capilla del Señor, Nurit est en train de flâner dans La Maravillosa et, comme de bien entendu, elle est sortie sans son portable. Elle est sortie pour se distraire, car elle s'est dit qu'une fois que le reportage qu'elle vient d'écrire sera sorti dans *El Tribuno*, elle ne pourra plus arpenter ces rues aussi tranquillement. Elle sait qu'elle risque de payer cher le fait d'avoir nommé explicitement des résidents de cet endroit dans l'un des médias les plus diffusés et d'avoir laissé entendre que leur mort cachait des choses sur lesquelles le moins que l'on pût faire était d'enquêter. Elle se demande si Jaime Brena ou le gamin ont réussi à trouver de nouveaux éléments pouvant les conduire jusqu'à l'ami de Chazarreta qui reste toujours introuvable. Sur le seul qui vive encore. Du moins, c'est ce qu'elle croit, qu'il vit encore. Elle s'étonne qu'ils ne l'aient pas encore appelée. Elle tâte ses poches, y cherchant son portable, et elle se rend compte qu'elle ne l'a pas pris. Tant mieux, se dit-elle, ça me fera le plus grand bien de marcher un moment, totalement déconnectée, de marcher au hasard, en me laissant guider par la couleur des arbres, le parfum d'une fleur ou le silence. En s'écoutant penser, elle se dit qu'elle est snob. Elle a toujours eu quelque chose de snob, sauf qu'auparavant, elle savait mieux le cacher. Avec les années, ce n'est pas que les pires défauts des gens empirent, mais simplement qu'ils finissent par éclater au grand jour. Ils n'arrivent plus à faire semblant aussi bien qu'avant. Elle éprouve de la gêne à le reconnaître, mais cet endroit, La Maravillosa, lui plaît. Si l'on pouvait faire abstraction du mur qui l'entoure, des formalités par lesquelles il faut passer pour pouvoir y entrer, du regard de certains résidents, du fait qu'il faille rouler au moins dix kilomètres pour s'acheter un antibiotique, du fait qu'il n'y ait ni transports en commun, ni bars au coin des rues, ni théâtres ouverts tous les jours de la semaine, on pourrait dire de La Maravillosa que c'est un bel endroit. C'est à cela qu'elle est en train de penser, à toutes ces choses qu'il n'est pas si facile d'oublier et des raisons au nom desquelles chacun choisit son propre chemin, lorsqu'elle se rend compte qu'elle se trouve devant la maison de Collazo. Cela l'étonne, mais rien ne signale l'endroit où les faits se sont déroulés, rien n'empêche d'y accéder, comme pouvait le faire le ruban rouge disposé autour de la maison de Chazarreta. Si elle voulait, elle pourrait pousser jusqu'au chemin pavé qui passe juste à côté de l'arbre auquel cet homme était pendu hier, elle pourrait arriver jusqu'à ce même arbre, jusqu'à la branche en question. C'est ce qu'elle fait, elle s'engage dans le chemin et s'arrête sous le chêne, elle lève les yeux, cherchant des traces de la corde qui a supporté le poids d'un corps sans vie, des marques sur le bois blessé. Les voilà, l'écorce soulevée, le tronc clair mis à nu et humide comme s'il pleurait. Elle imagine Collazo suspendu juste au-dessus de l'endroit sous lequel elle se tient. Ses pieds inertes à la hauteur de sa tête. S'il n'y a plus personne dans la maison, s'ils n'ont pas posté un gardien devant, et s'ils ne l'ont pas ceinturée d'une bande en plastique, c'est parce qu'ils ont considéré que l'affaire était classée et qu'il s'agissait d'un suicide. C'est aller un peu vite en besogne. Si l'idée lui venait un jour de se suicider, elle, Nurit Iscar, Bétibou, jamais elle n'irait se pendre à un arbre. Elle imagine que cela doit faire rudement mal, d'être pendu comme ça, à l'instant où l'on se trouve entre la vie et la mort. Cela doit faire rudement mal. De toute façon, elle ne saurait même pas faire le nœud. En y pensant, au nœud, elle se rappelle qu'elle a laissé en plan la femme du transporteur de *Défais les nœuds*. Elle devrait l'appeler pour qu'elle ne s'inquiète pas, lui dire qu'elle lui en remettra le manuscrit dans quelques semaines. Elle va s'en occuper. Quand elle en aura terminé avec ces reportages. Bientôt. Elle regarde la frondaison du chêne. Non, elle ne choisirait pas de se pendre à un arbre. Elle ne choisirait pas non plus de se jeter sous un train ou de se tirer une balle. Elle trouve que ce n'est pas juste de détruire de cette manière le corps qui vous a accueillie. Elle prendrait sûrement des cachets, elle en prendrait beaucoup pour passer du rêve à cet autre stade que nous méconnaissons tous. Existe-t-il vraiment une manière personnelle et singulière de se suicider réservée à chacun d'entre nous ? Si Collazo s'était suicidé, se serait-il pendu à un arbre ?

Au moment où Nurit Iscar repart vers sa maison, le gamin des faits divers et Jaime Brena aperçoivent sur la route le panneau indiquant comment accéder au ranch de La Ruche, et ils suivent les instructions. L'endroit sent un peu la mise en scène, il y règne une propreté si parfaite qu'elle n'a pu être obtenue qu'au prix d'un effort dicté par la nécessité. Sans s'y arrêter, ils traversent un espace où il y a un panneau sur lequel est écrit "Parking bus et visiteurs" ; en revanche, ils s'arrêtent devant l'entrée de ce qui était sans doute, par le passé, le centre névralgique du site. Avant même qu'ils ne soient descendus de voiture, une femme qui se présente comme la responsable va au-devant d'eux. Nous n'accueillons pas les visiteurs le lundi, dit-elle. Nous ne sommes pas des visiteurs au sens strict, précise Jaime Brena ; en fait, nous essayons de trouver M. Emilio Casabets. De quoi s'agit-il ? demande la femme. C'est personnel, s'empresse de dire Brena, nous avons des amis communs et nous souhaiterions bavarder avec lui, et parler de certaines affaires. Emilio n'est pas quelqu'un de très causant, dit la femme à la manière d'un robot, comme si c'était plutôt une phrase toute faite qu'une réponse à la question de Brena. Emilio est mon mari, il est sorti faire un tour à cheval, il doit être sur le chemin du retour. La femme les fait entrer et leur propose quelque chose à boire, mais ils ne prennent rien. Ne vous dérangez pas pour nous, dit Jaime Brena qui sent, tout en s'adressant à cette femme, qu'elle les regarde avec défiance, comme si elle n'arrivait pas à leur faire confiance, comme si elle les percevait, lui et le gamin, comme une sorte de danger. Il essaie de trouver un sujet de conversation, mais la femme est avare de paroles, elle répond au plus court puis se tait, sans faire le moindre effort pour poursuivre la discussion. Emilio n'est pas un grand parleur et elle non plus, pense Brena. L'attente devient tendue. Le gamin demande la permission de prendre des photos du site. La femme lui répond qu'il peut, sans ajouter un mot de plus.

Sur un mur en briques, on peut admirer une collection d'éperons. Et, dans une vitrine, toutes sortes de matés et de *bombillas*. Les tapis qui agrémentent la salle sont tous des peaux d'animaux : de vache, de mouton, d'agneau. Sur un tabouret est exposée une selle prête à monter et, sur le côté, deux boucles de ceinture de gaucho en argent et un couteau dans son fourreau. Tous les lieux communs de l'argentinité, se dit le gamin en son for intérieur. Il ne manquerait plus qu'on entende une *zamba*, pense-t-il, convaincu qu'ils l'entendraient si c'était le week-end. Derrière ce qui semble être un bar, sur un mur où il est évident qu'auparavant il y avait une porte qui a été condamnée, est accroché un grand écu dans la partie supérieure duquel est brodée cette phrase : Exaltation de la Croix. Voilà quelque chose de singulier, qu'il n'a jamais vu auparavant. Un objet auquel il n'aurait personnellement pas pensé si on lui avait demandé de dessiner une *chacra* ou un ranch. Le gamin le photographie sous différents angles. La femme de Casabets l'observe et, soudain, elle se met sur ses gardes, mais pas à cause du gamin et de ses photos, mais de quelque chose qui arrive de l'extérieur. Elle tourne à peine la tête, comme ces chiens qui perçoivent les bruits avant les gens. Le voilà qui arrive, dit-elle et, tout de suite après, on entend le galop d'un cheval. Quelques minutes plus tard, la porte s'ouvre et un homme entre, vêtu à la paysanne sous la ceinture – pantalon bouffant et espadrilles de gaucho aux pieds – et en tenue de ville – un polo Lacoste un peu défraîchi par le soleil – au-dessus. L'homme porte à la main un chapeau qui n'a plus sa forme originelle. Il regarde sa femme comme s'ils étaient seuls et lui dit : Oui… ? attendant qu'elle lui explique qui sont ces gens qu'il ne daigne ni saluer ni regarder. Ces messieurs connaissent des gens qui te connaissent et ils veulent discuter avec toi. Et qui sont donc ces gens qui me connaissent ? demande Casabets, toujours sans les regarder. Luis Collazo, par exemple, répond le gamin des faits divers. Luis Collazo, répète l'homme, qui se dirige vers le bar et se sert un whisky sans leur en proposer. Alors, comme ça, Luis Collazo parle de moi et m'inclut dans ses connaissances. Il s'assied dans un fauteuil, à côté de la fenêtre, et il croise les jambes, les yeux fixés sur le whisky qu'il remue dans son verre en lui faisant décrire de petits cercles. La femme regarde Casabets. Le gamin regarde Jaime Brena en attendant qu'il décide de quoi ils vont parler et de ce qu'ils vont passer sous silence. Jaime Brena comprend qu'ils ne peuvent pas rester plus longtemps élusifs et il dit : Écoutez, Casabets, je vais être honnête avec vous, nous connaissons Luis Collazo, mais nous ne sommes pas ici parce qu'il nous a envoyés, mais parce que nous sommes journalistes ; nous enquêtons sur la mort d'un groupe de personnes que vous connaissez. La mort de Gloria Echagüe et de Pedro Chazarreta intéresse-t-elle encore quelqu'un ? demande-t-il. Beaucoup de gens s'y intéressent encore, oui, mais je ne veux pas seulement parler d'eux. Et de qui d'autre, alors? De Gandolfini, qui est mort dans un accident de voiture ; de Bengoechea, qui est mort en skiant, et de Marcos Miranda qui a été tué dans une fusillade à Jersey City. Marcos Miranda est mort, lui aussi ? demande l'homme. Oui, dit Brena, et Luis Collazo aussi, il vient d'être retrouvé pendu. Casabets le regarde, sans bouger, aussi inexpressif que s'il n'avait pas entendu. Mais il a entendu, car il regarde alors sa femme, il a un rictus, un sourire presque imperceptible, et il lui dit : Il ne reste plus personne. Elle ne répond pas ; cependant, il est évident qu'elle sait de quoi parle son mari. Il ne reste plus personne, répète Casabets, qui sourit maintenant plus ouvertement. Mais Brena le corrige : Si, il reste quelqu'un : vous. Et, d'un geste, il demande au gamin des faits divers de lui donner la photo du groupe d'amis de Chazarreta. Qu'est-ce que c'est? demande la femme, essayant de la prendre avant qu'elle n'arrive jusqu'à son mari. Laisse, dit-il, donne-moi ça, ne t'en mêle pas, je t'ai déjà tout expliqué… il ne faut pas que tu t'inquiètes avec ça. Casabets cherche ses lunettes dans la pièce, puis il retourne à son fauteuil. Il regarde la photo et acquiesce plusieurs fois de la tête. Nous avons bien peur que les hommes qui se trouvent sur cette photo ne soient pas morts de façon naturelle et que vous soyez en danger, lui dit le gamin. La femme s'alarme. Casabets rit. Il montre son image sur la photo. Celui qui se trouve là, plus rien ne peut lui arriver, il est mort il y a bien longtemps, très longtemps ; si je ne me trompe pas, quelques jours après que cette photo a été prise. Emilio, dit sa femme, peut-être que… Peut-être que rien du tout, l'interrompt-il, toi non plus, tu n'as pas compris que celui qui est là est mort ? Si, j'ai bien compris, mais... essaie-t-elle de dire ; il l'interrompt encore : Tous ceux qui se trouvent sur cette photo, s'ils sont morts, c'est parce qu'ils le méritaient. Sauf ce garçon, dit-il, et il montre encore une fois sa propre image : Celui-là, il ne méritait pas de mourir, et ils l'ont tué quand même. Il fallait que quelqu'un rende justice un jour. Justice pour quoi ? demande Brena. L'homme lui lance un regard haineux : Vous n'avez pas entendu ? dit-il, et il termine son whisky d'une gorgée. Qui a rendu justice ? demande le gamin. Ce doit être Dieu, répond l'homme. Moi, il me semble que ces morts sont le fait d'un homme et pas de Dieu, corrige Brena ; alors, si c'est un homme, qui cela peut-il être ? Casabets reste pensif, il aimerait ne pas entrer dans le jeu de Jaime Brena, mais c'est maintenant devenu inévitable. L'homme reprend la photo et la regarde avec plus d'attention. Il pense, il n'a pas l'air préoccupé, il ne fait que penser. Si la justice a été nécessaire, c'est parce qu'il y a eu un délit ; alors, quel délit a été commis ? insiste Brena. Et, qui a rendu justice ? Si ce n'est pas Dieu... dit Casabets, qui semble avoir relevé le défi et qui, sans quitter la photo des yeux, commence à sourire comme si, enfin, il savait. Si ce n'est pas Dieu... Qui, alors ? redemande Brena. L'homme sait, ça se voit qu'il sait ; depuis qu'il a écarté Dieu, Brena est sûr qu'il sait. La date à laquelle nous avons pris cette photo est très proche de ce jour-là, dit l'homme. De quel jour ? Ça suffit, dit la femme, s'il vous plaît, n'insistez pas. Laisse-les, lui dit Casabets, laisse-les. Puis il regarde le gamin des faits divers et il lui demande : Combien d'hommes y a-t-il sur cette photo ? Six, répond le gamin. Erreur, dit Casabets. Et vous, qui avez l'air d'avoir plus d'expérience, combien y en a-t-il, selon vous ? demande-t-il à Brena. Je suis désolé, malgré toute mon expérience, j'en vois six moi aussi. Dommage, dit Casabets, le plus important vous échappe : vous oubliez de voir ce qui ne se voit pas. Ce jour-là, le jour dont je préfère ne pas me souvenir, nous étions tous ensemble, ceux que l'on voit et ceux que l'on ne voit pas, dit-il. Comme sur cette photo. Casabets la jette sur la table et il continue : Parfois, ce sont les témoins qui en bavent le plus, qui souffrent encore plus intensément que la victime, car ils culpabilisent de n'avoir pu empêcher un malheur, de n'avoir rien fait pour l'empêcher d'arriver. Il se lève. Comment ai-je pu l'oublier ? Oublier qui ? demande Brena. C'était à lui ou à moi de les tuer… et je suis un lâche. Casabets s'arrête là, il termine son whisky d'une gorgée, pose son verre sur le bar et fait comme s'il n'avait pas entendu la question de Jaime Brena. Il regarde l'écu d'Exaltation de la Croix ; il reste un instant dans cette position, debout, le regardant en leur tournant le dos. À moins que ce ne soit la porte condamnée qu'il regarde. Qui a bien pu le broder ? demande-t-il, avant de se tourner vers eux et de leur dire, en souriant : C'est quand même incroyable. Que représente cet écu ? demande Jaime Brena. L'écu d'Exaltation de la Croix, la municipalité dont dépend Capilla del Señor, où nous habitons maintenant. En 1940, le maire, un dénommé Botta, a fait faire un écu figurant des faits historiques. L'écu a la forme d'un cœur, non ? Deux auricules, deux ventricules. Je devais étudier la médecine, je devais être médecin, mais avant… Casabets reste un instant suspendu à cette pensée qu'il garde pour lui, puis il revient à son récit : L'illustration est de José Peluso, le secrétaire de mairie. Auricule gauche ? demande Casabets, montrant le premier quartier de l'écu. Une croix, répond Jaime Brena. Oui, très bien, une croix, elle représente la fondation du village par Francisco Casco. Auricule droit ? demande-t-il au gamin sur le ton d'un professeur du secondaire. Une charrette, c'est possible ? dit le gamin. Une charrette, oui, la charrette qui portait l'image de la Vierge Marie et qui s'est arrêtée à l'autre bout de la route n° 6, pour donner naissance à la légende de la Vierge de Luján. Parce qu'au fond, tout n'est que légende, la mienne, la vôtre, celle de la Vierge Marie, pas vrai ? dit-il en regardant Brena. Là-dessus, nous sommes d'accord, lui répond-il. Ventricule gauche, deux épis de blé représentant la fertilité de la terre, et ventricule droit, une plume, car c'est ici que Rivadavia a fondé la première école publique, en l'an 1821. Que voyez-vous d'autre ? demande-t-il. Aidez-nous, lui demande Jaime Brena. Un fil d'argent, dit Casabets en le leur montrant ; voyez-vous ce cordon gris qui sépare la gauche de la droite ? C'est le Ruisseau de la Croix. Emilio Casabets soupire, il semble fatigué. Je vais aller me reposer un moment, dit-il en s'approchant de sa femme, qu'il embrasse sur la bouche. Calme-toi, lui dit-il, calme-toi, tout est fini. Et il se dirige vers les chambres. Raccompagne-les jusqu'à la barrière, demande Casabets à sa femme, avant de partir pour de bon. La femme se lève. Je vous raccompagne, dit-elle. Jaime Brena la regarde un instant. Pouvez-vous nous expliquer un peu tout cela ? Il n'y a rien à expliquer, répond-elle, mon mari a déjà dit tout ce qu'il avait à vous dire, allons-y, je vous raccompagne jusqu'à la barrière. Jaime Brena insiste : Écoutez, je respecte votre silence et celui de votre mari, mais il se peut vraiment qu'il soit en danger. Pourquoi la personne qui a tué les amis de votre mari ne viendrait-elle pas maintenant s'occuper de lui ? Ce n'étaient pas ses amis, répond-elle sèchement, et personne ne va venir pour lui, parce qu'Emilio n'a rien fait. Et qu'ont-ils fait, les autres ? Elle ne répond pas. C'est maintenant le gamin qui prend la parole : Une personne capable d'en tuer ou d'en faire tuer cinq autres ne voit pas les choses comme nous, elle ne fonde pas son raisonnement sur la même logique, c'est un assassin ; madame Casabets, croyez-vous vraiment savoir ce qui peut passer par la tête d'un assassin ? Croyez-vous que l'on puisse trouver une explication à tous les meurtres ? La femme commence à vaciller. Jaime Brena le remarque et, d'un geste, il demande au gamin des faits divers d'insister en ce sens. Si cet assassin pense que votre mari pourrait aller le dénoncer, ne croyez-vous pas qu'il viendra le trouver, même s'il n'a rien fait ? demande-t-il. La femme le regarde un instant puis elle dit : Attendez-moi à la barrière, je vous suis.

Cinq minutes après Jaime Brena et le gamin des faits divers, la femme de Casabets arrive à la barrière dans une Ford Ranger qui ne date pas d'hier et dont les pneus sont couverts de boue. Voyant Jaime Brena qui fume, elle lui demande une cigarette. Emilio n'aime pas me voir fumer, dit-elle en prenant sa première bouffée. Alors, vous croyez aussi que mon mari est peut-être en danger ? demande-t-elle à Brena. Vraiment, madame, je vous jure que oui, dit-il avec assurance. Elle attend encore un court instant, le temps de prendre encore deux ou trois bouffées, puis elle se met à raconter ce qu'elle sait.

La Chacrita, c'était un groupe de copains qui s'apprêtaient à tourner la page de l'adolescence, ceux qui apparaissent sur la photo, vous les avez vus. Ils s'amusaient comme le faisaient les garçons à cette époque mais, en plus, dès qu'ils pouvaient, ils embêtaient leur prochain. C'était leur occupation préférée : embêter les autres. La femme tire une profonde bouffée. Jaime Brena et le gamin l'attendent. Elle souffle la fumée et continue : Quand la bande de La Chacrita arrivait à une fête ou à une réunion, tout s'arrêtait et ils devenaient presque immédiatement le centre d'intérêt de tout le monde. Soit parce que les personnes présentes les admiraient, soit parce qu'elles en avaient peur. C'était la bande des "mauvais garçons" et, quand on ne pouvait pas en faire partie, il valait mieux être leur ami. Et malgré la peur qu'il avait d'eux, Emilio avait voulu faire partie de la bande. La femme prend encore deux bouffées, jette à terre ce qu'il reste de la cigarette et l'écrase du bout de sa chaussure. Pour être accepté en tant que nouveaux membres, dit-elle, les impétrants devaient se soumettre à des épreuves d'initiation : entrer dans un wagon de train désaffecté, boire de l'urine, marcher dans le noir dans la rue la plus sinistre qui soit, entrer à minuit dans un cimetière. Chazarreta en a demandé plus à Emilio. La femme se tait à présent, mais ce n'est pas pour faire une pause ; elle se tait comme si son récit s'arrêtait là, ou comme si elle souhaitait qu'il se termine sur cette dernière phrase. Chazarreta en a demandé plus à Emilio. La colère lui injecte les yeux de sang. Elle veut une autre cigarette. Jaime Brena lui tend le paquet, attend qu'elle en prenne une, qu'elle la porte à sa bouche, puis il la lui allume. La femme est toujours aussi silencieuse.

Qu'est-ce qu'ils lui ont demandé ? demande Brena pour qu'elle continue. Elle s'exécute avec difficulté. À la vérité, il n'y a eu aucune demande, ce n'est pas ce qu'ils lui ont demandé, c'est ce qu'ils lui ont fait, dit-elle, et sa voix flanche. Excusez-moi, mais j'ai besoin de comprendre, qu'est-ce qu'ils lui ont fait ? insiste-t-il. Vous le savez bien, ne me le faites pas dire, demande la femme, les lèvres serrées de rage, vous le savez bien. Brena la regarde droit dans les yeux, se demandant s'il doit le dire ou pas, essayant de comprendre si la femme veut qu'ils se taisent ou qu'au contraire quelqu'un mette enfin, une fois pour toutes, des mots sur ce que son mari a enduré, pour que ce soit moins douloureux, si tant est que ce soit possible. Alors, Jaime Brena se décide et dit : Chazarreta l'a violé. La femme serre encore plus fort sa mâchoire, des larmes commencent à lui rouler sur les joues, de grosses larmes, chaudes, comme étrangères à son corps, des larmes qui ne sont pas encore à elle. Puis elle le corrige : pas seulement Chazarreta, eux tous. Et, sur ces mots, elle se met à pleurer pour de bon, comme si rien ne pouvait la consoler. Les sanglots se mêlent à ses mots. Tous les cinq, semble-t-elle dire entre deux sanglots, ils l'ont violé tous les cinq. Les pleurs de la femme, bien qu'inévitables, mettent les hommes mal à l'aise ; le gamin des faits divers fait mine de s'approcher, mais Brena l'arrête d'un geste, et lui dit du bout des lèvres de la laisser pleurer. Dès qu'elle réussit à se calmer, elle poursuit : Voilà trente ans que nous sommes mariés, mais je ne savais rien, il ne me l'avait jamais dit, jamais. Il me l'a raconté dernièrement, un soir, peu de temps après l'assassinat de Gloria Echagüe. Il n'a pas pu me le dire avant, vous vous rendez compte !

Ces gens ont commencé à passer au journal télévisé, dans les journaux, dans les magazines, et le souvenir de ces horreurs, qui était resté enterré jusque-là, est remonté. La femme sèche ses larmes et respire ; elle essaie de parler plus calmement malgré ce qu'elle a à dire. Il m'a tout raconté, comment ils l'ont pénétré, un par un, il m'a tout raconté en détail, l'odeur de l'endroit, les coups, les cris, son visage meurtri contre le mur en briques, sa douleur, leurs rires, puis la honte et le silence. Il m'a obligée à lui promettre de ne plus jamais en reparler. Emilio n'avait jamais raconté cela à personne, vous comprenez, même pas à ses parents. Il n'a jamais pu. La femme se remet à pleurer. Comment quelqu'un peut-il garder pour lui une chose pareille aussi longtemps ? demande-t-elle. Il avait tout enterré au plus profond de sa mémoire, il avait tué celui qu'il avait été et, de son mieux, il avait fait naître quelqu'un d'autre. C'est cette personne-là que j'ai connue, une autre personne. Je ne saurai jamais comment il était avant, comme sur cette photo. Avec l'apparition de ces gens, les souvenirs ensevelis sont remontés, pas pour ressusciter l'Emilio qui était mort, mais pour lui rappeler qu'il était mort. Il les a cherchés, tous, il a eu besoin de les retrouver, il leur a parlé, il a même rencontré Miranda quand il est revenu en vacances au pays. Ils ont tout nié en bloc. Comme si rien ne s'était jamais passé. Comme s'il était fou. Emilio voulait juste qu'ils reconnaissent le mal qu'ils lui avaient fait, qu'ils lui demandent pardon, mais non ; ils ne lui ont même pas accordé cela, les salauds, même pas cette maigre réparation. Ç'a été un coup très dur pour mon mari. Alors, il a eu l'idée d'acheter cette maison et cette propriété ; c'était une idée fixe, elle n'était pas à vendre, mais il a fait une bonne proposition aux propriétaires, et il l'a eue. Je n'étais pas d'accord, je m'y suis opposée de toutes mes forces, mais je me suis rendu compte qu'il ne me serait pas possible de l'arrêter. Ce devait être cette *chacra*-là. Celle-là, et aucune autre. Qu'est-ce que cet endroit a de spécial ? demande le gamin des faits divers, craignant presque la réponse qu'il devine déjà. Il y a des années, cette *chacra* appartenait aux Chazarreta, dit la femme. Son menton tremble, mais elle ne veut pas continuer à pleurer, elle se contient et, malgré ce tremblement, elle continue : C'est l'endroit où ils ont violé mon mari, l'endroit où ils ont tué pour toujours celui qu'il avait été jusque-là. Après que les autres ont tout nié, il est venu jusqu'ici, il est retourné dans la cave où ils lui avaient fait subir ces sévices, il avait besoin de se retrouver avec ces témoins silencieux, les murs, les briques. Il avait besoin d'avoir la confirmation qu'il n'était pas fou. Et c'était bien cela. C'était bien cet endroit, c'était cette odeur, c'était la même humidité. Nous avons acheté la *chacra* et, peu de temps après, nous nous y sommes installés. Il a passé une semaine entière enfermé ici, sans parler à personne, presque sans manger. Et, quand il est sorti, il a lui-même bouché cette porte pour toujours, celle qui est maintenant cachée derrière l'écu d'Exaltation de la Croix. Il l'a murée. Depuis ce jour-là, il n'en a plus jamais parlé, et il n'est jamais sorti de cette *chacra* que pour m'accompagner au village, à la banque ou chez le médecin, et revenir aussitôt. La femme recommence maintenant à pleurer. Le gamin va chercher une bouteille d'eau dans la voiture. Il la lui tend et elle boit avant d'essuyer maladroitement ses larmes. Je ne savais rien, je vivais à ses côtés et je ne savais rien, jusqu'au maudit jour où Gloria Echagüe a été assassinée et où ils sont tous réapparus. Savez-vous qui est l'assassin, selon votre mari ? Non, ça, je n'en sais rien, et je ne crois pas qu'il me le dise, il n'en reparlera plus. Essayez à tout prix de savoir, lui demande Brena. Je lui ai juré que je ne parlerais plus jamais de cette histoire, dit-elle. Mais c'est un cas de force majeure, insiste-t-il. Je ne sais pas si je pourrai. Si vous pouvez, s'il vient à vous donner une quelconque information dont vous pensez qu'elle pourrait nous être utile, appelez-moi, s'il vous plaît, dit Jaime Brena en lui tendant sa carte. Et si vous découvrez quelque chose qui mettrait en danger la vie de mon mari, ne manquez pas de m'appeler, demande la femme. Soyez tranquille, nous n'y manquerons pas.

Ils roulent plusieurs kilomètres en silence, non pas parce qu'ils n'ont rien à dire, mais parce qu'ils n'y arrivent pas. La nuit est en train de tomber et, dans son rétroviseur, le gamin voit le soleil incandescent qui est sur le point de se coucher. Comment peut-il avoir choisi de vivre à cet endroit ? demande-t-il au moment où ils quittent la Panaméricaine pour s'engager sur le chemin qui mène à La Maravillosa. Je ne sais pas, dit Brena, vraiment, je ne sais pas. J'ai ma théorie, avoue le gamin, est-ce que je peux dire une énormité, même si elle n'a rien de politiquement correct ? Tu peux ; moi, j'en ai jusque-là du politiquement correct ! Parfois, je me dis que les femmes sont mieux préparées que nous pour encaisser de telles choses, dit-il ; le viol, c'est un truc qu'elles craignent, mais elles ont conscience que ce danger existe. À un moment donné de leur vie, il y a eu quelqu'un pour les avertir qu'un homme pouvait leur vouloir du mal, qu'elles devaient faire attention, ne pas aller dans des endroits dangereux, sombres, proches des routes, je ne sais pas, moi, toutes ces choses que ma mère disait à ma sœur et qu'elle ne me disait jamais à moi. Nous, les garçons, nous ne parlons pas de ces sujets-là, ils ne nous concernent pas, personne ne nous avertit qu'on peut aussi nous faire subir des sévices ; alors, lorsque ça arrive, on se retrouve complètement paumés, désarmés, ou on en meurt, comme Casabets, parce que ce qui est arrivé ne pouvait pas nous arriver, pas à nous, et on en vient même à douter de notre propre perception des événements : ce qui est arrivé n'est pas arrivé, ce n'est pas possible, ce n'est pas réel. Peut-être que, pour Casabets, le fait qu'ils lui aient menti après toutes ces années, qu'ils l'aient fait douter de ce qu'il avait vécu, le fait que ceux qui l'avaient violé continuent encore de nier en bloc, tout cela a dû lui faire l'effet d'un nouveau viol. Ils ont d'abord violé son corps, puis sa conscience et sa mémoire. Et sa douleur. Le premier viol, il ne pouvait pas le réparer. Le second, il pouvait le réparer en se rendant à l'endroit où ce malheur était arrivé, en reconnaissant ces murs, en cherchant des témoins complices, muets et fidèles, en récupérant ces souvenirs que pendant des années il avait voulu enfouir au fond de sa mémoire. Pour ensuite les tuer pour de bon, dans un acte volontaire, décidé par lui, en les murant derrière une porte et en y accrochant un écu ressemblant à un cœur meurtri traversé par un fil d'argent. Le gamin se tait, Brena le regarde. J'ai dit une connerie ? demande le gamin. Non, tu as dit une vérité, et tu l'as joliment dite, avec les mots qu'il faut, d'une façon presque littéraire. Toi, petit, un jour, tu sauras bien écrire ; si tu lis un peu plus, un jour, tu écriras.

Quand ils arrivent à l'entrée, ils ne prêtent même pas attention au temps que leur font perdre les gardiens ni aux contrôles auxquels ils doivent se soumettre. Pas aujourd'hui. Aujourd'hui, il n'y a pas de place pour les protestations ni pour la colère. Le gamin leur donne tout ce qu'ils lui demandent. Et Jaime Brena patiente, sans s'irriter. Quand ils arrivent chez Nurit Iscar, ils la trouvent sur le chemin de gravillons, qui les attend. À peine les aperçoit-elle qu'elle se rend compte que ces hommes-là ont pris une porte en pleine figure. Elle prépare un café pendant qu'ils lui racontent tout. Et alors, n'est-il vraiment pas possible que l'assassin soit Casabets lui-même ? demande Nurit. Non, c'est une hypothèse que j'écarte complètement, répond Brena ; sans vouloir me vanter, avec tous les assassins et toutes les victimes que j'ai vus pendant toutes ces années, je crois qu'il y a des choses que j'arrive à sentir, et cet homme est bien incapable de tuer qui que ce soit. D'autre part, d'après ce qu'a dit sa femme, ajoute le gamin des faits divers, cela fait trois ans que Casabets n'a pas mis le nez hors de cette *chacra*. Il avait l'air honnête, autant lorsqu'il a été surpris par la mort de Miranda et de Collazo que lorsqu'il n'a pas cherché à montrer le moindre signe de tristesse en apprenant leur mort et celle des autres membres de la bande. Maintenant, on comprend mieux pourquoi Collazo semblait plus inquiet que nous apprenions la vérité que de savoir sa propre vie en danger, dit Nurit. Oui, maintenant, ça se comprend, acquiesce Jaime Brena, et il demande au gamin de ressortir la photo et de la montrer à Nurit. La clé se trouve sur cette image, je l'ai vu à sa tête. Casabets dit qu'il y a une septième personne que nous ne voyons pas, et il laisse entendre que cette personne, en plus d'être le témoin de ce qui s'est passé, est l'assassin. Nurit prend la photo et l'observe avec attention. Est-ce que tu aurais une loupe ? demande Brena, il y a peut-être un tout petit détail, un pied ou une main cachés derrière eux. Nurit ne lui répond pas, elle ne sait pas s'il y a une loupe dans la maison, et elle s'en fiche, elle est concentrée sur ce qu'elle regarde. Tu vois quelque chose ? demande Brena. Oui, tu vois quelque chose, se répond-il à lui-même. Ce n'est pas ce que je vois, corrige-t-elle ; vous ne vous êtes pas dit que ce que nous cherchons n'était peut-être pas caché derrière, mais devant eux ? Où ça, devant ? dit Jaime Brena. Comment ça, devant ? demande le gamin. Une photo, c'est un témoin de la réalité, et le témoin, c'est le photographe. Il y a toujours un photographe. C'est lui, le septième homme, dit Nurit. Le photographe, répète Brena. Nous devons déterminer qui a pris cette photo, dit le gamin des faits divers, nous pourrions insister auprès de la femme de Casabets. Inutile d'interroger qui que ce soit, je sais qui a pris cette photo. Qui ? demande Nurit. Roberto Gandolfini, il les accompagnait partout, il leur servait de larbin, mais il ne faisait pas partie de la bande. C'est lui qui a pris cette photo. Tu en es sûr ? demande Nurit. Presque, répond Brena, sa mère obligeait son demi-frère à l'emmener partout, il les a même accompagnés à leur voyage de fin d'études. Elle en a fait un vrai fardeau. Tu t'imagines la tendresse que ces jeunes devaient avoir pour lui ? Oui, j'imagine, dit le gamin ; lui aussi, il a dû en voir de belles avec eux. Je suis sûr qu'il se trouvait aussi à la *chacra* des Chazarreta cette nuit-là, dit Brena. C'est lui, le témoin. Le justicier. Mais, cette douleur, la douleur d'avoir été le témoin des horreurs qu'ils ont commises, est-elle suffisante pour qu'il ait voulu tous les tuer ? demande le gamin. Qu'il existe des motifs qui soient suffisants pour tuer – et qu'il y en ait d'autres qui ne le soient pas –, ça, c'est une question à laquelle nous ne trouverons pas de réponse logique, petit, lui répond Brena. D'autre part, si c'était lui, cela expliquerait pourquoi toutes les nouvelles sur la mort de Miranda à Jersey City ne sont sorties que plusieurs heures après qu'il t'avait tout raconté, dit le gamin, il l'a su avant tout le monde. Ce que je ne comprends pas, c'est pourquoi il a dit que le sixième de la bande s'appelait Vicente Gardeu. Gandolfini savait très bien qui était le sixième et qui était Vicente Gardeu. C'était une mise en garde qu'il adressait à Brena, dit Nurit ; il voulait qu'il sache, au cas où il découvrirait la vérité. Qu'il sache quoi ? demande le gamin. Qu'il sache à qui il avait affaire. Gandolfini est allé à ce rendez-vous pour te jauger, pour voir qui était cette personne qui pose partout des questions sur lui et sur ses morts, conclut Nurit Iscar. Elle regarde maintenant Jaime Brena, et c'est à lui qu'elle parle : Il voulait que tu saches qu'il sait, il voulait que, si tu finissais par comprendre, tu saches que cet après-midi-là, quand tu l'as rencontré dans ce bar, il savait déjà. Il savait qui tu étais et pourquoi tu voulais le voir. Ce qu'il a fait, il l'a fait pour te mettre en garde. Ou c'est peut-être un coup d'éclat, dit Jaime Brena, une façon de s'enorgueillir de ses actes. Plus que cela, moi, je crois que son intention était de te menacer. Ils se taisent tous les trois, aucun d'eux ne réfute la théorie de Nurit. Qu'est-ce qu'on fait, maintenant ? demande, au bout d'un moment, le gamin des faits divers. Ce que nous avons, pour l'instant, ce ne sont que des conjectures, dit Jaime Brena, mais il est probable que nous ne soyons pas loin de la vérité. Gandolfini est un homme d'affaires, il est puissant, il a suffisamment d'argent pour engager un tueur à gages, ou plusieurs, il peut offrir une mort bien propre à son frère, et payer quelqu'un pour leur donner à tous la mort qu'ils devraient avoir. Et, si jamais les choses se sont vraiment passées comme ça, nous en aurons demain le cœur net, conclut Jaime Brena. Que se passe-t-il demain ? demande le gamin. Je me présenterai dans son bureau et lui exposerai notre théorie. Tu n'y penses pas, dit Nurit, je viens de dire que ce type t'a menacé et toi, tout ce que tu trouves à faire, c'est d'aller te présenter, la bouche en cœur, devant lui ? Arrête, Brena, poursuit le gamin, ce type est dangereux. Pas pour moi ; pourquoi irait-il me faire quoi que ce soit ? Parce que tu sais. Je ne crois pas qu'il en ait grand-chose à faire, car de toute façon, nous n'avons aucune preuve. Il t'a mis en garde, l'autre jour, au bar, il t'a menacé, insiste Nurit. Mais il ne m'a pas tué ; cela fait un moment qu'il sait que je sais, et il ne m'a rien fait, répond Brena. C'est insensé que tu ailles te présenter devant lui ; et pour dire quoi, d'abord, pour lui confirmer quoi ? demande le gamin. Jaime Brena l'interrompt : C'est mon travail, petit, lui dit-il, sèchement. Le gamin a l'air préoccupé, tout comme Nurit. Ce serait une folie d'y aller, dit-elle, il n'attend que ça. C'est mon travail, répète Brena. Le gamin le regarde, hésite, puis il se décide et dit : Non, ce n'est pas ton travail, maintenant, c'est le mien, tu n'es plus aux faits divers. Jaime Brena se fige, surpris par la réponse du gamin. Médusé, presque offensé. Il sait bien qu'il n'est plus aux faits divers mais, ces jours-ci, avec le gamin et Nurit Iscar, malgré tout, malgré son transfert, malgré Rinaldi, malgré les reportages stupides qu'on lui fait analyser et publier, il avait l'illusion d'être revenu à l'endroit où il voulait revenir travailler. Mais non. Tout cela n'avait été qu'une illusion. Jaime Brena regarde Nurit Iscar qui ne dit rien, mais il est évident que son silence cautionne ce que le gamin vient de dire, même si c'est sans doute dans le seul but de le protéger. Il nie plusieurs fois de la tête, il soupire ; on dirait qu'il est sur le point de dire quelque chose, mais il s'interrompt, il ouvre son portefeuille, en sort la carte que Gandolfini lui a donnée quelques jours plus tôt, et il prend congé d'eux : Je vous souhaite bonne chance. Où vas-tu ? demande Nurit. Chez moi, répond-il. Et comment ? À pied jusqu'à l'entrée et, de là, je vais appeler un taxi ou une voiture particulière. Arrête, ne fais pas le con, dit le gamin, je peux te ramener, moi. Si, si, je suis un con, dit Brena ; parfois, ce n'est pas si mal d'être un con, ça permet de ne pas perdre sa dignité. Et, quand on n'est entouré que par de la merde, c'est important de surnager. Jaime Brena mime le geste imaginaire de soulever un chapeau qu'il n'a pas sur la tête, un geste qui ne s'adresse ici qu'à Nurit Iscar, puis il sort. Le gamin garde un air préoccupé. Je voulais seulement le protéger, dit-il. Je le sais bien, répond Bétibou, et Jaime Brena le sait bien, lui aussi. Il le sait très bien. Mais il est buté et il se croit immortel, ce n'est pas la meilleure des associations. Et qu'est-ce qu'on fait, maintenant ? redemande le gamin des faits divers. Je ne sais pas, dit Nurit, je ne sais pas encore. Le mieux, ce serait peut-être de nous donner quelques heures pour réfléchir. Reposons-nous un peu, et demain après midi, nous déciderons. Comme l'a dit Brena, même si nous y croyons, pour l'instant, tout ce que nous avons, ce ne sont que des conjectures. Qu'est-ce que tu en dis ? Oui, ça me semble raisonnable, dit le gamin. Viens, dit Nurit ; reprends un café avant de te mettre en route, allons dans la cuisine. Nurit Iscar lui indique le chemin. Le gamin acquiesce et sort, mais elle ne fait pas ce qu'elle a proposé. Elle revient sur ses pas et prend la carte avec l'adresse de Gandolfini que Jaime Brena a jetée sur la table ; elle la regarde, la glisse dans la poche de son pantalon et, maintenant oui, elle part préparer du café dans la cuisine.

25

À onze heures du matin, le taxi privé du journal passe chercher Nurit Iscar à La Maravillosa. Hier soir, elle a téléphoné pour lui demander d'arriver plus tôt, mais l'homme lui a rappelé qu'il vivait à Lanús et que, de là-bas, "c'est pénible d'arriver jusqu'ici". Nurit est restée un moment à réfléchir sur cet adjectif, qui modifie le sens du verbe : "pénible d'arriver" ; elle s'est demandé si, s'agissant d'un verbe, il aurait dû dire : "arriver péniblement", ou laisser le verbe à l'infinitif mais modifier la syntaxe "arriver est pénible". Elle n'arrive pas à se décider. Pendant qu'elle s'égare dans de vaines digressions sur les différents emplois du langage – depuis sa plus tendre enfance, quand elle est énervée, elle se concentre sur l'emploi des mots pour se sortir de la tête ce qui la perturbe –, le chauffeur insiste sur ses problèmes de circulation : Savez-vous à quoi ressemble l'avenue Pavón, à cette heure-ci ? Et elle ne sait pas à quoi elle ressemble, mais elle se l'imagine. En fait, pour Nurit, rien ne presse, rien d'autre que sa propre anxiété et la peur que le gamin des faits divers l'appelle pour réclamer la carte de Gandolfini que Jaime Brena lui a laissée et qu'il n'a jamais prise. Elle a demandé à Anabella de revenir faire quelques heures de ménage pour que la maison soit impeccable. Anabella lui avait dit qu'elle ne travaillerait que le week-end, mais Bétibou s'imagine qu'elle n'est plus à La Maravillosa pour très longtemps et, avant de s'en aller, elle veut que la maison soit dans l'état dans lequel elle l'a trouvée. En cas d'urgence, elle a glissé son portable dans son sac à main, mais il est éteint. Elle préfère que Jaime Brena et le gamin ne puissent pas la joindre, sinon ils essaieront de l'arrêter, comme Nurit Iscar l'a fait pour eux.

Arrivé devant la barrière, le chauffeur de taxi rend la carte qu'on lui a donnée à l'entrée, un gardien vient contrôler son coffre – Vous me permettez le coffre ? –, puis ils sortent. C'est toujours plus facile de sortir que d'entrer, dit l'homme. Nurit, encore une fois, se met à penser à quelque chose d'aussi abstrait qu'une phrase, une phrase de dix mots, et elle se demande si ce ne serait pas là un bon titre pour son prochain reportage sur La Maravillosa, peut-être son dernier : "C'est toujours plus facile de sortir que d'entrer".

Au moment où la voiture franchit la barrière de La Maravillosa pour conduire Nurit à son rendez-vous avec Gandolfini, le gamin des faits divers est sur le point de partir de chez lui pour se rendre au journal. Il est préoccupé à l'idée que ses relations avec Jaime Brena puissent s'en ressentir mais, d'une façon ou d'une autre, il fallait qu'il l'arrête. Il aurait peut-être dû s'y prendre autrement, mieux lui expliquer ses raisons sans porter de coup bas, surtout, sans faire allusion à son transfert de la rubrique des faits divers dont il sait aujourd'hui que Jaime Brena n'aurait jamais dû la quitter. Mais, hier, c'est la seule phrase qui lui est passée par la tête : Non, ce n'est pas ton travail, maintenant, c'est le mien, tu n'es plus aux faits divers. Maintenant, maintenant qu'il est trop tard, il y a beaucoup d'autres phrases que celle-ci, plus opportunes, qui lui viennent à l'esprit. Il aurait même pu lui proposer qu'ils aillent voir Gandolfini ensemble. Il a pris peur, il a senti que Jaime Brena fonçait tête baissée dans un traquenard. Il fallait qu'il soit percutant. Mais c'est cela qu'il ne se pardonne pas ; il sait qu'il ne s'est pas contenté d'être percutant, qu'il a aussi été cruel.

Au moment où le taxi qui emmène Nurit Iscar passe au péage, le gamin monte dans un taxi et Jaime Brena sort de chez lui avec la ferme décision de se rendre à pied au journal. Il y a deux kilomètres et il n'est pas au sommet de sa forme mais, aujourd'hui, il a décidé de marcher. Il a besoin de marcher. De réfléchir. Au premier coin de rue où il doit s'arrêter à un feu rouge, il partage le passage piéton avec un promeneur de chiens. Avec son bouquet d'animaux : un entrelacs de laisses qui aboient. Lui, jamais il ne ferait ça, il n'irait pas prendre un chien pour le faire promener par quelqu'un d'autre, pour le lâcher au beau milieu d'une meute d'animaux immanquablement rancuniers vis-à-vis de leurs maîtres. Lui, Jaime Brena, c'est pour cela qu'il veut un chien, pour sortir le promener en laisse. Pour l'emmener sur la place, pour le voir remuer la queue à son retour à la maison. C'est bien la seule compagnie qui supporterait de vivre avec moi, pense-t-il. Petit à petit, avec le temps, il est devenu quelqu'un de solitaire, c'est ce qu'il est en train de se dire, tout en observant un dalmatien qui le regarde de côté en remuant amicalement la queue. Il reconnaît qu'il était déjà solitaire avant même de se séparer d'Irina. La solitude, il se dit que c'est un état intérieur que l'on peut pratiquer même lorsque l'on vit en couple. Évidemment, ce quelqu'un d'autre, s'il n'est pas solitaire comme vous, finit par en avoir assez. Comme Irina. Et il croit aussi que c'est cela, la solitude ; c'est cela qui le lie, paradoxalement, à certaines personnes. La solitude qui unit. Ou qui rassemble. La confrérie des solitaires. Karina Vives, par exemple. Le gamin des faits divers, bien qu'aujourd'hui il ne veuille plus entendre parler de lui. Nurit Iscar. Bien qu'elle soit entourée d'amies, Nurit Iscar est une femme solitaire, il en est intimement convaincu. Une solitaire jusqu'au bout des ongles ; ça se voit. Comme ça se voit en ce qui le concerne. Être solitaire, c'est quelque chose de constitutif, c'est une façon d'être, quelque chose qui, généralement, ne change pas avec le temps, et ce, même si votre maison se remplit de gens. Si un jour il avait une relation avec Nurit, s'ils venaient à former un semblant de couple, ils resteraient malgré tout deux êtres solitaires. Peut-être heureux, bien accompagnés, choyés l'un par l'autre, sexuellement épanouis, mais toujours aussi solitaires. D'ailleurs, cette idée ne lui déplaît pas, il va même jusqu'à penser que c'est peut-être la formule de couple idéale pour lui : pouvoir partager les années de vie qu'il lui reste avec une femme aussi solitaire que lui. Seul un solitaire est capable de rester aux côtés de l'autre sans ressentir le besoin, l'obligation et le droit de le posséder ni de le faire changer. Et d'où l'idée de penser comme ça à Nurit Iscar lui est-elle venue ? Revenons-en plutôt à notre chien, se dit-il. Et c'est ce qu'il fait.

Le bureau de Gandolfini se trouve à Catalinas, sur la rue Leandro N. Alem, dans une des tours qui se dressent à côté de l'hôtel Sheraton. Pour s'éviter un gros détour, le taxi dépose Nurit sur le trottoir d'en face ; il lui indique qu'il l'attendra au même endroit, mais que si jamais elle ne le voit pas en sortant, c'est parce que quelqu'un lui aura demandé de bouger de là et qu'il sera donc en train de faire le tour du pâté de maisons. Ou de plusieurs pâtés de maisons car, maintenant, dans cette zone, il y a beaucoup de rues piétonnes. D'accord ? Quoi que ce soit, appelez-moi sur mon portable, dit l'homme. Quoi que ce soit, je vous appelle, lui répond Nurit. Elle traverse l'avenue et manque de se faire renverser par le vent. Elle n'avait pas remarqué que la journée était si venteuse. Peut-être ne l'était-elle pas. Elle a toujours été interpellée par la force avec laquelle le vent souffle à Buenos Aires, et elle n'est pas sûre que ce phénomène climatique ne s'explique que par la proximité du fleuve. Elle se souvient d'une amie de Paula Sibona, une actrice installée depuis longtemps en Espagne, qui, quand elle était déprimée, se mettait une jupe cloche, se tenait debout au coin de Leandro Alem et Córdoba, et elle attendait que le vent ait sur sa jupe un effet Marilyn Monroe dont les passants fortuits lui savaient gré et qui lui remontait le moral. Avec le pantalon noir et le chemisier blanc que porte Bétibou, il n'y a que ses bouclettes qui soient relevées par le vent, des bouclettes qu'elle remet en place de temps en temps, d'un geste aussi machinal qu'inutile.

Le bâtiment de Gandolfini est tout en verre polarisé. Noir, quand on le regarde de l'extérieur. Il bénéficie d'un service de sécurité aussi impressionnant que La Maravillosa. Les gens ont à peine le temps de franchir la porte giratoire qu'ils sont arrêtés par les gardiens, qui sont assis derrière un long comptoir.

Puis, ils demandent au visiteur ses nom et prénom, ses papiers d'identité, ainsi que l'étage et le bureau auxquels il souhaite se rendre. Quand arrive le tour de Nurit, elle dit qu'elle ne se souvient pas de l'étage, mais que c'est pour M. Gandolfini. Dix-septième étage, lui répond le gardien, avant de lui demander : Vous avez rendez-vous ? Oui, bien entendu, ment-elle. L'homme note sur une fiche tous les renseignements la concernant, puis il lui remet une carte de visiteur ; Nurit est étonnée que cette partie du contrôle soit aussi facile à passer, car le plus énorme des mensonges fait l'affaire : Oui, j'ai rendez-vous. Peut-être est-ce aussi grâce à sa tête, à la couleur de sa peau, à son type de tenue vestimentaire ou au fait qu'elle soit une femme. Les papiers, il faut les laisser en dépôt tant que vous n'êtes pas sortie du bâtiment et que vous n'avez pas rendu la carte, lui indique l'agent de sécurité. Et bien que Nurit ne soit pas enchantée de devoir confier sa carte d'identité, elle la lui remet quand même. Avant de passer dans un tourniquet, elle doit encore montrer son sac à main – comme les employés de maison de La Maravillosa, bien que dans ce cas, on ne cherche pas à se prémunir des mêmes dangers –, passer sous un détecteur de métaux, puis insérer la carte de visiteur dans un lecteur. L'identité de tous les individus se résume maintenant à une quantité variable de cartes à usages distincts, pense-t-elle. Elle a l'impression d'être dans un film américain et d'entrer au siège de la CIA, ou d'être dans la série *24 heures chrono* et d'entrer dans le bâtiment où travaille Jack Bauer. Il faut dire que c'est un sacré dispositif. En particulier, quand on – elle, le gamin des faits divers et Jaime Brena – a à l'esprit que tout cela sert à protéger, entre autres, un assassin. Quelqu'un qui paie des gens pour leur faire commettre des assassinats sur mesure. Comme on irait embaucher un tailleur. Un tailleur de la mort, pense-t-elle, se demandant si ce ne serait pas un bon titre pour un prochain roman : *Le Tailleur de la mort*, de Nurit Iscar. Ou *Mort sur mesure*. Ou *Mort XXL*. Est-elle en train de penser à un nouveau roman ? Elle s'arrête devant l'ascenseur et, lorsque la porte s'ouvre, elle monte, entourée d'un groupe d'hommes tirés à quatre épingles, de femmes en tenue de bureau et en talons hauts – de ceux qu'elle ne porte plus depuis des années –, d'un coursier avec un casque de moto accroché à un bras et des enveloppes de formes diverses sous l'autre, et une femme tenant la main à un enfant qui lui demande : C'est ici que papa travaille ? Nurit descend au dix-septième et essaie de trouver une secrétaire. Elle en trouve une derrière une porte en verre dépoli sur laquelle on peut lire des lettres blanches, gravées mais difficiles à distinguer : *RG Business Developers.* Elle se présente à la fille : Mon nom est Nurit Iscar, je suis écrivain, et je viens interviewer M. Roberto Gandolfini dans le cadre d'un recueil de chroniques que je suis en train d'écrire. La secrétaire regarde son agenda : Je n'ai aucun rendez-vous à votre nom ; pouvez-vous me le répéter, s'il vous plaît ? Nurit Iscar, tout simplement, comme ça se prononce ; comme c'est étrange, mon éditeur m'avait dit que tout était réglé. Quel éditeur ? Moi, je n'ai eu affaire à personne. À moins qu'il n'ait traité directement avec M. Gandolfini et qu'il ait oublié de vous prévenir. Je ne pense pas, il me prévient toujours. Écoutez, madame, vous seriez bien aimable de le consulter à ce sujet pour savoir s'il peut me recevoir même si le rendez-vous n'est pas consigné sur son agenda. Je crains que cela ne soit pas possible, M. Gandolfini a une journée très chargée. Pourriez-vous au moins essayer? La femme hésite. Pourriez-vous au moins essayer, s'il vous plaît? insiste-t-elle. Nurit Iscar, m'avez-vous dit, c'est bien ça? demande la secrétaire. Oui, répond-elle, et dites-lui que c'est M. Luis Collazo qui m'a donné ses coordonnées, n'oubliez pas de bien le préciser, de parler de Luis Collazo. La femme parle au téléphone avec son chef et, vers la fin de leur conversation, elle répète : Oui, oui, Luis Collazo. Elle raccroche. Il va vous recevoir dans une quinzaine de minutes, je vais vous demander de patienter dans les fauteuils de la salle d'attente ; dès qu'un de ses rendez-vous sera terminé, il vous fera entrer. OK, dit Nurit Iscar, dont les jambes sont parcourues d'un frisson. Elle est contente de se trouver ici, à ce moment précis, elle l'a voulu au plus profond d'elle-même. Mais elle aimerait aussi pouvoir être ailleurs. Elle pense à Jaime Brena et au gamin des faits divers, à ce qu'ils vont dire quand ils apprendront qu'elle est venue ici. Elle entend déjà leurs remontrances. Sur la table basse qui se trouve devant les fauteuils, il y a un *Newsweek*, le supplément d'un journal dominical datant de deux mois et l'annuaire d'une chambre des métiers argentine. Elle ferme les yeux et attend.

Au moment où Nurit Iscar ferme les yeux, Jaime Brena entre en nage et hors d'haleine à la rédaction de *El Tribuno*. En le voyant arriver, le gamin suit attentivement ses faits et gestes pour tâcher de déterminer s'il est encore fâché contre lui. Brena salue à la cantonade et s'assied à son bureau. Il est toujours fâché, pense le gamin. Jaime Brena s'installe sur sa chaise, il se frotte le visage, s'étire un peu le cou, le temps que son ordinateur s'allume. Il trouve la dépêche pour son prochain article qui l'attend sur son écran : c'est l'étude d'un centre médical de Lyon, en France, qui révèle que les personnes allergiques à la pénicilline ont 64 % de risques de plus de divorcer avant l'âge de quarante ans que les autres. Comment quelqu'un a-t-il pu se donner la peine d'étudier la relation entre la pénicilline et le divorce avant quarante ans ? Il la lit une, deux, trois fois, puis il éteint son ordinateur. Il sort du tiroir les imprimés de demande de départ volontaire à la retraite et il commence à les compléter. Le gamin des faits divers s'approche de son bureau. Jaime Brena retourne les formulaires pour qu'il ne voie pas ce qu'il est en train de faire. Tu as une minute ? lui demande le gamin. Jaime Brena le regarde, sans répondre ; le gamin, par contre, dit : Pardon. Jaime Brena reste toujours aussi silencieux. Pardon, répète-t-il encore, j'ai eu peur que tu ailles voir Gandolfini sans évaluer les risques et j'ai pensé que c'était le seul moyen de t'arrêter. OK, dit Jaime Brena, autre chose ? Cet "autre chose" de Brena le laisse sans voix, mais il prend sur lui et poursuit : Oui, autre chose ; tu te souviens de la question que tu m'as posée, quand tu as commencé à m'initier au journalisme d'investigation ? Non, dit Jaime Brena, je t'en ai beaucoup posé, des questions, je n'ai pas la moindre idée de la première chose que j'ai pu te demander. La plus importante de toutes ; tu m'as demandé à qui je voulais ressembler, qui était mon modèle, mais, à ce moment-là, je ne le savais pas encore. Je ne m'en souvenais pas, lui répond Brena. Eh bien, je sais, maintenant, dit le gamin, et il attend qu'il lui demande qui est cette personne à laquelle il voudrait ressembler. Ce que Brena ne fait pas. Alors, comme la question n'arrive pas, il lui lance : C'est à toi, à Jaime Brena que je voudrais ressembler. Brena le regarde avec pour seule expression un imperceptible rictus sur la lèvre inférieure, une sorte de battement involontaire. Si le gamin le connaissait mieux, il saurait que si la lèvre inférieure de Jaime Brena bat ainsi, c'est parce que ce qu'il vient de lui dire l'a frappé quelque part, on ne sait pas très bien où, mais il a touché une corde sensible. On part à deux voir Gandolfini ? dit le gamin. Quoi ? Si on y allait ensemble, je trouve que ce serait une façon de réduire les risques et c'est vrai qu'on ne peut pas se défiler, maintenant qu'on a découvert le pot aux roses, il faut qu'on s'en occupe à deux. Alors, on y va ? Comme si une nouvelle journée de travail commençait, comme s'il ne s'était pas mis en colère hier, faisant abstraction de ses formulaires de départ volontaire à la retraite à moitié complétés et de la déclaration d'admiration du gamin, Jaime Brena lui demande : C'est où ? Tu as regardé sur la carte que je t'ai donnée ? Le gamin peste : Je l'ai laissée chez Nurit, tu parles d'un idiot. Appelle-la et dis-lui de te passer les renseignements, suggère Brena. C'est ce que fait le gamin : Son portable est éteint, dit-il. Pourquoi diable cette femme a-t-elle un portable ? se demande Brena, comme s'il n'était pas aussi difficile à joindre qu'elle sur son portable. Puis il ajoute : Appelle chez elle. Je n'ai pas le numéro, je vais le demander à la secrétaire de Rinaldi. C'est ce que fait le gamin, et il réapparaît un instant plus tard, parlant avec Anabella. Madame est partie, lui dit-elle, le taxi est venu la chercher, pourquoi ne l'appelez-vous pas sur son portable ? Elle l'a éteint ;

tu ne sais pas où elle allait ? Je crois qu'elle a dit qu'elle devait aller voir quelqu'un à Buenos Aires. Le gamin se caresse la mâchoire plusieurs fois, tout en faisant non de la tête, comme s'il n'acceptait pas l'idée que Nurit puisse se trouver là où elle est. Tu veux bien me rendre un service, Anabella ? Regarde sur la table du living si madame a laissé une carte que j'ai oubliée hier, la carte d'un certain Roberto Gandolfini. La femme va voir et, quand elle revient, la réponse qu'elle lui donne confirme ses doutes : Il n'y a rien sur la table du living. Merci, dit le gamin ; il raccroche et retourne au bureau de Jaime Brena. Nurit Iscar est en train de se rendre au bureau de Gandolfini, à moins qu'elle n'y soit déjà. Elle est terrible, cette femme, s'exclame Brena, vous en avez parlé, tous les deux ? Non mais, d'après ce que m'a dit l'employée, je parie que c'est là-bas qu'elle est partie ; elle est complètement folle, dit le gamin. Elle est aussi folle que nous, nuance Brena, mais elle est plus vive, et elle, elle l'a fait. Malgré toute l'admiration que cette femme lui inspire, Brena avoue son inquiétude : Il faut que nous l'interceptions, je n'ose pas penser au guêpier dans lequel elle est peut-être en train de se fourrer. Cherche sur Internet pour voir si tu trouves l'adresse de la boîte de Gandolfini, lui demande Brena. Je l'ai déjà fait, répond le gamin, il n'y a rien, c'est comme si c'était un fantôme. Brena demeure pensif un instant, puis il dit : Essaie de voir avec la secrétaire de Rinaldi quel taxi Nurit prend habituellement ; si c'est l'agence à laquelle le journal fait toujours appel, nous sommes sauvés, sinon…

Quelques minutes plus tard, le gamin parle avec le chauffeur de taxi qui a conduit Nurit Iscar jusqu'au bureau de Gandolfini, mais l'homme n'a pas l'adresse exacte. Il sait juste dire où il est stationné – en infraction – pour l'attendre, qu'elle a traversé la rue Leandro N. Alem un peu avant la rue Córdoba et qu'elle est entrée dans l'un de ces immeubles typiques du quartier. Elle a pu entrer dans n'importe lequel d'entre eux, comment pourrais-je savoir car, à un ou deux étages près, ils sont tous pareils, dit-il. Et que c'est ici qu'il doit l'attendre. Non, il le lui a déjà dit, il ne sait pas dans quel bâtiment elle est entrée. Non, c'est elle qui va l'appeler quand elle en aura terminé. S'il te plaît, ne bouge pas d'où tu es, lui dit le gamin, nous te rejoignons. Et c'est ce qu'ils font.

Au moment où le gamin des faits divers et Jaime Brena sortent du journal, Nurit Iscar est déjà assise en face de Roberto Gandolfini. Ce que Nurit peut voir à travers l'immense fenêtre qui est derrière lui est d'une telle beauté qu'elle en éprouve une sensation ambiguë. D'un côté, ce paysage l'attire par sa clarté, et elle ne peut pas s'empêcher de regarder dans cette direction : le fleuve, les bateaux qui semblent immobiles, le reflet du soleil... En même temps, c'est un cadre vraiment peu approprié pour la conversation qu'elle doit avoir ici même avec Gandolfini. S'il s'agissait d'une scène d'un roman de Nurit Iscar, elle enlèverait cette fenêtre. L'homme est également très différent de ce qu'elle a pu imaginer ; plus petit et moins impressionnant. Il porte des habits de qualité, bien qu'un peu passés de mode. Si elle n'avait pas ces soupçons, elle ne craindrait pas celui qui se trouve assis devant elle. Il lui semblerait inoffensif. Ainsi, vous voulez m'interviewer parce que vous écrivez un livre ? dit-il tout en jouant avec un stylo-bille qu'il tient par l'extrémité supérieure, et dont il fait apparaître et disparaître la pointe de façon intermittente. C'est cela, dit-elle, je vous remercie d'avoir accepté de me recevoir malgré cette confusion de date. Gandolfini acquiesce, la bouche serrée, puis il demande : De quoi parle votre livre ? Eh bien, je mène une enquête sur des entreprises qui proposent des services particuliers, voire hors du commun. Ah, si c'est de cela qu'il s'agit, je crains de vous décevoir, mes entreprises n'ont rien d'aussi extraordinaire, dit-il, faussement modeste. Peut-être pour vous, car c'est votre quotidien, mais pas pour les lecteurs. L'homme la regarde ; elle sait qu'il est en train de l'étudier. Ma secrétaire m'a dit que c'est Luis Collazo qui vous a recommandé de venir me voir. Oui, peu de temps avant sa mort, dit Nurit ; elle va droit au but, à l'affût de la moindre réaction que l'on pourrait lire sur le visage de Gandolfini. Mais l'homme lui dit, presque sans expression : Quel malheur, j'ai appris qu'il s'est pendu. Il a été retrouvé pendu, corrige-t-elle, oui, quel malheur. Et, sur laquelle des entreprises que je gère souhaitez-vous me poser des questions ? Sur celle qui se charge de faire disparaître les gens sur commande, dit-elle, tâchant de garder un air impassible. Les faire disparaître d'où ? demande-t-il. De la surface de la terre. Gandolfini sourit. Et qu'est-ce qui vous fait penser que j'ai une compagnie qui exerce ce genre d'activités ? Elle n'est peut-être pas à vous, peut-être vous êtes-vous seulement contenté de faire appel à ses services. Encore une fois, madame, je ne sais pas où vous voulez en venir. Certaines circonstances, des coïncidences… Ces circonstances et coïncidences peuvent aussi vous conduire sur une fausse piste. Le fait que tous les membres du groupe de La Chacrita, dont faisait partie votre frère, soient morts dans des conditions très particulières ne manque pas d'attirer l'attention ; vous vous souvenez du groupe de La Chacrita, n'est-ce pas ? Et, au moment où elle prononce ce nom, elle espère voir Gandolfini perdre contenance, ne serait-ce qu'un peu, au moins suffisamment pour que ce soit perceptible. Cependant, même cette lueur d'inquiétude n'apparaît pas, à moins qu'elle ne la remarque pas. Évidemment que je m'en souviens ; d'ailleurs, je crois même que j'ai sur moi une photo d'eux que j'ai récupérée il y a quelque temps, dit-il. Nurit sait à quelle photo il fait référence, et elle se doute que c'est dans le cadre de Chazarreta qu'il l'a récupérée, comme une prise de guerre. Mais, expliquez-moi donc pourquoi quelque chose d'aussi banal qu'un tragique accident de la route attire ainsi votre attention, demande Gandolfini. Parce que tout le monde pensait précisément que votre frère mourrait dans un accident de la route. Dans ce cas, il aurait dû tenir compte des appréhensions des autres et conduire moins vite ; mon frère n'a jamais écouté personne, et c'était à croire que le plus grand défi de toute sa vie était de battre son propre record de vitesse. Les gens disent qu'il conduisait très bien, dit Nurit. Oui, très bien, mais trop vite, nuance Gandolfini, au mépris de toutes les règles, et en mettant en danger sa propre vie, et aussi celle des autres. Si je vous suis, vous croyez que j'ai fait quelque chose pour l'encourager à persévérer, ou pour l'aider à se tuer sur la route ? Oui, vous, ou bien quelqu'un que vous avez engagé ; oui, ça, je l'imagine volontiers, affirme Nurit. J'aurais pu couper ses freins, par exemple. Par exemple. Vous êtes dotée d'une imagination prodigieuse, dit Gandolfini, et il sourit. Et j'ai fait la même chose avec Collazo pour qu'il se pende, et avec Bengoechea pour qu'il se tue en skiant, ajoute-t-il. Elle présente son hypothèse : Miranda, vous l'avez fait tuer d'une balle que vous vouliez faire passer pour celle d'un franc-tireur devenu fou, et Chazarreta, vous l'avez fait mourir de la même façon que sa femme : égorgé. Chacune de ces morts est survenue comme elle devait survenir, comme on s'y attendait. Gandolfini acquiesce de la tête. Maintenant que vous le dites, là-dessus, je dois vous donner raison : ils sont tous morts comme ils devaient mourir. Il se lève, se dirige vers la fenêtre et regarde le fleuve. Sans se retourner, il dit : Ce qui ne veut pas dire que j'aie quelque chose à voir avec leur mort. Ni personne d'autre. Il pourrait ne s'agir que d'une coïncidence, la part statistique du risque dans le destin de chacun de nous, madame Iscar. Il pourrait même s'agir de la justice divine, si on accepte de voir les choses sous un angle comme qui dirait "religieux". Ou bien quelqu'un aura étudié cette possibilité et se sera rendu compte que la meilleure façon de cacher son crime était de faire en sorte qu'ils meurent tous comme ils devaient mourir, dit-elle. Il se retourne et la regarde : Et vous croyez donc que je suis ce quelqu'un. Oui. Gandolfini sourit à nouveau, il revient s'asseoir et continue de regarder Nurit sans rien dire. Non, à bien y réfléchir, si nous étions dans un roman de Nurit Iscar, elle n'enlèverait pas cette fenêtre, car elle est l'un des rares éléments de la scène qui permette la circulation des personnages. Gandolfini essaie de démonter par l'absurde les élucubrations de Nurit Iscar : Donc, si je vous suis, je suis presque Dieu ; ou Dieu lui-même. Je ne crois pas en Dieu. Athée? dit-il. Agnostique, le corrige-t-elle. Gandolfini la regarde, mais ses yeux brillent, maintenant, d'un éclat qui, selon Nurit, traduit plus l'excitation que l'inquiétude. Comme les grands compétiteurs qui se rendent compte que leur adversaire est bon, presque aussi bon qu'eux, mais qui savent qu'ils ont malgré tout toutes les chances de le vaincre. Et que, s'ils y parviennent, leur satisfaction n'en sera que plus grande. Plus grande que s'ils avaient vaincu quiconque. Elle est très bonne, votre idée, madame Iscar, très bonne ; puis-je vous la voler ? À moins que vous n'ayez déjà déposé un brevet ? Imaginez-vous un peu : moi, installé dans ce bureau donnant sur le fleuve, équipé à la pointe de la technologie et du confort, décoré avec beaucoup de goût, une qualité que je n'ai pas mais que j'ai empruntée aux architectes que j'ai sollicités ; eh bien moi, comme je vous le disais, peut-être que d'ici, je pilote deux ou trois personnes dans ce pays, et des tueurs à gages à l'étranger, seulement quelques-uns pour que le secret reste bien gardé et que, pour une somme variant selon la difficulté de chaque affaire, je fais tuer certaines personnes de la façon dont tout le monde s'attend à ce qu'ils meurent. Oui, c'est quelque chose de ce genre-là, dit Nurit. Cela reste en effet une bonne idée, je vous le concède. Et, en plus des tueurs à gages, il faudrait aussi que je fasse appel à des gens spécialisés dans le renseignement pour espionner les victimes, non, poursuit Gandolfini plein d'enthousiasme. Des espions à l'ancienne, et des pirates informatiques. Des gens capables d'aller dénicher jusqu'à la marque des sous-vêtements que portent mes potentielles victimes. Gandolfini sourit, il part dans un coin du bureau et se sert un café. Du café ? demande-t-il. Non, merci. Mais, à supposer que vous ayez raison et que ces morts n'aient pas été accidentelles, à supposer qu'il y ait vraiment un cerveau derrière tout cela, j'insiste : pourquoi moi ? Au-delà de toute la sympathie et l'antipathie qu'ils pouvaient m'inspirer, pourquoi aurais-je voulu tuer mon frère et ses amis ? Nurit Iscar répond sans euphémismes, elle va droit au but, espérant le voir réagir : Parce que vous avez assisté au viol d'Emilio Casabets. À ce moment-là, et pour la première fois, elle remarque que le visage de Gandolfini s'altère légèrement, comme si la tension gagnait ses joues, l'arc de ses sourcils, son rictus. Ce n'est pas une grimace ou un rire qu'il exprime, mais son visage se durcit. Peut-être n'est-ce pas le seul viol auquel ils vous ont obligé à assister. Et vous en êtes arrivé à un point où vous ne pouviez plus porter le fardeau d'avoir été un témoin passif, de n'avoir rien fait pour les en empêcher, assène Nurit. Gandolfini la regarde pendant un moment, tout aussi durement, puis il lâche entre ses dents, presque pour lui-même : J'avais tout juste huit ans. Je ne vous juge pas sur ce qui a pu se passer à cette époque-là, dit Nurit Iscar, mais sur ces morts récentes. Un sentiment que vous aviez gardé au plus profond de vous pendant des années est remònté à la surface, beaucoup plus tard, quand votre frère et vos amis ont commencé à apparaître fréquemment dans les journaux, à l'occasion de la mort de Gloria Echagüe. Gandolfini repart vers la fenêtre, le regard perdu au loin, il prend son temps et, comme un acteur ayant réussi à retrouver sa concentration et à se replonger dans son rôle, il dit : Vous avez beaucoup d'imagination. Je ne vous le fais pas dire, confirme-t-elle. Même si ces choses s'étaient vraiment passées il y a des années, et même si j'y avais assisté, j'insiste, avez-vous des preuves démontrant que j'aie quelque chose à voir avec ces morts ? Pas la moindre, dit Nurit, pas pour le moment, en tout cas. Écoutez, madame Iscar, tout ce que vous dites peut être et peut ne pas être vrai. Et, dans ce monde, les choses n'existent que dès lors qu'on prouve leur existence. D'autre part, à supposer un instant que vous ayez raison, que j'aie des tueurs à ma solde dans plusieurs endroits du monde, ou même que je possède une entreprise de ce genre, et même plus, que je ne me sois pas contenté d'utiliser cette entreprise pour me débarrasser des gens que vous mentionnez, mais aussi pour en tuer d'autres, comme s'il s'agissait d'une affaire à rentabiliser. À supposer que ce qui correspondait à un besoin personnel ait ensuite été étendu à d'autres usages. Ne croyez-vous pas que je serais devenu une personne trop puissante, que nous serions devenus intouchables, moi et ma compagnie ? Une compagnie "tueuse de gens". Ce serait une entreprise très florissante, tous les cercles de pouvoir feraient appel à moi, je leur rendrais des services en échange de faveurs. Aux politiciens, à d'autres chefs d'entreprise, et pourquoi pas même à des religieux d'obédiences diverses. Je deviendrais alors quelqu'un d'intouchable. Imaginez que j'aie pu, ou plutôt que mon entreprise ait pu faire tomber l'hélicoptère du fils d'un président. Ou qu'elle ait jeté par la fenêtre de chez elle une secrétaire indiscrète en faisant croire qu'elle voulait couper un câble de télévision. Ou même qu'elle ait aidé un puissant chef d'entreprise à se faire sauter la tête d'un coup de fusil. J'aurais beaucoup de pouvoir, madame Iscar, vraiment beaucoup, vous ne trouvez pas ? Je serais ce que l'on appelle un "intouchable". Personne n'est intouchable, dit-elle. Détrompez-vous, le fait d'avoir, à un moment donné, beaucoup de services à faire valoir peut vous mettre à l'abri. Mais je préfère ne pas vous en raconter davantage. Je ne dois pas vous en raconter davantage, madame. J'ai eu bien assez de problèmes l'autre jour, après ma rencontre avec Brena. Qui vous a causé des problèmes ? demande Nurit. Nous avons tous quelqu'un à qui rendre des comptes, n'est-ce pas ? Vous êtes-vous demandé s'il y avait quelqu'un au-dessus de moi, ou si j'étais à mon compte ? Regardez un peu ce qui se passe aujourd'hui : un enquêteur, vous par exemple, croit avoir découvert l'assassin ; mais qui est l'assassin ? Est-ce celui qui désire la mort des autres, est-ce le commanditaire, est-ce celui qui exécute en égorgeant, en tuant par balles ou en s'y prenant de la façon qu'il vous plaira ; est-ce celui qui organise cette exécution, celui qui la planifie, celui qui maquille les faits, celui qui touche de l'argent pour ce travail ? Qui d'entre eux porte la plus lourde responsabilité ? À quoi l'échelle de responsabilité de ces assassinats ressemble-t-elle à l'heure actuelle ? Madame Iscar, qui considère-t-on comme le véritable assassin au XXIe siècle ? Tout le monde, répond-elle. Elle est un peu facile, votre réponse, madame, un peu trop politiquement correcte. Et les réponses politiquement correctes, non seulement n'ont pas de couilles, mais elles ne disent jamais la vérité. Savez-vous comment je répondrais à cette question ? En disant que l'assassin, c'est le dernier des vivants, c'est celui que personne n'a pu tuer. Tous les autres ne sont que des maillons. Des maillons remplaçables dans la plupart des cas. Ce n'est pas le cas du dernier vivant, car lui, il détient le pouvoir de la vérité. Gandolfini se lève et se remet à arpenter le bureau sans un regard pour Nurit Iscar, les yeux perdus dans le fleuve. Puis il s'arrête et dit : Quel dommage… Vous y étiez presque, mais vous ne saurez jamais si vous avez touché au but. Je suis la seule personne qui pourrait vous en apporter la confirmation, et je suis au regret de vous dire, madame Iscar, que je ne vous donnerai pas ce plaisir. Pourrez-vous supporter de rester dans l'incertitude, de ne pas avoir de réponse à votre question, de ne pas voir confirmées toutes vos hypothèses ? Pourrez-vous supporter que personne ne vous dise si ce que vous avez imaginé dans les moindres détails est bien la vérité ? Je le sais, je sais que c'est la vérité, dit Nurit, voulant paraître ferme et décidée, même si ses jambes vacillent sous son pantalon noir. Non, vous ne pouvez pas en être aussi sûre ; au fin fond de vous-même, il y a quelque chose qui doute, qui vous oblige à douter, je le vois bien. Et Gandolfini la regarde comme s'il voyait vraiment ce doute l'habiter. Après un court instant de silence tendu, il demande : Puis-je encore vous être utile ? Non, répond Nurit, je crois que c'est tout, vous avez été très clair ; je n'en attendais pas tant, je repars avec beaucoup d'éléments. Je ne pense pas que vous puissiez en faire quelque usage, madame, car vous n'avez aucune source fiable pouvant être citée. Je ne suis pas journaliste, je suis écrivain, je peux raconter les choses sans citer de source, je peux présenter comme avérés des faits sortis de mon imagination. Il suffit de présenter ce que j'écris comme un roman et non comme une chronique, c'est une petite question de détail, précise Nurit. Gandolfini la scrute, il la jauge, décidant de bouger son pion en fonction de son adversaire, et non plus en fonction de la partie. Il y a quand même quelque chose que je voudrais vous dire, madame Iscar. À moins que vous ne préfériez que je vous appelle Bétibou ? demande Gandolfini à la grande surprise de Nurit, tout en sortant de son tiroir un dossier jaune strié en son extrémité supérieure droite de deux grosses rayures noires faisant penser à un crêpe. Il n'y a que mes amis qui m'appellent Bétibou. Ah bon, excusez-moi si j'ai pu vous sembler inconvenant. Sans ouvrir le dossier qu'il vient de sortir du tiroir, mais gardant sa main posée dessus comme s'il s'apprêtait à prêter serment sur la Bible, il récite ce que Nurit Iscar pense être son vraisemblable contenu – comme elle le dira quelques minutes plus tard à Jaime Brena et au gamin des faits divers –, il le récite par cœur. Jaime Brena : soixante-deux ans, vie désordonnée, excès de tout type : alcool, cigarette, drogue, même s'il ne consomme plus que de la marijuana. Pas d'exercice physique. Mort conseillée : infarctus. Nurit passe de l'étonnement à l'horreur. Il continue. Paula Sibona. Cinquante-six ans, actrice, pas de problèmes de santé à cette date. *Et cetera, et cetera.* Aime sortir et faire de nouvelles connaissances. Mort conseillée : agression par un amant de passage, dans son propre appartement, après une nuit d'amour. Juan et Rodrigo Pérez Iscar, dit Gandolfini, ce sont vos enfants, n'est-ce pas ? Assez ! dit-elle. Vous ne voulez pas que je continue ? Non. Je pourrais peut-être parler d'autres de vos amis. Ça ne m'intéresse pas de savoir. Vraiment ? Vous rendez-vous compte des risques que je prends, que si les informations que je vous donne sortent de ces murs, cela me coûtera très cher ? Elle est toujours aussi atterrée, incapable d'émettre le moindre son. Ce qu'il remarque. Restez tranquille, ce n'est qu'un jeu, tout ceci n'est que théorique, personne ne va mourir. Pour le moment, du moins. Il n'est pas bon que des gens meurent sans raison, ce n'est jamais bon. Mon frère et ses amis devaient mourir, peu importe qu'ils soient morts dans des accidents ou qu'ils aient été assassinés. Ils le méritaient. Aujourd'hui, ils sont morts, et c'est un grand soulagement pour moi. Comme si le monde avait retrouvé son équilibre. Personne ne peut me reprocher de vivre comme un soulagement la mort d'êtres aussi misérables, vous comprenez ? Nurit se lève. Oui, je comprends, dit-elle, les jambes chancelantes. Je vous raccompagne ? Merci, je connais le chemin. Vous n'êtes pas intriguée de savoir de quelle façon vous devriez "théoriquement" mourir ? Nurit ne répond pas mais elle aimerait vraiment le savoir. Vous n'êtes pas un cas très simple, vous savez ? Vous prenez peu de risques. Vous ne fréquentez pas les inconnus, vous ne buvez pas beaucoup, vous ne fumez pas, vous ne vous droguez pas. Dites-moi, êtes-vous heureuse ? Encore une fois, Nurit Iscar est désarçonnée par cette nouvelle question de Gandolfini, bien que celle-ci soit d'un tout autre type. Ah, madame, qu'il est difficile d'être heureux, n'est-ce pas ? Je vous le dis alors que j'ai presque tout ce que je veux. Si vous, Bétibou, vous deviez mourir dans le *country* où vous résidez actuellement, le plus adéquat serait une fuite de monoxyde de carbone. Ces maisons qui ont la chaudière à l'intérieur, même si elle se trouve dans une pièce à part, qu'il s'agisse d'un débarras ou d'une buanderie, sont très dangereuses. Oui, ce serait un bon choix, vous ne seriez pas la première à mourir de la sorte dans un *country*. Il y a eu plusieurs cas de ce type, dans des maisons pourtant très chères ; ce sont des choses dont on ne se préoccupe pas assez, vous savez ? Mais, si vous retourniez dans votre appartement, le plus adéquat, ce serait que vous tombiez dans la cage d'ascenseur. Une sortie imprévue et distraite, quelqu'un qui vous appelle d'urgence, vous prenez vos affaires à toute vitesse, vous posez votre téléphone, vous l'oubliez, vous ne vous arrêtez pas, vous ne pouvez pas, la lumière du palier ne fonctionne pas, vous appelez l'ascenseur, vous croyez qu'il est déjà là, il y a une faille dans le mécanisme, vous ouvrez la porte et vous tombez dans le vide. Vous pourriez aussi tomber de votre balcon en arrosant vos plantes, mais cette mort ferait trop penser à celle de la secrétaire qui coupait un câble de télévision, et vous méritez d'être actrice de votre propre mort, d'avoir une mort un peu plus recherchée.

Nurit ne veut pas rester une minute de plus dans cet endroit ; elle se dirige de son mieux vers la porte, qu'elle ouvre. Je dois vous dire que vous m'avez quelque peu flatté avec vos soupçons, en me croyant capable de monter une affaire pareille ; ce n'est pas donné à tout le monde. Vous souvenez-vous des Érinyes – Les quoi ? demandera un moment plus tard le gamin des faits divers, lorsque Nurit Iscar le lui racontera – ? C'est un peu comme si c'était leur étendard que je brandissais. Je pense qu'Eschyle s'est trompé quand il les a transformées en Euménides, il a rendu bienveillantes des justicières impitoyables, quel dommage. Les Euménides respectent la loi et la justice, elles ne rendent pas la justice de leurs propres mains, parvient à répondre Nurit. C'est cela qui est dommage, réplique Gandolfini. Pour vous, n'est-ce pas une bonne chose que quelqu'un ait fait payer ces salauds pour avoir violé un de leurs amis ? Oubliez le politiquement correct et dites-moi exactement ce que vous pensez. Vous me faites peur, voilà ce que je pense, dit Nurit Iscar, qui s'apprête à partir, mais Gandolfini l'arrête encore une fois : Encore deux choses. Elle tourne la tête, sans lâcher la poignée de la porte. Primo : pas un mot de tout cela à personne, cela m'amuse de parler avec vous, mais je n'ai pas envie d'avoir les mêmes problèmes qu'après avoir parlé avec Jaime Brena. Secundo : Maidenform, dit Gandolfini, en souriant. Comment ? Maidenform. À ces mots, Nurit Iscar s'en va, on pourrait même dire qu'elle s'enfuit. En allant vers l'ascenseur, elle s'arrête devant la secrétaire et lui demande où se trouvent les toilettes avant de s'y rendre.

Elle entre, baisse sa culotte, et trouve sur l'étiquette l'inscription qu'elle sait déjà qu'elle va y trouver : Maidenform.

26

Nurit Iscar ne se souvient pas de ce qui a pu se passer entre le moment où elle est entrée dans l'ascenseur, au dix-septième étage de l'immeuble de bureaux de Roberto Gandolfini, et maintenant. Elle est assise à la table d'un bar sur Córdoba et San Martín, avec le gamin des faits divers et Jaime Brena. Ils lui disent qu'elle a failli se faire écraser par une voiture en traversant la rue Alem à toutes jambes, qu'elle tenait sa carte d'identité à la main et que lorsqu'elle est arrivée sur le trottoir d'en face, elle s'est effondrée dans les bras de Jaime Brena et elle a perdu connaissance. Mais Nurit Iscar ne se souvient de rien, ni de sa course, ni de la voiture qui a failli l'écraser, ni même des bras de Jaime Brena. La dernière image qu'elle ait encore clairement à l'esprit, c'est la sienne, courbée vers le sol, les genoux à peine fléchis, sa culotte baissée, à mi-jambes, et l'étiquette : Maidenform. Puis l'ascenseur, mais son souvenir se trouble, mais ce devait être l'ascenseur et, lorsqu'il descend, cette sensation de vide qui lui noue l'estomac. Ils lui expliquent qu'alors qu'elle était encore évanouie, ils l'ont fait monter dans le taxi et qu'à peine a-t-elle senti de l'air entrer par la fenêtre ouverte de la portière qu'elle s'est réveillée, mais qu'elle semblait tout aussi ailleurs, tout aussi perdue. Qu'ils l'ont emmenée dans le premier bar qu'ils ont trouvé pour lui donner quelque chose à boire pour la ranimer. Tandis qu'elle remue le grand café auquel Jaime Brena a ajouté une goutte de cognac et trois cuillerées de sucre, elle raconte ce dont elle se souvient, tout ce qui a précédé cette étrange amnésie, ce qui est arrivé entre le moment où elle s'est présentée devant la secrétaire de Gandolfini et celui où elle est montée dans l'ascenseur après la discussion qu'elle a eue avec lui : l'intérieur du bureau, la fenêtre, le fleuve, la réunion, ce qu'a dit Gandolfini et ce qu'il a nié, ce qu'elle a dit. Et enfin, les menaces. Le dossier jaune aux deux rayures noires. Un dossier que Gandolfini n'a pas ouvert mais dont il était de toute évidence fier de connaître le contenu. Un dossier jaune avec deux rayures noires en diagonale à l'extrémité supérieure droite, répète-t-elle. La marque de ses sous-vêtements. Et les Érinyes, mais, le gamin des faits divers a beau demander, elle ne s'interrompt pas pour lui expliquer ce que sont les Érinyes. Tu n'auras qu'à chercher tout à l'heure sur Google, petit, lui dit Brena. Les deux hommes ne se départent pas de leur étonnement. Bétibou, je n'arrive pas à croire que tu te sois pointée là-bas toute seule, lui dit Brena. Ne me fais pas de reproches, j'ai encore plus peur maintenant que quand j'y étais. Les yeux de Nurit s'emplissent de larmes ; Jaime Brena fait le geste de lui prendre la main mais, sans même s'en rendre compte, et sans connaître son intention, elle le repousse, à peine, mais assez pour que Brena s'en repente et s'arrête à mi-chemin. Et qu'est-ce qu'on fait, maintenant, demande le gamin des faits divers. On arrête tout, dit Nurit, presque en colère ; je ne veux mettre en danger la vie de personne, et encore moins celle de mes enfants. Ils restent un moment silencieux tous les trois. Un groupe de Brésiliens qui entrent, chargés de sacs et de paquets, les obligent à s'écarter pour leur permettre de s'installer à la seule table libre, qui se trouve à côté de la fenêtre ; une table qui s'avère être trop petite pour eux et qui les oblige à rajouter plusieurs chaises. Ils parlent fort, ils rient ; l'ambiance qui règne à la table de ces touristes brésiliens est exactement aux antipodes de celle de Nurit, de Jaime Brena et du gamin des faits divers. Quand les nouveaux venus finissent par s'attabler, Jaime Brena dit, sur un ton qui ne semble pas résigné : Parfois, il faut savoir se contenter d'avoir découvert la vérité. Que veux-tu dire ? demande le gamin. Nous ne sommes pas là pour administrer la justice, nous sommes journalistes et si, au cours d'une enquête, nous tombons sur une information importante, même si nous ne sommes pas en mesure de la prouver, c'est déjà bien plus que nous n'en obtenons habituellement. Ne sommes-nous pas obligés de livrer une partie de ces éléments à la police ? Je l'ai déjà dit au commissaire Venturini, et il m'a pris de haut. Au-delà de la responsabilité, si ce Gandolfini continue de tuer des gens, c'est nous qui finirons par porter le poids de cette culpabilité. On a tous un fardeau de culpabilité à porter, tout ce que l'on peut faire, c'est se demander ce que l'on est disposés à endurer, dit Brena. Moi, je ne me vois pas vivre en sachant que ce fou pourrait tuer un de mes enfants, dit Bétibou en regardant le gamin. Je te comprends, lui répond-il, c'est dommage que nous ne puissions même pas utiliser tout cela pour en faire un reportage. Il faut que nous y réfléchissions un peu, dit Brena ; peut-être pouvons-nous glisser les choses entre les lignes, tourner autour du pot, raconter les choses sans vraiment les raconter, comme on s'efforçait de le faire sous la dictature, de façon codée. Et pour qui peut-on écrire maintenant de façon codée ? demande Bétibou. Je ne sais pas, pour ceux qui voudraient savoir. Et qui veut savoir, aujourd'hui ? Qui lit les articles que nous publions, les romans que nous écrivons ? Y a-t-il seulement quelqu'un qui les lise ? Qui donc ? Les Brésiliens rient aux éclats, ce qui les fait sursauter. Le garçon arrive à la table d'à côté avec des bières et une quantité d'assiettes de tapas dépassant largement ce que ces touristes seront en mesure de manger. Les rires laissent place à des cris d'exclamation et de surprise à la vue de ce que le serveur dépose devant eux. Puis les rires reviennent. J'aimerais pouvoir parler de vive voix avec le commissaire Venturini, dit Brena, j'ai l'impression qu'il en sait plus qu'il ne veut bien le dire. Je ne veux mettre personne en danger, avertit Nurit. Ne t'en fais pas, je vais faire cela discrètement ; de toute façon, nous sommes en danger, souligne Brena, avant de demander : Te sens-tu capable de rentrer à La Maravillosa, Bétibou ? Je n'en sais rien, mais c'est ce que je vais faire ; je vais rentrer, écrire mon dernier reportage et rassembler mes affaires. Je retourne chez moi aujourd'hui même. Veux-tu que l'un de nous deux t'accompagne ? demande Brena. Non, nous avons tous à faire. Nous allons avoir une journée un peu compliquée, on reparlera de tout cela plus tard. OK, on en parle plus tard, dit Brena. Le gamin acquiesce, sans rien dire. Que t'arrive-t-il, petit ? lui demande Brena. C'est ça, le journalisme ? Chercher la vérité, savoir qu'on l'a trouvée, même si l'on ne peut pas le prouver, et devoir se taire pour ne pas mettre en danger sa propre vie et celle des autres ? Oui, parfois, petit ; parfois, c'est comme ça, et d'autres fois, on n'arrive même pas jusque-là, on ne s'approche même pas de la vérité. Et très rarement, vraiment très rarement, on a l'impression de faire les choses comme il faut. Mais alors, un jour, tu regardes le calendrier et tu te rends compte que tu as laissé passer ta vie et que tu n'as plus beaucoup de temps devant toi. Je ne veux pas que les choses se passent comme ça pour moi, dit le gamin. Moi non plus, je ne voulais pas, réplique Jaime Brena.

Au moment où le gamin des faits divers monte dans l'ascenseur pour aller à la rédaction de *El Tribuno* et où le taxi de Nurit Iscar franchit la barrière du péage de la route qui conduit à La Maravillosa, Jaime Brena entre à l'accueil du bureau du commissaire Venturini et, sur les indications d'une secrétaire, s'assied devant sa porte. Il n'a pas de rendez-vous, mais il sait que Venturini le recevra quand même, car il l'a toujours fait. Au bout d'un moment, sans même le lui avoir proposé, la secrétaire lui apporte un café, dans une tasse en porcelaine Tsuji avec un liseré doré, un luxe que l'institution ne réserve qu'à ses agents les plus haut placés. Sur le plateau, il y a un sucrier, en porcelaine également, mais d'un autre service, une cuiller sur laquelle du vieux sucre a collé, et une serviette en papier pliée en triangle sous la tasse. Il va vous recevoir d'un moment à l'autre, dit-elle. Jaime Brena ne sait pas encore ce qu'il va lui raconter et ce qu'il gardera pour lui. Il a promis à Nurit Iscar, à Bétibou, de ne faire courir de risque à personne. Osera-t-il un jour dire à Nurit que ce surnom, ce n'est pas Rinaldi mais lui qui le lui a donné ? Après la publication de *Mourir à petit feu*, il est devenu l'un de ses lecteurs – ou de ses fans – les plus fidèles. Dès qu'il a terminé ce roman, il a lu tous ceux qu'elle avait écrits avant et attendu avec impatience les suivants. Même *Seulement si tu m'aimes* lui a plu, bien qu'il l'ait considéré comme un roman mineur. À l'époque où *Mourir à petit feu* est sorti, le supplément culturel du journal a publié une photo d'elle en pleine page. Il l'a découpée et il l'a collée au mur de son bureau. Il l'avait face à lui pendant qu'il travaillait. Un jour qu'il désespérait de trouver le mot qu'il cherchait pour finir un article, il leva les yeux et demanda à cette image : Bétibou, comment dit-on, déjà, quand l'héritier naturel d'un trône refuse de régner ? Il l'avait appelée ainsi, "Bétibou", comme si ce prénom avait toujours été le sien, et comme si Nurit Iscar, avec ses bouclettes, ne pouvait pas s'appeler autrement. Bétibou. "Abdiquer", le mot lui était venu, un moment après, et il avait claqué les doigts : abdiquer. Ainsi, Nurit Iscar, Bétibou, était devenue sa consultante et aussi celle des autres pour les questions délicates. À l'époque, quand Lorenzo Rinaldi – avec qui Jaime Brena entretenait de bonnes relations, presque d'égal à égal – lui demandait sur quelle source il s'appuyait pour échafauder ses "extravagantes théories conspiratrices pour analyser les crimes", Jaime Brena lui répondait : C'est Bétibou qui me l'a dit, et il lui montrait la photo sans autre explication. Jusqu'à cet après-midi où Rinaldi passa dans son bureau et lui dit qu'il l'avait rencontrée, celle de la photo, en personne, à une émission de télévision. Et peu de temps après, Nurit Iscar commença à apparaître de temps en temps à la rédaction. Parfois, Bétibou s'asseyait dans les fauteuils de la réception pour attendre Rinaldi, puis ils partaient tous les deux. Elle et Lorenzo Rinaldi. D'autres fois, ils passaient un long moment ensemble dans son bureau à lui, et elle repartait toute seule. Un jour, la rumeur commença à circuler à la rédaction. Alors Jaime Brena préféra décrocher la photo et ne plus la consulter. Oserai-je le lui raconter un jour ? se demande-t-il encore une fois. Il pense que non, que ce serait trop en dire sur lui-même, et s'il y a quelque chose dont Jaime Brena s'est bien gardé tout au long de sa vie, c'est de ne pas raconter aux femmes ce que – selon sa propre névrose – elles ne devraient pas savoir de lui.

Pendant ce temps, tandis que Jaime Brena se rappelle comment il a donné le nom de Bétibou à Nurit Iscar, le gamin des faits divers, devant son ordinateur éteint, se demande que faire. Il ne se demande pas quoi écrire sur les crimes de La Maravillosa, ni même quoi écrire sur d'autres crimes de moindre intérêt médiatique, mais dont il doit s'occuper. Il se demande que faire de sa vie. Si ce qu'il souhaite, c'est de continuer à faire carrière à *El Tribuno* – si tant est qu'on le lui permette –, pour finir éditeur d'une rubrique qui ne l'intéresserait pas, où dans laquelle il devrait rendre des comptes à Rinaldi ou à son successeur sur tout ce qui sortirait de la ligne éditoriale. Sera-t-il encore là dans dix ans ? Et Lorenzo Rinaldi ? Et Jaime Brena ? Où seront-ils, dans dix ans ? Il regarde autour de lui. Le gamin des faits divers ne veut pas ressembler aux éditeurs avec qui il partage la rédaction. Et encore moins à Rinaldi, qui a aussi été journaliste en son temps. Il veut ressembler à Jaime Brena. Mais Jaime Brena a été transféré de la rubrique qui lui correspondait par nature à une autre rubrique qui n'a d'autre effet que de lui gâcher la vie. Et lui, le gamin des faits divers, il ne veut pas non plus que ça lui arrive. Y a-t-il aujourd'hui assez d'espace à *El Tribuno* pour qu'il puisse y être le journaliste qu'il voudrait ? En travaillant ici, se sentira-t-il de plus en plus libre, ou de plus en plus dépendant d'intérêts qui lui échappent mais qu'on lui imposera comme des règles à ne pas enfreindre ? Est-il disposé à laisser sa vie s'écouler ici, comme Jaime Brena, pour ensuite se rendre compte de son erreur quand il ne lui restera guère plus d'autre choix que de rester ou d'opter pour un départ volontaire à la retraite ? Il ne sait pas, il n'en sait rien. Maintenant, c'est à peine s'il sait s'il veut toujours être journaliste. Spécialiste des faits divers. Et s'il veut ressembler à Jaime Brena. En tout cas, il ne veut pas, il ne veut pas finir comme lui. Ça, non.

Nurit Iscar pose ses affaires sur le côté, allume son ordinateur et commence à saisir son dernier reportage. Le gamin des faits divers cherche Karina Vives, mais on lui dit qu'elle n'est pas venue travailler aujourd'hui, qu'elle a donné un certificat médical, ce qui le préoccupe. Jaime Brena entre dans le bureau du commissaire Venturini, qui le reçoit par son habituel Comment ça va, mon cher. Mais, cette fois-ci, Jaime Brena n'enchaîne pas par une plaisanterie, il ne dit pas : Moi, ça va, mais toujours aussi pauvre, cher commissaire. Il se contente de s'asseoir, en face de lui, de l'autre côté du bureau, et il dit : Avez-vous un peu avancé sur la mort de Collazo ? Venturini prend un air agacé. Cette affaire est classée, Brena, Collazo s'est suicidé, pourquoi veux-tu me faire travailler, même quand ce n'est pas nécessaire ? Pourquoi avez-vous été aussi appelé pour la mort de

Collazo, commissaire ? Que veux-tu dire par “aussi” ? Que pour des questions de juridiction, vous n’auriez pas dû vous trouver là, ni pour la mort de Chazarreta ni pour celle de Collazo. Est-ce un hasard ? Parce que vous êtes venu prêter main-forte à des collègues ? À cause d’intérêts particuliers ? Dis-moi, depuis quand ai-je à me justifier quand je m’occupe de certaines affaires ? Non, vous n’avez pas à le faire, commissaire, j’essayais seulement de savoir pourquoi vous m’évitiez ces derniers temps. Venturini le regarde ; on dirait qu’il voudrait parler, mais qu’il hésite à le faire. Puis, finalement, il dit ceci : Écoute, Brena, nous devons parfois apprendre à accepter nos limites, parfois, nous ne pouvons pas arriver aussi loin que nous le voudrions, mais ceci ne nuit en rien à la valeur de nos autres actions. Cette obligation de transiger fait-elle de nous des magouilleurs ? Je ne sais pas, donnez-moi votre sentiment, commissaire. Non, elle ne fait pas de nous des magouilleurs, elle nous rend humains ; parfois, nous sommes libres de nos actes, et parfois, non. Parfois, nous pouvons emprunter le bon chemin, et parfois, nous devons en emprunter d’autres, dont nous ne savons pas s’ils nous mèneront là où nous voulons aller, tu me suis ? Pour tout vous dire, non. Ne t’en fais pas, on ne peut pas toujours tout comprendre, ça aussi, c’est humain, mais tu peux me faire confiance, je t’assure que je suis un type fiable. Brena ne répond pas, il ne sait pas s’il doit le croire. Il voudrait bien, mais il a des doutes. Il n’a plus rien à faire ici.

Jaime Brena se lève, il fait le geste d’enlever un chapeau qu’il ne porte pas pour le reposer ensuite sur sa tête, et il dit : Commissaire. Et il s’en va.

27

Il est plus facile de sortir que d'entrer.

Je vous quitte. Voici le dernier reportage que je vous envoie de La Maravillosa. Je n'écrirai plus cette colonne sur l'affaire Chazarreta. Mais je veux que vous vous souveniez bien de ceci : le fait que ce reportage soit le dernier est le fruit d'une décision que j'assume et dont je souhaite vous faire part. J'ai décidé de ne plus écrire sur la mort de Chazarreta ni sur d'autres morts qui y seraient liées. Il s'agit d'une décision, d'un choix personnel.

Je ne veux pas que les choses se passent comme trop souvent, qu'une nouvelle, qu'une information qui a un temps occupé l'espace médiatique et suscité de l'intérêt commence à perdre en couverture et se fasse plus rare, jusqu'à ce que les gens finissent par ne plus en parler. C'est parfois d'ailleurs ce que l'on cherche : que cette nouvelle s'évanouisse, que nous l'oubliions. Ce n'est pas le cas ici. Si j'arrête d'écrire, c'est parce que j'ai peur. J'arrête d'écrire parce que je n'ai ni preuves ni garanties suffisantes pour pouvoir dire ce que je pense. Je n'ai que ma peur et des conjectures. Cette affaire n'est pas élucidée. Et je ne pourrai être celle qui l'élucidera. Peut-être ne sera-t-elle élucidée par personne. Peut-être que bientôt plus personne ne parlera de l'affaire Chazarreta. Ne laissez pas faire.

Le traitement de cette affaire policière vaut pour toute autre information et illustre la situation globale des médias à l'heure actuelle. Quand des choix informatifs négligent certaines nouvelles, on peut parler de censure. Ne laissez personne choisir à votre place. J'ai bien dit personne. Lisez beaucoup de quotidiens, regardez beaucoup de journaux télévisés, tous, même ceux avec lesquels vous n'êtes pas d'accord et, seulement après, faites votre propre choix. Aujourd'hui, la communication ne se fait plus entre un émetteur et un récepteur, nous y participons tous. Hiérarchiser les nouvelles en fonction de nos propres critères et non par les choix que l'on nous impose, c'est faire de la contre-information. Et la contre-information, ce n'est pas un gros mot, bien au contraire. Cela veut dire informer depuis un autre espace, depuis un espace détaché du pouvoir.

Il faut avoir à l'esprit et mettre en évidence le mobile des groupes ou de personnes isolées. Ne pas se contenter d'une cause trop évidente, fouiller un peu, interpréter certaines attitudes. Qu'est-ce que cela a à voir avec le journalisme d'investigation ? Avec un assassinat ? Beaucoup. Cela rassure davantage de penser que Chazarreta a été tué pour telle ou telle raison. Mais ne comptez pas sur moi pour analyser les faits de façon aussi simpliste. Si je ne peux pas aller au fond des choses, j'y renoncerai, mais sachez que l'explication existe, et que l'on vous la tait. Et qu'aujourd'hui, je vous la tais parce que j'ai peur. Cherchez toujours le fond des choses, des faits divers, de l'actualité politique, internationale, culturelle ou sportive. Le fait de dire qui a pris un couteau et tranché la gorge de Chazarreta revient à dire qui l'a tué, ce qui revient aussi à ne rien dire du tout. Car derrière cela se cache une réalité bien plus complexe, brutale et éloignée dans le temps. Abus, vengeances, omertà, autant de questions plus complexes et obscures que le simple fait d'empoigner un couteau. Est-il important de savoir où Chazarreta est allé au collège ? Que le fondateur de ce collège a été reconnu coupable d'abus sexuels répétés ? De connaître l'orientation idéologique de Chazarreta et de ses amis durant l'adolescence et son évolution jusqu'à ces dernières années ? Eh bien, je crois que oui, que c'est important. Les atrocités, les abus et les crimes d'autrefois non élucidés influent-ils sur les atrocités, abus et crimes actuels et à venir ? Quand on ne prête aucune importance aux atrocités passées, elles laissent des plaies ouvertes et, pire encore, il est certaines personnes qui s'arrogent parfois le droit de réparer ce que la justice a en son temps laissé impuni. Il n'empêche que cette justice rendue à titre personnel constitue une nouvelle atrocité qui alimente un cycle infini de haine et de vengeances. Est-il moins assassin que les autres, celui qui tue quelqu'un qui mérite de mourir ? La juste condamnation des atrocités infligées et des crimes commis est la seule qui puisse nous sauver en tant que société.

N'oubliez pas les crimes impunis, car ils recèlent toujours des choses plus horribles que ces crimes eux-mêmes.

Si j'arrête aujourd'hui d'écrire dans ce journal, ce n'est pas parce que cela ne m'intéresse plus, c'est précisément le contraire. Rodolfo Walsh a reconnu qu'à partir de 1968, il a commencé à avoir une moins haute estime de la littérature "car il n'était plus possible de continuer d'écrire des œuvres extrêmement raffinées destinées à la seule consommation de « l'intelligentsia bourgeoise » alors que le pays commençait à exploser de toutes parts. Tout ce qu'il écrirait désormais devait épouser ce processus naissant, lui être utile et contribuer à son avancée. Une fois encore, le journalisme s'avérait être l'arme idéale". Le journalisme, le journalisme d'aujourd'hui est-il encore l'arme idéale ? Je n'en sais rien et, n'étant pas journaliste, je ne me sens pas non plus le droit de répondre à cette question. Je suis écrivain. J'invente des histoires. Et je reviendrai au monde de la fiction dès que j'aurai fini ce dernier reportage. Car dans ce monde-là, je n'ai pas peur. Car dans ce monde-là, je peux inventer une réalité tout autre, une réalité encore plus vraie. Je peux mettre au début de n'importe quel roman, le prochain, une femme qui vient faire du ménage chez quelqu'un comme Pedro Chazarreta, par exemple, et qui, comme chaque jour, doit se soumettre à tous les contrôles à l'entrée de La Maravillosa sans savoir, sans se douter qu'en arrivant à la villa de son patron, elle le trouvera égorgé. Je peux simuler une enquête, découvrir des liens avec d'autres morts que personne n'a décelés, désigner des coupables tant sur le plan matériel qu'idéologique, et dire pour quelle raison ont été tués ceux qui l'ont été. Inventer, réinventer. Pour en arriver à la conclusion que les responsabilités ultimes, il faut aller les chercher chez un grand patron, dans un gratte-ciel, dans une imposante tour de Retiro, de Puerto Madero, ou à Manhattan. Où bon me semble, car je n'ai pas de comptes à rendre. Dans un bureau avec une grande fenêtre. Ou plutôt sans fenêtre. En clair, tout cela ne sera qu'une réalité inventée par moi. Un roman est une fiction. Et ma seule responsabilité est de bien la raconter.

Je retourne donc à la littérature. Je n'écrirai plus ces reportages car j'ai peur d'écrire ce que je devrais écrire et parce que j'aurais honte d'écrire autre chose.

Mes respects, chers lecteurs.

Je vous fais confiance, vous saurez quelle attitude adopter en cette nouvelle ère de l'information. Une nouvelle ère dont vous êtes, vous aussi, pleinement partie prenante.

Le gamin des faits divers finit de lire le dernier reportage de Nurit Iscar au moment même où celle-ci franchit la barrière de l'entrée – ou plutôt de la sortie – de La Maravillosa, assise dans le taxi du journal, sa petite valise rangée dans le coffre que les agents de sécurité ont ouvert mais sans le fouiller, dans ce taxi qui la mène chez elle, vraiment chez elle, à son appartement de Buenos Aires. Le gamin envoie le reportage pour qu'il sorte dans le journal du lendemain. Il sait qu'il ne plaira pas à Rinaldi. Surtout si Nurit Iscar ne l'a pas averti qu'elle n'écrirait plus pour *El Tribuno*. Non, il ne lui plaira pas, même si elle l'a averti, corrige-t-il. Lorenzo Rinaldi n'aime pas qu'on le laisse tomber. Le gamin répond à des mails en souffrance, puis il rassemble ses affaires, éteint son ordinateur et, alors qu'il est sur le point de partir, un cri de Rinaldi l'arrête : Comment te permets-tu d'envoyer ce reportage pour demain sans me demander mon avis ? Heureusement que quelqu'un est tombé dessus et m'a prévenu. Le gamin des faits divers fait l'innocent : Tu ne m'avais pas dit que les reportages de Nurit Iscar n'étaient pas coupés et ne passaient pas par l'éditeur ? Ne te fiche pas de moi, petit, tu sais très bien que ce truc-là est particulier, et je ne publierai pas ça. La nana s'est volatilisée, tu te rends compte ? J'essaie de l'appeler et elle est introuvable. Elle s'est volatilisée. Comment as-tu pu penser qu'on allait publier un truc pareil ? On a une ligne éditoriale, dans ce journal, on ne peut pas publier n'importe quoi. Rinaldi est vraiment furieux, mais il essaie de garder contenance malgré son ton et sa véhémence initiale.

Rallume ton ordinateur, et trouve quelque chose à écrire pour remplir la colonne, lui ordonne-t-il avant de repartir dans son bureau, sans prononcer un mot de plus. Le gamin des faits divers est désolé de voir que le meilleur reportage de Nurit Iscar ne pourra pas être lu par les lecteurs du journal. Il va demander à des amis l'autorisation de le poster sur leurs blogs, et il va mettre des liens sur Facebook, Twitter, et sur d'autres sites pour que beaucoup de gens puissent y accéder. Il regarde l'heure, il est sept heures de l'après-midi. Il rallume son ordinateur ; est-il vraiment disposé à écrire quelque chose pour remplacer le reportage ? Non, il ne l'est pas. Il ouvre le moteur de recherche de Google et tape "Érinyes". Il lit, sur Wikipédia : dans la mythologie grecque, divinités persécutrices et forces primitives et anciennes non soumises à l'autorité de Zeus. Elles reviennent sur la Terre pour punir les crimes pendant la vie de leur auteur. Malgré leur insatiable soif de vengeance, elles finissent par accepter le verdict d'Athéna car elles ne veulent plus être méprisées par le peuple. C'est la vengeance cédant devant la justice. Le gamin regarde à nouveau l'heure, sept heures dix. Il se demande pourquoi il est encore au journal et, ce faisant, ce n'est pas de l'heure qu'il veut parler, mais de sa vie, il se demande pourquoi il travaille encore ici. La décision de Rinaldi de ne pas publier le reportage de Nurit Iscar n'est-elle pas un motif suffisant pour présenter sa démission ? Il revient aux Érinyes et à la justice. Qu'advient-il lorsque l'assassin et ses victimes sont tous des gens méprisables, comme Chazarreta, ses amis et Gandolfini ? se demande-t-il. Le fait avéré que Chazarreta était un salaud rend-il sa mort plus juste ? Rend-il Gandolfini moins criminel ? Le fait qu'il ait été assassiné rend-il Chazarreta moins salaud ? Il regarde l'heure : sept heures et quart. Il tape sur Google "contre-information". Il écarte plusieurs entrées et en ouvre une qui renvoie à un livre du même titre, de Natalia Vinelli et Carlos Rodríguez Esperón. La lecture du résumé l'intéresse, il essaie de le télécharger, mais il n'est pas disponible en ligne. Il ne lui reste pas d'autre solution que de l'acheter. Où ? Arrivera-t-il à le trouver ? Il entre sur le site de Mercado Libre, il l'y trouve et l'achète. Il programme la livraison pour le lendemain. Il le paiera en espèces. Il regarde vers la porte du bureau de Rinaldi. Il regarde à nouveau l'heure sur son Blackberry : huit heures moins vingt-cinq. Il tape "moyens d'information alternatifs" sur le moteur de recherche de Google, qui lui propose environ 2 730 000 réponses. Il en ouvre deux, trois, cinq. Il entre sur Indymedia, Radio Sur 102.7, et il laisse de côté le site du Réseau national de médias alternatifs, Antena Negra et Barricada TV, il les explorera en rentrant chez lui. Cela fait trop, il n'a pas assez de temps en ce moment. Il a le tournis, il est excité comme s'il s'était drogué. Huit heures moins le quart. C'est maintenant ou jamais. Il éteint l'ordinateur, prend son portefeuille et son Blackberry, et il sort. Il arrive à la poste cinq minutes avant la fermeture. Je voudrais envoyer un télégramme, dit-il. Et il rédige sa lettre de démission de son poste à *El Tribuno*. Quand il sort, le rideau métallique est déjà en train de descendre. Il appelle Jaime Brena avec son Blackberry : Brena, ça ne te dirait pas de quitter le journal pour monter avec moi un portail d'information ?

28

Une semaine plus tard, Jaime Brena et Nurit Iscar dînent au restaurant Le Préféré. Il lui a assuré qu'on y mange le meilleur pot-au-feu de Buenos Aires. À moins que tu ne préfères ces restaurants où ce ne sont pas des serveurs mais de beaux jeunes hommes qui te servent, et où l'on mange de la cuisine moléculaire ou d'autres inventions de ce genre que tu pourrais manger dans n'importe quelle ville du monde, lui avait dit Brena lorsqu'il l'avait appelée pour convenir d'un rendez-vous. Le pot-au-feu, j'adore, avait-elle répondu. Et les voilà maintenant, l'un en face de l'autre, en train de choisir un vin rouge. Est-ce qu'il est servi avec du chorizo rouge, demande Nurit au garçon. Sans chorizo, sans pois chiches et sans os à moelle, ce ne serait plus du pot-au-feu, lui répond-il. Elle lui fait un clin d'œil, met le pouce en l'air, ferme le menu et le lui rend. Jaime Brena opte pour un cabernet sauvignon et il rend également son menu. Elle lui dit qu'elle n'a pas encore répondu aux appels insistants de Lorenzo Rinaldi, qu'elle sait qu'il va lui faire un scandale pour son dernier reportage, surtout maintenant que le gamin l'a fait circuler sur Internet, et qu'elle n'a pas envie de l'entendre. Il lui raconte que, pour le moment, il compte continuer de travailler à *El Tribuno*, qu'il va aider gratuitement le gamin avec son portail, qu'il va écrire quelques reportages pour lui, mais qu'il ne s'imagine pas cesser de se lever tous les jours pour aller au journal. Que, malgré Rinaldi, malgré la rubrique Société, malgré ces statistiques stupides sur ce que font les hommes et les femmes, les filles et les garçons, ou les filles très ou peu poilues, il a fait le choix de continuer de travailler dans un journal. Je crois que je ne pourrais pas m'habituer à vivre sans l'odeur d'une rédaction, dit-il. Et ça sent quoi, demande-t-elle. Eh bien, avant, ça sentait le tabac froid, surtout le tabac froid, le papier et l'encre des imprimantes ; maintenant, je ne sais plus trop, mais c'est un peu comme si cette ancienne odeur s'était imprégnée ici pour toujours, dans l'air vicié, chargé de poussière, qui entre et ressort des milliers de fois des climatiseurs. Et le bruit, le bruit me manquerait aussi, ce bruit de moteur humain, cette ambiance électrique, toutes ces choses qui se passent. Maintenant, il est incarné par tous les écrans qui sont allumés dans la rédaction, et qui ne quittent le mode muet que lorsqu'une info importante apparaît. Le bourdonnement, doux mais permanent, des ordinateurs, comme celui des moustiques. Et les téléphones, qui ne sonnent plus comme avant, quand ils faisaient tous entendre la même sonnerie, mais qui ont maintenant chacun un *ring tone* ridicule et propre à chacun d'eux. Une concurrence de *ring tones* de plus en plus étranges pour pouvoir identifier à coup sûr son téléphone personnel. Je ne sais pas si je pourrais être heureux sans tout cela, dit Jaime Brena. Il demande à Nurit si elle a commencé à écrire, et elle lui annonce que oui, elle lui parle de son nouveau roman, dont elle n'a que deux pages écrites, mais beaucoup d'autres en tête. Des morts, oui, du suspense, et la véritable histoire, qui couve derrière la mort, mais qui est la plus importante, l'histoire du quotidien, celle que la mort ne parvient pas à interrompre. Ils mangent du pain en attendant leur pot-au-feu et ils se lamentent tous deux de toute cette mie de pain qu'ils mangent et des kilos qu'ils ont déjà en trop. Et ils rient. Aurions-nous dû essayer d'aller plus loin ? demande-t-elle ; aurions-nous dû essayer de dénoncer Gandolfini ? Je ne sais pas, moi aussi, je me pose la question, répond Jaime Brena ; pour l'instant, il va nous falloir porter ce fardeau, car cela nous coûterait trop cher de dire ce que nous savons, ou ce que nous croyons savoir. Peut-être que plus tard, nous trouverons comment nous y prendre ; parfois, le temps passant, des opportunités se présentent, je ne sais pas. Je ne sais pas non plus, dit Bétibou, mais je n'arrive pas à retrouver la sérénité. Le vin arrive, le garçon le sert, ils entrechoquent leurs verres et boivent. Mais ils ne trinquent pas. Au-dessus de leurs têtes, sur le téléviseur allumé – sans le son – et accroché à un support mural, c'est le début du journal de neuf heures. Ils ne le regardent pas ; s'ils voulaient le voir, il faudrait qu'ils étirent le cou comme des hérons, et puis ça ne les intéresse pas, aujourd'hui, ils n'ont rien à faire des nouvelles des autres.

Tandis que Jaime Brena et Nurit Iscar attendent leur pot-au-feu, Carmen Terrada et Paula Sibona mangent des chaussons à la viande en regardant leur téléphone portable. Elle t'a envoyé un message? demande Carmen. Non, et toi ? dit Paula. Non plus. Et dire qu'elle avait promis qu'elle nous enverrait des messages pour nous donner des nouvelles, se plaint-elle. Si elle l'a promis, c'était pour que tu la lâches un peu, Paula, elle ne va pas non plus nous commenter sa sortie comme si c'était un match de foot. Eh bien, moi, j'aurais bien aimé qu'elle me la commente, dit Paula. Qu'est-ce que tu veux regarder, un film ou une série ? l'interroge Carmen. Qu'est-ce que tu as comme série ? *In Treatment* ou *Mad Men*. *In Treatment*, il me rend dingue, ce psychiatre. Carmen allume le téléviseur et met le DVD. Elles s'installent sur les coussins qui sont étalés par terre. Tu crois qu'ils ont déjà baisé ? demande Paula Sibona. Je ne pense pas, dit Carmen ; connaissant notre amie, je ne suis même pas sûre qu'ils se soient déjà donné un bécot. Moi, je fais confiance à Jaime Brena, affirme Paula. Moi aussi ; l'histoire, c'est de pouvoir lui faire confiance à elle, nuance Carmen. Dis-moi, tu crois qu'elle pourrait nous laisser tomber, si elle était amoureuse de Jaime Brena ? s'inquiète Paula. Non, notre Bétibou ne ferait pas une chose pareille, affirme Carmen Terrada avec assurance tout en cherchant avec la télécommande les sous-titres en espagnol. Il faudrait exiger un délai de préavis d'amitié et d'accompagnement pour que, lorsque l'une d'entre nous se met avec un type, on ait une marge pour s'habituer, propose Paula. En ce qui me concerne, sois tranquille, j'en ai beaucoup en vue, ce qui revient à ne pas en avoir du tout. Tu crois que Jaime Brena aurait des amis présentables ?

Le pot-au-feu arrive sur la table. Je te sers ? lui demande-t-il. Allez, répond-elle. Au même moment, le gamin des faits divers s'ouvre une bière chez Karina Vives. Alors ? Que penses-tu du projet que je suis en train de monter ? C'est génial, lui dit-elle. Dommage que Brena ne se soit pas décidé à devenir mon associé, déplore-t-il. Brena est fait pour travailler en rédaction, dit la jeune femme, tu dois le comprendre. Mais c'est une rédaction que je suis en train de monter ! Karina Vives instille le doute en lui. Sans des gens avec qui travailler, sans la pause cigarette dehors, dans la rue avec les copains, sans un chef à insulter : c'est trop virtuel pour un type comme Brena, conclut-elle. Et toi, tu viendrais travailler avec moi ? lui demande le gamin. Plus tard, quand je serai dans de meilleures conditions pour quitter le journal, dit-elle ; avant, il faut que je sache quelle décision je vais prendre pour ma grossesse. À mon avis, à ce stade, ta décision, tu l'as déjà prise, même si c'est par omission. Elle ne répond pas. Le gamin reprend une gorgée de bière et, ce faisant, il l'observe sur le côté de la bouteille. *Ink* ou *link* ? demande le gamin. Quoi ? dit-elle. Alors, tu paries sur quoi, sur l'encre ou sur le lien ? Je ne comprends pas. Un bon contenu, sans lien, il n'y a personne qui le voit, explique le gamin, qui poursuit : Aujourd'hui, les gens ont besoin que quelqu'un leur sélectionne les meilleurs contenus. Mais, ces meilleurs contenus, il faut bien qu'il y ait des gens pour continuer de les écrire, dit-elle. OK, convient-il, il faut les deux, mais quand il y a surabondance de contenus, la sélection devient beaucoup plus délicate, et moi, je vais m'occuper de créer des liens vers les meilleurs contenus qui soient pour ceux qui voudront me suivre. Tu y crois, tu me crois capable d'y arriver ? J'y crois. Le gamin pose la bouteille sur la table basse. Est-il permis d'embrasser une femme enceinte ? demande-t-il. Je pense que oui, répond-elle. Et ils s'embrassent.

Après le pot-au-feu, ils n'ont plus de place pour un dessert, tout juste pour deux cafés et l'addition.

Une image de dernière minute apparaît à l'écran du téléviseur qui se trouve au-dessus de leurs têtes, avec la légende suivante : Un chef d'entreprise tué de quinze balles, la thèse d'un règlement de comptes est évoquée. L'image est celle de l'entrée du bureau de Gandolfini, *RG Business Developers*. Mais Nurit et Jaime Brena ne font pas attention, ils l'apprendront dès demain, aujourd'hui, ils ne regardent pas la télévision, ils ont la tête à autre chose. L'image à l'écran du téléviseur accroché en l'air, au-dessus d'eux, leur est totalement étrangère. La police a bouclé l'entrée, on voit s'affairer de nombreux agents, l'envoyé spécial parle devant la caméra, une photo d'archives de Gandolfini, l'envoyé spécial interviewe maintenant un officier de police, la légende dit : Commissaire García Prieto, chargé d'enquêter sur le crime. Une nouvelle légende apparaît : Assassinat commis en toute tranquillité, l'homme d'affaires Roberto Gandolfini retrouvé criblé de balles dans une tour de haute sécurité. Et, si Jaime Brena ou Nurit Iscar levaient la tête, à l'image sur cet écran, deux pas en retrait, pointant tout juste la tête derrière García Prieto, ils reconnaîtraient le commissaire Venturini, le costume impeccable et l'air serein, semblant superviser une opération qui, une fois encore, n'est pas de son ressort, mais qu'il mène de main de maître, un dossier jaune à la main. Un dossier jaune avec deux rayures noires en son extrémité supérieure droite. Un dossier qu'il ne serre pas dans ses mains parce qu'il a été retrouvé sur la scène du crime, mais parce qu'il lui appartient. S'ils levaient la tête, Jaime Brena et Nurit seraient secoués, ils croiraient enfin avoir compris, ils parleraient cette nuit de l'échelle des responsabilités dans cet assassinat et de la phrase qu'avait dite Gandolfini quelques jours plus tôt : l'assassin est le dernier vivant. Ils discuteraient pour savoir si ce dossier que porte Venturini, qu'il plie maintenant en deux à l'écran et qu'il fourre dans une des poches de sa veste comme le journal du jour, est à lui ou s'il a été retrouvé sur la scène du crime. Ils se demanderaient pourquoi il a donné tant de pistes à Brena pour qu'il enquête sur l'assassinat de Chazarreta, et pourquoi il les a même conduits chez lui. Ils se l'expliqueraient en disant que ce qu'il voulait, c'est qu'il apparût clairement comme un assassinat : pour que Chazarreta soit mort comme il devait mourir, parce qu'il devait se faire assassiner. En disant que c'est pour cette raison qu'il s'était effacé quand les autres morts étaient apparus. Ils parleraient maintenant de tout cela s'ils levaient la tête et s'ils voyaient les images de ce journal. Mais ils n'en font rien, ils ne regardent pas le téléviseur, peu leur importe que deux ou trois personnes assises aux tables qui les entourent regardent au-dessus d'eux et fassent des commentaires comme s'il se passait un événement important. Ces questions, Nurit Iscar et Jaime Brena se les poseront et y répondront dès demain, au lever du jour, quand, en apprenant la mort de Gandolfini criblé d'une telle quantité de balles et en cherchant des pistes, ils rembobineront et se repasseront des centaines de fois la même scène, celle qu'ils ne sont pas en train de regarder, parce qu'ils se rendront compte, ou parce que quelqu'un leur fera remarquer que l'on y voit le commissaire Venturini. Demain, ils feront tout cela demain. Aujourd'hui, Jaime Brena appelle le garçon et paie l'addition – pas question, dit-il à Nurit Iscar lorsqu'elle propose de payer sa part –, ils se lèvent et s'en vont.

Au moment où ils sortent du Préféré, Lorenzo Rinaldi entre dans un autre restaurant du quartier accompagné de sa femme, et il s'assied à la table où ils sont attendus par l'un des ministres les plus proches du président et son épouse. Le vent a-t-il tourné ? se demandent les habitués du lieu qui les reconnaissent, comme se le demanderait Jaime Brena s'il les voyait. Mais Jaime Brena a la tête ailleurs, il marche à travers Palermo avec Nurit Iscar. La rue est encore tiède des relents de cette étrange chaleur de début d'automne. Je te raccompagne chez toi, dit Brena, et ce n'est pas une question. On rentre à pied, ou on prend un taxi ? Commençons à pied, et si nous sommes fatigués, nous prendrons un taxi. Ils marchent en silence, en évitant de se laisser piéger par les ornières des trottoirs et par les racines envahissantes. Veux-tu savoir d'où tu tiens ton surnom, Bétibou ? Allez, dit-elle. Alors, Jaime Brena commence à lui raconter cette histoire dont, il y a encore peu de temps, il ne savait pas s'il la lui raconterait un jour ; et, ce faisant, il pose la main sur sa taille. D'abord, à tâtons, en reconnaissance, puis, plus fermement, sans hésitation. Nurit Iscar a un sursaut, mais cela lui plaît. Voilà bien longtemps qu'un homme ne l'a pas prise par la taille. C'est Jaime Brena lui-même qui est le dernier à l'avoir prise par l'épaule, le jour où ils ont retrouvé Collazo pendu à un arbre. Mais l'épaule et la taille, ce n'est pas pareil. La taille a plus à voir avec le point G que l'épaule. Si tant est que cela existe, le point G. En tout cas, pour elle, pour Nurit Iscar, la taille a plus à voir avec le point G. Comme s'il ne se rendait pas compte – "comme si", car il s'en rend bien compte – de l'effet que lui procure sa main, Jaime Brena n'arrête pas de parler. Il s'amuse de ce qu'il raconte, il le raconte avec humour, il veut qu'elle s'en amuse aussi, il veut la séduire. Pour l'aider à éviter un monticule de dalles qui se sont soulevées et qui menacent l'équilibre des piétons avec leurs coins brisés, il approche doucement le corps de Nurit du sien. Par la taille, comme un danseur de tango marquant le pas. Et elle se laisse guider et se maintient, à cet endroit, plus près de lui.

S'il s'agissait d'un roman de Nurit Iscar, elle n'évoquerait pas ce qu'il advient peu de temps après. Surtout après l'échec de *Seulement si tu m'aimes*. Si, en fournissant de gros efforts, elle trouvait les mots justes, des mots dans lesquels, après plusieurs lectures, elle trouverait une musicalité à son goût, elle évoquerait à peine le baiser qu'ils se donnent au coin d'une rue, la façon qu'il a de lui caresser les cheveux et de l'embrasser à nouveau, un peu avant qu'ils n'arrivent devant l'entrée de son immeuble. Mais elle ne parlerait pas de leur montée dans l'ascenseur, où les mains se sentent déjà plus libres. Et encore moins de ce qu'il arrive quand ils entrent tous les deux dans l'appartement. Non, jamais elle n'inclurait rien de tout cela à l'un de ses romans. Même si elle sait, et elle n'en a pas le moindre doute, que lorsqu'elle vendra cette histoire pour qu'on en fasse un film, le réalisateur se chargera de rajouter la scène d'amour qu'il imagine pour ce finale. Il racontera avec des images, pas avec des mots, leurs corps nus, leur respiration, leurs halètements. Il prendra même la liberté de les rendre plus beaux qu'ils ne le sont. Dans cette scène, elle, Nurit Iscar, Bétibou, et lui, Jaime Brena, seront différents. Le réalisateur trouvera à Nurit des jambes plus fermes que les siennes, et, pour Jaime Brena, un ventre d'homme moins proéminent que le sien.

Et il leur fera faire des choses qu'ils ne font pas. Car, même s'ils feront tout ce que bon leur semblera, ils ne sont qu'un homme et une femme qui ne pensent pas à tous les spectateurs qui les regardent assis dans un fauteuil, mais seulement l'un à l'autre, et elle est là, la différence.

Nurit Iscar pense à cela, au film qu'on fera sur eux deux, à ce qui sera ajouté et à ce qui sera enlevé, et elle rit. Elle regarde Jaime Brena, et il sourit aussi.

Qu'est-ce qui te fait rire ? lui dit-elle.

Rien, une connerie, je me demandais si tu dormais sur le dos ou sur le ventre. Une connerie. Et toi, qu'est-ce qui te fait rire, Bétibou ?

Toi et moi.

Nous, alors, dit Jaime Brena.

Oui, nous, répond Nurit Iscar.

REMERCIEMENTS

Tous mes remerciements :

À Cristian Domingo, Laura Galarza, Débora Mundani et Karina Wroblewski, pour leur lecture méticuleuse, implacable et bienveillante des différents manuscrits de ce roman.

À Guillermo Saccomanno, parce qu'il m'a prêté Zippo, et parce qu'il est toujours là.

À Juan Martini, Maximiliano Hairabedian, Facundo Pastor et Ezequiel Martínez, parce qu'ils m'ont aidée à résoudre certains problèmes de cette histoire.

À Nicole Witt, Jordi Roca et leur équipe.

À Julia Saltzmann et Gabriela Franco.

À Marcelo Moncarz.

À Eva Cristaldo et Anabella Kocis.

À Paloma Halac.

À mes enfants.

OUVRAGE RÉALISÉ
PAR L'ATELIER GRAPHIQUE ACTES SUD
REPRODUIT ET ACHEVÉ D'IMPRIMER
EN JANVIER 2013
PAR NORMANDIE ROTO IMPRESSION s.a.s.
À LONRAI
POUR LE COMPTE DES ÉDITIONS
ACTES SUD
LE MÉJAN
PLACE NINA-BERBEROVA
13200 ARLES

DÉPÔT LÉGAL
1re ÉDITION : FÉVRIER 2013
N° impr. : 130209
(Imprimé en France)